루시아

하늘가리기 장편소설

fio
ret

루시아 2

초판 1쇄 인쇄 2018년 1월 24일
초판 4쇄 발행 2020년 11월 30일

지은이 하늘가리기
발행인 오영배
기획 박성인
책임편집 김수현
디자인 기갈
제작 조하늬

펴낸곳 (주)삼양출판사 · 피오렛
주소 서울시 강북구 도봉로 173
대표 전화 02-980-2112 **팩스** / 02-983-0660
편집부 전화 02-980-2116 **팩스** / 02-983-8201
블로그 blog.naver.com/dan_gul
출판등록 1999년 3월 11일 제9-00046호

ISBN 979-11-283-9351-8 (04810) / 979-11-283-9349-5 (세트)

fioret 은 (주)삼양출판사의 로맨스 판타지 문학 브랜드입니다.

루시아 II

하늘가리기 장편소설

fio
ret

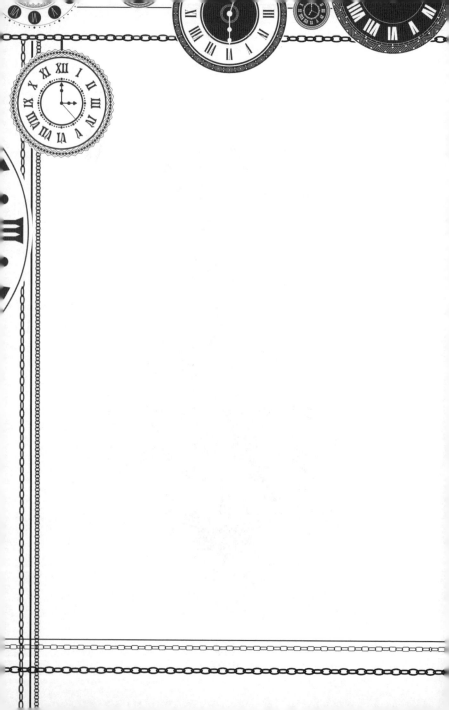

목차

1.
데미안

식사는 한 사람 것만 준비되어 있었다. 그걸 보자마자 루시아는 기운이 쭉 빠졌지만, 내색하지 않고 자리에 앉았다. 가뜩이나 넓은 식당이 더욱 광활해 보였다.

"주인님께서 근래 공무가 많으십니다."

제롬이 변명처럼 공작이 왜 오늘도 저녁 식사에 함께하지 못하는지 설명했다.

"그렇군요. 혹여 부실하게 드시어 건강을 해하실까 염려되니 집사가 더 신경 쓰도록 해요."

"예, 마님."

일주일째 루시아는 저녁을 혼자 먹고 있었다. 그는 침실에도 들어오지 않았다. 며칠째 그의 얼굴을 구경도 못했다. 그는 무척 바쁘다고 했다. 집무실에서 온종일 일만 하며 식사도 모두 그 안에서 간단하게 해결한다고 들었다.

하지만 루시아의 감은 그가 지금 그녀를 피하고 있다고 말했다. 그는 이전에 가끔 일이 많아 루시아가 잠들 때까지 집무실에서 나오지 않는 적이 있었지만, 그때도 그는 새벽에 들어와 그녀를 끌어안고 잤다. 이렇게 계속 침실에 들어오지 않은 적이 없었다.

이제 겨우 일주일이었다. 천 년은 흐른 것처럼 길어서 뒤돌아보면 겨우 며칠이었다. 그는 일이 바쁠 뿐이었다. 겉보기에 문제가 될 것은 아무것도 없었다.

그러나 이 일주일이 한 달이 되고, 일 년이 될 수 있었다. 아무리 정략결혼이라 해도 신혼부터 서로 원수 바라보듯 하는 부부는 없었다. 남처럼 지내는 부부는 다 어떤 계기에서 비롯되어 관성으로 굳어진 것이다.

'머리가 아파.'

습관처럼 음식을 씹어 넘기지만 무슨 맛인지도 모르겠다. 겨우 식사를 마치고 안나에게 두통약을 받아 복용 후 침실로 들어왔다.

아침에 눈 뜨면 조금 괜찮아졌다가 밤이 되어 침대에 누우면 온갖 상념으로 잠 못 이루는 고통의 시작이었다.

'왜 그랬어. 네가 망친 거야.'

자책이었다. 왜 풍파를 일으켰을까. 안락하고 평온한 생활을 위해서 그와 결혼했다. 그의 애정을 얻기 위함이 아니었다.

처음부터 그와 계약까지 하며 분명히 했다. 거짓으로 계약만 해놓고 '나중에 혹시 모르는 거 아니야?'라는 약삭빠른 생각은 하늘에

맹세코 절대 하지 않았다.

'그가 나빠. 차라리 처음부터 형식적인 부부로만 지냈으면.'

그에 대한 원망도 있었다. 그가 그렇게 다정히 대해주지만 않았어도 평생 고독을 각오했던 그녀의 결심이 무너질 일은 없었을 것이다. 인제 와서 칼로 베어내듯 딱 끊어버린 그의 태도는 그녀의 마음을 지옥으로 만들었다. 동시에 자신을 비웃었다. 다정한 남편의 태도를 원망하다니. 언어도단이었다.

'네가 선택했잖아. 후회는 절대 안 할 거라고 다짐했잖아.'

또다시 자책이었다. 아이는 처음부터 아예 포기하고 있었으면서 왜 갑자기 욕심을 부렸을까. 쥐고 있는 것의 가치를 모르고 욕심을 부리다가 잡은 것마저 놓치게 생겼다.

얼마 전까지 모든 것이 완벽했다. 그걸 그녀가 망가뜨렸다. 아무리 뒤척여도 잠이 오지 않았다. 루시아는 일어나 앉아 몸을 동그랗게 말고 두 팔로 무릎을 감쌌다. 열리지 않는 침실 문에서 시선을 돌리지 못했다.

시간이 흐를수록 그녀의 가슴이 너덜너덜하게 멍들어갔다.

*　　　*　　　*

빠르게 서류를 읽고 아래에 서명했다. 따로 살펴볼 필요나 의문이 있는 사항에는 표시해 두고 옆으로 넘긴다. 왼쪽에는 그가 처리해야 할 일, 오른쪽에는 처리한 일이 차곡차곡 쌓여갔다. 아무리 눈이 빠지라고 서류를 읽고 지끈대는 머리를 누르며 일을 해도 왼쪽의 서류들이 바닥을 보이는 일은 없었다.

어느 순간 휴고는 내던지듯 펜을 내려놓고 몸을 뒤로 기댔다. 눈을 감아도 머릿속에서는 이걸 해야 하고 저걸 해야 하고, 해야 할 일들을 그리고 있었다. 지긋지긋하다. 얼마나 이 짓을 더 해야 하나.

'10년?'

10년이면 녀석이 몇 살이더라. 열여덟 살. 그때야 겨우 학술원을 졸업할 나이였다. 10년으로는 안 되겠다. 15년이면 되려나. 아둔한 녀석이 아니니까 4, 5년 가르치면 쓸모 있을 것이다.

'15년이라……'

아무리 최소한으로 잡아도 아득하게 멀었다.

'이 짓을 15년은 더 해야 한단 말이지.'

비가 오느라 어둑한 바깥 하늘을 창을 통해 내다보았다. 오늘은 아침부터 계속 비가 왔다. 그는 처음에는 창가로 아예 시선조차 두지 않았으나 결국 사흘 전부터는 발코니로 나가지 않은 채 정원을 거니는 그녀를 훔쳐보았다. 자신이 얼마나 꼴사나운 짓을 하고 있는지 깨닫지 못하고 비 때문에 그녀를 오늘 보지 못했다고 투덜거렸다.

'그때가 아니면 볼 수 없는데.'

그는 짜증스럽게 중얼거리다가 피식 웃고 말았다.

'한심한 새끼. 가서 보면 되잖아.'

멀리도 아니고 계단을 내려가 조금만 가면 금방이었다. 지금 이 시각이면 그녀는 대개 1층 응접실에 있었다. 그녀의 생활은 단조롭고 단순했으며, 거의 하는 일이 정해진 것처럼 규칙적이었다. 요즘은 외출도 하지 않는 것 같다. 그는 자기 일정보다 그녀의 일정을 꿰고 있었다.

'내가 이런 병신 짓을 할 줄이야.'

지금 그는 아내를 피하는 중이었다. 정확히 말하면 그는 자신의 마음에서 도망치고 있었다.

'사랑? 웃기는군.'

그는 끊임없이 부정했다. 그의 마음은 오롯이 그만의 것이었다. 누군가로 말미암아 절대 흔들릴 수 없었다. 그렇게 자신하면서도 그녀를 만날 용기를 내지 못했다. 그녀를 보는 순간 모두 다 무너질 것 같은 위기를 느꼈다. 일이 많다는 핑계로 밤늦도록 집무실에서 서류만 들이팠다. 식사도 집무실에서 간단하게 해결했다. 자정이 넘어서 집무실에서 나와 지난 몇 개월간 사용하지 않았던 자신의 침실에서 잠을 잤다.

'그녀 없이도 얼마든지 잘 지낼 수 있어.'

시험을 해보겠다는 핑계였다. 그의 냉철한 이성이 그에게 찌질하고 비겁하다고 비웃었으나 그는 외면했다. 첫 하루 이틀은 아무렇지 않았다.

'그래. 내가 여자 하나에 좌우될 리 없지.'

그는 철없는 아이처럼 의기양양했다. 그런 자신감이 무너지는 건 금방이었다.

시간이 지날수록 미묘하게 기분이 저하되고 서류 내용이 머릿속에서 헛돌며 일 처리 속도가 형편없이 떨어졌다. 같은 시간을 들여도 효율이 떨어지니까 일하는 시간은 늘어났다. 자신답지 않아서 불쾌하고, 일은 더 손에 안 잡히고 악순환의 계속이었다.

그래도 그는 인정하고 싶지 않았다. 그녀에 대한 금단 현상을 부정하며 똥고집을 부리는 중이었다. 유감스럽게도 그의 주변에는 그의 귀를 잡아당기며 따끔히 야단칠 사람이 없었다.

"전하."

귀에 익은 목소리를 듣자마자 짜증이 확 치밀었다. 저 목소리의 주인은 늘 일거리를 한가득 가지고 들어온다. 들어오라고 하자 역시 빈 몸이 아니었다.

공작의 서기관 중 하나인 행정관리 아신은 사납게 자신을 바라보는 휴고의 눈치를 살피면서도 꿋꿋하게 들고 있던 서류 더미를 책상 왼쪽에 올려놓았다. 슬금슬금 나가는 꼴이 얄미워서 휴고는 툭 던지듯 물었다.

"그 녀석 방학이 언제지?"

아신은 느닷없는 공작의 질문에 진땀이 났다. 다행히 명석한 머리는 그런대로 늦지 않게 답을 찾아주었다.

"……방학은 따로 없는 걸로 알고 있습니다."

공작이 방학을 언급할 존재라면 한 명뿐이었다. 차기 공작 위를 이을 후계로 지정된 공작의 하나뿐인 아들, 데미안 타란. 사생아지만 죽고 싶지 않고서야 공작 앞에서 그 단어를 입에 올릴 자는 없을 것이다. 아예 사람들은 누구도 대놓고 데미안의 존재를 거론하지 않았다.

'다들 여전히 설마 하는 것 같지만.'

바뀔 수 있는 일이라고 사람들은 은연중에 생각하고, 그러기를 바랐다. 공작은 아직 매우 젊었고 이제 막 결혼했다. 말은 못해도 사생아가 공작가의 정통을 이어서는 안 된다고 생각하는 사람이 많았다.

하지만 이변이 없는 한 후계는 사생아 도련님이 될 것이라고 아신은 확신했다. 공작께서 다 불러 모아놓고 공표한 일이었다. 공작은 한 번 입 밖으로 꺼낸 일은 번복하지 않았다.

공작 후계의 등장은 일대 파란이 일 정도의 대사건이었다. 엄청난 스캔들이 널리 퍼지지 않은 건 사람들이 알아서 입조심한 덕이었다. 사생아가 장차 주인이 될지 모른다는 불편한 심기 때문에 공론화하려 하지 않았다.

'그렇게 요란한 신고식 치른 것치고는 두 부자 사이가 영⋯⋯.'

공작은 아들이 여섯 살이 되자마자 기숙 학교에 넣어버렸다. 오히려 주변에서 만류했다. 너무 어리시니 한두 해 더 있다가 생각해 보심이 어떠신지요, 했더니 공작은 코웃음 쳤다.

　「어려? 여섯 살이면 사막에 던져놔도 살아남을 수 있어야지.」

대체 그건 무슨 기준이냐고 모두 경악했다. 어린 도련님 입에서 나온 말은 더 가관이었다.

　「사막보다는 확실히 기숙 학교의 생존율이 높겠군요. 관대하
　신 처분에 감사드립니다.」

나이보다 징그러울 정도로 조숙했던 어린 도련님은 미련 없이 기숙 학교로 떠났다. 그리고 2년. 공작은 정말 아들이 있었던가 싶을 정도로 언급조차 없었고, 도련님 역시 연락은커녕 집에 얼씬도 하지 않았다.

'이대로 지내다 졸업하는 10년 후에나 돌아와도 전혀 놀랍지 않을 거야.'

공교롭지만 공작의 데미안에 대한 무관심이 오히려 섣부르게 데미안에게 줄을 대거나 적대하려는 세력의 발생을 억제했다.

'그런 의도로 일부러 그러시는 것일 수 있어.'

"전혀 나가지 못하나?"

아신은 재빨리 딴생각을 구겨넣었다.

"외출은 가능합니다."

"오라고 해."

"……지금 말씀이십니까? 하지만 이제 막 학기가 시작되었고, 외출하려면 최소 일주일 전에는 통보해서 허가를 받아야 하고……."

"언제부터 내 말에 토를 달았지?"

까라면 까야 한다. 식은땀이 주룩 흘렀다. 아신은 경직된 표정으로 즉시 답했다.

"예, 즉시 전언을 보내겠습니다."

"수도로 사람 보내서 파비안 내려올 때 입적 서류 준비해서 가져오라고 하고."

'소공자를 혼적에 올리려 하시는구나.'

공작이 후계로 한다고 공표했으나 사생아에 불과했다. 그러나 정식으로 혼적에 올라가면 공작의 적자가 된다.

'공작부인께서 입적에 동의하셨나 보네. 두 분 금실이 꽤 좋다는 말이 돌던데 공작부인께서 아이를 낳으면 대체 어찌 되는 거야. 아들을 낳으시면 골치 아플 텐데.'

당연히 공작부인 소생인 적자가 우선이겠지만, 공작이 데미안을 후계로 하겠다는 선언을 철회하지 않으면 장차 공작가에서는 치열한 후계 다툼이 벌어질 것이다.

"전하, 엘리엇입니다."

들어오라는 말이 끝나기 무섭게 중년의 기사가 안으로 들어왔다. 기사단장 칼리스 엘리엇은 정중하게 예를 올린 후 서신을 올렸다. 서신을 읽는 공작의 눈매가 가늘어지고 입가에 스산한 미소가 올라오는 것을 보며 아신은 등줄기가 오싹했다.

'쓰벌, 난 저럴 때 주군이 제일 무섭더라.'

"소집해. 일곱 명. 차출은 그대에게 맡긴다. 지금 바로 준비되는 대로 출발하겠다."

비는 거의 멈추었지만 해가 저물어가는 오후였다. 새벽 일찍 떠나는 평소와 달랐으나 충실한 기사 칼리스는 두말없이 대답하고 물러갔다.

"오랜만에 사냥이군."

'인간 사냥.'

휴고의 중얼거림에 아신은 숨겨진 말을 속으로만 중얼거렸다.

'에휴. 오늘 꿈자리가 뒤숭숭하겠네.'

아신은 행정관리라서 피 튀기는 전쟁터와 거리가 먼 데도 몇 년 전 의도치 않게 공작을 따라 전쟁터에 간 적이 있었다.

그때의 광경이 눈에 선해서 지금도 심장이 벌떡거렸다. 사람이 죽는 참혹함에 몸서리쳐서가 아니었다. 오히려 너무 쉬워서, 공작의 칼질 한 번에 뎅강 사람 목이 잘려 공중에 날아가는 모습이 비현실적이라 현기증이 났다.

흑사자? 아신은 그 별칭이 굉장히 미화된 것이라고 생각했다. 검은 갑옷을 입고 전쟁터를 헤집는 타란 공작은 잘 봐줘야 사신이고 그야말로 악마였다.

피를 뒤집어쓴 채 배부른 맹수처럼 나른하게 웃는 공작을 보며 아신은 자신도 모르게 중얼거렸다. 저런 미친놈. 뱉어놓고도 누가 들었을까 봐 기겁했고 다행히 그의 독백은 전쟁의 광기에 취한 병사들의 함성에 묻혔다.

아신은 세상에 무서운 것이 없는 편이었다. 하고 싶은 말을 참은 적이 없고 갖춘 능력만큼 제법 지랄 맞은 성격은 윗사람이건 부하이건 이를 갈게 하였다. 하지만 그날 이후 아신은 오직 타란 공작 앞에서는 순한 양이 되었다.

그는 공작의 무시무시함을 눈치챘다. 물론 대외적으로도 공작은 꽤 무서운 사람이라고 알려졌지만, 실제로는 훨씬 무서운 사람이라고 생각했다.

전쟁터가 아닌 곳에서의 공작은 매너 좋고 기사의 거친 면을 전혀 보이지 않아서 그를 대하는 사람들은 그저 대단한 무용을 지닌 젊은 공작이라는 점 자체에만 초점을 두었다.

그래서 더 무시무시했다. 전쟁터에서 보였던 그 피비린내 나던 광기를 감추고 무기를 들어본 적 없는 것처럼 고아한 귀족인 척할 수 있다는 그 간극이 더 공포였다.

"일정이 길어지십니까?"

"가 봐야 알겠지만 아무래도 좀 걸리겠군."

"하오면 자리를 비우시는 동안 도련님이 오시게 될 수도 있습니다."

휴고는 잠시 생각에 잠겼다. 나이가 어려도 녀석은 타란의 혈통을 이었다. 또래의 다른 여덟 살짜리로 생각하면 곤란했다. 휴고는 이미 비슷한 나이에 살인을 했다. 설치한 함정으로 발목이 잘린 놈의 심장에 검을 박아 마무리를 했었지. 잠시 과거를 회상했던 그는 다시 현실로 돌아왔다.

녀석은 절대 순진한 어린애가 아니었다. 아직 핏줄의 광기가 발현하지 않았지만, 언제 터질지 모른다. 그래도 아직 녀석은 순한 편이었다. 꾸준히 전해 받는 소식에 의하면 녀석은 제 아버지의 멍청할 정도로 사람 좋은 점까지 빼닮지는 않았어도 잔인한 기질은 보이지 않았다.

만약 녀석에게서 죽은 형제를 닮은 눈빛을 발견하지 않았다면 녀석을 처음 본 그날 그 자리에서 죽여버렸을 것이다.

그러나 아무리 순해도 범의 새끼는 범. 녀석과 비교하면 아내는 순한 토끼였다. 그가 없는 새에 둘만 있을 일이 아무래도 걱정스러웠다. 그는 자기도 모르게 그녀를 염려하고 있음을 전혀 이상하게 생각하지 못했다.

"그 녀석, 자네가 가서 데리고 와."

"……네?"

"오면서 확실히 경고해 두도록. 어머니에 대한 예를 다하라고. 혹여 다녀와서 내 귀에 이상한 말이 들리면."

"넵. 염려하신 일이 없도록 하겠습니다."

아신이 물러가고 얼마 후 제롬은 기사들이 떠날 준비를 한다는 말을 듣자마자 곧바로 집무실로 달려갔다.

'주치의 안나를 불렀던 날부터였지.'

그날 무슨 일이 있었는지 모르겠지만, 그 후부터 주인 부부 사이가 이상했다. 주인이 일이 바쁘다는 핑계를 대며 일방적으로 마님을 멀리하고 있었다. 주인은 늘 일이 많았다. 그러나 식사를 못하고 잠을 못 잘 정도는 아니었다.

하녀 말에 의하면 요즘은 두 분이 침실도 따로 쓴다고 했다. 겉으로는 아무렇지 않은 척하는 마님의 기운이 빠진 어깨를 볼 때마다 마음이 아팠다.

'그러시는 거 아닙니다. 주인님.'

제롬의 마음에서 처음으로 주인에 대한 반항심이 고개를 들었다. 이 상태를 해결하지 않고 장기외유를 떠나신다니 도무지 왜 그러시냐, 묻지 않고는 견딜 수가 없었다.

제롬은 평소처럼 차를 덥혀서 들어갔다. 은은한 차향이 주변으로 퍼져 나갔다. 제롬은 빈 잔에 가득 차를 따랐다.

"저녁 진지는 어찌하시겠습니까."

"음, 준비할 필요 없다. 곧 나갈 거니까."

휴고가 고개를 들고 찻잔을 입으로 가져갔다.

"사냥하러 다녀올 거다. 일정은 정확히 몰라."

"시간이 늦었습니다. 내일 새벽에 떠나심은 어떠신지요?"

"아니. 준비되는 대로 가려고. 이미 그렇게 지시했다."

"마님께는……."

"대신 전해."

"……마님께서 큰 실수라도 하셨습니까?"

주인의 시선을 받으면서 제롬은 꿋꿋이 말을 이었다.

"실수하셨다고 해도 너그럽게 받아 주셨으면 합니다. 며칠째 마님과 말씀 한 마디 하지 않고 계십니다."

"참견할 일이 아니야. 주제넘다."

"예, 주제넘게 한 말씀 드리겠습니다. 마님께서는 공작가 안주인이십니다. 이전에 전하께서 취하고 버리던 여인들과 다른 분입니다. 소중히 하셔야 합니다."

휴고는 조금 커진 눈으로 제롬을 바라보았다. 시선을 살짝 피해 아래로 내리고 고집스럽게 서 있는 제롬을 보는 휴고의 눈매가 가늘어졌다.

"아는 사람도 없이 혼자 이 낯선 북부로 오셨습니다. 그런 상황이 힘들다고 불평 한마디 없으셨습니다. 전하께서 외면하시면 마님은 정말 혼자가 되십니다."

휴고의 붉은 눈동자가 한층 더 붉게 빛을 발했다. 정말 한 배에서 태어난 걸까 의심될 만큼 기질이 천지 차이로 다르지만, 역시 제롬은 파비안과 피를 나눈 형제가 틀림없었다. 겁 없이 입을 놀리는 모양새가 파비안과 아주 판박이였다.

"요즘은 마님께서……."

"입 다물어."

"전하."

"어디 한 마디만 더 해봐."

주인의 나지막한 음성에는 살기까지 담겼다. 제롬은 입을 꾹 다물며 시선을 떨어뜨렸다. 공작은 공연한 트집을 잡아 까다롭게 구는 주인은 아니었지만, 제 분수에 넘치는 짓으로 권위에 도전하는 것만큼은 절대 용납하지 않았다.

제롬은 공작 부부의 사적인 관계에 나설 권한이 없었다. 제롬이 집사여서가 아니다. 로암의 그 누구에게도 그럴 권한은 없었다.

휴고는 지금 이 상황이 몹시 불쾌했다. 이건 그녀와 자신, 두 사람의 문제였다. 제롬이 끼어들 일이 아니었다. 평소 불필요한 일에 간섭하지 않고 제가 나설 일과 그러지 말아야 할 일을 철저히 구별하던 제롬의 답지 않은 짓이 예민하게 그의 신경을 건드렸다.

평소에 제롬이 지극히 그녀를 챙긴다는 것은 알고 있었다. 갑자기 그것조차도 몹시 거슬렸다.

"제법이야. 가서 날 찔러보라 하던가?"

그녀가 그랬을 리 없다는 걸 알면서도 그는 지금 잔뜩 꼬였다.

"아닙니다! 전하, 마님께서는 절대!"

와장창! 제롬의 얼굴을 스치고 지나간 찻잔이 나동그라져 요란한 소리를 내면서 산산이 부서졌다.

"입 다물라고 했다."

휴고는 벌떡 일어나 집무실에서 나가 버렸다. 제롬은 창백한 얼굴로 그 자리에 주저앉았다. 실수했다. 나서지 않으니만 못한 결과였다. 남녀 사이에는 섣부르게 끼어드는 것이 아니라고, 파비안이 봤다면 말했을 것이다.

'마님께 면목이 없군.'

주인에 대한 첫 반항은 깨갱 꼬리를 말며 끝났다. 괜히 참견해서 오해까지 키워놓았다. 제롬은 푹푹 한숨을 내쉬며 조각조각 부서져 사방으로 흩어진 찻잔 조각들을 비로 쓸기 시작했다. 이게 이마로 날아오지 않았다는 것만으로도 주인은 충분히 관용을 베풀었다.

'파비안이 오면 조언을 구해볼까.'

쓸데없는 오지랖! 보나 마나 신랄한 잔소리를 늘어놓을 것이다.

루시아는 방문한 케이트를 몸이 좋지 않다는 핑계를 대서 일찍 돌려보냈다. 수다를 떨 기분도, 승마하러 나갈 기분도 나지 않았다. 케이트를 돌려보내기 무섭게 주치의가 방문했다.

"마님."

안나가 어쩔 줄 모르는 표정으로 안절부절못하며 눈치를 살폈다. 그는 그날, 치료는 마음대로 하라는 말을 남기고 갔으면서 다음 날부터 줄기차게 안나를 보냈다.

"마님. 공작 전하께서 저녁마다 부르셔서 치료에 대해 물으십니다."

안나는 제발 살려달라는 표정으로 말했다. 공작은 안나를 불러 따로 뭐라 하지는 않았다. 불러서 치료는 어찌 되어 가느냐고 물을 뿐이지만, 안나는 그것만으로도 엄청난 압박을 느꼈다.

"부디 증상을 아시는 대로 솔직히 말씀해 주십시오."

며칠 상간으로 루시아 마음속에서 꾸준히 분노가 자라났다. 그에게 기만당하는 것 같은 기분을 떨칠 수 없었다. 당장 집무실로 가서 그의 뺨이라도 올려붙이고 싶었다.

'좋아요. 당신이 원하는 대로 해드리죠.'

루시아는 입을 열어 자신의 증상을 설명하기 시작했다. 꿈에서 의사를 애타게 찾아다니며 자신의 증상을 설명할 때처럼 가감 없이 말했다.

이미 알고 있는 치료법을 이용할 생각은 없었다. 다만, 만약 안나가 치료법을 찾아낸다면 거부하지는 않을 생각이었다. 하지만 그럴 가능성이 거의 없었다.

꿈속에서 그토록 오랜 시간을 들여 셀 수 없이 만난 용하다는 의사들은 모두 치료하지 못했다. 떠돌이 의사에게 치료법을 얻을 수 있었던 것은 기가 막힌 우연과 운이었다. 그 우연과 운이 과연 이번에도 그녀를 찾아올까.

역시 안나는 들으면서도 혼란스러워했다. 몹시 당황한 안색이 삼엽쑥을 먹으면 잠시 월경을 멈춘다는 사실조차도 모르는 것 같았다.

"죄송합니다, 마님. 제 실력이 부족해서 솔직히 말씀드리면 어떻게 치료해야 할지 모르겠습니다. 하지만 반드시 방법을 알아내겠습니다."

비장한 목소리로 다짐하며 안나가 물러갔다. 루시아는 멍하게 앉아 있다가 정원으로 나왔다.

휴고는 불쾌한 기분으로 집무실에서 나와 무작정 걷다가 밖으로 나왔다. 비는 그쳤지만 해가 나올 기미가 없었다.

'오늘은 이대로 날이 저물겠군.'

그는 어느새 정원에 들어와 있었다. 그는 재빨리 돌아서 나가려 했지만 그러기 전에 그녀를 발견했다. 그녀는 허리를 숙여 막 봉오리 맺힌 꽃을 들여다보고 있었다. 잠시 굳어있던 그의 발걸음이 자기도 모르게 그녀로 향했다.

루시아는 허리를 펴며 고개를 들어 자신에게 다가오는 그를 보면서 갑자기 주변의 공기가 바뀌는 환상에 빠졌다. 모든 배경이 흐릿하게 멀어지고 오직 그만 눈에 들어왔다. 이와 비슷한 일을 전에도 겪은 적이 있었다.

'수도에서 기사단 행진이 있었던 날.'

꿈속이 아닌 현실에서 그를 처음 본 날에도 그의 모습만 눈에 확 들어왔다. 어쩌면 그때부터 그를 향해 마음이 열리기 시작했는지도 모른다.

그에게 화가 나있었다. 밤마다 열리지 않는 침실 문을 노려보느라 제대로 잠을 이루지 못해서 몸 상태는 최악이었다. 아까지만 해도 그를 보기만 하면 달려들려 뺨을 쳐주고 싶었다.

하지만 그를 보자마자 켜켜이 쌓여가던 모든 미움이 순식간에 물에 풀린 소금처럼 녹아버렸다.

'난 정말 바보구나……'

저 남자는 안 된다고 주문처럼 외며 꽁꽁 묶었다고 생각했는데 제 마음이 성긴 틈 사이로 다 빠져나간 것을 모르고 있었다. 가슴이 벅차오르면서 동시에 아프게 할퀴어졌다.

'그를 사랑해.'

어쩌면 좋을까. 수많은 그의 지난 여자처럼 결국 마음을 지키지 못했다. 사람 마음은 의지로 되는 것이 아니지 않느냐고, 계약을 맺은 그날 그에게 말했었다. 그러나 솔직히 그녀는 자신 있었다. 내 마음이니까 내가 완벽히 통제할 수 있다고 생각했다. 얼마나 오만했는지.

'들키면 안 돼.'

그는 한 걸음 다가가면 두 걸음 물러날 것이다. 장미꽃을 받고 싶지 않다. 아슬아슬한 모서리 끝에 선 심정으로, 루시아는 그를 보며 웃었다.

'아……'

휴고는 그녀의 미소를 보는 순간 계속 그를 괴롭히고 있던 불쾌감과 짜증이 순식간에 깨끗이 사라지는 것을 느꼈다. 껄끄러운 찌꺼기 한 점 남기지 않고 단 숙면을 취한 아침처럼 상쾌했다.

휴고는 비로소 자신의 어리석음을 깨달았다. 그가 진정 두려운 것은 그를 흔드는 그녀의 존재가 아니었다. 저 미소를 다시 볼 수 없다는 상상만으로도 위가 아프게 조여들었다. 그렇다고 했잖아. 비웃는 것처럼 심장이 뛰었다.

"보세요. 이제 곧 꽃이 피겠지요? 며칠이면 만개할 거예요."

마치 아무 일도 없었던 것처럼 그녀가 말을 걸어오자 휴고는 목이 막혀서 겨우 한마디 했다.

"……그렇군."

그녀의 산뜻한 표정은 그를 비참하게 했다. 안달복달했던 자신과 달리 그녀는 평온한 나날을 보내고 있었다.

"바쁘시다고 들었어요. 잠시 바람 쐬러 나오셨어요?"

"음……. 바쁜 건 대충 끝났어. 그런데 일이 생겨서 얼마간 나갔다 와야 할 것 같아."

"아……."

잠시 시무룩했던 루시아가 다시 생긋 웃었다.

"얼마나 걸리세요? 오래 다녀오시는 건가요?"

"정확히는 모르겠군. 꽤 길어질 수도 있고. 왜 혼자 있지? 하녀는?"

"심부름 보냈어요. 비가 그쳤기에 여기서 간단히 차 한잔 마시려고요. 괜찮으면 함께 드시겠어요?"

방금 마시고 왔지만 그는 거절하지 않았다.

"……그러지."

얼마 후에 하녀들이 접이식 테이블과 차 바구니를 들고 나타났다. 적당한 곳에 펼쳐진 테이블에 두 사람이 마주앉았다.

"요즘 가물어서 걱정이었는데 한나절이지만 꽤 많이 비가 와서 다행이에요."

"뭐 하며 지냈지?"

"평소와 같았어요. 정원 돌보고 책도 읽고. 왠지 이상해요. 서로 굉장히 오랜만에 본 것처럼 이야기하고 있잖아요. 며칠 정도인데."

며칠 정도인가. 그는 굉장히 길다고 생각했는데 그녀에게는 그냥 며칠 정도였다. 그녀의 씩씩함이 대견하면서 서운했다.

손을 뻗어 그녀의 보드라운 볼을 만졌다. 말랑한 그녀의 피부는 조금이라도 힘을 주면 자국이 남을 것 같았다. 약했다. 이 약한 존재가 이토록 강력하게 그를 위협하고 있었다.

"그날. 내가 말실수를 했어. 당신에게 사과하고 싶어. 당신을 부정한 여자로 취급하려던 의도는 아니었어."

"……."

"타란 가문이 손이 귀해. 진짜 임신이 힘들어서……. 당신이 아이 갖기 힘들 테니까 기대했다가 실망하기 바라지 않았어. 그러다 말이 헛나왔어."

그의 변명은 그다지 루시아 마음에 와 닿지 않았다. 손이 귀하다면 오히려 그녀의 임신을 적극 지지하는 편이 더 납득이 가는 태도였다. 하지만 말을 하며 무척 고심하는 그를 보자 웃음이 나왔다.

"네."

웃으려 했는데 루시아 눈에서 툭 눈물이 흘러 떨어졌다. 당시 받았던 상처가 아파서가 아니었다. 이미 그를 용서했다. 그의 다정한 말투와 볼을 어루만지는 손길에 기뻐하는 자신의 마음이 아팠다.

그녀의 볼을 타고 흘러내리는 눈물을 보며 그는 어쩔 줄 몰라 하다가 일어났다. 한 걸음으로 티테이블을 끼고 돌아 그녀를 자신의 품에 안았다.

"미안해. 내가 잘못했어."

그리웠던 그의 품과 체취는 지옥을 헤매던 그녀의 마음을 순식간에 천국으로 올려놓았다.

'다시…… 이전처럼 돌아가자.'

지난 몇 개월의 시간으로 다시. 언제 무너질지 모를 모래로 만든 성이라도 좋다. 파도는 보이지 않으니까 아직은 괜찮았다.

해결된 건 아무것도 없었지만, 나중 일은 나중에 생각하련다. 허공을 디딘 것 같았던 마음은 오히려 평온해졌다.

흔들리면 안 된다고 안절부절못하다가 인정하고 나니까 편해졌다. 천국과 지옥은 그녀의 마음먹기에 달려 있었다.

'그는 적어도…… 날 좋아하는 건 맞아.'

그가 이전의 연인들에게 어떻게 대했는지 모른다. 루시아는 자신이 조금은 특별하다고 생각하기로 했다. 자만은 아니지만, 그 정도 자신감은 심어둬야 굳건히 서서 그를 사랑할 수 있을 것이다.

'내게는 특권도 있어.'

그녀는 그의 합법적인 아내였다. 지금껏 누구도 갖지 못한 명분이었다.

'매달리지 않을 거야. 비굴하게 비위 맞추려고 하지도 않을 거야.'

비참해지는 사랑은 하지 않겠다. 그의 사랑을 구걸하지 않겠다. 무조건 그에게 순종하는 착한 아내 노릇도 하지 않겠다. 할 수 있는 만큼만. 그와 자신을 미워하게 되지 않을 정도까지만 있는 힘껏 그를 사랑해 보겠다. 그는 여자가 매달리지 않는 사랑을 받아본 적 있을까?

어쩌면 그를 당황하게 할 수 있을지 모른다고 생각하자 즐거워졌다.

'평생이 걸려도 좋으니까. 언젠가 당신에게서 사랑한다는 말을 듣는다면 내 인생이 허무할 것 같지는 않군요.'

이대로 1년, 5년, 10년을 살다 보면 가랑비처럼 그를 천천히 젖어들게 할 수 있지 않을까.

루시아는 그의 품에서 빼꼼 고개를 들었다.

"잘못하셨죠?"

"응? 응…….'

"용서해 드릴게요. 대신 두 가지 조건이 있어요."

"……뭔데."

휴고는 '조건'이라는 단어 자체가 마음에 들지 않았다.

"첫 번째. 화해 키스."

이런 조건이면 좋지. 휴고의 눈이 살짝 커졌다가 부드럽게 휘어졌다. 그의 얼굴이 천천히 내려오는 것을 보며 루시아는 눈을 감았다. 살짝 닿았다 떨어지는 입술, 다시 닿는 입술이 그녀의 입술을 빨아들였다. 휴고는 말랑거리는 입술을 몇 번이나 삼키고 자신의 입술로 문댔다.

벌어진 입안으로 들어온 그의 혀가 부드럽고 조심스럽게 안쪽 살을 훑으며 깊은 곳을 건드려 자극했다. 가볍지는 않으나 격해지지도 않는 아슬아슬한 선을 유지하며 달콤한 키스가 끝났다. 그는 입술이 거의 맞닿은 채로 말했다.

"두 번째는?"

루시아는 다시 키스할 것처럼 다가오는 그를 밀어내며 고개를 살짝 돌렸다.

"계약을 수정해요. 당신의 사생활 자유. 그 말은 당신이 대놓고 바람피운다는 거잖아요. 애인을 만들어도 저 모르게 해주세요."

휴고는 당황해서 말없이 눈만 껌뻑이다가 기가 죽은 목소리로 말했다.

"……안 만들어."

그는 억울했다. 결혼하고 다른 여자에게는 눈길 한 번 준 적이 없었다.

"만약 당신이 제가 싫어지거나, 싫증이 나거나, 다른 여자가 생겨서 절 떠나고 싶으면. 가장 먼저 제게 말씀해 주세요. 다른 사람의 입을 통해 듣지 않게 해주세요."

그녀의 담담한 목소리는 그의 심장을 아프게 콕콕 찔렀다. 휴고는 한참 그녀를 바라보다가 씁쓸하게 중얼거렸다.

"잠시 잊고 있었군. 당신 머릿속의 나는 아주 형편없는 놈인데 말이지."

사랑하는 여자에게 멋진 남자가 되기는커녕 나쁜 놈으로 낙인찍혔다는 상황이 정말 기가 막혔다. 그런데 반박할 수가 없다.

"아니라고 변명도 못 하겠어."

그는 중얼거리며 그녀의 손을 잡아 올려 손등에 키스했다.

"당신이 원하는 대로."

휴고는 아까부터 주인 내외를 곁눈질하면서 안절부절못하는 하너에게 물었다.

"무슨 일이냐."

"엘리엇 경이 준비를 마치고 명을 기다린다고 말씀 올려달라 하셨습니다."

그녀에 대한 마음을 깨달았으나 당장 변할 수 있는 것은 없었다. 휴고는 여전히 그녀에게 아무것도 약속할 수 없었다. 그녀에게 보여주지 못할 것들도 많았다. 무엇을 보여주고 무엇을 보여줄 수 없을지 결정할 시간이 더 필요했다. 이번 사냥은 그에게 시간을 벌어줄 것이다.

"나올 필요 없소. 다녀오지."

"⋯⋯네. 건강히 다녀오세요."

등을 보이며 멀어져가는 그를 보는 그녀의 가슴 언저리가 욱신거렸다. 루시아는 두 손을 꼭 쥐어 가슴을 눌렀다. 언젠가 그가 저렇게 그녀를 떠나게 되지 않기를. 그녀는 간절히 소원했다.

* * *

"도련님, 행정 서기관 아신입니다. 기억하시는지요?"

소년은 싱글거리는 아신에게 예의상 미소조차 짓지 않았다. 흘끔 아래위로 아신을 짧게 훑더니 까닥 고개만 끄덕이고 마차로 휙 들어가 버렸다.

아신은 멋쩍어 뒷머리를 긁적였다.

'씨도둑은 못 한다더니⋯⋯.'

찬바람 돌기가 제 아버지 못지않았다. 아마 공작의 어릴 때 모습이 딱 이러할 것이다. 흑발과 붉은 눈동자는 타란 공작의 미니어처였다. 누가 봐도 의심할 필요 없이 소공자는 타란 공작의 핏줄이었다. 혈통 감별 마도구 따위는 필요도 없겠다.

'후우……. 내 팔자야.'

아신은 장거리 여행이라면 딱 질색이었다. 집과 로암만 왔다 갔다 하는 다람쥐 쳇바퀴 도는 생활에 지극히 만족하고 있었다. 꽤 긴 여정을 썰렁한 꼬마와 마차 안에 마주앉아 갈 생각만 하면 벌써 한숨이 났다.

"그간 강녕하셨습니까. 무척 많이 자라셨습니다. 몰라 뵐 뻔했어요."

아신은 사근사근한 목소리로 분위기를 푼답시고 싱거운 소리를 나불거렸다. 그답지 않은 짓이지만, 아신은 세상에서 제일 무서워하는 타란 공작을 빼닮은 작은 타란 공작이 영 껄끄러웠다. 그리고 정말 몰라보게 자란 것은 사실이었다.

'허어……. 여덟 살이 뭐 이래. 서너 살은 더 들어 보이는구먼. 조카 녀석이 올해 열 살인데 이보다는 작다고.'

2년 전 여섯 살 때에도 소공자는 기골이 장대했다. 그때부터 이미 징조는 있었다. 여우 새끼와 호랑이 새끼는 아예 크기가 다른 것처럼.

'이렇게 자라니까 그런 덩치로 크는 거겠지. 아예 종이 다른가 봐.'

"……어쩐 일이죠?"

"예?"

한참 만에 열린 소공자의 입이 반가워서 아신은 반색했다.

"날 데리러 올 군번은 아니잖아요."

"하…… 하하."

그렇지. 그럴 군번은 아니지. 그리고 그 말이 여덟 살짜리 입에서 나올 만한 것도 아니고.

'날 기억하는 건 그렇다 쳐도…… 내 직위도 파악한다는 건가?'

타란 공작가 핏줄에는 뭔가 남다른 점이 있었다. 지금의 타란 공작을 봐도 범인과 달랐다. 아신은 타란 공작을 알기 전까지 문무 겸비라는 단어는 소설책에서나 나오는 말인 줄 알았다. 태생부터 다르다고 생각하면 억울하지만, 차라리 이해가 갔다.

'원래 세상은 불공평하지.'

그걸 깨달았을 때가 그의 동심이 깨진 날이었다.

"공작 전하께서 명하셨습니다."

데미안의 커진 눈이 '대체 왜?'라고 물었다.

"도련님께서도 소식은 들으셨을 겁니다. 얼마 전 공작가에 안주인이 들어오셨습니다."

데미안이 고개를 끄덕였다. 가문의 소식은 비교적 자세하게 수시로 받았다. 장차 가문을 이어받으려면 돌아가는 사정을 모두 파악하고 있어야 한다는 타란 공작의 뜻이었다.

아무리 오랫동안 외부 소식과 단절된 기숙 학교에 있었다고 해도, '그래서 몰랐다.'라는 말 따위는 공작에게 통하지 않을 것이다. 그래서 가문의 소식을 받으면 아예 달달 외워버렸다.

"제 생각입니다만, 두 분이 모자지간이 되셨으니 가족으로서 서로를 알아야 한다고 판단하신 것 같습니다."

'모자지간이라고?'

데미안은 속으로 아신에 대한 평가치를 하향 조정했다. 아신이 정말 그렇게 생각한다면 모시는 주인을 제대로 파악하지 못하고 있었다. 소년의 아버지는 그렇게 섬세한 사람이 아니었다. 아마 소년과 공작부인이 서로 물고 뜯어도 누구 한쪽이 죽지만 않으면 개의치 않을 것이다. 듣기 좋으라고 미화해서 돌려 말했다면 데미안을 제대로 알지 못한 것이었다. 데미안은 그런 말랑한 단어에 설레는 어린아이가 아니었다.

"다른 말씀은 전혀 없으셨나요?"

"아……. 그……. 도련님께서 어머니께 무례하지 않기를…… 바라셨습니다. 예를 다하라고……."

'그럼 그렇지.'

데미안은 나대지 말고 얌전히 지내다 가라는 공작의 경고를 알아차렸다. 사생아에 불과한 자신의 처지가 얼마나 형편없는지 잘 알고 있었다. 혼적에 오르기 전에는 어디에도 내세울 수 없는 신분이고 혼적에 오르기 위해서는 공작부인의 협조가 절대적으로 필요하다는 사실도 잘 알았다. 공작의 경고가 없어도 데미안은 새어머니와 맞설 생각이 없었다.

"예뻐요?"

"예? 아……. 저도 몇 번 뵙지는 못한 터라……."

'예쁜지 안 예쁜지는 한 번만 봐도 알 수 있는 거 아닌가.'

아신의 미적대는 대답에서 데미안은 결론을 내렸다.

'별로 예쁘지 않나 보네.'

데미안은 새어머니에 대한 관심은 그걸로 접었다. 로암에서 지내는 동안 새어머니와 얼굴 몇 번 마주치면 그만일 것이다. 새어머니가 데미안을 달가워할 리가 없었다. 꼴 보기 싫어하면 눈에 띄지 않게 방에 박혀 지내고 목숨을 위협하지만 않으면 어떤 괴롭힘도 견딜 생각이었다.

공작의 결혼 소식을 들었을 때 데미안은 그다지 놀라지 않았다. 할 때가 되었으니 한 것이겠지. 필요에 의해서만 움직이는 냉정한 부친의 기질을 소년은 파악하고 있었다.

공작의 결혼이 소공자인 자신의 지위를 흔들지 않을 것이라고 데미안은 믿었다. 공작은 좋은 아버지는 아니지만, 소년에게 그런 믿음은 주는 사람이었다.

'길어봤자 일주일이나 있으려나.'

갑작스러운 호출 때문에 이제 막 시작한 학기가 엉망이 되었다. 오가며 버리는 시간을 포함해서 3주면 될 것이다. 이번 학기를 포기하는 최악의 상황이 오지 않기만 바랐다. 돌아가서 뒤떨어지지 않으려면 헛된 시간을 보내서는 안 된다. 마차의 짐칸에는 소년이 챙겨넣은 책이 한가득 있었다.

＊　　＊　　＊

누군가의 입에서 흘러나온 타란 공작의 결혼 소식은 입에서 입으로 옮겨 사교계를 강타했다. 사람들은 만나기만 하면 화제에 올렸다. 누구도 결혼식에 참석했다는 사람이 없으니 소문만 부풀고 호기심은 시들 줄 몰랐다.

퀘이즈 역시 그 호기심을 채우기 위해 돈과 시간을 쏟아부었다. 공작부인이 된 여자가 공주라기에, 대체 누군가 싶어 조사를 시작했다. 그런데 아무리 뒤져도 나오는 것이 없었다. 정확한 정보는 이름과 나이가 전부였다. 그나마 결혼하기 전에 잠시 지낸 소궁에서 수발을 든 시녀들을 매수해 인상착의를 알아낸 것이 유일한 수확이었다.

점점 오기가 생겼다. 나름대로 부족할 데 없는 정보 인력을 가지고 있다고 자부했는데 그들을 몇 개월 돌려도 정말 뭐 하나 걸리는 것 없이 깨끗했다.

"이거 뭐. 하늘에서 뚝 떨어진 것도 아니고."

퀘이즈는 어이가 없어서 탄식했다.

공주 찾기에 달려든 사람은 퀘이즈뿐만이 아니었다. 왕실 정보부에서 나서서 비비안 공주가 지냈다는 별궁을 중심으로 조사가 이루어졌다. 그 과정에서 시녀들의 명부 조작이라는 고질적인 병폐가 드러났고, 여관들이 책임지고 엄한 벌을 받았다.

평민으로 살다가 궁에 들어왔다기에 어릴 때 살았던 마을에 사람을 파견했다. 그러나 공주의 모친과 친하게 지냈다는 사람조차 모녀에 얽힌 사정을 아는 이가 없었다.

몇 개월 달달 뒤지고 뒤져서 겨우 공주의 모친이 죽기 전에 궁으로 보냈다는 서신을 손에 넣었다.

"여기도 단서는 없군."

낡은 종이의 짧막한 편지글을 읽으며 퀘이즈는 한숨을 내쉬었다. '모 월 모 일 왕과 동침했고 공주를 낳았다.'라는 사실 관계 설명 외에 모친의 신분을 짐작할 만한 단서는 아무것도 없었다. 심지어 이름조차 쓰지 않았다.

"설마…… 모친이 평민인가?"

살짝 의심이 들었으나 금방 털어냈다. 노친네가 이 여자 저 여자 가릴 것 없이 마구 노는 것 같아도 취향은 있었다. 노동으로 굳은살이 박인 손과 거친 피부를 지닌 평민 여자를 품었을 것 같지 않다.

"크로틴 경. 정말 아는 거 없나?"

퀘이즈는 근접 호위를 하느라 근처에서 떨어지지 않는 로이에게 몇 번째일지 모를 같은 질문을 던졌다.

"없습니다. 알아도 몰라요."

예의라고는 저만치 치워 버린 말투는 언제 들어도 거슬려서 옆에 있던 부관이 인상을 찡그렸다. 다른 자들과 달리 태자는 속으로 어떤 생각을 하는지 몰라도 겉으로는 로이의 무례함에 관대했다.

"딴 건 됐어. 도대체 둘이 무슨 수로 만나서 결혼한 거냐고."

궁금해서 죽을 것 같아! 충족되지 못한 호기심에 괴로워하는 퀘이즈를 보며 로이는 남모르게 히죽 웃었다.

'난 알지.'

남이 알고 싶어 발버둥 치는 비밀을 혼자만 아는 일은 꽤 즐거웠다.

"그러고 보니 크로틴 경. 내일 결투한다지."

"예."

태자와 적대하는 파벌의 백작이 감히 태자에게 덤비지는 못하고 애먼 로이에게 시비를 걸었다. 로이는 평소처럼 퉁명스레 몇 마디 되받아쳐 줬는데 백작은 자길 모욕했다며 장갑을 내던졌다. 로이는 흔쾌히 응했다. 지금껏 덤벼드는 놈을 피한 적이 없었다.

"살살해야 하나요? 내일 결투 말입니다."

퀘이즈가 웃음을 터뜨렸다.

"거 새로운 농담인가? 결투가 무슨 장난이야? 내 체면 생각하지 말고 마음껏 싸우게."

"알겠습니다."

허락도 받았겠다. 로이는 히죽 웃었다. 직접 나서는 것도 아니고 가문의 기사를 내보낼 것이면서 마치 제가 싸울 것처럼 으스대는 꼴이 정말 꼴불견이었다. 어찌 박살을 내줄까 벼르고 있었다. 분풀이는 대신 결투에 나선 기사가 감당해야겠지만, 주인을 잘못 만난 것도 죄.

다만, 사고를 치면 태자의 체면이 문제가 아니라 주군께 맞아 죽을까 봐 걱정이라서 태자에게 면책을 받은 것이다.

퀘이즈는 훗날 이날의 대화를 잠깐 회상하곤 했다. 광견 크로틴의 시작이었다.

* * *

타란 공작의 결혼 소식을 듣고 꽤 많은 여자들이 가슴앓이를 했다. 아니타는 여느 여자들과 다른 의미로 입맛이 썼다. 이미 세 번이나 결혼한 전적이 있는 그녀는 타란 공작과의 결혼은 꿈도 꿔본적 없었다. 잊지 않고 가끔 찾아주는 애인으로 만족했다.

'언제고 새신부가 지겨워지면 그가 연락하겠지.'

그의 결혼이 둘의 관계에 영향을 줄 거라고 생각하지 않았다. 그러나 예고 없이 배달된 노란 장미를 받고 온종일 넋을 놓고 있다가 열흘 넘도록 몸살을 앓았다. 간신히 몸을 추스르자 의문이 생겼다.

'도대체 왜?'

아무리 생각해도 실수한 것이 없었다. 절대 그에게 연락하지 않았으며 어디 가서 대놓고 그와의 관계를 말하지도 않았다. 입소문이 암암리에 퍼지는 일은 어쩔 수 없지만, 그는 그런 소문에 개의치 않는 사람이었다. 그가 결혼했다는 소식을 들은 이후 더 몸을 사리고 있던 참이라서 도무지 그의 결별 선언을 납득할 수 없었다.

결혼했기 때문에 애인을 정리한다고? 그는 절대 그런 양심적인 신사가 아니었다. 당장 그의 영지로 달려가 이유를 묻고 싶은 마음을 꾹 참았다. 그런 짓을 했다가는 아주 돌이킬 수 없다는 걸 알기 때문이었다. 그의 결별 통보를 받고 수도 저택에 들이닥친 여자가 있었으나, 그 후 사교계에서 그 여자를 다시는 볼 수 없었다.

생각하고 또 생각하다가 내린 결론은 공작부인이 된 비비안 공주였다. 새신부가 아니타의 존재를 알고 끊기를 종용했을 것이다. 어차피 그는 어떤 여자에게도 미련은 없으니까 아내의 요구를 못 이긴 척 들어준 것이 분명했다.

아니타는 비비안 공주가 누군지 조사하기 시작했다. 처음엔 어떻게 생겼는지 궁금했다. 그런데 조금씩 드러나는 사실이 워낙 흥미로워서 어느새 밤낮으로 비비안 공주 찾기에 골몰했다.

그녀는 어떤 정보부도 포착하지 못한 여자 특유의 시선으로 조사해 들어갔다. 가장 먼저 주목한 건 비비안 공주가 승전 기념 파티에 참석한 기록이었다. 별궁에 거의 갇혀 살았다는 공주가 사교 파티에 참석했다는 사실에 의문을 품었다. 드레스는? 화장은? 머리는?

아니타는 한동안 사업체도 내버려 두고 집요하게 비비안 공주에 대한 것들을 캐고 다녔다. 공주가 시녀 행세를 하며 빈번히 외출했다는 사실을 알아냈다. 드레스는 아마 직접 나가서 구한 것 같았다. 세상 물정 아무것도 모르는 공주님이 아니었다.

'미인은 아니야. 절대 그의 취향도 아니야.'

아니타는 테이블에 초상화를 올려두고 한참을 미동 없이 보고 있었다. 뒷돈으로 구한 비비안 공주의 인상착의를 기반으로 제작한 초상화였다.

처음에는 안심했던 마음이 시간이 지날수록 불안해졌다. 그의 취향은 아니지만, 그래서 오히려 빠질 수 있지 않을까. 사내란 새로운 것에 흥미를 갖기 마련이니까. 시녀 행세를 한 공주라는 특이한 점이 자꾸 신경이 쓰였다.

'잠시 흥미가 있었다고 해도…… 금방 식겠지. 언제고 그는 나를 다시 찾아올 거야.'

그러나 그는 노란 장미를 보낸 여자를 두 번 찾은 적이 없었다. 노란 장미를 받은 이후 아니타는 제대로 잠을 이루는 날이 거의 없었다.

'의미 없는 결혼이야. 그는 여자를 사랑할 줄 모르는 남자니까.'

비비안 공주의 초상화를 보며 아니타는 끊임없이 되뇌었다. 정착하지 못하는 그가 여자에게 잡히기를 바라는 마음은 그녀의 오만이었다. 막상 그럴 수 있다는 생각만으로도 그녀는 심장이 불안하게 쿵쾅거리며 뛰었다.

비비안 공주를 실물로 보고 싶었다. 그의 눈에 들 여자가 아니라는 확신을 얻어서 불안을 가라앉히고 싶었다.

'북부로 가서 그 모르게 확인만 하고 올까?'

게이트를 타지 않으면 수개월의 마차 여행을 해야 한다. 도무지 엄두가 나지 않았다. 북부 게이트를 타려면 타란 공작의 승인을 받아야 하고, 아무리 형식적인 승인 과정이라도 그가 혹시 알게 되면 뒷감당이 두려웠다. 언제고 두 사람이 수도에 올라올 테니까 그때를 기다리는 편이 나았다.

'왜 시녀 행세를 했지? 궁을 나가서 뭘 한 걸까. 궁 밖에 애인이 있었나? ……그래. 애인. 얼마든지 그럴 수 있어.'

아니타의 비비안 공주 찾기 대장정은 이제부터 본격적인 시작이었다. 공주 얼굴만 확인하려 했던 처음 의도는 이제 남아있지 않았다.

*　　*　　*

로암 시내를 새카만 마차가 달려갔다. 거무튀튀한 목재로 만들어진 마차를 자세히 들여다보면 흑사자 문양이 그려져 있었다. 까만색 마차가 신기해서 사람들은 가던 걸음을 멈추고 마차를 구경하곤 했다.

마차의 주재료로 사용된 흑목은 강철만큼 단단하면서 화재에 강해서 오래전에는 군선의 재료로 사용되었다는데, 흑목 군락지에 병이 돌아 대부분이 고사(枯死)하는 바람에 지금은 흑목 가격이 같은 무게의 금값을 뛰어넘었다.

휴고는 아내의 안전을 위해 흑목으로 마차를 만들어 주었다. 왕이나 탈 수 있을 법한 마차를 타고 루시아는 종종 외출했다. 검은 마차가 달려가면 이제 사람들은 안에 누가 타고 있는지 알았다. 대부분 사람은 평생 가도 얼굴조차 보기 힘든 높은 분이라서 마차가 지나가면 시야에서 사라질 때까지 눈을 떼지 못했다.

마차가 도개교를 건너 성문을 들어설 때 고동 피리 소리가 울렸다. 루시아를 태운 흑목 마차는 계속 달려서 내성의 중앙탑 앞에 멈추었다. 고용인들은 안주인을 맞이하려고 모두 나와있었다.

루시아는 승마를 마치고 돌아오면 개운하게 목욕을 하고 응접실에 앉아 제롬이 타주는 향긋한 차를 마셨다.

"외출은 즐거우셨습니까. 마님."

"즐거웠어요. 에미리는 정말 착한 아이라서 서투른 내 지시를 잘 따라줘요."

그녀의 애마 에미리는 휴고가 선물한 순하고 혈통 좋은 암말이었다. 생김새나 윤기 자르르한 털을 보면 좋은 말이라고 짐작할 수 있었다. 멋진 말이라고 칭찬을 들을 때마다 루시아는 어깨가 으쓱했다.

"오늘은 누가 그러더군요. 에미리는 본인의 말 열 마리와도 바꿀수 없을 거라고. 에미리가 많이 비싼 말인가 봐요."

"예, 그런 편입니다."

주인의 선물에 가격을 논하는 일은 예의가 없는 짓이라 제롬은 자세하게 말하지 않았다. 루시아도 굳이 묻지 않았으나 그가 준 말과 마차가 값을 떠나서 귀한 선물이라는 사실은 짐작하고 있었다.

"언제 오실까요?"

그녀의 마음속에서 그리움이 하루가 다르게 부쩍 자랐다.

"예? 아……. 정확하지는 않지만, 최대 한 달까지는 생각하셔야 합니다."

"한 달이나……. 영지 일이라는 건 알겠어요. 무슨 일로 가신 건가요?"

그전에는 그가 하는 일에 일부러 관심을 두지 않으려 했지만, 이제는 그에 대해 조금이라도 더 알고 싶었다.

"주인님께서 이번에 가신 일은 연례행사입니다."

제롬은 주인께서 갑자기 자리를 비울 수밖에 없는 당위성을 강조해서 사적인 이유가 절대 없다고 말하고자 했다. 그는 공작 부부의 극적 화해를 모르고 있었다.

"마님께서도 북쪽의 국경이 야만족의 땅과 닿아있다는 것을 아실 겁니다. 그들은 구심점이 없는 부족들인데 때때로 국경을 넘어와 약탈합니다. 그들의 준동을 막기 위해서 연 한 차례 토벌대를 파병합니다. 타란 가문의 가주가 토벌대를 이끄는 전통이 있습니다."

"그럼 매년 이맘때 항상 떠나는 일정이시겠군요."

"그동안 전쟁으로 주인님께서 매년 가지 못하시고 기사들만 보냈습니다. 그래서인지 요즘 부쩍 약탈이 잦아졌다는 것 같았습니다."

"계속 불안에 떨어야 하는 북부 사람들은 힘들겠어요."

"국경에서 가까운 지역이 아니면 별로 그렇지는 않습니다. 외부에서 바라보는 것과는 많이 다릅니다."

고개를 끄덕이며 차를 마시던 루시아가 짧게 외마디 비명을 질렀다.

"세상에! 어떻게 그걸 잊고 있었지! 제롬. 오늘은 그분 생신 아닌가요?"

예전에 제롬에게 물어서 기억해 두었던 그의 생일이 바로 오늘이었다. 계속 외우고 있었는데 그와 싸우느라 깜빡하고 말았다.

"떠나시기 전에 내게 알려주지 그랬어요. 생일인데 축하도 못 받고 야만족과 싸우고 계시겠군요."

"음……. 마님. 주인님께서는 따로 생일을 챙기신 적이 없습니다."

"그렇겠지요. 누가 본인 생일을 그렇게 챙기겠어요. 그건 주변에서 해주는 거예요."

"언급…… 하는 것도 싫어하십니다."

"……왜요?"

"자세히 알지 못합니다. 다만, 주인님께서는 생일뿐만이 아니라 어린 시절의 일 같은 개인사를 떠올리기 싫어하시는 것 같았습니다."

'어린 시절에서 떠올리고 싶은 추억이 없다는 건가……'

그건 참 슬픈 일이었다. 힘든 삶을 살았던 루시아도 절대적인 추억의 순간은 있었다. 입궁 전까지 어머니와 살던 어린 시절은 넉넉지 못했지만 행복했다.

제롬에게 들었던 서쪽 탑에 얽힌 비극이 떠올랐다. '끔찍한 일이니까 생각하지도 말고 입에 담지도 말아야지.' 하고 잊으려고 애썼으나 서쪽 탑을 볼 때마다 자꾸 생각났다. 그리고 시간이 지날수록 존속살인이라는 비극적인 사건 자체보다 그런 사건이 발생할 수밖에 없었던 숨겨진 진실에 마음이 쓰였다.

부모로서 하면 안 될 짓을 하다가 최후를 맞이한 죽은 공작에게 루시아는 동정하는 마음이 들지 않았다. 자업자득이라고 생각했다.

"제롬. 돌아가신 전 공작님을 뵌 적이 없다고 했지요?"

"예. 저는 주인님께서 작위를 승계하실 무렵부터 모셨습니다."

"왠지 굉장히 냉혹한 분이었을 것 같군요."

제롬은 잠시 주저하다가 말했다.

"단편적으로 들은 말에 의하면 마님 생각과 다르지 않을 것 같습니다."

'그의 과거는 정말 평범하지 않구나.'

루시아는 자신보다 파란만장한 인생은 없을 거라고 생각했다. 그런데 그의 과거는 쉽게 입에 담지 못할 어둠으로 가득했다. 출산 후 사망한 어머니는 얼굴도 모르고, 아버지는 이해득실을 따져 아들을 버렸다. 하나뿐인 형제는 혈육을 죽였다.

사랑을 배운 적이 없는데 어떻게 사랑을 알겠는가. 그의 냉정하고 정 모르는 성격은 자연스러운 형성 과정의 결과였다. 오히려 그는 과거를 딛고 대단히 훌륭하게 성장했다. 그는 차갑기는 해도 삐뚤어진 구석은 없었다.

'갓난아이를 버리다니. 도무지 이해가 안 돼.'

단지 분란의 소지가 있다는 이유만으로 갓 태어난 어린 아들을 버리다니. 어떻게 그럴 수가 있을까.

'그는 순전히 운이 좋아서 선택되었을 뿐이야.'

그가 버려졌다면 존속살인죄는 어쩌면 그의 몫이 되었을 것이다.

귀족 가문들은 과거에도, 현재에도, 미래에도 끊임없이 후계자 문제로 골머리를 앓지만, 사생아마저도 입적해 키우는 마당에 그런 식으로 문제를 해결하는 경우는 없었다. 알려지면 만인의 손가락질을 받을 짓이었다.

'그는 타란 가문이 손이 귀하다고 했어. 손이 귀하면 쌍둥이를 더 귀하게 키워야지.'

생각할수록 앞뒤가 맞지 않았다.

'데미안도 그래. 손 귀한 집안의 귀한 아들이잖아.'

하나뿐인 아들이고 그의 후계였다. 엄하게 키우고자 기숙 학교에 보낼 수 있다 쳐도 지나치게 무관심했다.

'아버지의 정을 받고 자라지 못해서 주는 법을 모르는 걸까?'

루시아는 끊임없이 속으로 묻고 답하며 점점 더 깊은 사고로 들어갔다.

'그는 여자가 많았어. 사생아가 몇이 있어도 이상하지 않지.'

꿈속에서 그에게 자식이 더 있다는 소리는 못 들었다.

'아이를 얻기가 워낙 힘들어서 데미안을 후계로 삼은 건가?'

그러면 그가 루시아의 임신을 거리낄 이유가 없었다. 손이 귀할수록 가능한 많은 자손을 보는 것이 정답이다. 단 하나뿐인 후계자는 무수한 위험을 내포했다. 그래서 귀족들은 가문의 미래를 위해서 다산을 선호하고 자식들을 경쟁시켜 빼어난 후계를 골라냈다.

그와 언쟁을 벌일 때는 감정에 휩쓸려 그의 말을 냉정히 분석할 수 없었지만, 루시아는 찬찬히 그가 했던 말을 곱씹었다.

'자식은 필요 없어.'

'내 흔적을 남기고 싶지 않아.'

단지 후계 갈등을 저어해서 하는 말이 아니라 '흔적'이라는 표현의 뉘앙스에는 근원적인 혐오감이 담겨있었다.

'그럼 데미안은? 그가 원하지 않았는데 여자가 임신 사실을 알리지도 않고 낳았나?'

얼마든지 일어날 수 있는 일이었다. 억지로 아이를 떼는 것보다 차라리 출산이 여자 몸에 후유증이 적었다. 많은 사생아가 그런 식으로 태어난다. 루시아 역시 그렇게 태어났다.

'아니야. 그가 정말 아이를 원하지 않았다면 그렇게 허술했을 리가 없어.'

루시아는 그가 가진 냉정하고 잔인한 구석을 인정했다. 그가 정말 자식을 원하지 않았다면 강제 낙태를 시도했을 것이다. 겨우 낙태? 그는 그보다 더 심한 짓도 할 수 있을걸. 그녀의 이성이 속삭였으나 무시했다. 그녀는 가급적이면 사랑하는 남자의 좋은 면만 보고 싶었다.

'데미안이 태어났을 때 그의 나이를 따져보면 어린 나이니까 빈틈이 있을 수 있지. 그도 사람이니까 실수는 할 수 있어.'

지난번 싸움으로 그의 내심이 얼마간 드러났기 때문인지 데미안이 사랑으로 태어났을 것 같지 않았다.

'원하지 않았어도 태어난 아이는 죄가 없잖아. 그는 마치 데미안을 버려둔 것 같아. 대개 남자는 자기 혈육에 대해 진한 정을 느낀다는데……. 진짜 아들이 아닌 것처럼……'

되는 대로 마구 떠오른 생각 중 하나였지만, 갑자기 어떤 강한 의혹이 확 그녀를 덮쳤다.

'말도 안 돼.'

"마님, 차를 더 올릴까요?"

제롬 목소리에 반짝 깨어나 손을 내려다보자 빈 찻잔을 쥐고 있었다.

"아……. 그래요."

찻잔이 채워지는 것을 보며 루시아의 심장이 쿵쿵 뛰었다.

"제롬, 소공자를 본 적 있지요?"

제롬은 움찔해서 루시아의 눈치를 살폈다. 이분이 또 시작인가. 바짝 긴장했다.

"……예."

"그분과 많이 닮았나요?"

"예. 보시면 놀랄 정도로 아주 빼닮으셨습니다."

'내 비약이 너무 심했나……. 하긴 터무니없는 생각이지.'

혈육이 아닌데 후계로 삼아 작위를 물려준다니. 가당치 않은 일이었다. 그녀는 어리석은 망상으로 치부하려 했으나 미진한 뭔가가 자꾸 걸렸다.

"데미안은 언제 공작가에 들어왔어요?"

제롬이 곤란한 표정을 지었다. 그가 아무리 마님께 남김없이 모두 말하고 싶어도 한계치는 있었다. 그리고 사실, 소공자에 대해서는 제롬도 확실히 아는 것이 없었다.

"송구합니다, 마님. 도련님의 일은 함부로 말씀드릴 수가 없습니다. 주인님께 여쭈어 보시는 편이 좋을 것 같습니다."

"……알았어요."

루시아는 제롬을 다그쳐 난처하게 하고 싶지 않았다. 뭔가 잡힐 것 같으면서도 아니고, 의혹은 있는데 뭐 하나 확실하게 결론을 낼 수 없어서 생각하기를 그만두었다.

밤이 늦어 잠들 준비를 하는 중에 침실로 하녀가 약을 가지고 들어왔다. 안나가 요즘 치료법을 찾느라 열심이라고 들었다. 매우 바쁘게 여기저기 다니는 것 같았다. 치료약 대신에 여성의 자궁에 이로운 보약 위주로 약을 지어 올렸다. 약그릇을 받아서 한 모금 마시자 쌉쌀하고 떫은맛이 났다.

'그 약의 맛은 꽤 독특했어.'

루시아는 꿈속에서 삼엽쑥에 중독된 몸을 치료하느라 먹었던 약의 맛을 기억했다. 상당히 독특해서 잊을 수가 없었다.

'바닐라 향. 그런 비슷한 맛이었어.'

다음 날, 점심을 먹고 루시아는 정원을 산책하고 있었다.

"마님!"

하녀가 다급하게 달려왔다. 표정이 꽤 파리하게 질려 있었다.

"무슨 일이니?"

"소…… 소공자님이…… 오셨습니다."

검은 머리카락과 붉은 눈동자.

주인을 닮은 소년을 보며 제롬은 애써 당혹스러움을 감추고 표정을 관리했다. 그리고 소공자가 모르게 맹렬하게 아신을 노려보았다. 아신이 찔끔하면서 슬쩍 시선을 피했다.

"오랜만에 뵙습니다. 도련님. 그간 강녕하셨습니까."

정중한 인사를 올리는 제롬에게는 흠잡을 곳이 없었다.

'당황하는군.'

데미안은 제롬을 멀뚱히 보며 생각했다. 물론 제롬의 완벽한 표정과 태도에서는 드러나지 않았다. 그러나 제롬만 완벽하면 뭘 하겠는가. 주변에 늘어선 고용인들이나, 아까 성으로 들어올 때 맞이하던 기사들이나 모두 표정으로 말하고 있었다. 네가 여기 어쩐 일이야, 라고.

"오랜만이군요."

"먼 길을 오시느라 피곤하셨겠습니다. 점심은 드셨습니까?"

"나중에 하지요. 흔들리는 마차를 계속 탔더니 속이 불편해요."

"예, 도련님. 그러면 쉬실 수 있도록 침실로 모시겠……."

제롬이 갑자기 말을 멈추고, 주변이 기이한 침묵에 휩싸였다. 데미안은 누군가의 등장을, 그리고 등장한 인물이 정체까지 예상했다. 모두의 시선이 향한 곳으로 데미안도 고개를 돌렸다. 반쯤 열린 응접실 문으로 들어서는 여자는 달려왔는지 어깨가 조금 들썩거렸다. 생각했던 것보다 어려 보이고 자그마한 갈색 머리카락 여자의 등장에 모두 숨을 죽였다.

타란의 안주인. 공작부인이자 소년 데미안의 새어머니였다.

'우와……'

데미안을 보면서 루시아는 감탄했다. 소공자가 왔다는 하녀 말을 듣자마자 체통이고 뭐고 달렸더니 숨이 찼다.

'이렇게 닮을 수가 있을까.'

빼닮았다는 제롬의 말은 과장이 아니었다. 검은 머리카락과 붉은 눈뿐만이 아니라 이목구비가 마치 공작을 작게 축소해 놓은 것 같았다. 이 아이가 그의 아들이 아니라고 누가 의심할 수 있을까.

'기가 막히겠지.'

데미안은 크게 뜬 눈으로 자신을 보는 공작부인을 보며 한숨을 내쉬었다. 이제 막 결혼했는데 남편에게 사생아가 있다니 얼마나 어이가 없을까. 설마 후계로 공표된 사실조차 모를까 봐 걱정이었다. 이후 공작부인이 취할 예상 행동을 나열해 보았다.

충격으로 굳어서 그냥 노려본다, 화가 나서 나가 버린다, 혐오를 담아 벌레처럼 바라본다, 다짜고짜 일단 뺨을 한 대 친다. 이것들은 하책이었다. 이런 반응을 보일 공작부인은 그다지 걱정할 필요가 없다. 학술원에서도 대놓고 악의를 보이며 괴롭히려는 녀석들은 수가 빤히 보였다.

그러나 침착하게 감정을 내보이지 않거나 웃으며 아들로 대접해 준다면 이건 상책이었다. 공작부인이 이런 식으로 나오면 그건 아주 좋지 않았다.

"처음 뵙겠습니다. 인사가 늦었습니다. 데미안입니다."

데미안은 공작부인에게 다가가 적당한 거리를 유지하며 고개를 숙였다.

"아……. 반가워요."

순한 대답이 들려오자 데미안은 흘끗 시선을 들었다.

'너무 충격을 받아 상황 파악이 안 되는 걸까?'

공작부인의 노란빛이 도는 눈동자 속에 그다지 적대감이나 혐오감은 없었다. 감정을 완전히 갈무리할 수 있을 정도의 고단수일지 모른다. 아직은 판단할 수 없었다.

겉모습만으로는 소년의 예측과 달랐다. 공주라기에 오만하고 기품 있는 귀부인을 상상했다. 그런데 오만과 기품보다는 순수와 온화 쪽이었다. 예쁘냐는 질문에 얼버무리던 아신이 이해가 가지 않았다.

'예쁜데.'

"마님. 도련님은 오랜 마차 여정 때문에 쉬고 싶다고 하셨습니다."

"아, 쉬어야지요. 마차 여행이 얼마나 고단한지 알아요. 시간이 점심때인데 식사는 어떻게 했어요?"

"……생각이 없습니다."

"그럼 저녁까지 계속 빈속인데 그러면 안 돼요. 한창 성장기인데. 집사. 속에 부담 없는 간단한 요깃거리를 준비해서 들여요. 저녁 식사도 소화가 잘되는 요리로 준비하고."

"예, 마님."

잠시 말없이 루시아를 바라보던 소년이 꾸벅 고개를 숙이고 하인을 따라 나갔다. 소년이 간 방향에서 눈을 못 떼며 루시아는 두 손으로 발그레 달아오르는 얼굴을 감쌌다.

'아, 세상에. 귀여워.'

그 남자의 축소형이었다. 루시아가 보지 못했던 그의 어린 시절이 저기 있었다. 이목구비며 무뚝뚝한 말투며 차가운 표정도 판박이였다.

"마님?"

제롬은 마님이 충격을 받으셨을까 봐 염려해서 조심스럽게 불렀다. 그런데 휙 돌아보는 마님의 눈동자가 반짝거리고 있었다.

"제롬, 여덟 살이라면서요."

"맞습니다. 타고난 기골이 남다르십니다."

"그렇군요. 하긴 그분 아들이 작다면 말이 안 될 것 같아요."

"괜찮…… 으십니까?"

"뭐가요?"

"……아닙니다."

"예상보다 훨씬 귀여운 아이 같아요. 착해 보이고."

"예?"

마님의 단어 선택은 제롬을 혼란에 빠뜨렸다. 데미안 도련님에게는 절대 귀엽다는 표현이 어울리지 않았다. 아주 어린 시절에는 잠깐 그럴 때도 있었을지 모르지만, 절대 지금은 아니었다. 그리고 착하다니. 어딜 봐서. 찔러도 피 한 방울 나오지 않을 것 같은 공작을 그대로 닮지 않았나. 마님의 눈이 의심스러웠다.

"저녁을 같이 먹자고 하면 불편해할까요?"

"마님께서 불편하지 않으시다면……."

"불편하긴요. 저녁 식사 시간이 기대되네요."

발랄하게 응접실에서 나가는 마님은 흔히 기대하는 보통의 반응과 완전히 동떨어졌다. 결혼한 지 몇 개월 안 된 신혼인데 다 큰 아들이 나타난 비극적인 상황이었다. 마님의 태도는 절대 정상이 아니었다. 사태의 심각성을 모르는 걸까. 아니면 충격을 받으셔서 제대로 판단을 하지 못하시는 것일지도. 제롬은 마님이 걱정스러웠다.

제롬은 집사 업무실로 아신을 끌고 들어갔다. 시선을 피해서 눈동자가 이리저리 허공을 배회하는 아신을 노려보았다.

"도대체 어찌 된 일입니까? 아신 경."

"뭐 말이오?"

"도련님을 모시러 간다고 왜 제게 일러주지 않았습니까?"

"그야 뭐. 이미 아는 줄 알았지."

"그런 생각이 들어도 저, 혹은 마님께 말씀드려야 하는 겁니다."

"……전하께서 그러라는 지시가 없으시기에……."

제롬은 뒷목을 잡았다. 이제 막 행정관이 된 초짜도 아니고 서기

관씩이나 되는 자가 할 말인가. 아신 정도의 경력이면 공작의 성정이 어떤지 파악하고도 남았다. 공작은 과정 없이 결정만 내리고 명령하는 경우가 많고, 한 사람에게만이라도 말을 꺼냈으면 그걸로 끝이었다. 수하들끼리 의사소통이 되었는지 아닌지는 관심 없었다.

소통이 안 되어 문제가 발생하면 전부 그들 잘못이었다. 그래서 공작가의 관리들은 자기들끼리 종종 짧은 모임을 마련해서 서로 알고 있는 사실에 구멍은 없는지 점검하곤 했다.

"아신 경에게 그런 것까지 일일이 짚어줘야 합니까?"

다른 데에선 빠릿빠릿한 아신은 이상하게 가끔가다 공작과 관련된 일에서 융통성이 바닥을 쳤다. 제롬이 더 왈왈거리기 직전에 누군가 업무실 문을 두드렸다. 잠시 후 빠끔히 문이 열리더니 파비안이 고개를 들이밀었다.

"뭔 일이야? 오, 아신 경. 오랜만입니다."

"파비안. 오랜만일세. 그럼 형제간 우애를 나누시게나. 난 이만."

파비안과 아신은 악수를 하고 가볍게 서로 어깨를 두드렸다. 인사가 끝나자마자 살아날 길을 찾은 아신은 쏜살같이 몸을 내뺐다.

"왜 그래?"

제롬이 깊이 한숨을 내쉬었다.

"별일 아니야. 지금 주인님께서 안 계시는데 어쩐 일이야? 야만족 치러 가셨다는 소식을 전달받지 못했어?"

"알아. 다른 거 명받아서 왔어. 도련님이 오신 것 같던데."

"조금 전에."

"표정이 어째 안 좋네. 마님께서 많이 언짢아하셔서?"

"아니, 그런 거 아니야."

언짢아하시기는. 얼마나 좋아하는지 발걸음마저 가벼워 보였다. 말해 봤자 파비안이 뭔 헛소리냐는 눈으로 볼 것이라 설명하기를 포기했다.

"갑자기 입적 서류를 가지고 오라고 하시기에 뭔 일인가 했더니 도련님이 오셨군."

"입적 서류?"

"마님께서 동의는 하신 건지 모르겠네. 두 분은 요즘 어때? 전하께서는 아직도 신혼 놀이 중이신가?"

"말조심해."

제롬이 매우 불쾌한 듯 인상을 팍 찡그리자 파비안은 머쓱해서 어깨를 으쓱했다.

"수도는 별일 없지?"

"그 동네는 늘 별일이 있지."

파비안은 얼마 전 사교계를 떠들썩하게 만든 사건을 떠올렸다. 태자를 호위 중인 로이 크로틴이 백작 가문의 기사 하나를 반죽음으로 만들었다. 정당한 결투면 뭐가 문제냐 싶겠지만 이게 참 애매했다. 실력으로 누른 것은 맞은데 방법이 논란이었다.

로이는 검을 뽑지도 않고 기사를 도발했다. 내가 검만 뽑게 만들어도 패배를 인정한다며 상대 기사의 속을 뒤집었다. 그리고 덤비는 기사를 검집째 아주 녹신하게 두들겼다.

그 소식을 듣고 파비안은 처음에 어이가 없었다가 나중에는 배를 잡고 웃었다. 저가 주군께 당한 걸 고대로 남에게 분풀이했다는 것을 아는 사람은 알 것이다.

과연 정당한 결투인지 문제를 놓고 논쟁이 발생했다. 백작 쪽은 그게 무슨 결투냐고 방방 뛰고, 로이의 배후에 있는 태자 쪽은 실력으로 졌으면 찌그러지라고 비웃었다. 로이는 단번에 사교계 관심의 핵으로 급부상했다.

파비안은 그런 상황이 몹시 재미있었지만, 제롬에게 말해봤자 별로 즐거워할 것 같지 않아서 그냥 혼자만 알기로 했다.

"아. 요즘 소문 하나가 돌더라. 전하께서 지참금으로 내어준 광산 얘기."

"그게 왜 소문으로 돌아?"

지참금은 마땅히 주고받은 양쪽만 알아야 하는 사적 비밀이었다. 받은 입장은 얼마 받고 딸을 판 격이고, 준 입장은 돈 내고 아내를 사온 격이라 체면을 위해 거론하지 않는 것이 마땅한 예의였다.

"왜 돌겠냐. 말할 사람이야 뻔하지. 왕이 어디서 자랑삼아 말했다가 퍼졌겠지."

"나 참."

주책없는 왕을 향해 형제는 혀를 찼다.

"아무튼, 그래서 별별 소문이 다 돌고 있어. 마님이 쳐다만 봐도 남자가 정신을 못 차리는 미녀라서 공작께서 한눈에 반해 광산을 통째로 내주고 누구도 못 보게 영지로 끌고 갔다고들 하지."

'솔직히 마님이 그 정도는 아니잖아?' 하며 파비안은 킬킬거렸다. 제롬은 파비안을 노려보며 혀를 찼다. 마님이 어디가 어때서.

괜히 기분이 나빴다.

"마님 정도면 미인이시지."

"……뭐 잘못 먹었냐?"

파비안이 정색하자 제롬은 겸연쩍어서 헛기침했다.

"사람들이 근거 없이 입을 놀리는 건 곤란해. 전하께서도 언짢아하실 텐데."

"전하께서는 소문 같은 거 신경 안 쓰셔."

과연 그럴까. 제롬은 주인께서 마님과 관련한 소문에 무관심하지 않을 거라고 예감했다. 거의 확신에 가까웠다.

*   *   *

한숨 자고 일어났으나 여전히 밖은 환했다. 데미안의 침실이 위치한 곳은 중앙탑에 부속한 연결 건물 중 하나로, 원래의 목적은 공작의 자식들을 위한 양육 공간이었다. 최대 열 명의 아이들이 지낼 수 있도록 침실에서 학습실에 이르기까지 상당히 넓었다.

기숙 학교로 떠나기 전까지 소년의 침실이었던 2층 방에서 창밖을 내다보자 아래 펼쳐진 정원이 꽃으로 울긋불긋했다.

'공작부인의 작품인가.'

어릴 때 봤던 정원에는 항상 초록색이 가득했다. 화사한 꽃은 이 삭막한 공작가에 별로 어울리지 않는다고 생각했다. 그런데 뜻밖에 어색함이 없었다. 바람을 타고 은은하게 향기가 올라왔다. '정원 가득한 꽃이 보기 좋구나.' 하고 생각했다.

좀 더 가까이에서 보고 싶은 마음이 들어서 정원으로 나갔다. 훨씬 더 짙은 향기가 훅 밀려들었다.

"데미안."

데미안은 자신의 이름이 이렇게 달게 들릴 수 있다는 것을 처음 알았다. 우뚝 멈추어서 다가오는 공작부인을 바라보았다. 몹시 반가워하는 공작부인을 보며 소년은 고개를 갸웃했다.

'왜 반가워하지?'

"푹 잤어요? 일찍 일어났네. 배고프지는 않아요?"

부드럽고 맑은 목소리였다. 사근사근한 음성에는 호의가 잔뜩 담겼다. 데미안은 바싹 경계의 고삐를 잡아당겼다. 어마어마한 고단수다.

"……아직은 괜찮습니다."

"혹시 내가 방해했나요?"

"아닙니다."

데미안은 친모에 대한 기억이 없고, 학술원의 재학생이나 교수나 모두 남자였다. 주방일이나 잡일을 하는 여자들은 중년 여자들이었다. 고용 관계가 아닌 젊은 여자와 대화를 나눈 적이 없어서 영 껄끄러웠다.

"정원이 훌륭하다고 생각하고 있었습니다."

"잔뜩 꽃만 심어놨는데 괜찮아 보인다니 다행이네요."

"편히 말씀하셔도 됩니다."

"음……. 그래? 난 아무래도 상관없는데. 그게 편해?"

"예."

"알았어. 산책하는 중이면 같이 잠깐 걸을까?"

"……예."

함께 정원 소로를 따라 거닐며 루시아는 계속 소년을 흘끔거렸다. 정말 볼수록 신기했다. 그가 그립고 보고 싶은 마음이 데미안을 보며 얼마간 충족될 수 있을 것 같았다. 딱딱하고 정중한 말투까지도 어쩐지 그와 닮았다.

"기숙 학교에 있다고 들었어. 방학인 거니?"

"방학은 없습니다. 외출은 할 수 있습니다. 전하께서 다녀가라고 하셔서 온 겁니다. 공작부인께 인사를 드리라고 하셨습니다."

"아……."

데미안은 호칭부터 확연한 거리를 두고 있었다.

'하긴 단번에 어머니라고 불렀으면, 음……. 좀 징그러웠을 것 같기는 해.'

귀족 아이들이 철이 덜 들었을 때는 특권의식에 사로잡혀 오만방자하고 되바라진 경우가 많았다. 나이가 들어야 속마음대로 표현하지 않는 법을 배워서 겉으로는 의젓한 척할 수 있었다. 그러나 데미안은 이제 여덟 살이면서도 기사처럼 군기가 잡혀있었다. 어른인 척하는 징그러운 조숙함과는 뭔가 달랐다.

'기숙 학교의 위력인가. 모든 귀족 아이들을 기숙 학교로 보내는 것도 괜찮겠는걸.'

그녀가 그런 생각을 관철할 위치에 있지 않다는 것이 이 땅의 모든 귀족 아이들에게 천운이었다.

"데미안. 솔직히 말해서 널 당장 아들로 생각하기는 힘들어."

이렇게 직설적일 수가! 데미안은 놀라서 걸음을 멈추고 루시아를 빤히 보았다.

"너도 그렇지? 날 어머니라고 생각하기 힘들잖아."

이런 수법은 예상 못 했는데! 데미안은 신중하게 말을 골랐다.

"……죄송합니다. 제가 무슨 실수를."

"아니야. 나무라는 게 아니라 당연하다고 말하는 거야. 우리는 이제 막 만났고, 서로를 모르잖아. 낯선 것이 당연해."

그 남자보다 작은 붉은 눈이 루시아를 보고 있었다. 루시아는 막 세상을 처음 배우는 어린 짐승을 떠올렸다. 소년은 처음 보는 존재를 탐색하는 것처럼 털을 앙증맞게 세우고 있었다. 휴고라는 거대한 맹수의 시선에 익숙한 루시아가 보기에 데미안은 캬릉거리는 것에 불과했다.

'귀여워. 귀여워.'

그녀의 손이 꼼지락거렸다. 소년의 볼을 살짝 꼬집거나 머리를 쓰다듬어 주고 싶었다. 괜히 소년이 더 경계할까 봐 루시아는 자제했다.

"너와 난 겨우 열 살 차이야. 내 나이를 따져보면 열 살에 아이를 낳았다는 건데, 그럼 네 아버지는 범죄자가 되는 거지."

데미안은 가볍게 터져 나올 뻔한 웃음을 얼른 삼켰다.

"그러니까 우리 조금씩 친해져 보자. 딱딱하게 공작부인으로 부르지 말고 이름으로 불러. 루시아. 내 어릴 적 이름이야."

"……."

"앞으로 잘 지내보자. 데미안."

케이트와 어울리는 동안 루시아는 많은 부분에서 감화를 받았다. 근본적인 성격을 바꾸기는 어려워도 당당한 케이트의 말투를 좋아해서 조금씩 닮아가고 있었다.

데미안은 루시아가 악수를 청하며 내민 손을 물끄러미 바라보았다. 공작부인이 뭘 바라는지 알 수가 없었다. 왜 굳이 이런 번거로운 짓을 하려는 걸까.

데미안은 공작부인과 비교하면 철저한 약자였다. 나이는 어리고 위치는 불안정했다. 더구나 장차 공작부인이 아이를 낳으면 앞길을 가로막는 장애물이었다. 공작부인이 관계 개선을 시도할 이유가 없었다.

"힘들겠니?"

"아닙니다."

데미안은 공작부인의 손을 마주 잡았다.

'무슨 속셈인지는 모르지만……. 아직 상대의 수를 읽을 수 없으니 받는 수밖에.'

데미안은 비록 나이는 어려도 적의를 보이지 않는 상대에게 먼저 이를 드러내는 멍청이가 아니었다. 이에는 이, 눈에는 눈. 웃음으로 칼을 감춘다면 자신도 그리할 것이다. 아직 데미안은 어리고 힘이 없었다. 숨죽이고 바싹 엎드려 있을 때였다.

'쉽게 친해지기는 힘들겠네.'

데미안이 제 딴에는 감추고 있다고 생각하겠지만, 나름대로 이런저런 삶의 경험이 많은 루시아의 눈에 어린 아이가 세우는 경계심이 빤히 들여다보였다.

지금은 너의 적이 아니라고 말해줘도 믿지 않을 것이다. 아이는 모두를 경계하는 마음부터 배웠을 것이다. 보듬어주는 어머니 없이 부친의 따뜻한 관심을 받지 못하는 사생아의 처지는 누가 봐도 녹록하지 않았다.

'시간이 좀 지나면 괜찮을 거야. 진심은 언젠가는 보이는 법이니까.'

그를 사랑하는 만큼 그의 아들도 사랑해 주겠다고 루시아는 생각했다.

* * *

외출하고 돌아오는 안나의 양손에는 끈으로 묶은 책이 잔뜩 들렸다. 그녀는 요즘 마님의 치료법을 찾기 위해 골몰하고 있었다. 책방을 싹 뒤져서 온갖 약초 관련 서적을 수집하고 책방 주인에게 언제든 책이 들어오면 연락해 달라고 단단히 일러두었다.

성문을 지나 성 안으로 들어오면서 안나는 저만치 지나가는 도로시를 발견했다. 내성의 부엌일을 맡아 일하는 중년 부인이었다. 큰 소리로 불러서 인사를 하려다가 도로시가 어떤 남자를 붙들고 호들갑스럽게 아는 척하며 허리를 굽실거리는 바람에 멀뚱히 지켜보았다.

'차림새로 봐서는 높은 사람 같지는 않은데……'

그들이 헤어지자 안나는 도로시에게 다가갔다.

"누구에요? 처음 보는 사람이군요."

"처음 봐요? 하긴. 워낙 역마살 든 분이라서. 공작가 주치의예요."

"공작가 주치의?"

안나는 성 안에는 자신 외에 의사가 없는 줄 알았다.

"왜 아무도 그런 얘기를 내게 하지 않았지요?"

"아……. 그게……."

도로시는 난처한 표정으로 주저했다.

"아마 다들 말하기가 조심스러워서 그랬겠죠. 저분이 주인님 눈 밖에 나서 거처도 내성 밖으로 옮기고. 더구나 로암에 거의 안 계시거든요. 몇 년 동안 소식이 없다가 돌아오셨는데 며칠 머물고 다시 떠나셨어요. 이번에는 거의 두 달 만에 오신 거예요. 또 언제 떠나실지 모르죠."

"치료하다가 무슨 사고라도 있었나요? 그래서 공작님께서……."

"아유. 그렇지는 않아요. 저분의 실력을 의심하는 사람은 없답니다. 다 죽어간 우리 막내 녀석도 저분 덕에 살았거든요."

도로시는 공작가 주치의의 뛰어난 의술을 칭송하는 수다를 한참 늘어놓았다.

"무슨 일인지는 잘 몰라요. 높으신 분들 일을 무슨 재주로 알겠어요. 그리고 거처만 옮겼지 그 외에는 자유롭게 나다니고 로암에 돌아오면 환자도 봐주고 하시죠."

주치의는 비상시에 가장 빨리 달려갈 수 있어야 했다. 안나가 머무는 곳은 그래서 내성 안에 있었다.

공작가 주치의라면서 장기 여행을 떠나고, 공작은 찾지 않고, 거처는 멀리 떨어져있고. 도로시는 공작의 눈 밖에 나서 그런다고 하지만, 의사가 의료 사고가 아니면 밉보일 일이 뭐가 있단 말인가.

정말 공작에게 밉보였다면 주치의라는 자리를 유지한 채 성 안에 머무는 거처가 그대로 있다는 점도 이해할 수 없었다. 무슨 속사정이 있는 것 같았다.

안나는 다음 날 필립의 거처를 찾아갔다. 거의 눈에 띄지 않는 구석에 자리 잡은 나무집이었다. 근방에 키 큰 나무가 둘러있어서 주변과 동떨어져 있다는 느낌을 주었다. 뜰에 의자를 내어놓고 노인이 앉아 있었다. 안나는 조심스럽게 다가가서 인사를 건넸다.

"안녕하십니까. 필립 경 되시지요. 전 공작부인의 주치의 안나라고합니다. 공작가 주치의가 계시다기에 인사드릴 겸 찾아뵈었습니다."

노인의 탐색하듯 살피는 시선을 받으며 안나는 어쩐지 오싹했다. 하지만 노인이 부드럽게 인상 좋은 미소를 짓자 그런 느낌은 금방 사라져서 안나는 기분 탓으로 돌렸다.

"반갑습니다. 필립이라고 불러주시면 됩니다."

"저도 안나라고 불러주세요."

"귀한 손님이 오셨군요. 들어오시지요. 차를 내오겠습니다."

생각보다 필립은 호의적이었다. 안나는 긴장을 풀고 뒤를 따라 집 안으로 들어갔다.

차를 마시면서 그들의 대화는 점점 의학 관련 내용으로 흘러갔다. 둘 다 의사이니까 온종일이라도 함께 떠들 수 있는 공통 화제를 가진 셈이었다.

안나는 대화를 나누며 두 가지에 감탄했다. 필립의 몸에 밴 정중

하고 기품 있는 태도와 그가 지닌 의학적 지식이었다.

남작이라는 귀족 신분과 의사라는 직업 둘 다 나무랄 데가 없었다. 안나는 아무래도 의사다 보니까 의사로서 우수한 필립의 지적 능력에 더 마음이 쏠렸다.

'이분은 명의야.'

필립의 식견은 감히 안나가 따라갈 수 없었다. 의사는 대개 자기만 아는 독특한 치료법이나 병에 관한 지식 몇 가지를 가지고 있기 마련인데, 운을 떼면 필립은 모르는 것이 없었다. 오히려 더 쉬운 치료법을 제시해 주었다.

'이분이라면…… 마님의 증상을 알지도 몰라.'

원래 처음부터 안나는 마님의 증상에 대한 조언을 구하고자 필립을 만나러 왔다. 그러나 마님의 병은 여자로서, 그리고 공작부인의 신분으로서 남들이 알아서는 곤란한 비밀에 가까웠다. 환자의 비밀은 엄수해야 한다. 안나는 의사로서의 양심이 자꾸 걸렸다.

아무리 같은 곳에 적을 둔 주치의끼리라고 해도 선뜻 증상을 말할 수 없었다. 다른 환자라고 둘러대고 물어볼까 하다가 얄은 수작이라서 그만두었다. 안나는 공작부인의 주치의니까 속이 들여다보이는 핑계였다.

결국, 안나는 의학 공부만 실컷 하고 필립의 거처를 나섰다. 그리고 필립을 만나고 돌아오자마자 제롬의 호출을 받았다.

"드릴 말씀이 있어 오시라 했습니다. 필립 경을 만나셨더군요."

"절…… 감시하시는 건가요?"

"아, 오해하지 마세요. 감시는 안나가 아니라 필립 경 쪽이니까요."

예전에 필립이 내성에 들어오려던 시도를 저지한 일을 공작이 듣고 상당히 불쾌해했다. 주인이 대놓고 기분을 드러내는 일은 좀처럼 없었다. 분명히 뭔가 있다고 제롬은 판단했다. 그래서 필립의 주변에 더 촘촘히 감시의 눈을 붙였다. 제롬이 붙인 감시는 필립이 로암(도시)에 들어서는 순간부터 발동했다.

제롬은 모르는 일이지만, 필립을 감시하는 또 다른 눈이 있었다. 그들은 데미안 곁에 숨어있는 호위들로 그들은 소공자에게 필립이 접근하는 시도를 막는 임무를 수행 중이었다. 데미안이 로암에 왔기 때문에 현재 필립은 이중 감시를 받고 있었다.

"만나지 말라는 소리는 아닙니다. 무슨 대화를 나눴는지도 말할 필요 없습니다. 다만, 필립 경을 마님과 만나게 하거나, 마님께 언급도 하지 마세요. 마님께서 필립 경의 존재를 모르게 하라는 지시를 받았습니다."

왜 그래야 하냐고 안나는 묻고 싶었다. 이해할 수 없는 것들이 많지만, 안나는 일개 주치의였다. 위에서 하라면 해야 한다.

"만나는 건 상관없다면…… 필립 경이 유능한 의사시더군요. 마님의 치료를 위해 치료법을 조언받는 것은 괜찮은가요?"

제롬은 잠시 생각했다. 필립이 의술이 뛰어난 의사라는 사실은 알고 있었다. 공작도 필립이 사람들에게 의술을 펴는 행위를 막으라고 한 적이 없었다.

"그 정도면 괜찮습니다. 다만, 마님께서 그건 오직 안나의 치료라고 알고 계셔야 합니다."

"……알겠습니다."

위에서 주시하는 감시 대상과 만나자니 영 껄끄러웠다. 그래서 안나는 며칠 필립을 찾아가지 않았다. 그러다가 필립이 또 훌쩍 여행을 떠날지도 모른다는 생각이 들었다. 그러면 언제 또 만날지 알 수 없었다.

안나는 초조해져서 다시 필립을 만나러 갔다.

"안나, 어서 와요."

필립은 무척 반가운 손님을 맞이하듯 살가운 표정을 지었다. 안나는 오면서 내내 불안했다. 어떤 사람이기에 위에서 감시하는 건가, 큰 죄라도 지었나, 괜히 나까지 말려들지는 않을까 전전긍긍했으나 필립의 환대를 받고 괜한 죄책감이 들었다.

'죄를 지었다면 그냥 감시만 하진 않았겠지. 필립 경은 주치의지만 남작이기도 하니까 뭔가 정치적인 문제일 거야.'

안나는 그 후로 꾸준히 필립을 찾아갔다. 의사에게 지식은 곧 재산이나 마찬가지인데 아낌없이 가르침을 주는 필립을 진심으로 존경하게 되었다.

필립 역시 늘 혼자였다가 대화가 통하는 친구가 생기자 생활이 한결 즐거워졌다. 다시 여행을 떠나려던 생각을 접고, 안나와 대화를 나누고, 가끔은 함께 성을 나가 빈민들에게 의료 봉사를 했다.

두 사람은 거의 스승과 제자 관계와 비슷하게 유대가 깊어졌다.

*　　　*　　　*

데미안이 온 이후에도 로암의 평온함은 여전했다. 루시아의 생활도 달라지지 않았다. 낮에 정원을 돌보고 저녁에는 서재에서 책을 읽었다. 마님이 평소와 전혀 다르지 않자 긴장했던 고용인들도 평소대로 돌아갔다.

데미안은 열심히 공부 중이었다. 하루 대부분 시간을 방에서 책만 들이팠다. 소년에게 학술원은 자신의 존재를 증명할 수 있는 유일한 끈이었다. 절대 놓을 수 없었다.

삼매경에 빠져있던 소년은 문을 두드리는 소리에 고개를 들었다. 잠시 후 들어온 하인이 문치에서 고했다.

"도련님, 저녁 식사가 준비되었습니다."

"알았다."

시간이 이렇게 흘렀는지 모르고 있었다. 데미안은 미련 없이 책을 덮고 일어났다. 방을 나서서 식당으로 향하는 발걸음이 가벼웠다. 하루 두 번. 점심과 저녁 식사를 공작부인과 함께했다. 그저 같이 마주 앉아 밥을 먹을 뿐인데 데미안은 갈수록 그 시간을 기다렸다.

식당에 도착하자 아직 아무도 없었다. 자리에 앉아 기다리다가 루시아가 들어오자 데미안은 얼른 일어나 의자를 빼내 루시아가 앉도록 도와주었다.

"고마워, 데미안."

루시아가 미소 지으며 인사하자 데미안은 고개만 살짝 꾸벅하고 제자리로 가서 앉았다.

식사하는 내내 조용했다. 그들 사이에 대화는 거의 없었다. 한마디도 하지 않을 때가 더 많았다. 데미안은 아이답지 않게 과묵했고, 루시아도 수다스러운 편이 아니었다. 그런데 루시아도, 데미안도 함께 있는 침묵이 불편하지 않았다.

식사하다가 데미안이 실수로 포크를 떨어뜨렸다. 얼른 하녀가 다가와 새로운 포크를 놓았다. 작은 실수는 아무 일도 없었던 것처럼 매끄럽게 흘러갔다.

데미안은 날래게 움직인 하녀를 흘끔 보았다. 자신을 대하는 고용인들의 태도가 부쩍 조심스러워진 것을 느끼고 있었다.

기숙 학교에 가기 전에 로암에서 지낼 때 데미안에게 무례하게 구는 고용인이 있었다는 것은 아니다. 사생아다 어쩌다 말이 많아도 고용인 입장에서는 까마득히 높은 분이었다. 그러나 의무만 다하는 딱딱한 기계적인 모습이었다.

그때와 비교하면 더 적극적으로 시중을 들어주려는 정성이 보였다.

모두 공작부인의 덕이었다. 공작부인은 데미안에게 호의를 감추지 않았다. 고용인들도 보고 듣는 것이 있으니 한결 데미안에게 조심히 행동했다.

데미안이 공작부인과 마주치는 시간은 하루에 그리 많지 않았다. 식사 시간과 그 후의 산책 정도였다. 공작부인의 호의는 과도하지 않았고, 데미안의 속내를 끄집어내려 하지 않았다. 그 점이 갈수록 데미안의 경계를 누그러뜨렸다.

만약 데미안이 조금 더 나이를 먹었다면 더 마음이 꽉꽉 닫혀 있었겠지만, 이제 겨우 여덟 살이었다. 정이 그리워도 그게 뭔지조차 배우지 못한 어린 소년이었다.

저녁 식사 후에 산책을 함께하자고 말하지 않아도 두 사람은 자연스럽게 같이 걷고 있었다.

"공부에 열심이라지. 기특하네."

데미안의 귀 끝이 약간 붉어졌다.

"학술원에 돌아가면 뒤처지지 않기 위해서입니다."

"방학은 없고 외출이라고 했지. 외출은 아무 때나 나올 수 있는 거야?"

"허가를 받아야 하고 연 30일로 제한이 있습니다. 전하께서 안 계실 줄은 몰랐습니다. 언제 오실지 알 수가 없어서 30일 안에 돌아 갈 수 있을지 모르겠습니다."

데미안의 표정이 약간 어두워졌다. 30일의 제한은 큰 문제가 없 을 것이다. 공작가에서 그 정도는 얼마든지 무마할 수 있을 테니까. 다만, 이래서는 이번 학기가 날아가게 생겼다.

"데미안, 왜 아버지라고 안 부르니? 그렇게 부르지 말라고 하셨 어?"

"……그건 아닙니다. 싫어…… 하실 것 같아서."

"왜 그렇게 생각해. 그건 네 지레짐작이잖아. 아버지라고 불러드 려. 절대 싫어하지 않으실 거야."

"……."

"그리고 데미안. 내 이름도 안 불러주더라. 일부러 호칭 생략하 는 거 내가 모르는 줄 알았지? 날 부를 때 저기, 여기요. 이러는 거 아니지?"

소년의 붉은 눈동자가 흔들렸다.

"아닙니다. 그게 아니라……."

"불러줘. 나도 데미안이라고 부르잖아."

"……예. ……루시아."

다시 귀 끝이 붉어진 소년을 보면서 루시아는 슬쩍 웃었다. 그를 빼닮은 아이는 그를 닮지 않은 점도 많았다. 무엇보다도 그가 어릴 때에는 데미안처럼 순진하지 않았을 것 같다. 어릴 때에도 지금처럼 오만했을 그를 생각하니까 풋, 웃음이 나왔다.

"한 가지 여쭈어도 되겠습니까?"

"얼마든지."

"제가 밉지 않으십니까?"

"안 미워."

루시아는 주저 없이 가볍게 답했다.

"내가 널 미워한다고 생각하니?"

"……그래야 한다고 생각합니다."

"데미안. 나쁜 감정은 가장 먼저 본인을 괴롭힌다. 왜 그런 어두운 감정으로 자신을 괴롭히니? 난 널 미워하지 않고 앞으로도 그럴 생각이 없어."

"……."

하지만 공작부인이 아이를 낳고, 그 아이의 앞길에 방해가 된다면 그때부터 공작부인의 소년에 대한 호의는 악의로 변할 것이다. 데미안은 공작부인의 말을 믿을 수 없었다.

"데미안. 난 결혼할 때부터 이미 너를 알고 있었어. 널 인정하는 조건으로 네 아버지는 나와 결혼을 하신 거란다."

믿을 수 없다.

"그분은 아마 다정한 아버지는 아닐 거야. 그렇다고 그분이 널 미워한다고 생각하지는 마. 표현에 서툰 분이야. 널 미워했다면 후계로 삼지도 않으셨겠지."

믿을 수 없지만 데미안은 믿고 싶어졌다. 누구도 소년에게 이런 말을 해주는 사람은 없었다. 모두 천박한 사생아를 못마땅한 눈으로 보았다. 아버지의 차가운 시선 속에는 무관심만 있었다. 그래서 이를 악물고 노력했다. 자신의 자리를 마련하기 위한 발버둥이었다. 소년의 마음은 점점 세상을 향해 벽을 쌓고 있었다. 그 벽이 더 견고해지기 전에 루시아의 다정한 위로가 틈새를 비집고 들어왔다.

"아버지를 미워하니?"

미움. 감히 그런 생각은 해본 적도 없었다.

데미안은 제가 가진 것들이 얼마나 분에 넘치는지 충분히 알고 있었다. 어머니의 정확한 신분도 모르는 사생아 주제에 귀족 아버지에게 인지받아 무려 공작가 차기 주인 자리를 내정받았다.

「졸업만 해. 그럼 이 자리는 네 거다.」

공작은 데미안을 기숙 학교에 보내면서 오직 그것만 조건으로 내밀었다. 터무니없이 쉬웠다. 무서운 아버지 덕에 소년을 향해 치뜨는 시선은 많아도 직접 해를 입히려는 사람은 없었다. 타란 혈족이라고는 공작 외에는 오직 데미안뿐이라 경쟁자도 없었다. 불만은 주제 모르는 짓이었다.

"아닙니다. 존경하는…… 분입니다."

소년이 재학 중인 기숙 학교는 각국의 귀족이나 왕족이 모여드는 명성 높은 학술원이었다. 재학 시스템이 다양해서 데미안처럼 10년 넘도록 기숙 생활을 하는 학생이 있는가 하면 가장 짧게는 2년 과정도 있었다.

세계 각지에서 몰려드는 사람 중에 제논의 타란 공작을 모르는 이가 없었다. 얼마 전 마무리된 전쟁에서의 활약 덕분에 오히려 고국인 제논보다 다른 나라, 특히 적국에서 더 유명했다. 아버지는 기사들에게는 거의 신처럼 추앙받는다고 들었다.

데미안은 대단한 아버지를 감히 올려다볼 수도 없었다. 학술원에서 데미안은 출신국은 물론이고 아버지의 신분을 밝히지 않고 지냈다. 공작이 숨기라고 요구한 것은 아니었다. 데미안은 그런 대단한 사람의 아들이 고작 너냐는 시선을 받을까 봐 그게 겁났다.

소년의 목표는 후계로 지위를 굳건히 해서 언젠가 공작 위를 이어받는 것이었다. 왜 그래야 하는지, 공작이 되어 하고 싶은 일이 무엇인지 생각해 보지 않았다.

아버지에게 자신은 그저 작위를 이을 후계로서만 필요할 뿐이었다. 그 정도의 쓸모도 없어 버려질까 봐 두려웠다.

아버지의 애정은 바라지도 않았다. 아주 조금만 인정받는 것으로 족했다. 아주 쓸모없지는 않구나, 그 정도로만 봐주어도 바랄 것이 없었다.

"그래. 아들이 아버지를 존경하는 건 바람직한 일이야."

루시아는 내내 가슴에 뭔가 얹혀있던 것이 쑥 내려가는 것 같았다. 타란 가문의 비극적 사건이 껄끄러워서 부자 사이가 그다지 친밀하지 않은 점을 은근히 걱정하고 있었다.

"어떤 점을 존경해? 대단한 기사라서? 넓은 북부를 다스리는 능력 있는 영주라서?"

"……강한 분이니까요."

밑도 끝도 없는 말이었지만, 루시아는 동의했다. 하늘 아래 그보다 강한 사람은 없을 것 같았다. 육체도 정신도 강인한 그는 기대고 싶은 남자였다. 참고 있었는데. 갑자기 또 그가 보고 싶어졌다.

"그래. 그는 강한 사람이지."

단단하고 굳건하게 서 있는 거대한 나무처럼. 그 밑동에 몸을 기대고 그늘에 숨고 싶을 만큼.

"데미안. 강한 사람이 되고 싶니?"

"네."

"될 수 있을 거야. 네 아버지의 아들이니까."

"……네."

바람이 부드럽게 불어와 두 사람을 스치고 지나갔다. 바람에 섞인 꽃향기가 아득할 정도로 달콤해서 데미안은 가슴이 벅차올랐다. 말없이 걷는 그들의 입가에는 미소가 올라와 있었다. 오늘도 평온한 하루였다.

＊　　＊　　＊

루시아가 잠시 뜸했던 승마를 다시 시작하려고 나갈 준비하는 중에 케이트가 방문했다. 두 사람은 가벼운 포옹으로 인사를 나눴다. 케이트는 그동안 종조모인 코르잔 백작부인의 병수발을 드느라 한동안 오지 못했다.

노환으로 부쩍 기력이 약해진 마담 미셸은 계단에서 넘어져 크게 발목을 접질렸다. 거의 움직이지 못할 지경이라 가장 어여뻐하는 조카 케이트를 간병인으로 낙점했다. 케이트는 평소 따르던 종조모라서 기꺼이 곁을 지켰다.

"마담 미셸은 좀 어떠세요?"

"다리를 약간 절긴 하시지만, 이젠 곧잘 걸어 다니세요. 루시아를 만나면 보내주신 약 감사하다고 전해달라 하셨어요. 크게 효험을 보셨다고요."

"도움이 되었다니 기쁜 일이군요."

마담 미셸은 초반에 자주 로암에 드나들었으나 루시아가 몇 번 티파티를 열고 무난하게 사교 활동을 이어가자 건강상의 이유로 방문이 뜸해졌다. 케이트가 드나들면서부터는 케이트를 통해 전할 말을 주고받는 정도였다.

"오늘 루시아를 만나러 온 진짜 목적은 이거예요."

케이트는 들고 온 바구니를 테이블에 올렸다.

"지난번 드리기로 약속했던 선물이에요. 열어보세요."

바구니 덮개를 조심스럽게 열어본 루시아가 탄성을 질렀다.

"어머."

갑자기 밝은 빛이 들어오자 눈이 부신지 까맣고 커다란 눈이 깜작거렸다. 연한 노란빛 털이 솜털처럼 부스스한 새끼 여우가 커다란 귀를 움찔거렸다. 저를 내려다보는 시선을 잠깐 의식했지만, 곧 늘어지게 하품을 하고 눈을 감았다. 복슬복슬한 꼬리를 움직여 몸을 둥글게 말아 제 몸을 덮었다. 두 손에 들어올 만큼 자그맣고 사랑스러운 생명체는 순식간에 루시아의 마음을 빼앗았다.

"세상에. 정말 예뻐요."

루시아는 심장이 두근거려서 두 손으로 가슴을 짚었다. 여우 사냥에 구경 가서 봤던 여자들이 키우는 여우는 이렇게 사랑스럽지는 않았다.

"저도 이렇게 예쁜 녀석은 처음 봤어요. 커도 정말 아름다울 거예요."

케이트는 루시아에게 여우 사냥용 여우를 한 마리 구해주기로 약속했었다.

"어릴 때부터 자꾸 손을 타야 길들일 수 있어요. 수시로 들여다보세요. 성장기가 오기 전에 주인을 인식해야지 시기를 놓치면 이도저도 아니게 되거든요."

"그럴게요."

"여우를 기르기에 유의할 사항은 따로 정리해서 보내 드릴게요."

"고마워요. 케이트. 이렇게 멋진 선물을……."

두 여자는 한동안 신 나게 여우 사냥을 화제로 대화를 나눴다.

"내 정신 좀 봐. 승마를 가려던 참인데. 케이트도 함께 가지 않을래요?"

"저도 오랜만에 말이 타고 싶네요. 저도 가요."

"아, 그리고 소개해 줄 사람이 있어요."

루시아는 하녀를 불러 데미안을 데려오라고 했다.

"데미안이 와있거든요. 모처럼 집에 온 거라 언제 소개할 수 있는 자리가 또 있을지 몰라요."

"누구……?"

"공작 전하의 아들 말이에요. 이젠 내 아들이기도 하지요."

케이트의 표정이 순식간에 굳었다.

"……예?"

"혹시 들은 적 없어요? 내가 알기로 데미안은 후계로 공표되었다고 하던데요."

"예……. 뭐. 들은 적은 얼핏……."

공작의 사생아는 북부 귀족들에게 금기어였다. 누가 입단속을 시킨 것도 아닌데 알아서 입조심을 했다. 그런 노력 덕분에 타란 공작 후계의 존재는 수도 사교계에 전혀 소문이 돌지 않을 수 있었다. 타란 공작은 알아서 하는 입조심에 관심을 두지 않았다. 북부에서 데미안은 붕 뜬 존재였다.

"부르셨습니까."

잠시 후 응접실로 들어오는 흑발의 소년을 보며 케이트는 긴장된 숨을 삼켰다. 아직 그녀는 마음의 준비를 하지 못했다.

"데미안, 인사하렴. 내 벗, 케이트 밀튼 양이란다."

데미안은 당혹함을 감추지 못하고 있는 케이트를 무심히 보았다. 자신을 향한 저런 시선과 표정은 워낙 익숙했다. 그동안 공작부인이 보여주는 순수한 호의에 잠시 착각에 빠져있었다. 기분이 가라앉는 것을 느끼며 데미안은 꾸벅 고개를 숙였다.

"레이디 밀튼. 아름다운 숙녀분을 만나 뵈어 영광입니다. 데미안입니다."

"아……. 네. 저야말로…… 영광입니다. 소공자님."

케이트는 아주 오래전 시내를 걷다가 드레스 자락이 말려 사지를 뻗으며 엎어질 때에도 이처럼 표정 관리가 힘들지는 않았다.

"어쩜, 말하는 것 좀 봐. 정말 의젓하지요?"

옆에서 공작부인이 해맑게 웃으며 하는 말에 마지못해 대답했다. 웃을 수 없는 희극을 보는 기분이었다.

"데미안. 혹시 말은 탈 줄 아니? 아니면 망아지를 타야 하나?"

"말을 탈 줄 압니다. 학술원에서 배웠습니다."

"못하는 게 없구나. 케이트. 대단하죠? 여덟 살인데 승마를 할 줄 안대요."

"아……. 네. 대단…… 하시네요."

여덟 살에 제대로 말을 탈 줄 안다는 것은 분명히 흔한 일은 아니지만, 케이트는 소공자가 여덟 살이라는 사실이 더 놀라웠다. 과연 기사로 이름 높은 타란 공작의 아들이라는 건가.

"데미안. 지금 승마하러 가려는데 함께 가자."

데미안은 굳어있는 케이트의 표정을 살폈다. 애써 웃고 있으나 달갑지 않은 불청객을 대하는 기색이었다.

"아닙니다. 아직 봐야 할 책이 있어서."

"공부도 좋지만 한창 뛰놀 나이에 그렇게 방에만 있으면 안 돼. 키 안 큰다?"

키. 민감한 화제에 데미안이 움찔했다.

"아버지만큼은 커야지. 그렇지?"

데미안이 고개를 끄덕였다.

"케이트. 데미안이 함께해도 괜찮겠지요? 미리 양해를 구하지 않아 미안해요."

"아니에요. 그런데 루시아. 우리가 가는 승마장은…… 여자만 출입이 가능한데요."

"알아요."

루시아는 그게 도대체 무슨 문제냐는 것처럼 고개를 갸웃했다.

"데미안은 이제 여덟 살이에요. 남자가 아니라고요."

케이트는 보았다. 아주 잠깐, 일그러지는 소공자의 표정을. 나이답지 않게 곧은 자세로 서서 딱딱한 말투를 구사하는 소년이 갑자기 제 나이로 보였다. 케이트는 살짝 고개를 돌려 풋, 웃음을 흘렸다. 무너진 소년의 자존심이 안되어 보였다.

루시아는 승마장을 방문한 귀부인들이 인사를 건넬 때마다 데미안을 인사시켰다. 귀부인들은 하나같이 땡감 씹은 것처럼 떫은 표정을 지으며 떨떠름하게 인사를 나누었다. 일부는 루시아를 도무지 이해할 수 없다는 시선으로, 일부는 루시아가 세상 물정을 몰라서 어리석다는 시선으로, 일부는 걱정스럽다는 시선으로 바라보았다.

유쾌하지 않은 뭇시선을 모를 리 없건만 루시아는 개의치 않았다. 간혹 데미안이 묘한 눈으로 루시아를 보곤 했다.

"이 아이가 에미리야."

루시아는 애마를 데미안에게 소개했다. 데미안은 말의 전체적인 모습을 보다가 놀라지 않도록 눈앞에서 천천히 다가가 말 등을 쓰다듬었다.

"좋은 말입니다."

"말을 볼 줄 알아?"

"좋은 말인지 아닌지 정도만 아는 것이고 전문가는 아닙니다."

"난 그런 것도 잘 모르겠던데. 에미리는 내 말이라서 가장 예쁜 것이지 다른 말들은 다 똑같아 보여서. 대단하지 않아요? 케이트. 데미안은 아는 것이 아주 많아요."

뿌듯한 공작부인의 표정을 보며 케이트는 맞장구쳐 주었다. 슬쩍 소공자를 보자 괜히 무안한지 고개를 돌리고 딴청을 부렸다.

처음에는 루시아가 대체 왜 이러는지 이해할 수 없었다. 솔직히 루시아가 무슨 의도로 이러는 걸까 의심하는 마음도 있었다. 하지만 지켜보니 알겠다. 루시아는 속마음과 다른 행동을 꾸며 하는 사람이 아니었다.

모자지간이 사이좋게 지내면 나쁠 것 뭐 있나. 케이트는 그냥 그렇게 받아들이기로 했다.

승마장을 몇 바퀴 돌고 두 여자는 휴게실로 들어왔다. 더 말을 타겠다는 데미안은 아직 밖에서 말을 달리는 중이었다. 휴게실 안은 테이블마다 삼삼오오 여자들이 모여 앉아 있었다. 처음 취지와는 다르게 승마장은 점점 여자들의 활발한 사교 장소로 자리 잡았다.

"예상보다 데미안을 보는 사람들의 시선이 차갑네요."

무슨 대답을 해야 할지 알 수 없어서 케이트는 듣기만 했다.

"공작 전하께서 직접 공표하신 후계자인데 왜들 그러는 거죠?"

"그건 아마…… 암묵적인 질서 때문일 거예요. 입적하면 적자로 인정한다고 법은 명시하지만, 실제로 그렇게 입적한 아들이 작위를 물려받은 예는 거의 없어요. 제가 알기로는 공·후작 가문에서 그런 예가 없을걸요."

"······그렇군요. 몰랐어요."

꿈속에서 루시아는 자식이 없어서 백작부인으로 지낼 때 아예 작위 계승 문제에는 관심을 두지 않았다.

"그러고 보니 가문의 맏아들이 혼외자인 예는 보지 못한 것 같아요."

"나이로는 혼외자가 장남이라도 입적할 때는 차남 이하로 들어와요. 아무래도 후계가 대부분 장자라는 관행 때문이지요."

"그럼 만약 입적된 자식 외에 정부인에게서 전혀 자식이 없으면 어찌 하나요?"

"친척 중에서 양자를 들이죠. 대부분이 그렇게 해요."

이른바 귀족의 자존심이었다. 사생아는 적자로 인정해 주는 것만도 감지덕지하라는 것이다. 왕족이라고 해도 루시아 역시 따지고 들면 사생아인 셈이라 그녀는 기분이 씁쓸했다.

두 사람의 테이블로 나이 지긋한 노부인이 다가왔다. 나이보다 정정해서 누구 못지않게 승마를 즐기는 필리아 백작부인이었다. 여성 전용 승마 연습장이 생기고 백작부인이 입이 마르도록 타란 공작을 칭송하고 다녔다. 의례적 인사를 나누고 백작부인은 두 개의 꽃바구니를 테이블에 올렸다.

"얼마 전 손녀를 얻었답니다. 북부 전통에는 손녀의 건강과 아름답게 자라기를 바라는 소망을 담아 주변 사람에게 노란 꽃을 선물하지요."

"어머, 축하해요. 백작부인을 닮아 손녀가 건강하고 아름답게 자랄 거예요."

다른 사람에게도 꽃바구니를 돌리기 위해 백작부인이 돌아서자 케이트가 말했다.

"북부 전통이긴 한데 요즘은 안 하는 사람이 더 많아요. 필리아 백작부인은 이런 속설을 꽤 신뢰하거든요. 노란 꽃을 주는 것이 맞기는 한데 이 꽃을 주는 건 흔치 않죠. 워낙 가격이 나가니까요. 필리아 백작부인이 정말 기쁜가 보네요. 거금을 쓰셨겠어요."

루시아는 꽃바구니를 바라보며 애매한 미소를 지었다. 노란 장미가 탐스럽게 자태를 뽐내고 있었다.

승마하고 돌아오시는 여주인을 맞이하려고 여느 때처럼 고용인들이 모두 나와있었다. 마차에서 내려오는 마님의 손에 들린 노란 장미 꽃바구니를 발견한 제롬이 식겁했다.

"끄억."

자신도 모르게 괴상망측한 소리를 낸 제롬은 얼른 헛기침으로 무마했다. 눈치 있는 고용인들은 모르는 척했다. 루시아는 얄궂은 표정으로 제롬을 보다가 꽃바구니를 내밀었다.

"선물 받았어요. 필리아 백작부인이 손녀를 얻었다 하더군요."

"예……."

꽃바구니를 받아들며 제롬은 길게 한숨을 내쉬었다. 제롬은 이제 노란 장미라면 꼴도 보기 싫었다. 장미 바구니는 어찌 처리할까 고민하다가 우선 집사 업무실에 가져다놓았다.

루시아와 데미안이 응접실에 마주 앉아 차를 마시는 곁에서, 제롬이 차 시중을 들었다.

"생각해 보니까 정원에 장미가 없어요. 내년 봄에는 장미 정원을 만들어볼까 하는데, 제롬 생각은 어때요?"

제롬의 낯빛이 굳었다.

"장미는…… 다시 생각해 보시지요."

"왜요?"

"……주인님께서 별로…… 좋아하지 않으십니다."

루시아는 눈을 동그랗게 뜨고 제롬을 보다가 데미안에게 말했다.

"데미안. 솔직히 말해 봐. 정원에 장미가 없다는 걸 알고 있었니?"

"몰랐습니다."

"거봐요, 제롬. 꽃에 유난히 관심이 있지 않고서는 남자는 그런 거 잘 몰라요. 그분이 꽃의 종류를 구별이나 하는지 의심인걸요. 하나는 확실히 구별하시겠네요. 노란……."

"흠. 흠"

제롬이 괜한 헛기침을 하자 루시아는 풋, 작은 웃음을 터뜨렸다.

"장미는 심어도 그 색은 제외할 테니까 걱정 마요."

색깔이 문제가 아니었다. 주인은 장미꽃 자체를 아예 눈에도 보이게 하지 말라고 명하셨다. 제롬의 목덜미에 식은땀이 솟았다. 데미안이 먼저 제 방으로 돌아가고 나서 제롬은 계속 망설이던 말을 꺼냈다.

"마님. 일전에 말씀하신 노란 장미 말입니다. 마지막으로 보낸 사람이 누구냐고 물으셨지요."

"그랬지요. 기억해요."

"주인님 명으로 팔콘 백작부인에게 노란 장미를 보냈습니다."

아무 대답이 없는 마님의 눈치를 살피며 제롬은 초조했다. 괜히 말했나! 기분이 상하신 건가!

"갑자기 왜요? 만나셨나 봐요."

"아닙니다!! 절대 아닙니다. 제가 마님께서 궁금해하시더라고 말씀드렸더니 보내라고 하셨습니다."

"그렇군요."

무심한 표정으로 루시아는 대수롭지 않은 일처럼 대답했다. 조금이라도 마님의 기분을 파악하려고 제롬은 안절부절못했다.

루시아는 별일 아니라고 생각하려 했다. 남편이 옛 애인 하나 정리한 일이 뭐 그리 대단해서 기뻐할 일이라고. 하지만 그녀의 기분은 말랑말랑 풀어지고 있었다.

그동안 데미안 덕분에 아슬아슬할 정도로만 찰랑거리던 그리움이 다시 샘솟았다.

'언제 오실까. 보고 싶은데…….'

야만족 정벌을 떠난 지 한 달째 되는 날, 자리를 비웠던 로암의 주인이 귀환했다.

2.
아버지와 아들

자정 가까울 무렵이었다. 귀환하는 공작에게서는 피비린내가 물씬 풍겼다. 주인을 둘러싼 매서운 살기와 피 냄새에 제롬은 기겁하는 내색을 애써 감추었다.

"마님께서는 주무십니다. 도련님이 와계십니다. 특별히 보고드릴 일은 없습니다."

제롬은 주인이 제일 알고 싶을 만한 일을 간략하게 보고했다. 간단히 고개만 끄덕이며 돌아서는 주인의 뒷모습을 보다가 다시 하녀에게 목욕 준비를 재차 지시했다. 슬며시 몸을 돌려 막 내성을 빠져나가는 기사들 무리를 쫓아갔다.

"헤바 경!"

딘이 걸음을 멈추고 제롬이 빠른 걸음으로 가까이 올 때까지 기다렸다.

"왜 그러십니까?"

딘은 심각한 표정의 제롬을 보며 의아해 했다.

"무슨 일이라도 있었습니까? 평소 피를 묻히고 돌아오시던 분이
아닌데…….."

"아……. 오다가 근처에서 도적을 만났습니다."

"로암 근방에 도적이라니요. 그 정도로 치안이 형편없지는 않을
텐데요."

"그러게 말입니다. 어디서 흘러들어온 놈들인지 모르겠지만, 지
나가던 행상인 상대로 강도질을 하다가 주군께 발각되었습니다."

"……그렇군요. 전하께서 직접 치죄하신 겁니까? 잡범이 아니었
나 봅니다."

딘은 대답 대신 쓴웃음을 지었다. 전문적인 도적단은 아니었다.
걸식하는 유랑민이 강도질을 하다가 운 나쁘게 걸린 것이다. 치죄?
죄를 묻지도 않았다. 공작은 주저 없이 그 자리에서 다 목을 날려버
렸다. 강도들에게서 벗어날 수 있었던 행상들은 감사보다는 공포
에 질려서 까무러졌다.

도적이라고는 하지만, 개중에는 아직 성년이 안 된 어린놈들도
있었는데 공작은 전혀 관용을 베풀지 않았다. 그건 처벌이라기보다
는 도살이었다. 익숙해졌다고 생각하면서도 새삼스럽게 공작의 잔
혹함을 발견하고 흠칫하는 때가 있었다. 바로 오늘처럼.

"별다른 일은 없었다는 말씀이지요?"

"예. 뭐……."

딘은 어깨를 으쓱했다. 도적 몇이 죽은 일을 별다른 일이라고는 말할 수 없었다.

"야만족을 정벌하시면서 심기가 불편해 보이셨다거나⋯⋯."

제롬은 귀환하신 주인과 마님의 사이가 풀어질 수 있을지 단서를 얻고 싶었다. 제롬이 무엇을 묻고자 하는지 알 수 없는 딘은 고개를 저었다.

딘이 제롬의 머릿속을 읽었다면 헛웃음을 지었을 것이다. 야만족을 토벌할 때 주군의 방식은 굉장히 잔인했다. 어느 전쟁에서 적을 죽일 때와는 차원이 달랐다. 공작의 그런 모습은 오직 함께 하는 정예 기사만이 볼 수 있었다. 아비규환의 참혹한 현장에서 주군의 심기를 살필 여유는 없었다.

"알겠습니다. 고단한 여정이었을 텐데 쉬십시오."

"예. 그럼."

휴고는 꽤 오래 욕조에 몸을 담갔다. 몸에 밴 피 냄새를 모두 씻어내려는 것처럼. 그래도 여전히 그의 코 밑에 피비린내가 맴도는 것 같았다.

지금껏 그것이 거슬린다고 생각한 적이 없는데 제롬이 주춤하는 모습을 보자 그녀가 떠올랐다. 그녀가 자신을 보며 두려워서 뒤로 물러나는 모습을 상상하자 기분이 확 가라앉았다.

'그녀에게 보이고 싶지 않아.'

그전까지 전혀 아무렇지 않았던 찐득거리는 피의 느낌이 불쾌해졌다.

'고귀한 혈통? 위대한 기사? 개소리.'

껍데기를 벗기면 자신은 사냥꾼에 지나지 않았다. 인간을 사냥하는 학살자.

휴고는 제 핏속을 흐르는 광기를 자각하고 있었다. 그것은 피를 보고 싶다고 끈질기게 그를 다그쳤다. 아마 전쟁이라는 수단이 아니었다면 그는 악명 높은 살인범이 되었을 것이다.

사람의 목뼈가 나가는 둔탁한 느낌에 전율하고 뜨거운 피비린내 속에서 해방감을 느꼈다. 죽음 앞에 절망하는 자들의 눈빛을 읽어도 죄책감 따위는 모른다. 그는 단 한 번도 악몽조차 꾼 적이 없었다.

타란의 주인은 대대로 위대한 기사였고, 영민한 군주였다. 타란 혈족은 후손에게 뛰어난 육체적 능력과 오성을 물려줄 수 있는 특별한 피를 지녔다. 그래서 타란은 핏줄의 순혈에 집착했다. 필립의 말에 의하면 휴고는 성공작이었다. 그러나 그 사실이 자랑스러운 적 없었다.

「저주받은 핏줄. 내가 기꺼이 마무리를 장식해 주지.」

휴고는 엄숙하게 작위수여식을 치르며 속으로는 이를 박박 갈았다. 저주받은 타란 가문을 짓밟고 뭉개서 흔적도 남기지 않으려고 했다. 죽은 선대 공작이 지옥에서 분에 겨워 날뛰는 모습을 그리며 통쾌해했다.

'늙은이가 데미안을 데리고 오지만 않았어도.'

필립이 데미안을 데리고 나타났을 때 자신의 대에서 끝내려는 휴고의 결심은 부질없는 짓이 되고 말았다.

목욕을 마치고 자신의 침실 문고리만 잡고 서 있던 휴고는 고민 끝에 발걸음을 돌려 아내의 침실로 들어갔다. 침실의 어둠은 금세 눈에 익었다.

침대로 다가가서 곤히 자는 그녀를 내려다보았다. 바라보기만 해도 가슴 안쪽 어딘가가 이상했다. 먹먹한 가슴이 조금 아픈 것 같기도 해서 어쩐지 계속 보는 것조차 힘들었다.

그는 이불을 젖히고 그녀의 옆자리로 들어갔다. 허리 아래에 팔을 넣고 품으로 당기자 포근한 털 뭉치를 안은 것처럼 부드러운 여체가 감겨왔다. 목덜미에 코를 묻고 풋과일 같은 그녀의 체취를 들이마셨다. 눈을 감고 얼마간 있자 날카롭게 곤두선 신경이 차분하게 가라앉기 시작했다.

그의 안에는 두 가지 모습의 그가 존재했다. 피에 절어 인간들을 사냥하다가 아무 일 없었다는 것처럼 타란 공작으로 돌아올 수 있는 건 그가 두 가지의 자신을 분리해서 오가기 때문이었다. 오직 그만이 가능한 일이었다. 그의 정신은 육체 이상으로 강인했다.

다만, 아무래도 사냥꾼 히우에서 공작 휴고로 완전히 돌아오기 위해서는 그 반대의 경우보다는 시간이 걸렸다. 살인으로 흥분한 피의 광기가 내뿜는 살기를 가라앉히기 위한 시간이 필요했다.

그런데 평소보다 놀랍도록 빨리 진정이 되고 있었다. 살인의 흥분이 가라앉자 이제는 하복부에서 시작된 열기가 온몸으로 퍼지기 시작했다.

처음에는 그냥 그녀를 끌어안고 자려고 했다. 그런데 따끈한 체온과 코를 스치는 그녀의 향기 때문에 점점 참을 수가 없었다. 조금만 만져야지. 그녀의 목에 입을 맞추며 잠옷 안에 손을 넣었다. 말랑한 가슴을 조심스럽게 쥐었다가 주무르며 그녀의 반응을 슬쩍 살폈다. 혹시 깨어나지 않을까, 기대와 다르게 그녀는 여전히 색색 자고 있었다.

왜 이렇게 잠귀가 어두워. 그는 투덜거렸다. 오랜만에 남편이 돌아와서 만지고 키스해도 쿨쿨 자는 그녀가 못마땅했다. 더는 못 참겠다. 휴고는 벌떡 일어나 앉았다.

그는 이불을 훌떡 걷어내고 그녀의 발치로 내려와서 가느다란 발목을 쥐고 발등에 입을 맞췄다. 자그마한 발을 입에 넣고 사탕을 굴리는 것처럼 빨다가 발등에서 발목까지 혀로 길게 핥았다.

그의 입술이 복사뼈를 지나 발목을 타고 올라가다가 종아리에 이르러 조금 강하게 빨아들였다. 종아리의 살집이 있는 부분을 이로 살짝 깨물다가 키스했다. 진한 애무에도 그녀는 깨어날 줄 몰랐다.

평소에 일이 많아 침실에 늦게 들어가면 먼저 자는 그녀를 가끔 깨우곤 했다. 이 정도면 깼는데 오늘따라 유난히 깊은 수면에 빠진 그녀를 보자 오기가 생겼다.

그는 허리께로 손을 넣어 자그마한 레이스 팬티를 벗겨냈다. 두 손으로 허벅지를 잡아 벌리자 수줍게 감추어진 꽃잎이 살짝 입을 벌렸다.

하복부가 욱신거려서 그는 인상을 썼다. 당장 들어가고 싶다고 아우성치는 자신의 분신에게 참으라고 타일렀다.

그는 고개를 숙여서 하얗고 여린 허벅지 안쪽 살에 입술을 붙이고 빨아들여서 흔적을 만들었다.

선명한 흔적을 보며 그는 만족감에 짙은 미소를 지었다. 그녀가 이 자국을 과연 언제 발견할까. 그때의 표정이 보고 싶었다. 당황하겠지. 얼굴을 발갛게 물들이며 어쩔 줄 몰라 할 것이다.

슬쩍 고개를 들자 여전히 그녀는 숙면 중이었다.

"업어 가도 모르게 자는군."

어디까지 버티나 볼까. 그는 숲 안에 가려진 뜨거운 샘에 입을 맞추었다. 그녀의 아랫입술에 입을 맞추는 것처럼 입술 끝으로 살짝 빨아 키스하면서 열기 어린 작은 입 안에 넣듯 혀끝을 안쪽으로 넣었다. 야들한 살집을 핥고 혀끝으로 건드리기를 반복하자 보송보송하게 말라있던 샘에서 물이 흐르기 시작했다.

하체를 자극하는 기이한 열기를 느끼며 루시아는 깨어났다. 잠에 취해 반쯤 정신이 들자마자 느껴지는 허벅지 안쪽 깊은 곳에 가해지는 자극에 비음을 흘렸다. 채 상황을 파악하기 전에 강렬한 자극이 하체 안쪽을 파고들었다.

"흐읏!"

두 다리가 단단히 잡혀 벌어진 채 다리 사이 깊은 안쪽이 쭉 빨렸다. 허리를 흠칫흠칫 떨면서 간신히 고개를 조금 들어 내려다보자 다리 사이에 고개를 묻고 있는 그가 보였다. 루시아는 잠기운에 제대로 돌아가지 않는 두뇌를 애써 회전시켰다.

그가 돌아왔나? 언제? 하지만 생각을 오래 이을 수 없었다. 뾰족하게 세운 살덩이가 질구를 건드리다가 안쪽을 쿡 찌르며 들어왔다. 쩌릿한 전율이 등을 쭉 타고 올라갔다. 루시아는 벼락 맞은 것처럼 파드득 떨며 비명을 질렀다.

"아앗!"

그의 혀는 손가락만큼 단단하지는 않으나 그보다 훨씬 섬세한 부분을 자극했다. 루시아는 그 은밀한 자극에 현기증이 날 것 같았다.

손에 잡히는 시트를 움켜잡고 고개를 흔들며 신음을 흘렸다. 허리가 들썩이며 허벅지를 오므렸으나 그의 손에 잡혀있어 여의치 않았다. 무력하게 두 다리를 벌리고 그의 혀에 유린당했다.

그는 사막을 걷다가 오아시스를 발견한 것처럼 그녀의 샘에서 흐르는 물을 빨아들였다. 촉촉하고 보드라운 살결을 맛보고 혀를 넣어 자극하면서 그녀의 반응을 즐겼다.

샘에서 흐르는 물이 늘어나며 짙은 향을 풍기자 그녀가 잠에서 깨어났다는 것을 알 수 있었다. 혀끝에 느껴지는 작은 돌기를 파고들 것처럼 혀로 찌르며 이 끝으로 살짝 깨물었다.

"하악! 아! 아웅!"

작은 신음이 자지러지는 비명으로 바뀌었다. 그 비명이 이내 흐느낌으로 이어질 때까지 그는 그녀의 음부에서 입술을 떼지 못했다. 입을 맞추고 핥고 빨아 삼켰다. 그녀의 체액에서 풍기는 야릇한 맛과 향을 도무지 끊을 수가 없었다.

부풀어 오른 질 안쪽의 돌기를 삼킬 것처럼 빨자 그녀의 허리가 크게 들썩 공중으로 떴다가 털썩 주저앉았다.

휴고는 혀로 아랫배부터 가슴골까지 쭉 핥으면서 그녀의 위로 올라갔다. 그를 멍하게 바라보는 그녀의 눈은 몽롱하게 풀려있었다. 좀 더 사위가 밝았다면 홍조 어린 하얀 볼을 볼 수 있었을 텐데 그러지 못함이 아쉬웠다.

가슴께까지 밀려 올라간 네글리제 안으로 두 손을 넣어 가슴을 쥐었다. 검을 쥐느라 거칠어진 손바닥에 착 감기는 부드럽고 말랑거리는 가슴을 음미하듯 주물렀다.

그녀의 피부는 최고급 실크처럼 매끄러워서 만질 때마다 기분이 좋았다. 주근깨 하나 없이 뽀얀 그녀의 얼굴만큼이나 그녀의 속살 또한 우유처럼 하얗고 티 한 점 없었다. 옷을 벗기지 않으면 누구도 알 수 없는 것, 오직 남편인 자신만 보고 만질 수 있다는 점이 그의 소유욕을 충족시켰다.

그는 다시 고개를 숙여서 탐스러운 과실을 한입에 덥석 삼켰다. 애무로 자극받아 단단히 일어난 유두를 혀로 간질이며 쭉 빨았다. 그녀의 살에서 달큼한 향이 났다. 할 수만 있다면 다 삼켜버리고 싶은 그런 매혹적인 향이었다.

할딱이는 호흡 소리에 섞이는 신음을 들으며 그는 어찌 이걸 참고 지냈는지 자신의 인내심에 감탄했다. 그는 사냥 첫날부터 지독한 갈증과 허기에 시달렸다. 아무리 야만족을 사냥해도 채워지지 않았다.

이젠 모르겠다. 될 대로 되라. 그는 자신의 마음에 묶어두었던 한 가닥 끈마저 끊어버렸다. 휘둘려? 휘둘리면 어때서. 그가 혼자 취해서 어쩔 줄 몰라 하는 것이지 그녀가 먼저 그를 쥐고 흔들려고 한 적은 없었다.

그는 한 손으로 늘어진 그녀의 허벅지를 잡아 벌렸다. 그의 중심은 이미 아플 정도로 단단히 일어나서 풀어달라고 난리였다.

그녀의 다리 사이에 자리를 잡고 다급하게 무게를 실었다. 한 번의 움직임으로 거침없이 그녀 몸 안의 길을 타고 단번에 뿌리 끝까지 들어갔다. 그녀의 몸이 작게 움찔하며 침입자를 받아들였다.

"아!"

"하아……."

몸을 지탱하며 침대를 디딘 그의 손이 시트를 쥐었다. 앓는 신음이 절로 입에서 흘렀다. 이거였다. 그의 것을 완벽하게 감싸 안으며 죄어오는 그녀의 미끈한 내벽. 조금의 빈틈없이 꼭 맞아 들어가 하나가 된 상태. 습하고 따뜻한 그녀의 안에 완전히 몸을 묻고 그는 완벽한 충족감을 느꼈다.

그의 아래 누운 그녀의 가슴이 작은 움직임으로 오르락내리락했다. 그의 타액으로 젖은 분홍빛 유두가 번들거리고 하얀 가슴은 그가 남긴 흔적으로 울긋불긋했다. 조금 전까지 마구 탐했던 유실은 여전히 그의 입맛을 자극했다.

그는 혀로 유륜을 돌리며 부드럽게 핥았다. 몇 번이고 장난치듯 간질이며 건드리다가 그대로 한입에 쭉 삼켰다.

"웃……. 아!"

입안으로 오물거리다가 강한 흡입력으로 빨아들였다. 느슨하게 혀로 굴리다가 이로 살짝 물고, 강하게 빠는 것을 반복했다.

자극되는지 그녀의 몸이 움찔거리면서 짤막하게 신음을 흘렸다. 더불어 그를 품고 있는 여성 안쪽이 바싹 죄어들었다. 부드러운 가슴을 맛보는 것도 좋지만 더는 가만히 있기 힘들었다.

"허리 감아."

그의 목소리 끝이 갈라져 나왔다. 그의 집요한 애무에 새된 숨을 내쉬던 루시아는 탁한 그의 저음을 듣자 오싹 소름이 돋았다. 강하게 움직이며 안으로 파고드는 움직임을 기억하는 하복부가 찌릿찌릿하게 죄어들어 그를 꽉 물었다.

억눌린 짧은 신음을 흘리는 그를 보자 루시아는 입안이 마를 것 같았다. 마음이 다급해져서 옆에 딛고 있는 그의 팔을 한 손으로 잡고 다른 한 손은 머리로 누르는 베개 밑으로 넣으면서 두 다리를 그의 허리에 감았다.

휴고는 그녀의 엉덩이를 움켜잡아 무릎걸음으로 조금 전진하면서 그녀의 허리를 공중에 띄웠다. 아슬아슬 끝만 담근 상태까지 빼내다가 묵직하게 뿌리까지 진입해 들어갔다.

"흐읏……."

오랜만이라 그런지 그의 것이 더 크게 느껴져 버거웠다. 몸을 꽉 채우며 들어오는 힘에 숨이 턱 막혔다. 그의 팔을 잡고 있던 그녀의 손에 꽉 힘이 들어갔다. 살짝 인상을 쓰고 있는 그녀를 보며 그가 말했다.

"천천히?"

루시아가 입술을 문 채 고개를 끄덕였다. 느릿하게 빠져나갔다가 천천히 그가 허릿심으로 밀고 들어왔다. 빠듯하게 깊은 안쪽까지 닿는 느낌이 아릿했다. 루시아는 탄식처럼 한숨을 흘렸다.

"아……. 으응."

단단한 기둥이 몇 번이고 진퇴를 반복하며 안쪽을 마찰했다. 깊게, 그리고 얕게, 강약을 조절하는 움직임이 계속되자 부드럽게 풀린 내부는 곧 그의 것을 흡착하며 빨아들였다.

"하아……. 정말……."

그가 탁하게 가라앉은 음성으로 중얼거렸다.

"잡아먹히는 것 같아. 당신 속."

그녀가 준비되었다고 느끼자 그는 꽉 눌러둔 자신을 해방하기 시작했다. 그녀의 여린 살 속을 헤집고 마구 날뛰고 싶은 충동을 참을 수가 없었다. 넣고만 있어도 좋지만 움직이면 더 환상이었다. 그의 허리 짓에 점점 속도가 실리고 곧 거침없이 퍽퍽 밀어 넣었다.

"아! 아앗!"

그의 움직임에 맞추어 아래에서 그녀의 몸이 아래위로 흔들렸다. 강한 힘에 밀려 그녀의 몸이 조금씩 침대 위로 올라갔다.

그녀는 몸을 비틀면서 신음 섞인 교성을 질렀다. 느릿하게 빠져나갈 때는 질벽이 딸려 나가는 것 같고, 강하게 치고 들어올 때는 둔탁하고 묵직한 압박감에 몸이 저릿저릿했다.

젖은 속눈썹에 그의 혀끝이 닿았다. 그가 귓불을 훑으면서 잘근 깨물며 속삭였다.

"당신 느끼는 표정 보면…… 미치겠는 거 알아?"

그는 그녀의 몸이 침대 머리까지 밀려 올라가지 않도록 골반을 단단히 잡고 강하게 쳐올렸다. 깊숙이 박힐 때마다 그녀의 눈앞이 번쩍이며 점멸했다. 귓가에 들려오는 그의 호흡이 거칠었다.

"울 것 같은 눈을 하고선…… 아래는 쭉쭉 빨아들이지. 윽……. 지금…… 좋았어? 이렇게 하면 좋은가?"

"아! 아응!"

"말해 봐. 더 깊이 넣어줄까? 이쪽을 찌르는 게 좋아?"

희롱하는 그의 말에 수치심을 느낄 겨를이 없었다. 그의 말대로 그녀의 내부는 그의 것을 적극적으로 끌어당기고 감싸 안았다. 민감한 내벽은 그의 성기에 착 달라붙어 빠져나갈 때는 마치 안쪽도 딸려나갈 것처럼 움직였다. 그리고 그 움직임은 그녀에게도 엄청난 자극이었다.

"아! 휴! 너무! 으응!"

자극이 너무 강했다. 높은 곳에서 떨어지는 것처럼 숨이 막혀왔다. 단단한 그의 성기가 하복부 안을 거칠게 쑤셔대며 긁어내리면 정신이 날아가는 것 같았다.

몸을 가를 것처럼 다리 사이 안쪽으로 뜨거운 기둥이 난폭하게 진입했다가 빠져나가기를 반복했다. 안쪽 깊은 살이 마찰당하고 비벼질 때마다 그녀는 뇌를 짓누르는 쾌감에 비명을 질렀다. 그의 빠른 움직임에 끊임없이 몸이 흔들리면서 헐떡거렸다.

"하으윽!!"

절정에 치달아 루시아는 고개를 꺾으며 교성을 질렀다. 사납게 물어뜯는 내부의 움직임에 그의 목 깊은 곳부터 거친 신음이 터졌다. 쾌감으로 경련하는 안쪽으로 그는 계속해서 파고들었다.

"흐응. 응. 휴……. 잠깐…… 잠시만……."

격렬한 자극에 루시아는 흐느꼈다. 그가 조금만 멈추어 주었으면 좋겠는데, 그녀의 애원이 도리어 그를 자극했는지 그는 오히려 더 맹렬하게 달려들었다. 그녀 안으로 정신없이 박아 들어가는 그의 엉덩이 근육이 수축과 이완을 반복했다.

그의 허리를 감으려던 그녀의 다리가 자꾸 힘없이 미끄러졌다. 그는 그녀의 두 다리 발목을 잡아 어깨로 올렸다. 엉덩이가 들리자 그가 깊게 안으로 들어왔다.

몇 번의 추삽질을 하다가 한 손으로 그녀의 발목을 나란히 잡아 든 채 그의 분신이 여성의 좁은 길을 열며 전진과 후퇴를 반복했다.

"아! 하악."

힘들어. 그렇지만 좋아. 거침없이 아래에서 위를 찌르고 올라오는 힘도, 잡아먹힐 것 같은 그의 열정적인 움직임도, 흐려진 눈으로 보이는 그의 근육의 움직임도, 간헐적으로 흘리는 그의 낮은 신음을 듣는 것도 모두 좋아서 전율이 흘렀다.

그녀의 몸은 사내가 주는 기쁨을 배웠다. 봉오리가 맺히고 꽃잎이 벌어지고 시간이 흐를수록 만개하고 있었다. 황홀한 그녀의 몸이 사랑하는 사람에게 활짝 열렸다. 그에게 세우고 있던 벽이 완전히 사라지자 그녀의 몸은 더 적극적으로 그의 구애에 반응했다. 그녀의 변화를 그의 몸이 본능적으로 느끼고 반응했다. 그녀는 그를 더 미치게 몰아가고 있었다.

그는 그녀의 다리를 옆으로 내려 후측위 자세를 잡아 조금 속도를 늦추어 움직였다. 부드럽게 안을 휘젓는 감각에 잠겨서 그녀는 눈을 감고 숨만 할딱거렸다. 움직이던 성기가 예민한 지점을 건드리고 자극할 때마다 그녀의 미간에 살짝살짝 주름이 생겼다.

그는 다시 발목을 잡아 벌리면서 정상위로 자리를 잡았다. 묵직하고 깊게 질 안쪽을 파고들기 시작했다. 다시 그녀의 몸이 강하게 흔들리고 그가 주는 자극에 교성이 터졌다. 그의 어깨에 매달린 손이 미끄러지지 않으려 손끝을 세웠다. 손톱이 어깨를 스치는 따끔한 감각은 잔뜩 부푼 그의 하복부에 한층 더 열기를 불어넣었다.

"흐읏!"

"……큭."

그의 몸이 순간 경직하면서 그녀의 자궁 깊은 안쪽으로 체액을 쏟아냈다. 뜨거운 것이 안으로 쏟아지는 느낌에 소스라쳐서 그녀는 눈을 꼭 감았다. 제멋대로 움직이는 질벽이 그의 것을 꽉 물어 비틀었다. 딛고 있던 그의 팔이 휘청하면서 목 안쪽에서 그르렁대는 소리를 흘렸다. 그녀의 몸은 바들바들 떨며 쾌감에 몸부림쳤다.

"하아…… 하아……."

호흡을 몰아쉬는 그녀의 몸 위로 묵직하게 그의 무게가 더해졌다. 완전히 기대지는 않고 그는 팔꿈치로 디더 자신의 무게를 덜고 있었다. 적당히 몸을 누르는 그의 무게는 기분 좋은 안정감을 주었다. 루시아는 덜덜 떨리는 손을 그의 머릿속에 찔러 넣었다. 살짝 젖은 그의 머리카락에 손가락이 감기는 느낌이 좋았다.

조용한 침실에 두 사람의 가쁜 호흡 소리만 울렸다. 루시아의 숨이 고르게 진정될 즈음에 고개를 묻고 있던 그가 빙글 몸을 돌려 옆으로 누우면서 그녀의 허리에 팔을 감아 당겼다. 늘어진 그녀의 몸이 딸려가서 그의 품에 밀착했다. 한참을 그렇게 안고 있던 그가 그녀의 입술과 눈시울과 이마에 가벼운 입맞춤을 시작했다.

"푸훗. 간지러워요."

"간지럽지 않은 걸로 해줘?"

휴고는 진득하게 속삭이며 그녀의 귀 뒤쪽을 호흡으로 간질이다
가 입술을 붙였다. 그의 손이 등을 따라 허리 아래로 슬그머니 미
끄러졌다. 루시아는 살짝 몸을 틀어 자연스럽게 그의 손을 떨쳤다.
손바닥에 매끄럽던 피부의 느낌이 사라지자 휴고는 불만스러웠다.
그래서 다시 고집스럽게 그녀의 엉덩이를 잡았다. 루시아는 아예
두 손으로 그의 가슴을 밀어냈다.

"안 돼요. 내일 일찍 일어나야 한단 말이에요. 아침부터 할 일이
많아요."

"뭘 하기에."

"사흘 뒤 정원 파티를 계획하고 있어요. 처음 정원을 선보이는
자리라서 좀 규모를 크게 하려고요. 그래서 내일부터 정원 정리하
고 준비하고 이것저것 신경 쓸 것이 많아요."

"정원 파티? 날이 서늘해지기 시작했는데 아직도 꽃이 있어?"

"늦가을 꽃이죠. 아무래도 봄과 여름만큼 화사하지는 않지만, 올
해가 가기 전에 정원 파티는 열어보고 싶었어요."

나 없어도 아주 잘 지냈군. 휴고는 속으로 툴툴거렸다. 눈물 바
람으로 지냈기를 바라지는 않았지만, 이 여자는 왜 이렇게 씩씩할
까. 안도감과 서운함이 교차했다.

"그래서. 오랜만에 귀가한 남편보다 파티가 더 중요하다는 거군.
둘 중 뭐가 우선이지?"

또다시 그의 손이 허리께를 쓰다듬으면서 그의 입술이 끈질기게
목을 지분댔다. 루시아는 그의 어깨를 찰싹 내리쳤다.

"억지 부리지 마세요."

"어허. 어딜 남편 몸에 손을 대."

짐짓 엄한 척하는 그에게 루시아가 우우, 야유를 보냈다. 휴고는 야릇하게 눈을 빛내다가 그녀를 향해 큰 동작으로 몸을 던지며 덮쳤고, 루시아의 작은 몸이 재빠르게 굴러가며 피했다. 침대가 풀썩거리도록 둘은 엎치락뒤치락했다. 까르르 터지는 웃음소리와 작은 비명이 뒤섞였다. 얼마 못 가 루시아는 숨이 차서 헉헉거리며 그에게 단단히 붙잡혔다.

그는 그녀의 등 뒤에서 움직일 수 없을 정도로 꽉 끌어안았다. 다리 하나를 그녀의 다리 사이에 넣고 한 손으로는 가슴을 잡으며 뒷목에 입을 맞추었다. 루시아는 꼼짝할 수 없자 빠져나오기를 포기했다.

"가신 일은 잘되셨어요?"

"음. 당신은 뭐 하며 지냈지?"

"별일은 없……. 아니, 있었네요. 데미안이 왔어요."

아주 잠깐 그의 몸이 경직했다. 그의 품에 완전히 밀착해 있던 루시아는 느낄 수 있었다.

"……알아."

그에게 데미안은 어떤 의미일까. 루시아는 묻고 싶은 것이 많았지만, 좀 더 느긋하게 그와 긴 대화를 나눌 수 있을 때를 기다리기로 했다. 제롬조차도 말을 아끼는 상황이라 섣부르게 접근하기가 조심스러웠다.

데미안은 아버지를 원망하지 않았다. 자신이 처한 상황에 절망하고 냉담한 아버지를 향한 그리움이 비뚤어진 감정으로 변해도 이상하지 않을 미성숙한 어린아이였다. 그런데 데미안은 곧고 순수한 마음을 잃지 않았다.

루시아는 소년이 사랑스럽고 안타까웠다. 데미안 같은 아들이면 내 배로 낳지 않은 자식이라도 열은 키우겠다고 생각했다.

이젠 그가 데미안을 어떻게 생각하는지 알아볼 때였다. 그들이 서로에게 악감정이 없다면 이대로 냉랭한 사이를 유지한 채 세월을 보내서는 아까웠다. 같은 피를 나눈 유일한 관계 아닌가.

"점심때 시간 어떠세요? 다 함께 식사했으면 좋겠어요. 당신만 괜찮으시면요."

별일 아닌 것처럼 말하면서 루시아는 혹시 그가 거절하면 어쩌나 조마조마했다. 만약 같이 밥조차도 먹기 싫은 부자 사이라면 최악이었다.

"저녁으로 하지. 오전부터 회의야."

다행히 그는 주저하는 기색 없이 무난하게 대답했다. 루시아는 안도의 숨을 내쉬었다.

"무례하게 굴지는 않아?"

루시아는 그의 말에 숨겨진 주어가 데미안이라는 것을 잠깐 생각한 후에 알아차렸다.

'이 사람. 아들을 잘 모르는구나.'

그가 데미안을 조금이라도 안다면 그런 질문은 하지 않을 것이다.

"전혀요. 정중하고 어른스러워요. 예절도 태도도 나무랄 데가 없어요. 데미안과 잘 지낼게요. 그 점은 걱정하지 마세요."

"그런 건 걱정 안 해. 녀석이 기어오르면 말해."

병사를 굴리는 장교처럼 말하는 등 뒤의 그에게 루시아는 눈을 흘겼다.

"그럴 일 없을 거예요. 당신 안 게시는 동안 우리가 얼마나 잘 지냈는데요."

그녀의 목소리에 점점 잠기운이 묻어났다.

"……우리?"

삐딱하게 묻는 말은 잠에 빠져드는 루시아의 귀에 더는 들리지 않았다.

"인사가 늦었어요. 다녀오셨어요……."

거의 끝에는 웅얼거리는 그녀의 입술에 그는 키스했다. 얼마 후 색색 고른 호흡 소리를 내며 루시아는 잠들었다.

"다녀왔어."

다시 한 번 그녀의 입술에 가볍게 키스하고 휴고도 눈을 감았다.

아침에 눈을 떴을 때 루시아는 언제나 마찬가지로 혼자였다. 그의 기상 시간은 매우 이른 편이어서 그가 로암에 있건 없건 루시아는 거의 혼자 아침을 맞았다. 지난밤이 꿈이 아니었다고 말해 주듯 팔다리가 무겁고 나른했다. 몸에 힘이 들어가지 않아서 팔로 디디며 몸을 일으켰다.

"아……."

묽어진 그의 체액이 허벅지를 따라 흘렀다. 아무리 겪어도 민망해서 루시아는 달아오른 얼굴을 두 손으로 감쌌다. 조금 진정이 되자 하녀를 불러 목욕 준비를 시켰다.

따끈한 물에 몸을 담갔더니 오랜만의 격한 운동으로 뭉친 근육이 노곤하게 풀렸다. 아침 햇살로 보얗게 빛나는 그녀의 눈부신 피부에는 격렬했던 지난밤을 상징하는 붉은 흔적이 얼룩덜룩했다.

시중을 드는 하녀들은 흘끔거리며 얼굴을 붉혔다. 주인님께서 늦게 귀환하셨다더니 오자마자 못 참고 마님 침실에 드셨구나, 목욕을 끝내면 하녀들 사이에 소문이 쭉 퍼질 것이다.

"그이는 집무실에 들어 계시니?"

"회의 중이십니다."

"벌써?"

"해 뜨기 무섭게 불러들이셨습니다."

아무래도 그의 밑에서 일하는 자들은 여간 힘들지 않겠다고 루시아는 생각했다. 그는 정말 정력적인 남자였다. 쉴 새 없이 많은 일을 하면서도 가장 기운이 넘쳤다.

어젯밤을 떠올리는 루시아의 얼굴에 홍조가 떠올랐다. 그를 보고 싶은 그리움이 깊어져서 가슴앓이하기 전에 그가 돌아와서 다행이었다.

여전히 그가 자신을 뜨겁게 원해서 행복했다. 그녀의 기분은 물 위에 뜬 꽃잎처럼 가벼웠다.

* * *

가족이 된 세 사람이 처음으로 함께 하는 저녁 식사였다. 식당에 데미안이 가장 먼저 도착해 기다리다가 루시아가 들어오자 늘 하던 대로 의자를 빼내 그녀가 앉도록 도와주었다.

"데미안, 아버지는 뵈었니?"

"아직 인사드리지 못했습니다. 계속 바쁘신 것 같았습니다."

"그래, 오늘 많이 바쁘신 것 같더라."

루시아는 데미안을 위로하면서 살짝 입술을 삐죽였다.

'아무리 바빠도 잠깐 불러 인사하는 일이 뭘 그리 힘들다고. 그럼 지금 처음으로 얼굴을 마주한다는 거잖아.'

그는 정말 무정했다. 데미안이 비뚤어지지 않게 이만큼 큰 것이 대견했다. 오늘은 루시아도 내내 분주해서 늘 함께하던 점심을 아이와 같이 못 한 것이 마음에 걸렸다.

"점심은 어떻게 했니? 굶은 건 아니지? 내가 오늘 일이 많아서 신경을 못 썼어."

"먹었습니다. 파티 준비로 바쁘신 것 압니다."

잠시 후 휴고가 들어왔다. 그의 시선이 데미안에게 잠깐 머물렀을 뿐, 짧은 인사 한마디 건네지 않고 자리에 앉았다. 그리고 가족의 첫 식사가 시작되었다. 숨 막히도록 조용한 식당에서 루시아는 계속 두 부자를 번갈아 보았다.

'둘 다 지독하네.'

화기애애한 분위기까지는 바라지 않았다. 데미안이 기숙 학교에 간 여섯 살 이후 정말 서로 한 번도 본 적 없는지는 모르겠지만, 어쨌든 오랜만에 보는 것이 분명한 똑 닮은 두 부자는 서로 눈조차 마주치지 않았다.

'데미안은 아버지를 존경한다고 했고…… 저 사람도 아들이 미웠으면 굳이 후계로 삼진 않았겠지.'

부자의 썰렁한 분위기는 날이 바싹 선 것처럼 차가웠지만, 루시아는 이걸 어쩌나, 하며 걱정하지 않았다. 두 사람이 대놓고 험악한 분위기를 연출하는 것도 아니고 루시아가 두 부자와 각각 문제가 없으니까 심각하다는 생각이 들지 않았다.

'내가 중간에서 적당히 이어주면 좋아지겠지.'

루시아는 사람과 사람 사이의 관계는 하루아침에 바뀔 수 없다고 생각했다. 무리해서 관계 개선을 하려다가는 부작용이 더 클 것이다.

데미안이 기숙 학교에 돌아가기 전까지 여기서 지내는 시간이 좋은 기억으로 남고, 그가 아들의 존재를 이전보다 더 의식하면 그걸로 되었다. 일단 그걸 첫걸음으로 삼을 것이다.

'둘을 나란히 놓고 보니 정말 좋네.'

큰 휴고와 작은 휴고가 함께 있는 것 같았다. 루시아는 그저 둘을 번갈아 보는 것만으로도 흐뭇했다.

고용인들은 이 숨 막히는 분위기 속에서 차분하게 식사하는 마님을 대단하다고 생각하고 있었다.

"정원 파티 준비는 잘되어가오?"

식사가 끝나갈 무렵에 그가 물었다.

"네, 순조로워요. 그 일로 드릴 말씀이 있어요. 데미안을 참석시키면 어떨까 하는데, 어떻게 생각하세요?"

물을 마시던 데미안이 켁, 하는 작은 소리를 냈다. 흘끔 데미안을 본 휴고가 루시아에게 시선을 돌렸다.

"여인들 파티잖소."

"데미안이 남자는 아니잖아요. 이제 여덟 살인걸요."

잠시의 고요함. 쿡, 휴고가 짧게 웃었고, 데미안의 귀가 붉어졌다.

"당신 말대로 여덟 살은 남자가 아니지. 좋을 대로 하시오."

"데미안, 어떻게 생각하니?"

"저는!"

데미안이 다급하게 입을 열었지만, 휴고가 지그시 보자 얌전히 입을 다물고 고개를 숙였다.

"……예. 그렇게 하겠습니다."

'우와.'

루시아는 부자 사이의 완벽한 힘의 차이를 느꼈다. 평소 데미안은 도무지 여덟 살이라고 믿기지 않을 정도로 어른스러웠다. 또래보다 훨씬 큰 덩치와 딱딱하고 정중한 말투, 구사하는 어휘는 어른 수준이고 아이의 치기는 전혀 드러내지 않았다. 루시아는 데미안을 보면서 자신의 여덟 살을 떠올렸으나 제대로 기억조차 없었다. 아마 동네 아이들과 뛰어놀기에 바빴을 것이다.

그러나 휴고의 곁에 있는 데미안은 가릉거리는 새끼 사자였다. 데미안과 비교하면 휴고는 가장 높은 곳에 앉아서 아래를 나른하게 내려다보는 제왕이었다. 휴고의 거대한 앞발이 살짝 짓누르기만 해도 데미안은 켁 소리도 내지 못할 것 같다.

루시아는 두 사람의 현재 관계가 어느 정도는 만족스러웠다. 아버지를 존경하면서 어려워하는 아들의 모습은 바람직했다. 두 사람 사이가 조금만 개선되면 그녀가 그리는 근사한 부자 관계가 이루어질 수 있을 것 같았다. 상상만 해도 흐뭇했다.

'대왕 사자와 새끼 사자라……. 그리고 보니 타란 가문의 문양이 흑사자였지. 아주 딱 들어맞네.'

"오늘 식사 이후에 일정은 어떻소?"

"별다른 일은 없어요. 읽다가 만 책이 있어서 서재에 가려고요."

"오늘 꼭 읽어야 하는 책인가?"

"그렇지는 않지만. 손님이라도 오시나요?"

"이 시간에? 그런 무례한 손님은 맞을 필요도 없소."

"그럼……."

"소화를 시킬 겸 가볍게 산책하고 목욕을 하시오."

"……네?"

"내일 아침에 일찍 일어나고 싶으면 일찍 잠자리에 들라는 소리요."

휴고를 바라보는 루시아의 얼굴이 점점 붉어졌다. '사람 얼굴이 저렇게 붉어질 수도 있구나.'라고 데미안은 무표정한 얼굴로 생각했다.

"……도대체 애 앞에서 무슨 말을 하시는 거예요."

루시아가 시뻘건 얼굴로 애써 목소리를 죽이며 말하자 휴고는 피식 웃었다.

"내가 무슨 말을 했는데?"

"익!"

루시아는 그를 노려보다가 벌떡 일어났다. 나가는 그녀의 뒤에 대고 휴고가 물었다.

"어디 가는 거요?"

"산책하러요!"

발소리가 쿵쿵 날 것처럼 루시아는 큰 동작으로 나가 버렸다. 데미안은 그녀의 뒷모습을 멀뚱거리며 바라보았다. 소년은 지금 상황 자체를 이해할 수 없었다. 두 분 대화의 어떤 점에서 루시아가 과한 반응을 보이는지 머리 좋은 소년으로서도 도저히 알 수 없었다.

고민하던 소년은 작은 웃음소리에 고개를 돌렸다. 공작이 꽤 즐거운 것처럼 웃고 있었다. 싸늘한 미소나 비웃음은 보았지만, 공작이 이런 식으로 웃는 모습은 처음 보았다.

신기하면서 동시에 충격이었다. 한 자루의 검처럼 매섭던 아버지가 조금은 사람 같았다.

잠시 후 나갔던 루시아가 다시 식당으로 들어왔다.

"데미안, 같이 가자."

데미안은 흘끔 공작의 눈치를 살피다가 쪼르르 루시아의 뒤를 따라갔다. 졸지에 혼자 남은 휴고의 표정이 그다지 좋지 않았다.

그녀가 말했던 '우리'라는 단어가 신경 쓰이기 시작했다. 데미안을 거리낌 없이 부르는 그녀와 부른다고 당연하게 따라가는 데미안을 보니 그가 없는 동안 둘이 꽤 친해진 모양이었다.

둘의 사이가 험악하길 바라는 건 아니지만, 그는 왠지 마음에 들지 않았다.

정원을 따라 걸으며 데미안이 계속 루시아를 곁눈질했다.

"하고 싶은 말 있어?"

"좀 신기합니다. 전하를 무서워하지 않으시니까…….."

"데미안. 남편을 무서워하는 부인이 어디 있어. 네가 커서 나중에 결혼했을 때 네 부인 되는 사람이 널 무서워하면 좋겠니?"

데미안은 고개를 저었다. 어린 소년은 아직 그런 의미를 정확히 알지 못했다. 그저 소년에게 까마득히 높은 산꼭대기 같은 공작을 루시아가 굉장히 편하게 대하는 모습이 충격이었다.

데미안의 눈에 루시아는 작고 순한 초식동물이었고 공작은 크고 사나운 육식동물이었다. 상극인 두 존재가 어울릴 수 있다는 사실만으로도 소년은 혼란을 느꼈다.

"데미안, 아버지가 무섭니?"

데미안은 망설이다가 주저하며 대답했다.

"……네, 조금은."

"왜? 네게 무섭게 구신 적이 있어?"

"그건 아닙니다."

"그러면 네가 아버지를 잘 알지 못해서 그렇게 느껴지는 거야. 따라 해봐. 아버지."

"……아버지."

"옳지."

루시아는 아이가 기특해서 머리에 손을 뻗었다. 데미안이 흠칫 놀라며 반사적으로 주춤 물러났다. 자기도 모르게 손을 내밀었던 루시아도 놀라서 움찔했다. 그들 사이에 잠시 어색한 기류가 흘렀다.

"……미안, 나도 모르게. 기분 나빴어?"

"아…… 아닙니다. 조금 놀라서……."

데미안은 지금껏 타인과 그 정도 가까운 접촉을 해본 적이 없었다.

"기분 나쁜 게 아니라……."

"아이를 칭찬할 때는 머리를 쓰다듬어 주기도 하거든. 네가 싫어하면 하지 않을게."

조금 우물쭈물하던 데미안이 작은 목소리로 말했다.

"싫지…… 않습니다."

"그래? 그럼 지금 쓰다듬어도 괜찮아?"

데미안이 고개를 끄덕였다. 루시아는 야생 동물을 향해 나는 너의 적이 아니라고 말하는 것처럼 천천히 손을 뻗어서 까만 정수리의 위에서 아래로 쓸어내렸다. 어려서 그런지 아이의 머리카락은 생각했던 것보다 훨씬 부드러웠다. 몇 번 쓰다듬어 주고 루시아는 손을 뗐다. 첫날 소년을 봤을 때부터 꼭 하고 싶었던 걸 했더니 선물을 받은 것처럼 설렜다.

볼을 꼬집어보는 건 언제 할까. 루시아가 즐거운 마음으로 다시 걷기 시작하자 데미안도 얼른 따라가 옆에 섰다.

"루시아."

"응?"

"아까 식당에서 왜 화를 내신 건가요?"

"응? 그건 화난 것이 아니라……. 그러니까……."

도무지 설명할 수도, 설명하고 싶지도 않아서 루시아는 어떻게 하면 자연스럽게 화제 전환을 할 수 있을지 골몰했다. 마침 머릿속에 때마침 잊었던 사실이 떠올랐다.

"아! 데미안. 파티에서 입을 네 연미복이 없구나. 그걸 생각 못 했어. 혹시 가지고 있는 것이 있니?"

"없습니다."

"그래. 있을 리가 없겠지. 내내 학교에 있었는데."

"루시아, 전 참석하지 않아도……."

데미안은 이 기회에 어떻게 해서든 발을 빼고 싶었다. 이미 승마장에서 넘치도록 많은 여자의 시선을 받았다. 그들이 자신을 어떻게 보든 상관없지만, 루시아를 향해 이상한 눈빛을 하는 것은 불쾌했다. 괜히 자신 때문에 루시아가 그런 대우를 받기를 바라지 않았다.

"아니야. 참석해야 해. 으음……. 누구에게 물어봐야 하지?"

루시아는 가급적 데미안의 의사에 반하는 일은 하고 싶지 않지만, 이번 정원 파티에는 반드시 참석시킬 생각이었다. 승마장에 데리고 다니며 인사를 시켰어도 공식적인 자리는 아니었다. 하지만 정원 파티는 공식적인 사교 모임이었다.

이번에는 규모가 커서 북부 사교계의 유명 인사들을 모두 초대했다. 그런 자리에서 정식으로 데미안을 소개하면 데미안의 위상이 확 달라질 것이다.

물론 데미안은 아직 나이가 어리고 여자들만 참석하는 정원 파티라서 그 자리가 사교계 데뷔는 될 수 없었다. 하지만 언젠가는 사교계에 등장할 아이들이 미리 사람들에게 인사하는 일은 종종 있었다. 주로 파티 주최자의 자녀들이 그런 특권을 누렸다.

큰 비용과 번거로움을 감수하고 귀부인들이 굳이 파티를 여는 데에는 그런 이유가 있었다.

"아이가 입을 연미복은 기성복으로 구매해도 될 거야."

들려오는 목소리에 두 사람이 걸음을 멈추고 뒤로 돌아섰다. 어느새 다가온 휴고가 그들 앞으로 가까이 다가왔다. 로암에 와서 처음으로 아버지와 가깝게 나란히 선 데미안이 멍하게 고개를 들어 거대한 아버지를 올려다보았다.

"정원 파티니까 복장에 그리 까다롭게 신경 쓸 건 없어."

"다행이에요. 알려주셔서 감사해요. 기성복이라면 데미안이면 열두 살 정도의 것을 구해야 하려나요."

"녀석은 여덟 살이야."

"데미안은 보통 여덟 살보다 훨씬 크다고요. 또래와 비교하면 거인이에요."

휴고가 눈을 내리깔아 데미안을 보았다. 이 조그만 녀석이? 그런 시선이었다.

"장차 당신보다 더 클지도 모르죠."

"흐음."

중얼거리는 휴고의 음색이 어딘지 모르게 삐딱했지만, 루시아는 알아채지 못하고 데미안만 눈치를 살폈다. '내가 감히 아버지보다 클 수 있을 리 없어.'라고 생각하는 데미안은 혹시 루시아의 말이 아버지의 심기를 불편하게 했을까 봐 걱정이었다.

"당신도 어릴 때 또래보다 훨씬 키가 컸을 것 같아요. 그렇죠?"

"기억 안 나."

또래와 키를 비교하는 팔자 좋은 생활은 하지 못했다. 휴고가 데미안의 나이였을 때 주변에 있던 노예 아이들은 대부분 제 나이조차 몰랐다. 그 역시 죽은 공작에게 납치되듯 로암에 오기 전까지는 정확한 자기 나이를 몰랐다.

"일이 많으신 것 아니었어요? 바로 집무실로 들어가셨을 줄 알았어요."

"내가 방해한 건가?"

휴고는 뚱한 어조로 말했다.

"원래 오래 나갔다 오시면 더 바쁘시잖아요. 마침 잘됐어요. 데미안이 아직 당신께 정식으로 인사 못 한 것 같던데요. 데미안, 인사드리렴."

데미안은 머뭇거리다가 루시아의 눈치를 한 번 살피고 고개를 숙였다.

"오랜만에 인사 올립니다. 그간 평안하셨습니까."

숙였던 고개를 들며 슬며시 루시아를 보자 루시아가 입 모양으로 '아버지'를 그렸다. 데미안은 용기를 짜냈다.

"……아버지."

휴고의 눈썹이 스윽 올라갔다. 딱히 그 호칭이 불쾌한 건 아니었지만, 익숙하지 않았다. 아버지라는 존재에 대한 혐오와 증오 때문인지 휴고는 한 번도 입 밖에 뱉은 적이 없는 말이었다.

그의 침묵이 좀 길어지자 루시아가 슬쩍 그의 옷깃을 잡아당겼다. 눈을 마주치는 그를 향해서 과할 정도로 생글생글 웃어 무언의 압박을 주었다.

그는 무심하긴 해도 눈치 없는 남자는 아니었다. 휴고는 나지막하게 답했다.

"……그래."

소년의 목덜미가 붉어졌다. 루시아는 흐뭇하게 보면서 만족했다. 그가 어서 데미안의 귀여움을 알아주었으면 좋겠다. 오늘은 이걸로 되었다. 아직 시간은 많으니까 조금씩 천천히.

"산책하실 거예요? 바쁘지 않으세요?"

"산책하려고 나온 거야."

왠지 자신을 자꾸 쫓아내려 한다는 느낌이 영 못마땅한 휴고가 다시 뚱하게 답했다. 루시아는 오늘 내내 회의하느라 그가 좀 피곤한가 보다, 대수롭지 않게 넘겼다.

"그럼 셋이 같이 걸어요. 셋이 함께하는 산책이 오늘 처음이군요."

"……같이?"

휴고가 흘끔 데미안에게 시선을 주었다. 아버지의 눈길이 닿자 소년은 움찔했다. 정확한 이유는 알 수 없지만, 왠지 이 자리에 자신이 있으면 안 될 것 같았다.

종이 다른 초식동물 루시아는 눈치채지 못하는 사실을 비록 새끼에 불과하지만, 기본적으로 육식동물이라는 종이 같은 데미안은 대왕 사자의 으르렁을 민감하게 포착했다.

"전 들어가 보겠습니다. 봐야 할 책이 있어서."

"데미안, 식사 후 바로 책상에 앉으면 소화도 안 되고 좋지 않아."

"소화 다 됐습니다. 오늘 꼭 봐야 하는 책입니다."

데미안은 꾸벅 고개를 숙이고 마치 도망치는 것처럼 재빨리 사라졌다. 루시아는 데미안의 뒷모습을 아쉽게 바라보았고, 휴고는 만족감에 느긋한 표정을 지었다.

'녀석, 영 쓸모가 없지는 않군.'

소년이 그토록 받고 싶었던 아버지에 의한 인정은 굉장히 쉽게 이루어졌다.

"녀석과 사이가 좋군."

"친하게 지내라고 데미안에게 오라고 하신 줄 알았는데요."

서로 얼굴 정도는 알아야 할 것 같아서 데미안을 불렀다. 휴고는 두 사람의 관계에 대해서는 별다른 생각이 없었다. 그녀는 아직 어리니까 여덟 살짜리 아들을 포용하기는 힘들 거라고 생각했다. 데미안도 살갑지 못한 사내아이라서 둘이 친하게 지낼 여지는 없을 것 같았다. 서로 이를 세우지만 않으면 소 닭 보듯 해도 관여치 않으려 했다.

"정원 파티에는 왜 데려가려는 거지?"

"데미안을 사람들에게 소개할 기회가 거의 없으니까요. 당신 아들이고, 이젠 내 아들인데 사람들이 얼굴도 몰라서는 곤란하잖아요."

"……쉽군."

"네?"

"당신 입에서 아들이란 말이 참 쉽게 나와서."

그가 하는 말의 의도를 정확히 알 수 없어서 루시아는 걸음을 멈추었다. 휴고도 걸음을 멈추고 자신을 바라보는 그녀와 시선을 마주쳤다.

"제가 아이에게 관심을 두지 않았으면 하세요? 혹시 제가 무슨 의도를 가지고 있다고 생각하시는…….”

“아니야. 비비안. 그런 거 아니야.”

휴고는 낮게 한숨을 내쉬었다.

“솔직히 당신이 녀석과 그렇게 잘 지낼 줄은 몰랐어.”

아까 그녀가 데미안의 머리를 쓰다듬어 주던 모습이 떠올랐다. 순한 강아지처럼 머리를 얌전히 내밀고 있는 데미안이 낯설어서 기묘한 기분으로 바라보고 있었다. 느닷없이 떠오른 과거의 기억 한 조각이 눈앞에서 아른거렸다.

「야! 머리 만지지 말라니까!」

하지 말라고 역정을 내도 툭하면 제 머리를 헤집는 휴고에게 휴는 버럭 소리쳤다. 머리는 인간의 가장 중요한 약점이었다. 적에게 노출되면 죽음과 직결이었다. 손목이 날아가고 싶지 않으면 용병은 절대 남의 머리에 손대지 않았다.

「이건 친하다는 표시라니까.」

휴고는 늘 실실 웃기만 했다.

「속없는 새끼. 넌 뭐가 좋아서 매일 쪼개고 있어?」

「웃어. 웃으면 복이 온대잖아, 휴.」

「……쓸개 빠진 놈.」

휴고는 제 머리를 불쑥 휴 앞에 들이밀었다.

「너도 만져봐.」

「치워.」

「해보라니까. 원래 이런 쓰다듬은 부모가 해주는 거래. 근데 우린 해줄 사람이 없으니까 서로가 해줘야지.」

「그딴 거 안 해줘도 되거든.」

「난 해줬으면 좋겠어. 얼른.」

휴는 귀찮아하며 대충 손을 내밀어 휴고의 머리를 한 번 슥 쓰다 듬었다. 헤헤 웃는 휴고를 보면서 '쓸개 빠진 놈.' 하고 평소처럼 독설을 던졌다. 하지만 녀석의 머리카락이 손에 닿는 느낌이 좋다고 생각했다.

"그러니까 내 말은…… 녀석이 기어오르면 말해."

"그럴 일 없어요!"

휴고는 되받아치는 그녀를 꽉 안았다. 품 안에 폭 들어오는 작은 그녀를 강하게 끌어안았다. 품에서 당황한 듯 굳어있던 그녀가 손을 등 뒤로 두르는 것을 느끼며 휴고는 미소 지었다.

가끔 형제의 기억이 떠오르면 그는 달콤한 행복과 저미는 고통을 함께 느꼈다. 그녀의 체온이 몸에 닿자 조금 들뜬 기분이 심장을 헤집는 것 같은 고통을 어느 정도 상쇄했다.

「결혼하고 싶은 여자가 있어. 언젠가는 소개해 줄게.」

어느 날, 형제는 그렇게 말하며 행복하게 웃었다. 형제가 살아있다면 그도 말해 주고 싶었다.

'나도 그런 여자가 생겼어. 이미 난 결혼은 했지만.'

그날 저녁에 휴고는 집무실에서 대충 오늘 온종일 했던 회의 자료를 정리하고, 파비안의 보고서를 들추어 보았다.

주로 수도에 관한 소식이었다. 주요 권력자들의 움직임이라든가, 타국 거물의 입국 상황이라든가, 주요 인물들 간의 접촉 상황과 거대 상단의 눈에 띄는 거래 현황을 담기도 했다.

가장 뒷장은 사교계에 떠도는 소문이었다. 파비안은 어차피 올려봐야 주인이 관심을 두지 않는다는 것을 알지만, 아예 올리지 않을 수는 없어서 추록하는 형식적인 보고였다.

파비안은 일하는 방식이 철두철미했다. 형식적인 보고에 불과한 소문 취합에도 빈틈이 없었다. 공작의 심기를 거슬릴 소문이라도 토씨 하나 빼놓는 법이 없었다.

사실, 소문 취합은 파비안의 스트레스 해소법이었다. 공작이 넘긴 일거리가 넘쳐나서 야근을 반복하면 더 열심히 눈에 불에 켜고 소문을 모으러 다녔다.

부하의 괘씸한 심술을 알지 못하는 휴고는 비교적 자신을 둘러싼 해괴한 소문들을 대부분 알고 있었다.

평소처럼 무심하게 소문을 훑어보던 휴고가 미간을 찌푸렸다. 수도에 흘러 다닌다는 그의 지참금 관련 소문이었다.

"쯧."

휴고는 못마땅하게 혀를 찼다. 왕이 그렇게 입이 가벼워서야 원. '그 노친네는 위엄 있는 척 잘 걷다가 꼭 삐끗하지.'라고 퀘이즈는 제 부친을 평한 적이 있었다. 그러면서 '삐끗 정도가 아니라 발모가지가 부러지면 참 좋을 텐데 말이네.' 하고 말하며 암흑가 두목처럼 음험하게 웃었다.

뒤이은 소문을 읽어가던 휴고의 표정이 점점 묘해졌다. 공작부인이 엄청난 미녀라서 남들이 보기 전에 공작이 낚아채 영지로 끌고 갔다는 내용이었다.

"으음……."

그녀를 절세미인으로 묘사한 소문의 대목에서 휴고는 약간의 위화감을 느꼈으나 '영 터무니없는 말은 아닌데.'라고 생각했다. 남들에게 보이지 않으려고 몰래 결혼했다는 대목에서는 '사실 관계와 정확히 일치하지는 않아도 그런 대로 맞는 소리군.'이라고 생각했다.

딴 놈의 시야에서 꼭꼭 감추기 위해서 승마장을 짓거나 뱃놀이를 제한하는 등 그의 노력은 현재 진행형이었다. 공작부인을 영지로 끌고 갔다는 내용도 틀린 말은 아니었다. 결혼하자마자 영지로 온 건 맞으니까.

'별문제 될 소문은 아니군.'

그는 그렇게 판단하며 서류를 덮었다.

*   *   *

루시아는 수건으로 젖은 머리를 감싸며 침실로 들어왔다. 그가 없을 때는 하녀들이 침실까지 들어와 마무리 시중을 들어 주었는데 그가 오자마자 다들 알아서 침실 문 앞까지만 따라오고 줄행랑이었다.

화장대에 앉아서 머리카락을 꾹꾹 수건으로 눌러가며 물기를 제거했다. 한 달 가까이 남의 손에 맡겨두다가 직접 하려니 더디었다. 아무래도 하녀 여럿이 붙어 등 뒤에서 꼼꼼하게 말려주는 것과 비교할 수 없었다.

침실 문이 열리며 그가 안으로 들어왔다. 루시아는 흘끔 그를 보고 다시 화장대 거울로 시선을 돌렸다. 그런데 그가 곧바로 그녀에게 다가와서 그녀를 번쩍 안아 들었다. 놀란 그녀는 들고 있던 수건을 놓쳐 떨어뜨렸다.

"휴! 머리를 더 말려야 해요."

이대로 자면 내일 아침에 사자 머리가 된다고요!

"나중에 해."

"나중에 할 수 있는 일이 아니에요!"

그녀가 뭐라 하건 말건 그는 그녀를 곧장 침대로 데려가 내려놓았다. 여전히 머리 어쩌고 종알거리는 입술을 막아버렸다. 단 과실을 베어 무는 것처럼 그녀의 아랫입술을 잘근 깨물고 바로 혀를 밀어 넣었다. 버둥거리는 그녀의 팔목을 침대로 누르면서 그는 더 깊이 그녀의 입안을 탐했다.

그녀는 아직도 뭘 모른다. 어설픈 반항은 오히려 남자를 부추긴다는 것을. 부드러운 입술에서 단맛이 스미는 것 같아서 혀로 핥았다. 여리고 말랑한 혀를 건드리자 놀라 움찔거렸다.

목욕한 지 얼마 안 되어서인지 입안에 따끈한 열기가 있었다. 그녀의 내부도 이처럼 따뜻하겠지 생각하니까 아랫배가 지끈했다.

그는 흥분한 하복부를 그녀의 허벅지 안쪽으로 바싹 밀착해 지

그시 눌렀다. 어설프게 그녀의 몸을 감싼 목욕 가운을 들추면 곧바로 들어갈 수 있는 아슬아슬한 자세였다.

입구부터 꽉 조일 그녀의 여성을 생각만 해도 하체로 피가 몰렸다. 그녀도 그걸 느꼈는지 자꾸 틀던 몸이 얌전해졌다. 슬며시 잡고 있던 손목을 놔주자 두 팔로 그의 목을 감으며 매달렸다.

그의 혀는 적절한 강약을 주며 그녀의 입안을 탐색했다. 새침하게 도망치는 그녀의 혀는 간단히 그에게 제압되었다. 그가 그녀의 입안을 희롱하며 진한 키스를 퍼부으면 루시아는 당해내지 못하고 무아지경에 빠져들었다.

당장에라도 교합할 것처럼 은밀한 곳에 맞닿은 뜨거운 그의 상징은 짜릿한 불안감을 주며 그녀를 더욱 고조시켰다.

혀뿌리가 얼얼하도록 그의 혀에 휘말려 강하게 빨리는 순간, 루시아는 다리 안쪽이 찌릿해서 자기도 모르게 허리를 들썩했다. 그녀의 움직임은 밀착해 있던 그의 성기를 스쳐 문질렀다. 그가 낮은 신음을 흘리며 입술을 떼었다.

긴 키스에 혼이 나간 표정으로 루시아는 숨을 가쁘게 쉬며 그를 응시했다.

"생각을 해봤는데."

그의 목소리는 잔뜩 가라앉아 있었다. 도톰하게 부푼 그녀의 붉은 입술을 보는 눈빛이 이글거렸다.

"당신이 빨리 지치는 건 한 번에 몰아 해서 그런 것 같아. 방식을 바꿔보려고. 한 번 하고 좀 쉬다가 또 하고, 쉬다가 또 하고. 어때?"

빨갛게 물든 얼굴로 루시아는 호흡을 가다듬으며 그를 향해 인상을 썼다.

"그런 거로 생각 같은 거 하지 마요."

"그런 거라니. 중요하다고."

그는 부풀어 오른 그녀의 입술에 가볍게 입맞춤을 했다.

"그럼 오늘은 새로운 방식을 시도해 볼까."

그의 눈빛이 마치 도약 직전의 맹수 같아서 루시아는 긴장된 침을 삼켰다.

"저는…… 찬성하고 싶지 않은데요."

"음……. 그러면 오늘은 시험판."

"그게 뭐가 달라요!"

그는 들은 척도 하지 않고 그녀의 가운 앞섶을 잡아 양쪽으로 벌렸다. 뽀얀 가슴이 출렁 흔들리며 드러났다. 그녀의 몸매를 잠시 눈에 담고 두 손 가득 가슴을 쥐었다. 조금 강하게 힘을 주자 그녀의 몸이 흠칫했다. 그는 고개를 숙여 그녀의 배꼽 부근부터 혀를 대 천천히 위로 올라갔다. 길고 긴 밤의 시작이었다.

두 다리가 그의 어깨에 걸려 엉덩이가 들렸다. 그가 깊이 안쪽까지 들어와 자극했다. 몸을 디딘 그의 팔을 잡고 그녀는 그의 성기가 진입해 들어올 때마다 눈을 질끈 감으며 입술을 물었다. 강하게 저릿한 느낌이 한 번씩 내부를 칠 때마다 수면의 표면 장력에 몸이 부닥치는 것 같았다.

"아!"

그녀가 미간을 일그러뜨리는 모습을 보며 그는 이를 악물었다.

그의 분신을 완전히 다 삼킨 내벽이 자잘하게 경련하며 자극했다. 격하게 마구 찔러 넣고 싶은 욕구를 간신히 참았다. 그녀가 괴로워 보였다.

"힘들어?"

루시아는 고개를 끄덕였다. 후배위 다음으로 오래 지속하기 힘든 자세였다. 그가 깊이 들어와 자궁까지 건드는 감각은 너무 자극이 심했다. 하지만 그는 좋아하는 자세였다. 뿌리 끝까지 그녀의 질벽에 바짝 죄는 느낌은 희열 같은 쾌감을 주었다.

그는 그녀의 발목을 잡아 옆으로 내렸다. 후측위 자세로 허벅지 안쪽을 스쳐서 질 안쪽으로 밀어 넣었다. 조금 얕게, 그리고 속도감 있게 허리를 움직였다.

"으응……. 훗……."

몸을 옆으로 살짝 돌려 누운 상태로 그녀는 신음을 흘렸다. 적당한 자극이 좋은지 눈시울이 금세 붉어졌다.

그녀는 약한 자극은 약한 자극대로, 강한 자극은 강한 자극대로 반응이 달랐다. 그녀는 성격만큼이나 얌전한 섹스와 적당한 자극을 좋아하지만, 그는 과격하고 강한 자극을 좋아했다. 그리고 그는 그녀를 얼마간 괴롭히며 울리는 것을 좋아했다.

그녀는 그가 무척이나 자신을 괴롭힌다고 생각하겠지만 뭘 모르는 소리다. 그가 얼마나 제 욕심을 참아가며 배려해 주는지 그녀는 모른다. 그가 하고 싶은 대로 날뛰었다가는 그녀는 며칠 일어나지도 못하고 몸살을 앓을 것이다. 그는 매일 그녀를 안기 위한 노력으로 아주 섬세하게 자신을 절제하고 있었다. 의사 조언을 충실히 따라 닷새에 하루를 지키는 것도 그의 노력 중 하나였다.

"흐읏!"

그녀의 몸이 한 번 크게 떨리며 내부가 좁게 움츠러들었다. 적당한 자극의 누적으로 적당히 기분 좋은 오르가슴을 느낀 그녀의 몸이 늘어졌다. 그는 그녀의 안에 자신을 묻은 채 내부의 조임이 풀릴 때까지 숨을 몰아쉬며 가만히 있었다.

잠시 후 그는 그녀 몸을 굴려 엎드리게 했다. 편히 엎드린 자세로 누운 그녀를 얼마간 무게를 실어 누르며 그는 뒤에서 짧고 강하게 치고 들어갔다.

"아!"

그는 마치 박자를 주는 것처럼 강하게 들어왔다가 부드럽게 빠져나가는 탁, 탁 끊어지는 동작을 반복했다. 그녀는 짤막한 비명을 지르며 단단한 끝이 안쪽을 건드릴 때마다 시트를 꽉 쥐었다 놓았다.

"아!"

그의 몸이 위에서 내리누르는 무게마저 쾌감으로 다가왔다. 엉덩이 안쪽 살을 스치며 내부로 파고드는 느낌이 적나라했다. 아픈 건 아닌데 자꾸 비명이 나왔다.

그녀는 때때로 그의 부드러움이 오히려 거칠다는 느낌을 받을 때가 있었다. 그건 마치 사나운 짐승이 뒷목을 물고 흔드는 것처럼 그녀를 무력하게 했다. 동시에 그녀를 강하게 열망하는 사내의 욕망이 포효하는 것 같아 짜릿하기도 했다.

루시아는 그의 머리카락 속으로 손가락을 찔러 넣어 만져보았다. 살짝 물기가 있는 머리카락이 손가락을 스치는 느낌이 좋았다. 그의 입술이 목덜미에서 목을 타고 천천히 올라갔다. 팔을 디뎌 그녀에게 기대고 있던 상체를 일으킨 그가 그녀의 눈과 입술에 가볍게 여러 번 입을 맞추었다.

"……데미안 말이에요."

휴고는 그녀의 허벅지를 잡아 자신의 허리 쪽으로 감았다. 그녀의 안쪽은 빠져나가기 무섭게 관성처럼 좁아져서 그가 만든 길을 처음으로 되돌렸다. 그러면 그는 다시 빡빡한 속살을 헤치며 진입해 새로운 길을 만들어야 했다. 도돌도돌하게 솟은 돌기가 빼곡한 그녀의 내벽은 끊임없이 그를 자극했다.

"보자마자…… 놀랐어요. 당신하고…… 굉장히 닮아서. 으응……."

할퀴면서 빠져나간 그가 단번에 허리를 밀어 올리자 루시아는 눈을 질끈 감았다. 이내 그가 천천히 속도에 강약을 주며 움직이기 시작했다. 그녀는 두 다리를 그의 허리에 감고 그의 움직임에 맞춰 흔들렸다.

"아……. 그…… 그래서."

루시아는 숨을 헐떡이며 계속 말을 이어갔다.

"조금 두근…… 거렸어요. 흡……."

그가 거칠게 몸을 가르고 들어왔다. 루시아는 그의 어깨에 손톱을 세웠다. 그의 입술이 그녀의 입술을 삼키고 단번에 혀가 안으로 들어와 입 안쪽을 자극했다. 짤막한 키스를 끝낸 그가 목선을 따라가며 어깨까지 입술을 붙였다.

"……그 녀석을 보고 두근거렸다고? ……왜?"

"당신…… 을 보는 것 같아서……."

"그런 꼬마가 날 닮았다 하기엔 한참 일러."

"한참은…… 무슨. 10년만 있어도 될 텐데요. 아!"

더 대화는 이어지지 못했다. 그의 강한 움직임을 따라가면서 루시아는 교성을 지르는 것 외에는 아무것도 할 수 없었다.

휴고는 베개를 겹쳐 쿠션을 만들어 등에 받쳐 기대앉았다. 루시아는 그의 허벅지에 앉은 채 상체를 모두 그의 복부와 가슴에 축 기대 늘어졌다. 고개를 옆으로 틀어 머리를 가슴에 대고 그녀의 두 팔도, 다리도 힘없이 늘어졌다. 그의 손이 마치 달래는 것처럼 그녀의 등을 아래위로 천천히 오갔다.

뜨거운 열기가 어느 정도 가셨으나 여운은 여전히 남았다. 무엇보다 그의 중심은 아직 그녀의 안을 가득 채우고 있었다. 거대하게 일어난 그의 것은 내부에서 조금씩 꿈틀거리며 존재감을 과시했다. 루시아는 그가 언제 또다시 움직임을 재개할지 몰라서 조마조마했다.

그가 시도하는 새로운 방식이 그녀는 달갑지 않았다. 잠을 재워주지도 않고 아주 밤을 새울 기세였다.

"데미안을 왜 기숙 학교에 보내셨어요?"

귀족 아이들은 어려서 대개 가정교사의 교육을 받았다. 학술원에 보내는 유행이 일기 시작한 지는 얼마 되지 않았다. 그나마도 차남 이하가 열다섯 살 전후에 경험을 쌓기 위한 목적으로 학술원을 택했다. 공부보다는 각지에서 오는 귀족 아이들과 교류하고 인맥을 만들기 위해서였다.

공작가 후계 신분이 기숙 학교 과정을 수료하는 일은 전무했다. 대개 정말 순수하게 공부를 목적으로 학자가 되고 싶으면 택하는 과정이었다.

"내가 신경 써줄 수 없으니까."

필립이 데미안을 데리고 왔을 때, 휴고는 한창 전쟁으로 정신이 없었다. 겨우 시간을 내어 일 년에 몇 번 로암에 들르면 볼 때마다 무럭무럭 자라있는 아이가 그저 신기하기만 했다. 아버지가 될 생각이 전혀 없었던 그에게 난데없이 나타난 아이는 그에게 특별한 의미를 주지 못했다.

하지만 그는 본능적으로 아이에게는 안전한 보금자리가 필요하다고 판단했다. 아마 데미안이 없었다면 그는 진즉 타란 가문을 내팽개치거나 조각내 밟아버렸을 것이다.

필립이 그런 점을 파악해서 아이를 데려왔나, 생각이 문득 들었을 때는 이미 꽤 시간이 흐른 후였다.

데미안이 다섯 살이 되었을 무렵, 전쟁의 분위기가 느릿하게 돌아가기 시작하자 그의 시간에 여유가 생기고 생각이 많아졌다.

상황을 보니까 전쟁이 더 확대될 것 같지 않았다. 그는 전쟁이 체질에 맞았다. 북부로 돌아가서 지루한 서류 작업에 치일 생각을 하자 지긋지긋했다.

내가 왜 그래야 하지? 그는 의문을 가졌다. 타란 가문 따위가 어찌 되든 그가 알 바 아니었다. 하지만 전쟁 때문에 오래 북부를 떠나 있으면서 자신이 북부를 좋아한다는 사실을 깨달았다. 투박하며 거친 그 땅이 마음에 들었다. 북부가 평온하려면 타란 가문이 건재해야 했다.

후계를 만들어 물려주면 되겠군. 결론을 내린 그는 데미안을 후계로 공표했다. 그는 다른 자식을 얻을 생각이 없고, 아예 남을 데려다 양자로 삼는 것보다는 그의 아들로 알려진 데미안을 후계로 삼으면 반발은 없겠지 생각했다.

그가 너무 단순하게 생각하고 결정했다는 사실을 나중에 알았다. 가신들은 물론이고 북부 귀족들의 분위기가 좋지 않았다. 왜 그런지 알아봤더니 그런 전례가 없단다.

그는 코웃음 쳤다. 전례? 그가 하고자 하면 그때부터 전례였다. 귀족 놈들이 뭐라 찡찡거리든 알 바 아니지만, 오랜만에 본 아이의 눈에 드리운 어둠이 눈에 밟혔다. 아이를 향하는 뭇시선에 마음을 다친 것 같았다.

휴고는 그가 보듬어 키울 수 없다면 차라리 아무 편견 없는 곳에서 바른 교육을 받는 것이 나을 거라고 생각했다. 그래서 누구의 시선도 손도 닿지 않는 기숙 학교로 보냈다.

루시아는 '그 아이가 미워 보낸 건 아니죠?'라고 묻고 싶었다. 거기까지 나가는 것은 과해서 꾹 참았다. 아직 그가 데미안을 어떻게 생각하는지 확실하게 알지 못했다. 괜히 미리 재단했다가 오히려 그의 감정을 더 악화시킬까 봐 걱정스러웠다.

"이젠 제가 살펴주면 되니까 로암에서 이대로 지내게 하면 안 돼요?"

그의 두 손이 엉덩이를 꽉 움켜잡자 루시아는 반사적으로 고개를 들었다. 그의 붉은 눈이 그녀를 내려다보고 있었다.

"나는 녀석과 약속했어."

그가 고개를 숙여 그녀의 목덜미에 이를 박았다. 가느다란 그녀의 몸이 흠칫하자 그의 혀가 살짝 잇자국이 난 목덜미를 부드럽게 핥았다.

"졸업하면 훗날 내 자리를 준다고 했지. 지금 와서 기숙 학교 가지 말라고 하면 녀석은 소공자 자리에서 밀려났다고 생각할 거야."

그가 다시 고개를 들어 그녀와 시선을 마주했다.

"그게 녀석을 위하는 거라고 생각해?"

"……아뇨. 제가 생각이 부족했어요."

그의 입술이 짙은 호선을 그렸다. 그가 고개를 바싹 들이밀며 그녀 입술에 가까이 다가갔다.

"귀여워하는 건 좋지만."

그의 입술이 살짝 닿았다 떨어졌다.

"정도껏 해."

루시아는 그의 말을 너무 주제넘게 아이 일에 관여하지 말라는 뜻으로 들었다. 휴고는 아이 문제를 부부의 사적인 시간까지 끄집고 들어오지 말라는 뜻으로 한 말이었다. 두 사람의 의사소통에 발생하는 약간의 오해는 지금은 풀어질 수 없었다.

"쉬었지?"

루시아가 대답하기도 전에 그의 입술이 덮었다.

그는 두 손으로 그녀의 엉덩이와 허벅지를 단단히 붙들어 위에서 아래로 내리찧기를 반복했다. 루시아의 허리가 둥글게 휘어 고개가 뒤로 넘어갔다. 두 팔을 뒤로 꺾어 그의 다리를 잡아 몸을 지탱하며 그의 거센 율동에 몸이 흔들렸다.

"으응…… 아! 휴!"

몇 번이고 쳐올리며 그녀 안으로 돌진해 들어가던 그가 그녀의 양어깨를 쥐어 앞으로 당기면서 귓가에 입술을 붙였다. 거친 음색으로 그가 속삭였다.

"하아…… 비비안."

루시아는 그가 한숨처럼 자신의 이름을 불러주면 오싹 소름이 돋았다. 언제부터인지 모르겠다. 이제 더는 그가 부르는 비비안이라는 이름이 어색하지 않았다. 오히려 그가 그렇게 불러줄 때마다 '비비안'이라는 또 하나의 자신을 발견하는 것 같았다.

내부가 움츠러들자 그가 신음을 삼키며 그대로 그녀를 침대에 바로 눕혀 위로 올라갔다.

그의 입술이 그녀를 덮쳤다. 그와 동시에 하복부 아래부터 살덩이가 묵직하게 치고 들어왔다. 옆을 딛고 있는 그의 팔을 꽉 붙들며 그녀는 순간의 짜릿함에 몸을 떨었다. 뿌듯하게 안을 채우는 감각이 생생했다. 그녀의 몸은 본능적으로 그를 더 깊이 받아들이기 위해서 허벅지를 열고 엉덩이를 들었다.

숨이 가쁘도록 키스하던 그가 고개를 들고 허리 운동에 더 집중하기 시작했다. 그는 느리게 움직이다가 느닷없이 빠르게 그녀의 몸 안을 가르고 들어오기를 반복했다. 그의 아래에서 흔들리는 그녀의 입에서는 가냘픈 교성이 흘렀다.

루시아의 눈앞에서 그의 탄탄한 가슴이 움직였다. 쪼개지는 것 같은 잔근육과 작게 솟아있는 유두를 보자 만져보고 싶었다. 그의 허리 움직임이 조금 느려질 때 손바닥으로 그의 가슴을 더듬으며 근육의 움직임을 느껴보았다.

고개를 들어 살짝 혀로 핥았다. 그가 잠깐 몸을 움찔했다. 루시아는 다시 한 번 혀를 내밀어 이번에는 조금 더 길게 유륜을 따라 둥글게 핥았다.

그가 작게 욕설을 삼키는가 싶더니 격하게 입술을 겹쳐왔다. 강한 힘으로 퍽퍽 안으로 박아오는 힘에 몸이 아래위로 흔들리고 터지는 비명은 그의 입술에 막혔다.

눈앞이 환해졌다가 어두워지기를 반복했다. 불꽃이 터지는 것 같기도 해서 지금 눈을 떴는지 감고 있는지도 확실하지 않았다. 눈꼬리를 타고 주룩 흐르는 눈물을 그가 핥았다. 머릿속을 모두 태워버릴 것 같은 이 열기가, 힘들지만 좋아서 루시아는 그에게 매달렸다.

3.
사랑과 이해, 그리고 가족

그에게 밤새 시달리다가 새벽녘에 겨우 잠들었다. 눈을 떴을 때는 이미 날이 훤하게 밝아있었다. 침대에 축 늘어진 채 루시아는 일어나야 한다고 생각하면서 손끝만 움찔거렸다.

그의 새로운 방식은 집요하기가 이루 말할 수 없었다. 한 달 만에 이틀 연속으로 격한 운동을 했더니 온몸이 노곤하게 욱신거렸다.

그녀는 얕은 수면에 들었다가 깨어나기를 반복했다. 모근을 스치는 부드러운 손길이 기분 좋아서 루시아는 눈을 떴다. 언제 들어왔는지 그가 곁에 걸터앉아서 그녀의 머리카락을 손가락에 감고 있었다.

몽롱한 기분으로 눈을 깜박 떴다가 감으며 그를 바라보았다. 마

주친 붉은 눈동자가 살짝 휘어지고 그가 상체를 숙여서 루시아의
입술에 키스했다.

"아직 안 일어났다기에 걱정돼서. 괜찮은 거지?"

입술에 닿는 부드러운 촉감은 현실이었다. '난 정말 이 남자의 얼
굴이 좋아.'라고 루시아는 새삼 생각했다. 하지만 아무리 그의 얼굴
이 좋아도 잠을 재우지 않고 괴롭힌 그가 살짝 미웠다.

"……최소한의 양심은 있으셨네요."

루시아는 그를 비난하면서 항의의 뜻으로 눈을 감았다. 낮은 그
의 웃음이 듣기 좋아서 루시아의 입술이 슬며시 호선을 그렸다. 그
의 손가락이 머리카락을 빗는 것처럼 쓸어내리자 간지러우면서 소
르르 잠이 왔다.

'머리가 완전히 부스스할 텐데.'

갑자기 잠이 확 달아나면서 정신이 번쩍 들었다. 루시아는 이불
을 머리끝까지 푹 뒤집어썼다.

"왜 그래?"

"……머리가……."

"아픈가? 의사를……."

"아뇨. 그게 아니라."

루시아는 이불 사이로 빠끔히 눈만 내밀었다.

"어제…… 젖은 머리를 제대로 말리지 않아서 엉망일 거예요."

사랑하는 남자 앞에서는 예쁜 모습만 보여주고 싶은 여자의 마
음이었다.

휴고는 그녀의 말을 도통 이해할 수 없어서 고개를 갸웃했다. 로

브의 후드처럼 뒤집어쓴 이불을 확 들치고 짧은 비명을 지르는 그녀의 입술에 키스했다.

"뭐가 어떻다고 그래. 예뻐."

루시아는 달아오른 얼굴로 그를 빤히 보았다.

"……바람둥이."

"……뭐?"

"아니에요."

휴고는 억울했다. 그녀가 자신의 지난날 행적을 꼬집으면 솔직히 할 말은 없었다. 하지만 지금 상황에서는 아니었다.

"비비안. 내가 무슨 실수 했어?"

"바쁘지 않으세요?"

"말 돌리지 말고. 당신 리스트가 날 그렇게 정의하는 건 알지만, 난데없이 지금 그 말이 왜 나오는 거지?"

"무슨 리스트요?"

"당신이 머릿속으로 내 욕 잔뜩 써놓은 리스트 있잖아."

"네?"

황망히 되물은 루시아는 웃음을 터뜨렸다.

"그런 리스트가 제 머릿속에 있다고요?"

"꾸준히 한 줄씩 추가하는 거 아니었나?"

루시아는 다시 웃기 시작했다. 휴고는 뚱한 표정으로 숨넘어가게 웃는 그녀를 보기만 했다. 진지한 얘기 중에 그녀가 왜 그렇게 웃는지 이해할 수 없었다.

"그럼 그 리스트가 언제 추가가 되는 건데요?"

"그걸 왜 나한테 물어. 당신이 더 잘 알겠지."

루시아는 어깨를 들썩이며 웃었다. 다른 사람의 생각이 궁금한, 보통의 사람이 할 법한 호기심을 이 남자도 갖는다는 사실이 신기했다. '내 욕'이라는 그의 단어 선택도 재미있었다.

'나한테 잘못한 일이 있다고 인정하는 건가?'

그는 잘못은커녕 실수조차도 인정하지 않을 줄 알았다. 루시아는 그의 새로운 면이 놀라워서 한참을 웃었다.

"그런 리스트 없어요. 그렇게 복잡한 감정을 쌓아두지 못해요."

"그럼 좀 전에 튀어나온 그 말은 뭐지?"

루시아는 새치름히 대답했다.

"갑자기 그런 말씀 하시니까 그렇죠."

"무슨 말?"

"예…… 쁘다고……."

루시아는 제 입으로 말하기가 민망해서 말끝을 흐렸다. 참하다거나 귀엽다는 말은 들어봤다. 하지만 자신의 외모와 예쁘다는 수식어는 어울리지 않는다고 생각했다.

"보고 느낀 걸 그냥 말해도 잘못인가?"

루시아는 물끄러미 그를 보았다. 평소 그의 말투는 불친절하고 딱딱했다. 그는 달콤한 말을 여자 귀에 속삭이는 바람둥이가 아니라 가진 것이 워낙 많아서 알아서 여자들이 달라붙는 바람둥이였다.

루시아는 손을 뻗어 제 머리를 만져보았다. 역시 머리카락이 제 멋대로 엉클어져 있었다. 거울을 보지 않아도 푸석푸석하고 엉망일 것이 뻔했다.

"예…… 뻐요? 이 모습이?"

"뭐가 어떻다는 건지 모르겠군. 예뻐."

그는 안색조차 변하지 않았다. 마치 나무를 보고 '이건 나무다.'라고 말하는 것 같았다. 루시아가 미심쩍은 눈으로 그의 거짓말을 간파하려는 것처럼 계속 바라보았다.

"표현법이 마음에 안 드는 건가? 당신의 아름다움이 너무 찬란해서 눈이 멀 것 같고……."

"역시 놀리시는 거죠?"

루시아가 뾰로통하게 말하자 휴고는 한 손으로 이마를 짚으며 한숨을 쉬었다.

"뭐가 마음에 들지 않는 건지 말을 해."

"……예뻐요? 제가?"

"예뻐."

그가 무슨 생각으로 하는 말인지 모르지만, 더는 복잡하게 생각하지 않기로 했다. 빈말이래도 좋았다. 기분 좋고, 기쁘고, 마음이 간질간질해서 루시아는 그를 보며 배시시 웃었다. 발그레 홍조가 떠오른 그녀를 보며 휴고는 불퉁한 표정으로 말했다.

"그렇게 웃지 마. 잡아먹고 싶어지니까."

루시아가 까르르 웃자 휴고는 피식 웃었다. 사냥을 다녀오기 전보다 그녀는 한결 편해 보였다. 뭔가를 홀홀 털어낸 표정이라서 휴고는 그녀가 털어낸 대상에 자신도 포함되었을까 봐 자꾸 불안했다.

로암을 떠나있는 동안 그녀가 계속 마음에 걸렸다. 떠나기 전에 화해하기를 정말 잘했다고 몇 번을 생각하면서도 미진함이 남은 찜찜한 기분이 사라지지 않았다.

불을 끈 것이 아니라 안 보이게 덮은 것에 불과한 것은 아닐까. 나 혼자서만 화해했다고 여기는 것은 아닐까. 그녀는 여전히 마음이 풀리지 않아서 로암으로 귀환했을 때 나를 외면하면 어떡하나.

차가운 표정으로 무장한 채 그는 속으로는 전전긍긍하고 있었다.

그래서 걱정한 것이 무색할 만큼 잘 지낸 그녀를 보며 안도하는 한편 자신이 없어도 그녀는 괜찮다고 생각하자 가슴 안에 서늘한 바람이 불었다.

이 여자가 갖고 싶었다. 그녀의 몸과 마음을 온전히 다.

'어떻게 해야 가질 수 있지?'

당신만은 절대 사랑하지 않겠다고 선언한 여자의 마음을 얻으려면 어떻게 해야 하나. 지금까지 그가 고민해 왔던 어떤 문제보다도 어려웠다. 지금껏 가져보고 싶은 적 없었던 누군가의 마음을, 눈에 보이지도 손에 잡히지도 않는 그것을 어떻게 해야 온전히 자신의 것으로 만들 수 있을까.

휴고가 경험한 유일한 사랑은 혈육의 정이었다. 그러나 목숨보다 사랑했던 형제는 그를 위한다는 명목으로 죽음을 택했다. 그에게 사랑은 다시는 맛보고 싶지 않은 독초였다.

그런 그가 형제의 죽음 이후 처음으로 누군가를 원하기 시작했다. 그러나 감정의 풋사랑을 알기 전에 너무 많은 육체적 사랑을 경험했다는 것이 그의 비극이었다.

"계속 이러고 계셔도 괜찮아요? 바쁘시지 않아요?"

그녀의 목소리가 아까보다 나긋나긋해진 것을 포착했다. '그녀는 예쁘다고 하면 좋아한다.'라고 이제 휴고가 머릿속에 리스트를 작성하기 시작했다.

"한가하지도, 바쁘지도. 일하려면 끝이 없고, 안 하려면 얼마든지 쉴 수도 있지."

"그래서 안 하려고요?"

"그건 아니지만, 당신이 안달할 필요는 없다는 소리야. 내가 일을 안 하면 곤란한가?"

"……곤란하죠."

"왜?"

"남편은 아내를 먹여 살려야 하니까요. 그러려면 돈을 벌어야 하잖아요."

루시아는 재미있는 농담을 들은 것처럼 즐겁게 웃는 그를 보며 고개를 갸웃했다. 그는 곧잘 그녀가 하는 말을 듣고 묘한 눈으로 보다가 웃곤 했다. 루시아는 그가 어떤 지점에서 재미있어 하는지 알 수 없었다.

"당신을 먹여 살리는 건 대단히 쉬운 일이군. 돈을 벌어다 줘도 별로 쓰는 것 같지도 않고."

"쓰고 있어요. 파티를 여는 데 돈이 얼마나 많이 드는데요."

"당신 사적인 소비 말이야."

"사적인 소비도 하고 있어요. 정원에 심을 꽃도 사고……."

"드레스나 장신구. 그런 거."

"쓰고 있어요. 드레스 수선하려면 은근히 돈이 들어요. 장신구는 가문의 보물 창고에 넘쳐나던 걸요. 죽을 때까지 차도 다 못 할 거예요."

귀부인들이 귀금속들을 부지런히 사 모으는 이유는 그것들이 곧 사재 축적이기 때문이었다. 어지간한 작위의 가문이면 가문 대대로 내려오는 귀금속이 어느 정도는 있기 마련이지만 그건 가문의 재산이었다. 귀부인들이 소유한 귀금속은 이혼할 때 위자료와는 별도로 완전하게 자신의 소유로 인정받을 수 있었다.

그녀와의 대화가 어딘지 모르게 겉돌고 있음을 느끼고 휴고는 좀 더 직접적으로 말해 보았다.

"내 돈을 쓰기 싫은 건가?"

루시아는 그가 한 말의 의미를 해석하다가 믿을 수 없다는 듯 그를 보며 웃었다.

"그런 생각을 하셨어요?"

그가 그렇게 섬세한 생각을 한다는 사실이 믿기지 않았다. 그의 뜻밖의 모습이 귀여워서 루시아는 계속 웃었다. 이렇게 덩치 크고 주변 사람에게 위압감을 주는 남자가 귀엽다니.

이건 분명히 데미안과 함께 지낸 부작용이었다. 작은 휴고를 한참 봤더니 커다란 진짜 휴고를 봐도 예전의 위협적 느낌이 많이 반감된 것 같았다. 휴고의 노력 덕분이라고는 생각하지 못했다.

루시아가 승전 파티에서 처음 마주했을 때 느꼈던 그를 떠올릴 수 있다면 지금의 그와 얼마나 다른지 알 수 있었을 것이다. 맹수의 제왕이 세상을 향해 포효해도 암컷 앞에서는 순한 것처럼 그 역시 그녀 앞에서는 한껏 기세를 죽이고 있었다.

"왜 웃어."

투덜거리는 그에게서 존재만으로 주변을 압도하는 전쟁의 흑사자, 타란 공작의 모습은 찾아볼 수 없었다. 작은 토끼 루시아는 대왕 사자의 발치에 앉아 귀엽다며 까르르 웃고 있었다.

"그런 생각을 하실 줄은 몰랐어요. 생각하시는 그런 거 아니에요. 제가 원래 불필요한 쇼핑을 좋아하지 않아요."

"후우……. 그래. 마님께서는 근검절약이 몸에 뱄지."

"좋은 거잖아요."

"누가 뭐래."

절약하는 아내를 나무란다는 소리는 듣도 보도 못했다. '쓰라고. 내 돈을 써.'라고 말하는 것도 어쩐지 웃기는 일이다.

아내는 꽉 쥐면 부서질 것처럼 약하면서 바위처럼 강인한 자신만의 주관이 있었다. 그녀는 그런 정반대 모습을 모두 가지고 있으면서도 자기모순이 없었다.

휴고는 그녀를 잡아둘 미끼가 필요했다. 이미 결혼이라는 강한 결속이 둘을 묶고 있지만, 그것으로는 부족했다. 개인의 욕망에 기초해서 그녀가 도무지 그를 벗어날 수 없는 뭔가를 찾아야 했다. 욕망만큼 끈끈하게 사람을 붙잡아 둘 수 있는 수단은 없었다.

돈은 아니다. 그렇다고 권력도 아니었다. 그녀의 사교 활동은 해야 하는 최소한의 선에만 그쳤다. 교류가 잦은 사람이 별로 없고 북부 사교계에 영향력 있는 인사들과 적극적인 친분을 쌓으려고 하지 않았다. 그가 하는 일에 크게 관심을 보이지 않고, 집무실에도 기웃거리지 않았다. 솔직히 휴고는 그녀처럼 물욕도 권력욕도 없는 사람은 처음 보았다.

돈과 권력. 둘을 빼면 인간이 가질 수 있는 욕망이 뭐가 있는지 모르겠다. 그런데 그런 것을 갖지 않은 밑바닥 계층도 가정을 꾸리고 아이를 낳으며 살았다. 그들은 뭘 주고받았을까.

'아이인가.'

떠오른 생각은 그의 기분을 암울하게 했다. 그는 제 피를 이은 아이가 이 세상에 존재하기를 절대 바라지 않았다. 그런 이유가 아니라도 어차피 그는 그녀에게 아이를 줄 수 없었다.

곰곰이 생각하다가 휴고는 자신이 잘하는 것을 발견했다. 수많은 여자를 통해 검증받았고, 나름대로 자신이 있었다. 그녀가 자신 없이는 외로워 밤잠을 설치게 만들 수 있다면 그야말로 일거양득이었다. 좀 본능적이긴 하지만, 원래 욕망이란 본능적일수록 더 탐욕스러운 법. 문제는 그녀도 그걸 좋아하는지 확인해 보기로 했다.

"당신, 나랑 하는 거 좋아?"

"……네?"

"침대에서 만족하냐고."

그를 바라보던 루시아의 얼굴부터 목덜미까지 점점 붉게 물들어 갔다. 부끄러운 말을 던져놓고 뻔뻔한 그의 얼굴을 노려보며 확 돌아누웠다.

"조금 더 자야겠어요. 당신은 어서 일하러 가세요."

그녀가 등을 보이며 외면하자 그는 충격받았다. 대답하기도 싫을 정도로 형편없었나! 그는 다급히 이불을 잡아당겼다.

"비비안. 뭐가 문제지? 횟수? 시간? 애무가 부족했어? 아니면 체위가……."

루시아는 벌떡 일어나 앉아 그에게 바락 소리쳤다.

"충분하니까 그만 좀 해요! 어쩜 그러세요? 어떻게 그런…… 그런 말을……."

사과처럼 뻘건 얼굴로 씩씩대는 그녀를 보던 그가 씨익 웃었다. 당황해서 쩔쩔매는 그녀를 보니 놀리고 싶어졌다.

"흐음. 충분했어?"

루시아는 확 달아오르는 얼굴을 두 손으로 감쌌다.

"그만하시라고요!"

"새삼스레 뭘 그래. 이보다 더 야한 말도 하는데."

"그…… 그건 상황이 다르잖아요."

"침실. 침대 위. 뭐가 다르지?"

"같은 장소라도 시간에 따라 상황이 다른 거예요. 지금은 아침이고……."

그가 침대 위로 무릎을 딛고 올라오는 모습을 보며 루시아는 도망쳐야 한다고 생각했다. 그러나 그가 더 빨랐다. 어느새 누운 그녀의 위에 올라서 그가 두 팔로 빠져나갈 틈이 없이 가로막고 있었다.

"아침에도 하잖아. 가끔은."

"그때는…… 당신도 늦잠을……."

"당신 기준은 이상해. 밤부터 해서 아침까지 하는 건 괜찮고, 아침에만 하는 건 안 되고?"

그의 고개를 숙여서 뭐라고 말을 하려는 루시아의 입술을 덮었다. 부드럽게 입술을 쓸어내리며 시작한 키스는 순식간에 격해졌다. 입안을 샅샅이 뒤지는 것처럼 그의 혀가 입천장과 볼 안쪽을 훑고 더듬었다. 잠시 떨어진 입술이 다시 덮쳐왔다. 그의 손이 잠옷을 파고들어 와서 가슴을 움켜쥐었다. 예민한 정점을 손끝으로 문지르자 루시아는 번쩍 정신이 들었다.

"이봐요, 짐승 씨."

그의 붉은 눈이 커졌다.

"이 이상 더하면 내일 오자마자 돌아가야 할 손님들에게 당신이 변명해야 할 거예요."

"하하하. 당신은 정말."

그가 웃으면서 루시아를 끌어안았다. 그가 크게 터뜨리는 웃음소리에 루시아는 몸이 울리는 것을 느꼈다.

'아……'

루시아는 탄식했다.

'나 지금 행복하구나.'

행복이 넘치면 가슴이 저리다는 사실을 알았다. 루시아는 눈이 시큰해서 그의 가슴에 고개를 묻었다.

휴고는 오후에 집무실에서 열심히 서류 작업을 하다가 코에 스치는 차향에 고개를 들었다. 제롬이 조용히 두고 간 찻잔을 보며 그는 펜을 놓고 등을 기댔다. 찻잔을 들고 잠깐의 휴식을 위해 발코니로 나갔다. 파티 준비 때문인지 정원에 바쁘게 오가는 자들이 제법 많았다.

휴고는 시선을 돌리며 그녀를 찾았다. 정원 구석에서 그녀를 곧 발견했지만 혼자가 아니었다. 함께 있는 아이는 데미안이었다.

'둘이 정말 친하군.'

중얼거리며 살짝 인상을 찌푸렸다. 데미안이 그녀를 곧잘 따르는 것이 신기했다. 그렇게 붙임성 있는 녀석이 아닌데. 고작 몇 주 만에 졸졸 따르는 강아지로 만들어 놓았다. 그녀는 주변 사람들을 제 편으로 만드는 신기한 능력을 갖춘 것 같았다. 집사 제롬 역시 우리 마님, 하면서 절절매는 것이 눈에 보였다.

'정원 파티라…….'

데미안을 그런 자리에 데려가도 괜찮은지 모르겠다. 공작부인이 혼외자를 진심으로 귀애한다고 생각할 만큼 사교계의 귀족들은 순수하지 못했다. 많은 자가 그녀의 의도를 의심할 것이다.

'그 정도는 알고 있겠지.'

그녀에게 넌지시 충고를 건넬까 하다가 그만두었다. 순하면서도 야무진 여자였다.

'뭘 하는 거지?'

그녀와 아이가 머리를 맞대고 아까부터 쪼그려 앉아 있었다. 거리가 멀고 그가 보는 방향에서는 제대로 얼굴이 보이지 않아서 뭘 하는지 알 수 없었다.

'둘이 대체 뭘 하는 거야.'

그의 투덜거림에는 '날 빼고'라는 말이 빠져있는 것이 그의 진심이었다. 다만, 너무 유치해서 차마 속으로도 말할 수 없었다.

루시아와 데미안은 새끼 여우를 구경하느라 정신을 쏙 빼고 있었다. 커다란 귀를 가진 노란 빛의 새끼 여우는 어색한 발놀림으로 아장아장 걸었다. 두 사람의 발치를 벗어나려 하면 손으로 살짝 가로막았다. 그러면 금방 포기하고 주저앉아 꼬리 물기를 하며 돌기를 반복했다.

　　「여우치고는 보기 드물게 순하고 얌전한 녀석입니다. 길들이
　　기 쉽겠습니다.」

　　케이트가 보내준 경력 많은 사육사가 여우를 살펴본 후 말했었다.
　　"데미안, 이름은 정했니?"
　　"루시아, 정말…… 제가 이름을 지어도 괜찮아요?"
　　"그럼. 네가 지어주면 기쁠 거야."
　　여우의 이름을 지어달라는 루시아의 부탁을 받고 데미안은 며칠을 고민했다. 온갖 사전을 뒤져보느라 공부도 뒷전이었다.
　　"그럼……. 아샤."
　　"아샤? 의미가 있니?"
　　"이름처럼 강한 생명력을 가지고 무사히 잘 컸으면 좋겠습니다."
　　"좋은 이름이구나. 아샤."
　　루시아는 여우를 들어 데미안에게 내밀었다.
　　"이름을 지어줬으니 안아봐. 보기만 하지 말고."

"루시아, 전⋯⋯."

"어서, 떨어뜨리겠어."

손에 잡혀서 공중에 들린 시간이 길어지자 새끼 여우가 버둥거리며 몸을 뒤틀었다. 떨어뜨린다는 말에 데미안이 얼른 손을 내밀어 아주 조심스럽게 여우를 받아 안았다.

아샤는 긴 주둥이를 들어 커다란 까만 눈동자를 소년의 붉은 눈과 맞추더니 얌전히 품에 안겼다. 살아있는 작은 생명체의 체온과 빠르게 뛰는 동물의 심장 박동 소리는 데미안에게 새로운 충격을 주었다. 가슴 벅찬 감동으로 데미안은 부르르 떨었다. 살아있다는 느낌이 무엇인지 소년은 비로소 알 것 같았다.

"기분이⋯⋯ 이상합니다."

"왜?"

"그냥⋯⋯. 싫은 건 아닌데 불편합니다. 가슴이 좀 따끔따끔하고."

조금이라도 힘주면 새끼 여우가 다치기라도 할까 봐 어쩔 줄 몰라 하는 데미안을 보며 루시아는 미소를 지었다.

"데미안. 그건 사랑스럽다는 감정이란다."

"사랑⋯⋯ 스럽다?"

"그래. 네가 태어났을 때 네 어머니도 널 안고 분명히 그러셨을 거야. 사랑스러움이 넘치면 가슴이 아프거든."

흔들리는 눈으로 루시아를 바라보던 데미안은 말없이 한참 여우를 가만히 들여다보았다. 여우는 품 안에서 꼬물거리다가 편하게 자세를 잡더니 턱을 소년의 팔에 걸치고 있는 대로 입을 크게 벌리며 하품을 했다.

데미안이 웃음을 터뜨렸다. 그리고 루시아를 향해 환하게 웃었다. 그늘 한 점 없이 맑은 아이의 웃음이었다.

무뚝뚝한 소년이 터뜨리는 웃음은 루시아에게 진한 감동을 안겼다. 루시아도 데미안을 마주 보며 행복한 웃음을 지었다.

조금 멀리 떨어져서 그들을 보고 있던 휴고의 붉은 눈동자가 크게 흔들렸다.

휴고는 호기심을 참지 못하고 집무실에서 나왔다. 그녀와 아이가 있는 곳으로 어슬렁어슬렁 걸어가던 그는 둘의 정신이 팔려있는 대상이 무엇인지 발견했다.

'뭐야 저건.'

두 사람은 조그마한 짐승 새끼가 꼼지락거리는 모습을 세상에 다시없을 보물이라도 되는 것처럼 빠져서 보고 있었다. 조금 더 가까이 가자 두 사람 대화 소리가 들렸다.

'짐승에게 이름이라니. 쓸데없는 짓.'

그가 수년째 타고 다니는 백마는 여전히 이름이 없었다.

'……루시아?'

휴고는 이맛살을 찌푸렸다. 저녁 산책길에서 그녀와 아이가 대화하는 중에 흘러나온 '루시아'라는 이름을 얼핏 들었을 때는 잘못 들은 줄 알았다. 그래도 내내 신경이 쓰였는데 이번에는 확실히 들었다.

왜 데미안이 저런 이름으로 그녀를 부를까. 공작부인도 아니고,

어머니도 아니고, 하다못해 그녀의 이름도 아니고.

멈추어 서서 생각을 해도 결론을 내릴 수 없어서 그는 다시 걸음을 뗐다. 그러나 그는 두어 걸음 만에 다시 멈추고 말았다. 소년의 햇살처럼 환한 웃음을 보며 그는 심장이 쿵 내려앉는 아릿한 통증을 느꼈다.

'하……'

그는 탄식했다.

'너구나.'

그는 힘없이 웃었다. 소년의 웃음은 그가 형제를 처음 만난 날, 그를 향해 보여준 웃음과 빼닮았다. 그가 그토록 그리워했던 형제는 그가 깨닫지 못했을 뿐 언제나 곁에 있었다.

어느 날 필립이 아직 걸음이 어색한 어린아이를 데려왔다. 한창 전쟁 중에 잠시 로암에 들렀을 때였다. 검은 머리와 붉은 눈은 굳이 설명하지 않아도 타란 혈족의 특성 그대로였다. 아이를 고용인의 손에 맡겨 내보내고 둘만 남자 그는 사납게 이를 드러냈다.

「저거 뭐야.」

「휴고 도련님의 아드님입니다.」

처음에는 기가 막혔고 그 후에는 분노했다. 사내아이라니. 근친이 아니면 타란 혈족의 사내아이는 절대 태어날 수가 없었다.

「지랄하지 마. 죽은 영감탱이 씨를 데려와 어디서 사기야.」

「휴고 도련님께 연인이 있었다는 사실을 듣지 못하셨습니까?」

결혼하고 싶은 여자가 있다고 눈을 빛내던 형제를 떠올리며 그는 욕설을 내뱉었다.

「영감탱이의 수작질이었나?」

죽어서도 벗어나지 못한 건가. 화가 나서 돌아버릴 것 같았다.

「아닙니다. 휴고 도련님과 아가씨는 서로 모른 채 사랑에 빠졌습니다. 데미안 도련님은 두 분의 사랑으로 태어나셨습니다.」

「사랑?! 개소리!」

그는 죽은 형제 녀석에게 욕을 퍼부었다. 병신 새끼. 똑똑한 척은 혼자 다하더니만.

「제 자식이 태어난 걸 녀석은 왜 몰랐어?」

자식이 있다는 걸 알았으면 절대 자살을 택할 녀석이 아니었다.

「데미안 도련님이 잉태된 사실을 휴고 도련님은 모르고 돌아가셨습니다.」

「영감탱이도 모르고 뒈졌나?」

「예.」

그건 쌤통이군, 지옥에서 약 좀 오르겠는데. 중얼거리며 그는 음험하게 킬킬 웃었다.

「애 이름은 늙은이 네가 지었나?」

「어찌 감히. 데미안 도련님의 모친께서 지은 이름입니다.」

「모친?」

그는 이죽거렸다.

「내 이복누이겠군. 죽었다는 둘이 전부인 줄 알았더니 이복누이가 또 있었어. 그 영감탱이는 몇을 만들어둔 거야?」

「알고 계신 대로입니다. 다만, 아가씨는 어려서부터 워낙 몸이 약하고 잔병이 잦았습니다. 건강한 아이를 낳을 수 없다고 판단한 돌아가신 공작께서 폐기하기로 하셨습니다. 돌아가신 공작께서는 아가씨가 죽었다고 알고 계셨습니다.」

「폐기. 하! 그 미친 영감탱이가 충분히 할 만한 짓이야. 그래서 죽어 마땅했을 이복누이가 어쩌다 녀석을 만나 사랑 놀음을 하다가 애를 낳았나?」

「인연이란 예측할 수 없다고밖에는 드릴 말씀이 없습니다. 두 분 인연에 어떠한 간섭이나 의도는 없었다고 분명히 말씀드릴 수 있습니다.」

「인연? 지랄. 애 엄마는?」

「산고로 세상을 떠나셨습니다. 자세한 설명을 원하시면⋯⋯.」

「됐어.」

둘이 정말 서로의 관계를 알았는지 몰랐는지, 정말 둘 사이에 어떤 인위적 개입이 있었는지 아닌지. 어차피 둘 다 죽은 마당에 진실은 알 수 없었다. 죽어버린 인간들의 사정 따위 알 바 아니었다. 늙은이의 헛소리에 귀 기울이는 것보다 그는 당면한 문제에 더 집중했다.

「그래서 저걸 어쩌라고. 내게 왜 데려왔어?」

형제의 아들이 죽어버린 형제는 아니었다. 그가 죽은 공작의 아들로 태어났으나 완벽히 별개의 인격을 지닌 개체인 것처럼.

더구나 갓 태어난 사실을 알린 것도 아니고 저만큼 클 때까지 데리고 있다가 이제 데려온 필립의 저의가 의심스러웠다.

「휴고 도련님의 혈육입니다. 마땅히 거두어 주셔야지요.」

「개소리 지껄이지 말고 데려가. 눈앞에 알짱거리면 언제 죽일지 몰라.」

그러나 필립은 데미안을 남겨두고 슬그머니 사라졌다. 사람을 풀어도 흔적도 못 찾게 숨어버렸다. 그럼 네놈은 죽을 때까지 꼬맹이 머리털 한 가닥도 보지 못할 것이다. 그는 이를 북북 갈며 필립의 데미안에 대한 접근 금지 조치를 발동했다.

시간이 좀 지나서 슬그머니 나타난 필립이 데미안을 만나려고 했다가 그가 심어둔 호위들 때문에 무산되었다는 보고를 들었다. 당시에는 홧김에 한 짓이었지만 참 잘한 짓이었다고 생각했다.

그가 직접 애를 돌볼 여유는 없었다. 가뜩이나 전쟁으로 정신없어서 대충 유모를 구해서 맡기고 그는 다시 전쟁터로 떠났다. 그리고 전쟁 중에는 까맣게 잊고 있다가 거의 반년 만에 로암에 와보니까 모두 데미안을 그의 아들로 받아들이고 있었다.

그는 자기 입으로 데미안이 자신의 아들이라고 한마디도 하지 않았지만, 그걸 중요하게 생각하는 사람은 없었다. 똑 닮은 외모 때문이었다.

데미안에 대한 그의 감정은 복잡 미묘했다. 형제의 유일한 흔적이자 성가신 짐. 애증까지는 아니어도 소년이 좋은 만큼 싫고 싫은 만큼 좋았다.

그러나 그는 형제를 닮은 소년의 웃음을 보며 깨달았다. 저주받은 타란 가문을 끝내려는 그의 의도에 데미안이 걸림돌이 아니라는 사실을.

그의 쌍둥이 형제는 타란 혈족에서는 절대 태어날 수 없는 돌연변이였다. 잔인한 광기를 피에 담아 타고나는 타란 혈족답지 않게 선하고 순수하며 생명을 사랑했다.

그런 형제의 피를 데미안이 이어받았다. 데미안이 이끌 타란 가문은 완전히 새로운 모습으로 재탄생할 것이다.

휴고가 다가오는 기척을 데미안이 눈치채고 벌떡 일어났다. 여우는 품에 꼭 안은 채, 갑작스러운 휴고의 등장에 적잖이 당황했다. 이 시간에 공부하지 않고 노닥거린다고 야단맞지 않을까, 지레짐작으로 겁을 먹었다.

휴고는 무심한 표정으로 여우를 흘끗 보고 루시아에게 말했다.

"여우 사냥은 구경만 하러 다니는 것 아니었나?"

"그러려고 했는데, 레이디 밀튼이 여우를 한 마리 구해준다고 했어요. 선물 받은 지 얼마 안 됐어요."

그는 데미안의 품에 안겨 눈을 굴리고 있는 하찮은 생물이 못마땅했다.

'이젠 저런 짐승 새끼까지 품에 끼고 돌 거란 말이지.'

잦은 외출에 데미안, 이제는 여우 새끼까지. 그녀를 온전히 갖는 길은 너무 험난했다. 마음만 같아서는 가둬두고 나만 보라고 하고 싶었다.

"데미안."

"네? 네!"

휴고가 데미안을 앞에 두고 이름을 정확히 칭한 것은 처음이었다. 데미안을 직접 부를 때는 '꼬마'라고, 다른 사람과 대화 중에 데

미안을 칭할 때는 '녀석'이라고 했다. 미묘한 변화를 데미안도, 휴고
도 알아채지 못했다.

"여우 사냥은 사내가 하는 놀이가 아니다. 여자들의 하찮은 놀이
지. 여우는 주인께 돌려주어라."

그는 거만하게 명령했다. 루시아는 기가 막혀 그를 흘겨보았다.
여자들의 하찮은 놀이?!

데미안은 두 사람을 번갈아 보다가 재빠르게 안고 있던 여우를
루시아에게 건넸다. 내주는 손길은 아까 소년이 보여준 감동이 무
색하게 약간의 미련조차 없었다. 루시아는 허탈한 웃음을 흘렸다.

"따라오너라."

"네."

소년은 군기 바짝 든 병사처럼 대답했다.

"어디로 데려가세요?"

"남자들끼리 할 얘기가 있어."

그가 앞서 걸어가자 데미안은 다시 두 사람을 번갈아 보다가 루
시아에게 꾸벅 고개를 숙였다. 그리고 재빨리 휴고 뒤를 쫓아갔다.
늘 차분한 소년답지 않게 신이 나 있었다.

"……세상에, 뭐야. 두 남자가 날 따돌리는 거야?"

루시아는 어이가 없었다. 뒤도 안 돌아보는 데미안에게 배신감
을 느꼈다. 허탈하게도 그동안 들인 공은 제 아버지의 말 한마디보
다 못했다. 저만치 멀어지는 두 부자를 보며 얼마간 분했던 마음은
금방 가라앉았다. 똑 닮은 크고 작은 두 뒷모습이 사랑스러웠다.
유난히 가벼운 발걸음의 데미안이 귀여워서 루시아는 웃지 않을 수

없었다.

"부디 내가 질투 나도록 친해졌으면 좋겠네요."

미소를 지으며 루시아는 일꾼들을 향해 몸을 돌렸다. 내일 정원 파티를 위해 아직 마무리할 일이 많이 남아있었다.

막상 데미안에게 따라오라고 했으나 솔직히 그는 아이와 뭘 해야 할지 알 수 없었다. 잘 크고 있군, 대충 살펴보기만 했지 제대로 된 대화를 나눠본 적도 없었다.

"학술원 다니며 불편한 건 없느냐?"

"없습니다. 잘 지내고 있습니다."

그리고 침묵이었다. 이제 겨우 말을 트는 두 사람은 어색하기만 했다.

"책은 많이 읽고?"

"예, 좋아해서 많이 읽습니다."

휴고는 데미안을 서재로 데려갔다. 지금껏 출입을 허락한 사람은 그녀뿐이었던 공간이었다.

데미안은 서재에 들어서자마자 입을 떡 벌리고 눈이 휘둥그레져서 빠르게 고개가 좌우로 움직였다. 학술원에 있는 엄청난 규모의 도서관은 책은 많아도 멋은 없었다. 개인이 소유하기에는 놀라운 규모와 근사한 분위기에 감탄하는 소년의 눈동자에 황홀한 빛이 어렸다.

"저곳도 서재입니까?"

데미안은 서재 오른쪽의 굳게 닫힌 문을 보며 물었다. 휴고의 눈빛이 가라앉았다. 그가 작위를 승계받은 이후 들어갈 수 있었던 곳. 오직 타란 가문의 가주만 들어갈 수 있는 곳. 타란 가문의 모든 진실을 담은 비밀의 방이었다.

"네가 신경 쓸 필요가 없는 곳이다. 쓰레기가 들어있지."

휴고는 저 방을 데미안에게 물려주지 않을 셈이었다. 언제고 데미안에게 타란의 주인 자리를 물리기 전에 다 태워서 흔적도 남기지 않을 것이다. 오래전부터 마음먹은 생각이었다. 타란의 비밀은 오직 그가 홀로 끌어안고 끝낼 것이다.

"마음대로 구경해도 좋다. 책이 읽고 싶으면 언제든 와서 읽도록 해라."

"네! 감사합니다."

허락이 떨어지자마자 구경하고 싶어서 근질근질했던 소년의 몸은 곧바로 튀어 나가 곳곳을 살피기 시작했다. 정신없이 이리저리 움직이는 데미안을 바라보는 휴고의 눈빛에 온기가 있었다.

금세 책 한 권을 빼 들고 독서 삼매경에 빠진 소년을 놔두고 휴고는 서재를 나왔다. 집무실로 들어서다가 '루시아'라는 이름이 다시 떠올랐다. 그는 미간을 찌푸리며 잠시 문고리를 잡고 서 있다가 안으로 들어갔다.

*　　*　　*

공작부인이 주최하는 정원 파티에 참석하려고 로암으로 향하는 귀부인의 마차가 아침부터 줄을 이었다. 공작부인은 늘 작은 규모의 티파티만 열고 무도회를 연 적이 없어서 이번 정원 파티가 역대 가장 규모가 컸다.

초대장을 가지고 로암에 입성하는 귀부인의 수는 근 100여 명에 달했다. 노년층에서 미혼 아가씨에 이르기까지 다양한 연령, 북부 사교계의 유명 인사와 그렇지 않은 사람, 봉신 가문과 그렇지 않은 가문 등 구성을 다양하게 했다.

오늘 초대장을 받은 사람은 모두 최소 한 번 정도는 공작부인의 티파티에 초대받은 적이 있었다. 공작부인의 티파티는 소수의 사람과 반복적인 교류가 아닌, 다양한 사람들과의 넓은 만남이 특징이었다. 공작부인의 사교 활동에 대한 평가는 사람마다 달랐다. 큰 규모의 화려한 무도회를 꿈꾸는 이들은 아쉬움을 표했고, 기존 사교계의 유력 인사들은 공격적이지 않은 공작부인의 방식에 호의를 표했다.

"초대해 주셔서 감사합니다."

"어서 오세요. 와주셔서 기쁘군요."

루시아는 차례차례 도착하는 귀부인을 맞이하며 가벼운 포옹으로 인사를 나누었다. 끊임없이 들어오는 사람들과 눈을 마주치며 웃어주는 것만으로 정신없었지만, 약간의 틈이 나자 하녀를 불렀다.

"데미안이 늦는구나. 아직 멀었는지 가서 보고 오너라."

"예, 마님."

정원에 마련한 널찍한 공간에는 둥근 테이블이 수십 개가 놓였다. 레이스가 달린 하얀 테이블보를 덮고 테이블마다 화병을 놓아

장식했다. 지정 좌석은 두지 않아 자유롭게 앉을 수 있도록 했다.

참석자들은 알아서 삼삼오오 무리를 지어 테이블을 하나씩 차지했다. 하녀들이 테이블 사이를 부지런히 오가며 차를 올렸다. 정원은 여자들의 수다와 웃음으로 순식간에 소란스러워졌다.

바깥 일정을 소화하기에 참 좋은 날씨였다. 햇빛은 적당하고 바람은 거의 없었다. 이미 제법 서늘한 계절에 접어들었으나 오늘따라 포근했다. 한껏 기분이 고양된 귀부인들의 얼굴에는 웃음이 가득했다.

"레이디 밀튼. 어서 와요."

"초대에 감사합니다. 오늘 날씨가 아주 좋군요. 멋진 파티가 될 거예요."

루시아는 케이트가 혼자 온 것을 확인했으면서 아쉬움을 내보였다.

"마담 미셸은 못 오셨군요."

"예. 꼭 오고 싶어 하셨는데 요즘 건강이 많이 안 좋으세요."

코르잔 백작부인은 노환으로 하루가 다르게 기력이 약해지고 있었다. 스승이나 다름없는 분이라서 루시아의 마음이 편치 않았다.

"언제 한 번 뵈러 가야겠어요."

"종조모님께서 무척 기뻐하실 거예요."

하녀가 쪼르르 다가와 고했다.

"도련님께서 1층 홀에서 기다리고 계십니다."

양해를 구하고 안으로 들어가는 루시아를 케이트가 걱정스럽게 보았다. 이번 정원 파티에서 데미안을 소개한다는 루시아의 계획은 미리 들어서 알고 있었다. 조심스럽게 우려를 표했지만, 루시아의 생각이 확고해서 더 말리지는 못했다.

'괜찮을까 모르겠네.'

사생아가 작위를 잇는 문제는 남자보다 여자의 태도가 더 단호했다. 적실 자식을 제치고 혼외자가 굴러들어 와 뒤통수 맞는 상황은 누구도 원치 않을 것이다.

'루시아는 공주님으로 태어나 공작부인이 되셨는데. 이상할 정도로 귀부인의 심리를 모르는 것 같아. 심리를 모른다기보다는 욕망에 초연하다고 해야 하나.'

케이트는 대단히 사람을 사귀는 폭이 넓었다. 마음만 맞으면 신분 고하를 가리지 않았다. 그러다 보니 자연스럽게 높은 신분의 사람과 그렇지 않은 사람이 얼마나 기본적인 마음가짐이 다른지 비교할 일이 많았다.

귀족 아가씨로 태어나 험한 일 한 번 겪은 적 없이 정해준 대로 결혼해서 귀족 부인으로 사는 전형적인 귀부인들은 시야가 매우 좁았다. 악의가 있어서가 아니라 아예 몰랐다. 오만하고 까다로우며 자존심 강하고 이기적이었다. 정도의 차이가 있을 뿐이지 다 비슷비슷했다.

루시아가 그런 귀부인들의 속성을 모르지는 않았다. 대화하다 보면 가끔은 놀랄 정도로 더 예리하게 알고 있었다. 그런데 머리로 이해하는 것과 가슴으로 동감하며 받아들이는 것과 달랐다.

케이트는 루시아가 신기했다. 그녀 정도의 위치에 있으면서 그녀 같은 사람은 처음 보았다. 스스로 드러내지 않고 누군가의 위에

서려 하지 않았다. 겸손한 척하는 것이 아니라 그녀의 천성이 그러했다. 내숭 없고, 가식 없고, 말 한마디를 해도 상대방을 고려했다. 그래서 케이트는 그녀와 함께 어울릴 때 가장 마음이 편했다.

케이트는 모여있는 손님 중에 유난히 고개를 뻣뻣이 세우고 있는 노부인을 보며 표정이 어두워졌다. 웨일즈 백작부인은 북부 사교계의 유명 인사였다.

종조모는 많은 사람의 존경을 받아도 실질적인 영향력은 그리 크지 않았다. 종조모가 그런 것을 좋아하지 않아서였다.

웨일즈 백작부인은 종조모와 비교해서 모든 것이 극과 극이었다. 실제로 두 사람은 사이가 좋지 않았다. 웨일즈 가문은 북부에서 손꼽히는 명문가이며 부유했다. 웨일즈 백작부인은 자신이 가진 영향력을 마음껏 휘두르고 사람들이 몰려드는 것을 즐겼다.

'종조모께서 활동이 뜸해지시니 요즘 더 활개 친다고 하던데.'

승마를 즐기지 않는 웨일즈 백작부인이 승마장을 찾는 일은 없었다. 그러나 루시아가 데미안을 승마장에 데려와 사람들에게 소개한다는 말을 듣고 '어리시군요. 현명한 조언을 드릴 사람을 곁에 두셔야 할 텐데요.'라고 말했다는 풍문을 전해 들었다.

'오늘 괜한 분란을 만들지 않으면 좋겠지만.'

케이트는 겉으로 순해 보이는 루시아가 얼마나 야무지고 단단한 사람인지 알고 있었다. 걱정은 되어도 불안하지 않았다.

중앙탑으로 들어간 루시아는 같은 자리를 맴돌며 서성이는 소년을 발견하고 다가갔다.

"근사하구나, 데미안."

어른의 것과 형태가 같으나 크기만 작은 연미복을 차려입은 데미안은 나무랄 데 없는 작은 신사였다. 루시아는 연미복을 입힌 부자를 나란히 세워서 양팔에 끼고 파티에 나가보고 싶었다. 여자들이 눈을 못 뗄 것이다. 상상만 해도 흐뭇한 웃음이 나왔다.

"조금…… 답답합니다."

"금방 익숙해질 거야. 손님들 다 오셨어. 어서 가자."

데미안은 못 박은 것처럼 가만히 서서 움직이지 않았다.

"루시아, 아무리 생각해도 저는………."

"데미안, 넌 앞으로 많은 사람의 앞에 서야 할 거야. 오늘은 그저 시작에 불과해. 전혀 부담 가질 필요 없어. 네게 못되게 구는 사람 있으면 말해. 혼내줄게."

데미안이 물끄러미 보자 루시아는 두 손을 허리에 얹었다.

"내가 못 미덥구나? 좋아. 그럼 네 아버지께 일러줄게. 무서운 분이니까 단단히 혼내주실 거야."

소년의 입가에 작은 미소가 올라왔다.

"가자."

루시아가 데미안의 손을 덥석 잡아끌었다. 갑작스러운 접촉에 데미안은 흠칫했다. 제 손을 붙든 손을 응시하고 순순히 따라 걸어갔다. 부드럽고 따뜻한 손이었다. 손에서 팔, 루시아의 뒷모습까지 천천히 시선을 이동했다. 빛이 나오는 것도 아닌데 눈이 부셨다. 시린 눈부심이 좋아서 도저히 눈을 뗄 수가 없었다.

주최자인 공작부인이 등장하자 소란이 점점 가라앉고 금방 조용해졌다. 루시아는 화려한 차림새로 앉아 있는 다양한 연령의 귀부인들을 한 번 쭉 훑어본 후 인사말로 파티 시작을 알렸다.

"오늘 이 자리에 기꺼이 참석해 준 여러분께 감사 인사를 드립니다. 이렇게 많은 분을 한 자리에 모시는 자리가 처음이다 보니 많은 미숙함이 있겠지만, 부디 즐거운 시간이 되었으면 좋겠군요."

루시아는 오늘 참석한 귀부인 중에서 나이가 많으며 영향력이 있는 몇 명의 이름을 특히 호명해 감사를 표했다. 가장 먼저 이름이 불린 웨일즈 백작부인의 콧대가 올라갔다. 제 이름이 불릴 때마다 귀부인들은 살짝 고개를 숙였다.

"그리고 오늘 이 자리를 빌려 여러분께 꼭 소개하고 싶은 사람이 있답니다. 데미안, 이리 나오렴."

사람들의 시선에서 비켜있던 데미안이 루시아의 부름에 앞으로 나와 그녀의 곁에 섰다.

"모두 익히 들어 아실 겁니다. 장차 공작가를 이어 타란의 주인이 될 소공자입니다. 아직 어리지만 인사를 나누고 싶어 제가 불렀습니다."

소년의 등장에 대부분 사람이 당혹스러움을 감추지 못했다. 잠깐의 정적이 지나고 좌중이 술렁였다. 당황하는 쪽은 주로 미혼이나 젊은 부인들이고 나이 든 귀부인일수록 표정이 굳었다.

조금 요란한 소리를 내며 찻잔을 내려놓는 사람이 있었다. 웨일즈 백작부인이었다. 백작부인은 서늘한 표정으로 손을 무릎 아래로 내리고 입을 꼭 다물었다. 사람들의 시선이 백작부인에게 몰렸다.

백작부인은 불쾌함을 겉으로 드러내지 않았다. 그저 무표정으로 침묵할 뿐이었다. 백작부인의 침묵이 점점 길어질수록 사람들의 표정이 점점 굳어졌다.

정원 파티가 시작할 무렵, 휴고는 집무실에서 서류 작업 중이었다. 그는 때마침 차를 가지고 들어온 제롬에게 물었다.

"파티는 잘 진행 중인가?"

"예, 손님이 거의 도착했다고 들었습니다."

"초대장을 받고 안 온 사람은?"

초대장을 받고 연락 없이 불참하는 짓은 주최자를 모욕하는 행위였다. 겁을 상실하지 않고서야 그럴 리는 없겠지만, 데미안을 소개한다고 하니까 왠지 신경이 쓰였다.

"건강 문제로 불참을 알린 두 명과 조금 늦게 도착한다고 알려온 두 명을 제외하면 전원 참석입니다."

휴고는 고개를 끄덕이며 다시 서류로 눈을 돌렸다. 갑자기 '루시아'라는 이름이 떠올랐다. 잠깐 잊었다가 곧 다시 떠오르고, 그 이름은 계속 그의 머릿속을 맴돌고 있었다.

궁금하지만 애한테 물어보기는 싫고, 대놓고 그녀에게 물어보기가 겸연쩍었다. 어쩌면 둘만 아는 서로를 부르는 애칭일지 모른다는 생각이 들었다.

어젯밤 그는 아내를 안지도 못했다. 정원 파티 때문에 일찍 일어나야 한다고 아예 침실에서도 쫓아내려는 걸 절대 손대지 않겠다고 약속하고 정말 얌전히 끌어안고만 잤다. 불끈거려 잠 못 드는 그를 아랑곳하지 않고 그녀는 색색거리며 잘 잤다.

그녀는 밤이 외로워 홀로 잠 못 드는 일은 없을 것 같다. 돈도 권력도 정력도 아니면 무슨 미끼를 던져야 그녀를 잡을 수 있을까.

"혹시 루시아라는 이름 들어봤나?"

답답한 마음에 하소연처럼 툭 내뱉은 말이었다. 그러나 제롬이 '예.'라고 대답하자 휴고는 번쩍 고개를 들었다.

"들어봤다고? 그게 누군데?"

주인의 심상치 않은 반응에 제롬은 긴장했다. 당연히 주인님이 알고 계시려니 생각하고 무심히 한 대답이었다. 그런데 아무래도 주인은 몰랐던 것 같다.

'맙소사, 마님. 왜 주인님께서 모르고 계신 겁니까.'

제롬은 안타까움을 담아 마님을 불렀다.

"……마님의…… 아명이라고 들었습니다."

주인은 말이 없었다. 제롬은 식은땀이 났다. 정말 주인께서는 모르고 있었다. 혹시 이 일로 두 분이 또 지난번처럼 심각하게 싸우시는 건 아닐까, 걱정되기 시작했다.

"안사람이 직접 말해 주던가?"

"아닙니다. 레이디 밀튼이 그 이름으로 마님을 칭하는 것을 우연히 들어서 마님께 여쭈었습니다."

"……알았다. 나가 봐."

제롬이 나가고 조용해진 집무실에서 휴고는 한 글자도 눈에 들어오지 않는 서류에 시선을 고정하고 멍해있었다.

밀튼 남작의 여식이 알고, 데미안이 알고, 하다못해 제롬까지 아는데 자신만 모르고 있었다. 휴고는 새삼스레 다시 충격을 받았다.

그 여자의 마음은 굳게 빗장을 닫아걸었고 여전히 진행 중이었다. 아마 앞으로도 그럴 것이다.

「전 절대 당신을 사랑하지 않을 거예요.」

「끝 이후에는 아무것도 없어요.」

그는 서류와 펜을 내려놓고 두 손으로 머리를 감싸 잡아 책상에 고개를 떨어뜨렸다. 바위가 짓누르는 것처럼 가슴이 먹먹했다. 끝이 보이지 않는 사막을 헤매는 것 같았다.

형제의 죽음 이후 처음으로 원하는 것이 생겼는데 절대 그가 손에 넣을 수 없는 것이었다. 닿지 않는 곳에 매달린 과실을 바라보며 목이 타 죽어가는 사람의 절실함이 그의 심정에 비견할까.

크게 몇 번 숨을 쉬어도 꽉 막힌 답답함은 사라지지 않았다.

형제의 죽음 이후 그가 사는 세상은 무채색으로 느리게 돌아갔다. 지루하고 의미가 없었다. 그런데 언제부턴가 그는 지긋지긋하다는 생각을 하지 않았다. 어느덧 그의 세상이 선명하게 색을 입고 멈춘 것 같았던 그의 심장이 박동했다.

그녀를 잃으면 그의 세상은 다시 죽어버릴 것이다.

그의 아내로 있는 이상 그녀는 그를 떠날 수 없다. 그러나 결혼이란 제도가 마음까지 묶지는 못했다. 세상의 어떤 계약도 그럴 수 없을 것이다.

그녀의 마음이 아직 누구의 것도 아닌 이 상태라면 견딜 수 있었다. 하지만 딴 놈에게 주면? 몸은 그에게 주면서 마음은 딴 놈과 나누면?

그는 어둠 속으로 추락하는 것처럼 아득해지는 기분에 눈을 감았다.

문을 두드리는 소리가 깊이 침잠하던 그를 현실로 끌어올렸다. 대답하기 무섭게 아신이 급히 들어왔다.

"전하, 전염병이 창궐했다는 급보입니다."

그는 한숨을 내쉬었다. 지친다. 잠시 감상에 빠져있을 시간조차 허락하지 않았다. 북부는 워낙 넓은 땅이라 쉴 새 없이 일이 터졌다. 물이 새는 낡은 배를 타고 물 위에 떠있는 것처럼 구멍 하나를 막으면 또 어디선가 물이 들어왔다.

다 내던지고 싶은 마음을 간신히 참고 겨우 의욕을 끌어올렸다.

"이 날씨에 무슨 전염병?"

"수십 명의 영지민이 같은 증상을 호소하며 집단 발병했다고 합니다. 로암에서 말을 달려 서너 시간밖에 떨어지지 않은 곳이라 사태를 더 지켜보지 않고 연락을 해왔습니다."

휴고는 즉시 몸을 일으켰다. 정말 전염병이라면 로암으로 번지는 결과는 최악 중 최악이었다.

"즉시 출발하겠다. 기사들 대기시켜. 승마 가능한 의사도."

"예. 한데 마침 필립 경이 로암에 머물고 있다 합니다만 필립 경에게 준비하라 할까요?"

휴고는 인상을 썼다.

"그 늙……. 필립은 제외. 딴 의사 찾아."

아신은 대답하고 물러갔다. 그는 서류를 대충 정리하고 잠시 후 집무실에서 나왔다. 소식을 전해 들은 제롬이 발 빠르게 주인의 이름 없는 백마를 밖에 대기해 놓았다. 휴고는 다급히 달려오는 기사 중 하나에게 의사를 데리고 뒤따라오라 명하고 기사들 몇 명과 먼저 출발했다.

100명이 넘는 사람들이 모여있는 자리가 숨소리조차 들리지 않을 정도로 고요했다. 아무도 입을 열지도, 웃지도, 찻잔에 손을 대지도 않았다. 화사한 화장과 옷차림으로 한껏 치장한 여자들이 하나같이 무표정을 짓고 있는 모습이 괴기스러웠다.

시작은 웨일즈 백작부인이었다. 루시아는 심상치 않은 기류를 느껴 그녀에게 물었다.

"무엇이 문제인가요? 웨일즈 백작부인."

"오늘의 파티는 여인들의 자리라고 알고 있습니다. 그 취지에 맞지 않는 것 같습니다."

"아직 아이일 뿐이에요. 비록 사내아이지만, 이런 사례가 전혀 없다고는 할 수 없습니다. 특히 수도에서는요."

루시아는 마지막 말을 유난히 강조해서 말했다. 북부 사교계는 수도 사교계에 비하면 규모나 사람이나 비교할 수 없었다. 북부 사교계의 유명 인사라고 잘난 척해봤자 어차피 우물 안 개구리.

루시아는 백작부인의 자존심을 건드릴 수 있는 단어를 골라 강하게 경고했다. 이쯤에서 물러나는 것이 어떻겠냐고.

"그리 말씀하시니 드릴 말씀은 없군요."

웨일즈 백작부인은 일부러 샐쭉한 표정을 지었다. 노회한 백작부인은 수도를 거론하는 공작부인의 도발 정도는 우스웠다.

'역시 본색을 숨기고 있었던 게야.'

티파티에서 내보이는 얌전하고 순한 모습은 역시 거짓이었다. 제법 앙큼하지 않은가. 백작부인은 공작부인이 북부 사교계에 관심이 없는 척하는 모습은 다 거짓이라고 생각했다. 공작부인의 신분을 이용해서 사교계를 휘두를 욕심이 없다니. 그럴 리가 없었다. 지금은 소극적으로 탐색하고 있는 과정이 틀림없었다.

'공작부인의 지위만으로 북부 사교계를 휘어잡을 수 있다고 생각하면 큰 착각입니다.'

신분과 서열이 절대적으로 작용하지 않는 유일한 세상이 있다면 사교계였다. 왕비라는 신분으로 수도 사교계를 지배할 수 없는 것처럼 북부 사교계도 마찬가지였다.

'공주님 출신의 공작부인이라는 자리는 허울만 좋을 뿐이지.'

공작부인이 조금만 머리를 굴릴 수 있다면 그쯤은 알고 있을 것이다.

백작부인은 수도 사교계에 관심이 많아서 소문에 밝았다. 그래서 현재 수도에 공작부인을 두고 어떤 소문이 나돌아 다니는지 알고 있었다. 소문이 전부 진실은 아니겠지만, 북부 사람들이 모르는 많은 것들을 백작부인은 알고 있었다.

공작부인은 내세울 친척 하나 없는, 수많은 공주 중 하나에 불과했고 공작과의 결혼에는 의문점이 많았다. 신빙성 있는 뒷소문에 의하면 왕과 공작이 무슨 계약을 했을 거라고 했다.

공작부인을 절세미인으로 묘사한 소문을 듣고는 배꼽을 잡았다. 공작 부부의 금실이 좋다는 북부에 나도는 소문도 백작부인은 헛소문으로 치부했다. 백작부인은 타란 공작의 여성 편력을 잘 알고 있었다. 공작은 절대 한 여자에 정착할 사내가 아니었다.

'공작부인. 그 자리를 오래 붙들고 계시려면 도움이 될 벗을 곁에 두셔야지요. 그런 뒷방 늙은이가 아니라.'

공작부인이 처음으로 만나 가르침을 청한 사교계 인사가 코르잔 백작부인이라는 사실은 제법 화제였다. 웨일즈 백작부인은 그 일로 유감이 있었다. 영향력은 자신이 훨씬 우위였다. 그런데 사람들은 코르잔 백작부인을 대모라 부르며 우러러봤다.

'고작해야 신부 수업이나 하는 뒷방 노인에 불과한 것을.'

나이가 얼마 더 많다는 이유로 고고한 척 훈계를 늘어놓는 코르잔 백작부인이 꼴도 보기 싫었다. 요즘 눈에 안 띄어 속이 다 시원했다.

웨일즈 백작부인은 오늘 정원 파티에서 어떤 수를 쓰든 자신의 존재를 공작부인에게 부각하려고 했다. 그런데 때마침 공작부인이 아주 좋은 수단을 제공해 주었다. 백작부인은 소공자가 등장한 순간부터 순식간에 계산을 마쳤다.

웨일즈 백작부인은 침묵시위를 시작했다. 명분은 파티 취지였다. 데미안은 공작이 공표한 후계이며 그걸 공식적으로 문제 삼을 수는 없었다. 그러나 이 자리에서 백작부인이 내세운 명분이 단지 명분이라는 걸 모르는 사람이 없었다.

백작부인을 시작으로 나이 든 귀부인들이 함께했고, 눈치 없이 수다를 떨던 젊은 아가씨들은 시간이 지나자 주변을 의식하며 소극적으로 동조했다. 파티 시작을 선언한 지 족히 반 시간이 지났으나 사람들은 표정 없는 인형처럼 앉아 있었다.

모두가 전부 동조하지는 않았다. 이 상황에서 케이트는 더 아무렇지 않은 표정으로 일부러 소리를 내며 차를 마시고 과자를 먹었다. 그러나 혼자 상황을 바꾸기는 역부족이었다.

웨일즈 백작부인은 케이트가 대적하기 버거운 상대였다. 케이트는 뒤에 종조모님이 버티고 있으니 대놓고 반발할 수 있다지만, 다른 젊은 아가씨들은 그럴 수 없었다.

파티 깨기. 주최자와 참석자 간에 발생하는 힘겨루기 현상이었다. 또는 주최자가 사회적, 도덕적 비난을 받을 만한 잘못을 저지른 경우에 사교계 방식으로 하는 처벌이 파티 깨기였다.

방법은 간단했다. 참석자들은 침묵할 뿐이다. 처벌의 목적이 아닌, 파티 중에 발생한 문제 때문에 비롯된 파티 깨기라면 문제가 해결될 때까지 참석자들은 입을 꽉 다물고 불참을 선언했다.

누군가가 주도해서 시작하면 주도자와 비슷한 영향력을 가진 유력 인사가 반박하지 않는 이상 다른 사람들은 묵인하며 따르는 것이 규칙이었다.

'종조모님이 계셨으면 이렇게 되지 않았을 텐데.'

케이트는 안타까움을 금치 못했다.

파티 깨기는 여자들의 전쟁이었다. 남자의 전쟁에서 볼 수 있는 죽음과 함성은 없었다. 그러나 때로는 더 잔혹하고 살벌했다.

또한, 남자의 전쟁과는 다르게 사교계 힘겨루기에서는 신분과 서열이 절대적이지 않았다. 신분으로 찍어 내려서 상황을 모면하면 서서히 사교계에서 따돌림당하게 되어있었다.

루시아는 딱딱하게 굳은 표정으로 좌중을 둘러보았다. 하녀들은 하얗게 질려서 구석에 몰려있었다. 오히려 이 자리에서 데미안의 표정이 가장 덤덤했다.

루시아는 꿈속에서 파티 깨기가 일어나는 광경을 본 적이 있었다. 아주 소규모의 티파티나 남녀 구분 없이 많은 사람이 참석하는 무도회에서는 불가능했다. 여자들만 참석하는 적당한 규모의 모임. 딱 오늘과 같은 자리에서 발생하곤 했다.

꿈속에서 경험한 바로는 이성적이고 합리적인 이유로 파티 깨기가 일어난 적은 없었다. 사교계의 알력 다툼, 무리를 짓는 여자끼리의 대립, 불륜을 저지른 주최자를 처벌하기 위해 불륜 상대의 부인이 주도하는 복수. 대부분이 그런 이유였다.

루시아는 파티 깨기가 어떤 식으로 마무리되는지 알고 있었다. 주최자나 참석자가 겉보기만 그럴듯한 화해를 하면 무사히 파티를 마무리할 수 있었다. 대개 주최자가 물러났다. 파티가 중간에 어그러지면 큰 망신이기 때문이다.

이 사태를 해결할 방법은 명백했다. 데미안을 내보내면 된다. 그러나 루시아는 그럴 생각이 전혀 없었다.

웨일즈 백작부인은 처음부터 잘못 생각했다. 루시아는 사교 활동에 미련이 없었다. 우아한 척 대화로 물고 뜯는 사교 경험은 꿈속으로 충분했다.

루시아는 서늘한 음성으로 사람들을 돌아보며 선언했다.

"유감스럽지만, 오늘은 여러분과 더불어 즐거운 시간을 나누지 못하겠군요. 이만 자리를 파하겠습니다."

귀부인들이 술렁거렸다.

"배웅은 하지 않겠어요. 여러분들에게는 그럴 자격이 없군요."

그녀는 하녀들에게 명했다.

"손님들을 밖으로 안내해 드려라."

구석의 하녀들이 어깨를 펴고 짐짓 결연하게 대답했다. 마님의 당당함은 고용인들의 자존심을 살렸다. 하녀들이 부산스럽게 움직이기 시작하자 귀부인들의 가면이 깨지며 자기들끼리 마주 보았다.

"여러분은 오늘 타란의 안주인이며 공작부인인 나를 기만했습니다. 현명한 행동이 아니었다는 것을 머지않아 깨닫게 될 겁니다."

루시아의 차가운 협박은 사교계의 룰에 걸맞지 않았다. 특히 나이 든 여자들의 표정이 썩어 들어갔다. 그러나 아무도 불쾌감을 드러내지는 못했다. 아무리 공작부인이 사교계에 영향력이 없다 해도 서열을 대놓고 무시하는 짓을 했다가는 뒷감당이 두려웠다.

"언젠가 여러분의 아들, 혹은 손자는 내 아들을 주인으로 모시게 되겠지요. 부모가 자식의 앞날을 망친다는 말은 이런 경우를 두고 하는 말이로군요."

루시아는 싸늘하게 일갈하며 몸을 돌려 그대로 중앙탑으로 들어가 버렸다. 공작부인이 사라지자 귀부인들의 술렁거림은 더 커졌다.

"아우, 대체 이게 무슨 일이랍니까."

"그러게 말이에요. 좋게 넘어가지 뒷일도 생각 안 하고 저지른대요."

"공작부인께서 화가 보통 나신 게 아니에요. 원래 평소에 온화한 사람이 화가 나면 무서운 법이거든요. 어쩌실 겁니까?"

파티 깨기를 주도한 웨일즈 백작부인을 비롯한 10여 명의 중장년 귀부인들에게 비난이 집중되었다. 자기들도 동조한 주제에 잘못을 떠넘기고, 그렇다고 웨일즈 백작부인을 비난하는 목소리조차 제대로 내지 못하는 한심한 작태들이었다.

"크흠."

뭇시선이 불편한 주도자들은 떫은 표정으로 가장 먼저 자리를 떴다. 웨일즈 백작부인 표정은 딱딱하게 굳어있었다.

'이런 식으로 될 리가 없는데 어째서……'

백작부인이 파티 깨기라는 강수를 둔 것은 나름 계산한 바가 있어서였다. 파티 깨기는 아무리 사교 경험이 노련한 사람도 정작 자기 일로 닥치면 혼란에 빠지게 된다.

백작부인은 갓 결혼한 어린 공작부인의 사교계 경험이 부족해서 파티 깨기가 무엇인지도 모를 가능성이 크다고 보았다. 당황한 공작부인은 반드시 소공자를 내보내서 사태를 수습할 거라고 생각했다. 소공자는 공작부인의 친자가 아니니까.

어느 날, 백작부인은 공작부인이 공작의 혼외 자식을 데리고 다닌다는 말을 듣고 생각했다.

'제법이야.'

공작 부부는 허울만 부부였다. 공작부인이 자기 자리를 확보하려고 안간힘을 쓰다가 생각해 낸 한 수가 소공자인 것이 틀림없었다.

공작부인이 소공자를 어여삐하는 모습은 진심이 아닐 것이다. 어느 정신 나간 여자가 아직 태어나지도 않은 제 자식 앞길을 막는 짓을 할까.

공작부인의 빤한 속셈에 장단 좀 맞춰볼까 해서 일부러 어려서 뭘 모르신다는 식으로 비꼬는 말을 흘렸다. 공작부인이 혼외자를 데리고 다니는 행위 그 자체를 불쾌해한다고 남들이 생각하게 했다.

사람과 사람의 관계가 꼭 만나서 긴밀한 대화를 통해야 이루어진다면 그건 아마추어였다. 진정한 프로는 눈 한 번 마주치지 않아도 서로의 마음을 알아주는 것이다.

파티 깨기로 공작부인이 못 이기는 척 물러나면 처음에는 자존심이 상해서 씩씩대다가도 시간이 지날수록 썩 나쁘지 않은 사건이었음을 자각하게 될 것이다.

공작부인은 남들이 보기에는 최선을 다했다. 혼외자식을 감싸려다 망신을 자초했다. 누가 봐도 넉넉한 포용력을 지닌 너그러운 어머니였다.

공작부인의 마음이 풀릴 즈음 슬그머니 숙이고 들어가면 된다. 그러면 상했던 공작부인의 자존심도 회복되고 두 사람은 긴밀한 친분을 다질 수 있을 것이다. 웨일즈 백작부인의 계산속이 그러했다.

백작부인의 가장 큰 실수는 루시아가 어떤 사람인지 제대로 파악하지 못했다는 점이었다. 그러나 아무리 잦은 만남을 가졌다 해도 백작부인과 루시아가 서로를 완전히 이해할 수 없었을 것이다. 두 사람의 사상과 신념은 닿을 수 없는 평행선이었다.

지나치게 몇 수 앞을 내다보며 머리를 굴린 북부 사교계의 거물은 제 발등을 제가 찍은 셈이 되었다.

"어떡하지요? 바깥분이 아셨다가는 경을 칠 거예요."

"누울 자리를 보고 다리 뻗으랬다고. 타란 공작께서 어떤 분인지 잘들 아시면서 왜."

"여자의 사교계 일이에요. 남자가 나서는 건 경우가 아니죠."

"모든 일이 다 그렇게 경우 따져 일어난답니까? 공작 부부의 금실이 꽤 좋다고 소문이 파다한데. 여자가 속살거리면 어느 남자가 당해요?"

"모르겠네요. 한동안 외출 삼가고 조용히 있어야겠어요."

"도대체 웨일즈 백작부인은 왜 그리 공작가 후계 일에 파르르 하신대요?"

"모르셨어요? 웨일즈 백작께서 혼외자로 들인 딸을 그렇게 끼고 돌았다잖아요. 결국, 혼외자 딸을 백작가에 시집보냈죠."

"어머 그럼 백작가와 사돈 맺었다던 딸이……."

"재미있는 일은 웨일즈 백작부인이 본인 며느리의 눈물을 빼가며 얼마 전에 혼외 손자 둘을 입적하게 했답디다."

"세상에."

데미안은 차가운 붉은 눈으로 귀부인이 하는 짓거리를 눈과 귀로 담았다. 소년은 오늘 장차 밟고 올라서야 할 자들의 적나라한 모습을 목격했다. 루시아가 원했던 방향과는 전혀 달랐지만, 어쨌든 훌륭한 배움을 얻었다.

일부 여자들이 무심코 데미안과 눈이 마주쳤다가 움찔하며 고개를 돌렸다. 삼삼오오 남아서 떠들던 여자들이 자리를 뜨기 시작했다. 수가 많이 줄었을 때 데미안도 그 자리를 떴다.

루시아가 중앙탑으로 들어오며 뒤를 확인했다. 곧 따라 들어올 줄 알았던 데미안이 없었다. 하녀에게 데려오라 시키고 응접실로 들어갔다. 소파에 앉아서 머리를 완전히 기대고 눈을 감았다. 머리가 아프기 시작했다.

'내가 너무 안일했어. 파티 깨기라니.'

목은 꺾여도 자존심은 절대 꺾지 않는 귀부인들의 고집을 너무 가볍게 생각했다. 수도 사교계와 확연히 다른 분위기라서 안심하고 있었다.

공작부인이라는 지위를 믿고 자기도 모르게 자만하고 있었나 보다. 사교계에서 지위보다 명성이나 인맥이 훨씬 중요하다는 것을 알면서 어리석게도 간과했다.

'처음 봤을 때부터 마음에 들지 않는 여자였어.'

북부 사교계의 대모라는 코르잔 백작부인의 인품에 깊이 감화받아서 실질적 영향력은 더 강하다는 웨일즈 백작부인을 만나기 전에 기대를 많이 했다. 하지만 기대는 실망으로 바뀌었다.

티파티에 두어 번 초대한 웨일즈 백작부인은 눈으로 뱀처럼 사람을 훑었다. 괜히 부딪치고 싶지 않아서 좋게 웃어만 주었던 것이 실수였다. 그러니 자신을 우습게 보고 이런 짓을 주도했겠지.

'만만치 않을 줄은 알았지만.'

그래서 케이트에게 가능하면 꼭 코르잔 백작부인을 모셔와 달라고 부탁했다. 안전 방패를 두고 싶었다. 설마 파티 깨기로 정면 대립각을 세울 줄은 몰랐다. 신중을 기하지 않은 자신의 실수가 뼈아팠다.

'혼외자가 웨일즈 백작부인의 역린인가?'

노회한 사교계 인사가 감정에 치우쳐서 저지른 짓으로 보기에는 너무 얄팍했다. 굳이 파티 깨기로 루시아를 망신 줘봤자 잃을 것이 더 많았다.

아무리 사교계에서 지위가 절대 조건은 아니라고 해도 적당히 고려하지 않았다가는 뒷감당이 골치 아팠다. 더구나 북부에서 타란 공작가의 영향력은 절대적이었다.

루시아는 웨일즈 백작부인이 괜히 자신의 속을 넘겨짚어서 그런 짓을 했으리라고는 생각지 못했다. 악당이 악당을 알아보는 법. 사교계 군상들의 행태를 꿈속에서 관찰했어도 계략과 음모에 능한 사람의 심리를 간파하기에는 그녀가 순진했다.

'사람이 꼭 이성적으로만 판단할 수 있는 건 아니니까.'

입적된 사생아가 작위를 이은 적이 없다는 전례. 루시아는 그 문제를 좀 더 심각하게 고민해 봐야겠다고 생각했다.

'북부에서 이런 분위기라면 수도도 만만치 않을 텐데.'

그가 이 일을 어떻게 해결하려는지 궁금했다. 사교 파티에 데려간다는데 그리 대수롭지 않게 그러라고 했던 태도를 봐서 어쩌면 그는 별다른 생각이 없을지도 모른다. 그는 자신이 결정한 일은 반드시 다 이루어진다고 생각하는 오만한 남자니까.

'데미안이 작위를 이어받는 일은 혼외자의 지위가 변화하는 계기가 될지도 모르지. 사람들이 꺼리는 점은 그거겠지.'

너무 성급했다. 데미안이 곧 학술원으로 돌아갈지 모른다는 생각에 기회를 놓치기 아깝다고만 생각했다. 그동안 승마장에서 안면을 익혔고, 어차피 데미안의 정식 데뷔 자리가 될 수 없는 정원 파티라고 가볍게 생각했다.

눈을 떠서 응접실을 둘러봐도 데미안이 보이지 않았다. 데려오라고 하녀를 보낸 것이 언제인데. 두통 때문인지 짜증이 솟았다. 다시 다른 하녀를 불렀다.

"소공자를 데려오라는데 왜 이리 늦는 것이냐."

하녀가 곧바로 빠른 걸음으로 물러났다가 잠시 후에 들어왔다.

"마님. 들어오십사 도련님께 말을 올려도 대답이 없으십니다. 먼저 마님께 명을 받은 아이가 도련님 곁에서 어쩔 줄 몰라 하고 있습니다."

"데미안이 밖에서 무얼 하기에?"

"그냥 사람들을 보고 계십니다."

"……알았다."

그들을 보며 아이는 대체 무슨 생각을 하고 있을까. 들어오면 물어봐야겠다. 루시아는 다시 눈을 감았다.

"루시아."

케이트가 언제 들어왔는지 옆에 앉아 루시아의 손을 잡았다. 루시아는 눈을 뜨고 그녀를 보며 미소 지었다.

"오늘 고마웠어요, 케이트."

"아니에요. 제가 전혀 도움되어 드리지 못했네요. 많이 속상해하지 마세요. 꼭 지나야 할 통과의례라 생각하세요."

케이트는 루시아가 무너진 자존심 때문에 자괴감을 느낄까 봐 걱정했다. 그러나 루시아는 주최자의 자존심 따위는 아무래도 상관없었다. 꿈속이지만, 귀족 부인의 수발을 드는 하녀 일까지 해봤다. 그녀의 자존심은 고작 그 정도로 굴욕을 느낄 만큼 알량하지 않았다.

"괜찮아요. 미안하지만 케이트. 오늘은 그만 돌아가 주었으면 좋겠어요. 생각할 것이 많군요."

케이트는 이해한다고 답하며 다정한 위로의 말을 몇 마디 더 건네고 돌아갔다. 루시아는 계속 주변에서 서성이는 제롬을 불렀다.

"그이는 집무실에 계시나요?"

"아닙니다. 급한 전언을 받으시고 출타하셨습니다. 오늘 안으로 돌아오실지 확실한 답은 없으셨습니다."

루시아는 약간의 서운함과 안도감을 함께 느꼈다.

"오늘 일은 내가 말씀드릴 테니까 직접 전해 드리지 마요."

"예, 마님."

"그리고 안나를 불러 주겠어요?"

지끈거림이 점점 심해져서 아무래도 두통약을 먹어야 할 것 같다. 제롬마저 나가고 루시아는 하녀들도 모두 내보냈다. 그리고 조금 전에 들어와서 멀찍이 서 있는 데미안에게 손짓했다.

"데미안, 이리 오렴."

데미안이 다가와서 루시아의 앞에 무릎을 꿇었다. 루시아가 화들짝 놀라며 몸을 일으켰다.

"죄송합니다. 저 때문에."

소년은 남들이 자신을 어찌 보든 상관없었다. 호의적이지 않은 눈으로 흘끔거리며 아무리 숙덕여봐야 직접 위해를 끼치는 일은 아니었다. 그런 시선과 뒷말은 워낙 익숙했다. 하지만 그들이 그런 짓을 루시아에게 하는 것은 싫었다.

데미안은 아직 사교계에 대해 잘 모르고 파티 깨기가 뭔지 모르지만, 아까의 상황이 루시아를 망신 주었다는 것을 모르지는 않았다. 분했다. 자신의 미약함이 화가 났다. 만약 아버지가 그 자리에 계셨다면 상황은 완전히 달라졌을 것이다.

"아니야, 데미안. 왜 네가 사과를 해."

루시아는 울컥 감정이 치밀어서 데미안을 일으키다가 품으로 안았다. 처음부터 데미안은 싫다고 했다. 싫다는 아이를 억지로 설득해서 이런 결과를 가져왔다.

방식을 달리할 것을 그랬다. 파티가 마무리될 즈음 잠깐 소개만 해도 되었는데 너무 욕심을 부렸다.

"미안해, 데미안. 네가 상처받을 걸 생각 못 하고 내 욕심만 부렸어."

좋은 향을 풍기는 부드러운 품이 온몸을 안아주는 느낌이 좋아서 데미안은 숨을 죽였다. 조금이라도 움직이면 루시아가 놀라서 몸을 떼어낼까 봐.

"미안해, 미안해."

"전…… 괜찮습니다."

데미안은 정말 아무렇지 않았다. 의미 없는 모르는 여자들의 시선 따위는 아까 루시아가 '내 아들'이라는 말을 했을 때 싹 잊었다. 그 말은 아직도 잔상으로 남아 계속 소년의 가슴을 두드렸다.

"네 잘못이 아니야. 데미안. 네 잘못 때문에 사람들이 그러는 게 아니란다. 어른이라고 모두 현명하지는 않아."

루시아의 목소리 끝이 가늘게 떨렸다. 이어 들려오는 작은 흐느낌을 들으며 데미안은 굳어버렸다. 저 때문에 울지 마세요, 머릿속에만 맴도는 말이 목에 턱 막혀 나오지 않았다.

조금씩 들썩이는 루시아의 어깨에 조심스럽게 이마를 기댔다. 소년을 위한 누군가의 눈물은 처음이었다. 목구멍이 죄일 것처럼 따갑고 눈이 후끈거렸다. 아주 조금. 소년의 눈이 젖었다.

우려와 다르게 해프닝으로 끝났다. 집단 전염병이 아니라 집단 식중독이었다. 이 날씨에 전염병이건 식중독이건 둘 다 흔치 않은 일이긴 했으나 공작이 직접 달려올 일은 아니었다. 파발을 띄워 공작을 허탕 치게 한 마을 영주는 안색이 거무죽죽했다.

"독버섯이라고?"

"예, 전하. 이 버섯이 겉보기는 식용 버섯과 같으나 먹으면 복통, 설사, 구토 및 온몸에 붉은 반점이 올라와 흡사 질병 같아 보입니다."

때마침 데려온 의사가 독초나 독버섯에 정통해서 오자마자 환자 몇 명을 살피고 이것저것 묻더니 남은 음식재료 틈에서 버섯을 찾아냈다. 빠른 시간에 문제는 순식간에 해결되었다.

전염병의 두려움으로 벌벌 떨던 마을 주민들은 느닷없이 나타난 공작이라는 거물에 혼비백산하더니, 공작이 온 지 한두 시간 안에 문제가 해결되자 경이롭다는 표정을 지었다. 역시 우리 공작님, 어쩌고 두런두런 떠드는 영지민들의 눈에 경외감이 가득했다.

"근처에 나는 버섯이라면 여기 영지민들이 모를 리 없을 터."

"예, 전하. 이 근방에 서식하는 버섯이 아닙니다. 좀 더 기후가 찬 북쪽으로 올라가야 합니다."

"어찌 된 것인가."

"바른대로 고해 올려라."

휴고의 질문을 받은 영주가 포승줄에 묶여 바닥에 코 박고 엎드린 노인을 채근했다. 마을에서 식료품 가게를 운영하며 원흉인 버섯을 공급한 상점 주인이었다.

"예…… 예. 어…… 엊그제 상단을 통해 대량 식재료들을 구매했는데 어찌 된 일이지는 이놈도 잘……."

"어허! 네놈이 이 사태를 만들지 않았더냐. 대체 무슨 억하심정으로 주민들에게 독버섯을 푼 게야?"

"아이고. 억울합니다. 영주님. 이놈은 추호도 부러 그런 짓을 하지 않았습니다요."

노인이 눈물 콧물 흘리며 억울함을 토로하는 상황을 지켜보던 관리가 나섰다.

"아무래도 그 상단을 추적해야 할 것 같습니다. 제대로 버섯을 구별하지 못하고 무분별하게 채취해서 공급하고 있는 것 같습니다."

"즉시 추적해 압송해라. 이와 비슷한 피해를 본 경우가 없는지 상단 행로를 따라 조사하고. 의사는 남아서 환자들을 치료하도록. 마을에 풀린 버섯은 전량 회수해서 폐기하라."

"예."

여기저기서 한목소리로 답했다.

"전하. 제가 상황 판단을 잘못하여 수고를 끼쳐 드렸습니다."

영주가 어두운 표정으로 사죄를 올렸다.

"아니다. 빠른 대처가 훌륭했다."

노여움 살 것을 각오했던 영주의 표정이 환하게 밝아졌다.

"나머지는 그대가 알아서 처리하도록."

"예, 전하."

더는 이곳에 볼일은 없었다. 말을 타고 꼬박 세 시간을 달린 수고가 헛걸음이 되었지만, 전염병이 도는 상황보다는 훨씬 나았다. 나머지 일을 처리할 사람 몇을 남겨 두고 휴고와 기사들은 로암으로 출발했다.

날이 어둑해지고 있었다. 로암까지 이제 멀지 않았다. 휴고를 비롯한 기사들은 조그만 샘에 모여 말과 사람 목을 축였다. 휴고는 시간을 가늠해 보았다. 로암에 입성할 즈음에는 꽤 어두워지겠다. 저녁 식사 시간을 맞추거나 혹은 그보다 조금 늦어질 것 같다. 휴고는 딘을 불렀다.

"한발 앞서 가서 내가 도착해도 피리를 불 것 없다고 일러두어라."

식사 전에 도착하면 좋지만 조금 늦는다면 한창 식사 중에 그녀가 나와서 마중하는 수고를 하도록 하고 싶지 않았다.

딘이 조금 앞서 출발하고, 잠시 후 휴고와 기사들도 말을 몰아 달리기 시작했다. 쉬지 않고 달려서 휴고를 태운 말이 로암의 내성 안까지 들어가 멈추었다. 말 등에서 뛰어 내리는 휴고를 발견한 하인이 놀라서 안으로 달려 들어갔다. 잠시 후 제롬이 뛰어 나왔다.

"전하께서 입성하시는 데 어찌 아무런 소식을……."

"내가 소란스럽게 하지 말라 했다."

곧바로 집무실로 향하는 휴고의 뒤를 제롬이 따랐다. 잠시 후에는 공작의 시중을 전담하는 삼 형제가 갈아입을 옷을 챙겨 집무실로 들어갔다. 그들의 시중을 받으며 휴고는 먼지를 뒤집어쓴 옷을 갈아입었다.

"저녁 식사는?"

"준비 중입니다."

"내가 늦지 않게 왔군."

휴고는 곧바로 책상으로 갔다. 의자에 앉으면 가장 잘 보이는 앞에 가지런히 몇 개의 서류가 놓여있었다. 모서리에 붉은색 표지를 달아서 급한 사안임을 표기했다. 숨 쉴 틈도 없군, 그는 중얼거리며 서류 하나를 집어 들어 들추었다.

"정원 파티는 잘 끝났나?"

그 파티 때문에 오늘 온종일 내성의 분위기는 어두웠다. 직접 말씀드리겠다던 마님 말씀을 떠올리며 제롬은 '예.' 하고 대답했다.

"저녁 준비 다 되면 불러."

그는 책상에 반쯤 엉덩이만 걸치고 기댄 채 서류를 읽기 시작했
다.

루시아는 두통약을 먹고 잠들었다가 깨어나서 계속 소파에 축
늘어져 기대있었다. 약을 먹고 한잠 자고 일어났는데도 두통이 좀
처럼 가라앉지 않았다. 머리가 아픈 것이 짜증나고 이모저모 기분
도 안 좋고 해서 루시아는 계속 침실 소파에 누운 채 훌쩍거리며 울
었다. 날이 저물어서야 겨우 두통이 가라앉아 몸을 추스르는데 하
녀가 공작의 귀환 소식을 알려왔다.

"뭐? 들어오셨다고?"

루시아는 그가 오늘 안 들어올 거라고 생각했다. 하녀에게 거울
을 가져오라고 해서 모습을 비추니까 눈이 벌겋게 부어있었다. 이
럴 줄 알았으면 진즉 눈 찜질을 할 것을 그랬다.

"차가운 물수건을 가져오너라."

루시아는 임시방편으로나마 찜질을 했다. 하지만 시간이 충분하
지 못했다. 금방 저녁 식사가 다 되었다고 알리러 왔다.

"어떠니? 눈이 흉하니?"

"아까보다 한결 가라앉으셨습니다. 얼핏 보면 잘 모를 것 같습니
다."

식사 시간 중에만 그가 모르면 된다. 저녁을 먹고 그는 다시 집
무실로 들어갈 것이다. 밖에 나갔다가 오면 그는 더 바쁘니까. 조금
더 찜질하면 곧 가라앉을 것 같다. 괜히 이만한 일로 울었다고 그가

알게 하고 싶지 않았다.

식당으로 내려가자 데미안이 먼저 와있었다. 조금 늦게 휴고가 들어와서 착석했다. 그는 숟가락을 들면서 자연스럽게 그녀에게 시선을 주었다.

순간, 그의 미간이 꿈틀하며 손이 멈칫했다. 그가 숟가락을 탁 소리 나도록 테이블에 내려놓자 순식간에 분위기가 차갑게 얼어붙었다.

그는 벌떡 일어나서 당혹스럽게 자신을 바라보는 그녀에게 성큼 다가갔다. 한 손으로 테이블을 짚어 몸을 숙이면서 한 손으로 그녀의 턱을 잡아 올렸다. 그녀의 붉게 부은 눈가가 확연하게 그의 시야에 들어왔다. 그의 눈동자가 확 타오를 것처럼 짙어졌다.

"왜 그래."

루시아는 주변의 시선을 의식해서 고개를 돌리며 시선을 떨어뜨렸다. 그가 이렇게 과민하게 반응할 줄 몰랐다. 혹시 눈여겨본다 해도 무슨 일이냐고 나중에 물을 거라고 생각했다. 고용인들은 물론이고 데미안까지 있는 자리라 못내 민망했다.

"식사 먼저 하시고……."

그는 자꾸 시선을 피하려는 그녀의 턱을 다시 단단히 쥐고 고개를 들이밀어 더 자세히 살폈다. 그녀의 맑은 호박색 눈동자마저 붉게 충혈되어 있었다. 울었나? 왜?

"제롬!"

언제나 준비된 집사 제롬은 즉시 주인이 원하는 답을 내놓았다.

"정원 파티에서 귀부인들이 파티 깨기를 했습니다."

"파티 깨기?"

"참석자들 다수가 침묵을 고수해 인위적으로 파티를 종료시키는 행위를 말합니다."

"이유."

"……데미안 도련님이십니다."

더 들을 필요가 없었다. 그는 대강의 상황을 파악했다. 알아서 잘 처신하려니, 물러나있지 말았어야 했다. 닳고 닳은 여편네들이 순한 아내를 할퀼지 모른다는 사실을 좀 더 진지하게 생각했어야 했는데.

"당신에게 무슨 짓을 했지?"

부드러운 그의 목소리 안에 사나움이 있었다.

"아무…… 아무 짓도."

그들은 단지 침묵과 싸늘한 표정으로 파티를 거부했을 뿐 직접 루시아에게 무슨 짓을 하지는 않았다. 솔직히 불쾌했다. 그러나 울 만큼은 아니었다. 그녀의 눈물은 데미안에게 미안한 마음이 원인이었다. 그나마도 이미 실컷 울었다고 생각했다.

하지만 그가 왜 그러냐고 물을 때부터 코가 시큰했다. 곁에서 누가 어르면 더 눈물이 나는 아이처럼. 그가 돌아오면 담담하게 오늘 있었던 일을 그에게 설명하려고 했다. 그런데 그가 루시아의 눈물샘을 건드렸다.

눈물이 그렁그렁 맺히는 그녀를 보는 휴고의 표정이 굳어졌다.

휴고는 그녀가 앉은 의자를 뒤로 잡아당겨서 그녀를 품에 안아 들었다. 마치 아이라도 안는 것처럼 한쪽 팔을 허벅지 아래 받치고 한 손은 그녀의 등을 감싸듯 눌러 고개를 가슴에 묻게 했다.

"식사는 2층으로 올려. 데미안, 너는 먹고 네 방으로 가거라."

"예."

공작이 루시아를 안고 식당을 나서는 모습을 데미안은 걱정스럽게 바라보았다. 오늘 거의 온종일 침실에서 나오지 않았던 루시아가 걱정스러웠다. 마음이 불편해서 책을 펴도 글자가 눈에 들어오지 않았다. 내일은 평소처럼 잘 웃는 어머니를 볼 수 있었으면 좋겠다.

휴고는 그녀를 안고 침실로 들어와 소파에 앉았다. 그의 너른 가슴에 얼굴을 묻고 루시아는 눈물을 쏟았다. 그의 손이 머리를 쓰다듬으며 토닥토닥 등을 두드렸다. 흐느끼던 울음은 잦아들지 않고 오히려 더 커지면서 그녀는 엉엉 울기 시작했다.

정원 파티 때문만이 아니었다. 그녀 자신도 무엇 때문에 이렇게 울음이 터지는지 알 수 없었다. 다정한 그의 위로에 눈물이 멈추지 않았다. 어머니를 여의고 궁에 들어온 이후 마음껏 울지 못한 켜켜이 쌓인 설움을 모두 씻어내듯 울었다.

아무 말 없이 등을 쓸어주며 휴고의 속은 부글부글 끓었다. 어린 그의 아내는 속마저 여린 여자가 아니었다. 차돌처럼 단단한 알맹이를 품은 여자였다. 도대체 무슨 일이 있었기에 이렇게 아프게 울까.

할 일 없이 파티만 쫓아다니는 여편네들이 미치지 않고서야. 만지기도 아까운 여자인데 속을 후벼 파? 내 이것들을 가만두지 않겠다. 시커먼 분노가 뭉클뭉클 솟았다.

한참이 지나서 루시아는 그의 품에 늘어지듯 기대 훌쩍훌쩍 울음 끝을 보이기 시작했다. 그는 안아주기만 하고 울지 말라거나 위로의 말을 건네지 않았다. 그런데 오히려 그의 태도에서 그녀는 무척 많은 위로를 받았다.

루시아는 고개를 들어 그를 빤히 바라보았다. 그러자 그도 시선을 내려 마주쳤다.

"다 울었나?"

루시아는 바깥일을 하고 돌아온 사람을 붙들고 투정을 부린 것 같아서 면구스러웠다. 그래도 원 없이 울고 났더니 어쩐지 홀가분했다.

"세수…… 해야겠어요."

눈물로 잔뜩 얼룩진 얼굴을 보이기가 부끄러웠다. 일어나려는 루시아를 그가 붙들면서 물수건을 내밀었다. 우느라 몰랐지만, 그새 하녀가 들어와 눈치 있게 곁에 챙겨두었다.

그녀는 수건을 받아 꼼꼼하게 얼굴을 닦아냈다. 그리고 그의 셔츠 앞이 다 젖어있음을 발견했다.

"저 때문에…… 다 젖었네요."

루시아는 주저하다가 셔츠의 단추를 풀었다. 위에서부터 하나씩 풀면서 가슴 근육의 굴곡이 드러나자 점점 손이 떨렸다. 중간까지 하다가 심장이 쿵쿵 뛰어서 손을 놓았다.

"갈아입으실 옷을 가져……."

그가 루시아의 손목을 움켜잡았다. 놀란 눈으로 마주친 그의 눈동자가 위험스럽게 빛나고 있었다.

"마저 해."

루시아는 흔들리는 눈으로 그를 보다가 침을 꿀꺽 삼켰다. 다시 바들바들 떨리는 손으로 그의 단추를 마저 풀었다. 가장 밑의 단추까지 다 풀어 드러나는 맨가슴을 보며 감탄했다. 그녀는 자기도 모르게 손바닥으로 그의 가슴을 쓸었다. 손에 탄탄한 피부가 맞닿았다. 유려한 선이 아름다운 근육의 느낌에 가슴이 뛰었다.

갑자기 부끄러움이 밀려왔다. 루시아는 얼른 손을 떼고, 일어날 것처럼 몸을 틀었다. 그러나 팔을 잡아채 당기는 그의 손이 더 빨랐다. 그의 입술이 그녀의 입술에 닿으며 빠르게 그의 혀가 입술을 핥고 지나갔다. 그는 맛을 보는 것처럼 입맛을 다셨다.

"짜군."

루시아의 얼굴이 확 붉어졌다. 그녀를 응시하는 그의 붉은 눈동자 속에 불꽃이 보였다.

그는 언제나 뜨겁게 원하는 눈으로 그녀를 보았다. 그의 시선을 받으면 그녀의 신체도 민감하게 반응을 시작했다. 콩닥콩닥 뛰는 심장 정도는 귀엽고 순진한 반응이었다. 열이 나고 숨이 가빠지며 다리 안쪽 깊은 곳이 짜릿하게 아팠다.

그의 붉은 눈을 보며 붉은색이 이처럼 차가워 보이는 것이 신기하다고 생각했던 적이 있었다. 그게 언제인지 기억나지 않았다. 언제부턴가 자신을 바라보는 그의 눈은 항상 뜨거웠다.

'당신은 침실을 함께 쓰는 여자를…… 항상 그런 눈으로 보나요?'

소피아 로렌스가 처절하게 매달리던 광경이 떠올랐다. 세상에 남자가 타란 공작만 있는 것은 아닌데, 중얼거리며 혀를 찼었다.

그래서 세상일은 모르는 것이고 함부로 남의 일을 말하는 것이 아니다. 소피아 로렌스의 심정을 이렇게 절절하게 이해할 날이 올 줄은 몰랐다. 저런 눈으로 보다가 갑자기 차갑게 보면 과연 견딜 수 있는 여자가 있을까.

시간이 지날수록 그를 사랑하는 마음이 점점 부풀었다. 오직 자신의 마음이 다하는 곳까지 그를 사랑하겠다는 결심은 이상하게 그가 다정하면 할수록 흔들렸다. 이러다 언젠가 뻥 터져서 매달리는 여자가 될까 봐, 그의 경멸을 받을까 봐 두려웠다.

'이대로도 좋아.'

지금도 충분히 행복했다. 그는 더할 나위 없이 다정하고 뜨거운 남편이었다. 더 바라는 건 과욕이었다. 그녀는 자신을 스스로 다독였다.

루시아는 그의 어깨에 두 손을 얹어 누르면서 반동으로 몸을 일으켰다. 그녀와 눈을 마주치는 그의 고개가 자연스럽게 위로 올라갔다. 그를 위에서 내려다보는 느낌은 낯설면서 기묘한 우월감을 주었다. 루시아는 그의 어깨를 더 누르면서 고개를 내려 그의 입술에 키스했다.

그가 그녀에게 하듯이 그의 아랫입술을 살짝 물고 혀로 그의 입술을 핥았다. 조심스럽게 시작한 키스는 점차 도발적으로 변했다. 그가 가만히 있자 오히려 그녀가 더 적극적으로 입술을 문댔다. 입술을 떼며 루시아는 제가 한 짓이 부끄러워서 온몸이 후끈거리는 것 같았다.

"저 때문에 식사를 못 하셨군요. 시장하실 텐데……."

말이 채 끝나기 전에 그가 루시아의 뒷목을 잡으며 사납게 입술을 부딪쳐왔다. 단번에 입술이 삼켜지고 그의 혀가 입안을 점령했다.

거침없이 움직이는 혀의 움직임을 간신히 따라가며 그의 셔츠 깃을 잡은 그녀의 손이 바르르 떨렸다. 숨이 막히도록 몰아세우는 키스는 길었다.

그의 입술이 떨어질 때 루시아는 가쁘게 숨을 할딱였다. 치맛자락 안으로 들어온 그의 손이 속옷 안을 파고들어 촉촉이 젖어든 꽃잎을 문질렀다.

"아!"

"밥 소리가 나와?"

날 이렇게 미치게 해놓고? 매끈하게 젖은 속살이 그의 손가락을 꽉 죄었다. 그는 피가 끓어오르는 기분으로 으르렁댔다.

"저도 배…… 고파요."

휴고는 푹 한숨을 쉬었다. 그깟 한두 끼 안 먹어도 상관없지만.

"……당신을 굶길 수는 없지."

그는 간신히 미련을 떨치고 손을 뺐다. 그녀를 그대로 안고 침실과 연결된 응접실로 나갔다. 테이블 위에는 차려둔 두 사람의 식사가 있었다. 식사는 금방 끝났다. 배가 고프다던 루시아는 얼마 먹지 못하고 포크를 내려놓았고, 휴고도 그쯤에서 식사를 마쳤다.

루시아는 하녀를 불러 그가 갈아입을 옷을 가져오게 했다. 소파에 앉아 그가 셔츠를 갈아입는 모습을 바라보며 잠시나마 그녀는 홀딱 심취했다.

드러나는 그의 상반신을 보면서 그녀는 망상하기 시작했다. 그가 그녀 온몸을 핥아 애무하듯 그녀도 그를 눕혀놓고 맛보고 싶었다. 루시아는 화들짝 놀라며 망상에서 깨어났다.

'정말 네가 미쳤구나.'

누군가 자신의 머릿속을 들여다볼 수 없다는 사실이 이렇게 다행일 수가 없었다. 뛰는 심장을 가라앉히려고 호흡을 가다듬었다. 옷을 갈아입은 그가 다가와서 옆에 앉았다.

"아직도 기분이 안 좋아?"

"아니에요."

루시아는 그의 어깨에 머리를 기댔다. 그의 팔이 넘어와서 그녀의 어깨를 살짝 쥐며 감싸 안았다.

"당신이 위로해 줘서 이제는 괜찮아요. 실컷 울었더니 속도 시원하고. 당신은 그런 경험 없어요?"

"모르겠군. 울어본 적 없어서."

형제의 시체를 앞에 두고 내장이 가닥가닥 끊기는 것처럼 고통스러워서 미친 듯이 소리를 질렀으나 눈물은 안 나왔다.

"이제 말해 봐. 무슨 일인지."

"아까 들으셨잖아요. 파티 깨기로 정원 파티는 엉망이 되었어요. 데미안을 소개한 일이 손님들의 거부감을 일으켰어요. 전 양보하기 싫어서 그냥 파티를 해산했어요. 흔히 일어날 수 있는 일이에요."

"흔한 일인데 눈이 퉁퉁 붓도록 울어? 말해. 또 무슨 일이 있었어?"

"정말이에요. 이번 일은 제가 경솔한 탓도 있어요. 제가 속상했던 일은 다른 일이에요. 데미안에게 상처를 준 것 같아서 미안해서 그랬어요."

"정말 그것뿐?"

"네, 정말이에요."

무슨 일이 더 있었다고 해도 그녀의 표정을 봐서는 말할 것 같지 않았다. 나중에 따로 알아보기로 하고 휴고는 지금은 넘어가기로 했다.

"그렇게 약한 녀석 아니야."

"네, 당신 아들이니까요."

휴고는 녀석과 자신을 자연스럽게 하나로 묶는 그녀의 말에 기분이 묘했다. '그래. 녀석은 내 아들이지.'라고 당연한 사실을 새삼 상기했다.

"그래도 데미안은 아직 어려요. 당신처럼 강하지 못해요."

"주동자가 누구였지?"

부드럽게 달래듯 묻는 어조 속에 광폭함이 숨어있었다. 누군지 알면 당장에라도 달려들어 먹을 딸 것 같은 잔혹함이 그의 붉은 눈동자 깊은 곳에서 넘실거렸다. 평소에는 감추어두는 휴의 본성이 깨어났다. 그는 그녀에게 고통을 준 자를 색출해 피 맛을 보고 싶은 욕구를 느꼈다.

그러나 그의 눈 속의 서렸던 잔인한 맹수의 본성은 그녀가 고개를 들자 순식간에 자취를 감추었다.

"아무것도 하지 마요."

"……뭘 하지 마."

"사교계 일은 여자들의 일이에요. 당신이 나서면 안 돼요."

그가 참견하면 완전히 난장판이 될 것이다. 북부 사교계의 근본이 흔들린다. 그런 사태가 발생하면 마담 미셸은 물론이고 케이트조차도 등을 돌릴 수 있었다.

"……."

그가 뚱하게 아무 대답이 없었다. 루시아는 다급해졌다.

"약속해 주세요. 당신이 나설 일은 없을 거라고."

"내가 알아서 해."

"휴! 안 돼요. 저를 위하면 그러지 마요. 당신을 비난하지 못하고 절 손가락질한다고요."

"누가 감히."

"휴!"

그녀가 눈동자를 일렁이며 애원했다. 그는 당해낼 수 없었다.

"……알았어."

"약속하신 거예요?"

"알았다고."

그는 내심 투덜거렸다. 가만히 두면 안 되는데. 제대로 밟아서 찍소리도 못 하게 만들면 될 것을. 딴 건 몰라도 그는 제대로 밟아 놓는 일만큼은 자신 있었다. 그녀에게 솜씨를 보여줘서 증명할 수도 없고.

"어떡하려고?"

"아직 생각 중이에요. 서둘러 앙갚음할 생각은 없어요."

"흐지부지 넘어가려는 것은 아니겠지?"

"당하고 가만있을 바보는 아니에요. 제가 잘 대처할게요. 걱정하지 마세요."

"뭐가 그리 복잡하지? 선동한 몇을 끌고 와서……."

루시아가 고개를 홱 들고 눈꼬리를 세우자 휴고는 입을 다물었다.

"다시 한 번 말씀드리지만, 그런 짓은 절대 하지 마세요. 남자와 달라요. 여자의 세상은 그렇게 단순하지 않아요."

목이 날아가면 죽는 건 여자나 남자나 마찬가지. 대체 뭐가 그리 복잡한지 그는 이해할 수 없었다. 하지만 그는 알았다고 순순히 대답했다. 순한 아내가 앙칼진 표정을 짓는 모습이 괜히 섬뜩했다.

"당신은 정말 내 도움이 필요 없군."

매달려 징징대는 것까지는 바라지 않아도 투정 정도는 부려도 좋으련만.

"필요하면 말씀드릴게요."

그런 날이 오기는 할까. 자신이 없어도 그녀는 아무 문제없이 잘 살 것이다. 그걸 다시 확인한 것 같아서 그는 씁쓸했다.

"데미안이 오기 전에 왜 녀석에 관해 묻지 않았지?"

휴고는 얼마 전까지 그녀가 데미안에 대해 전혀 관심이 없다고 생각했다. 그녀가 아이에 대해서 전혀 묻지 않았기 때문이었다. 그래서 뜻밖이었다. 그녀가 아이를 대하는 마음은 귀여워하는 정도를 넘어섰다.

"당신이 제게 데미안에 대해 먼저 말씀하지 않는데 제가 먼저 그

아이 이야기를 꺼내서는 안 된다고 생각했어요."

"왜?"

"제가 수도에서 공작저를 찾아간 날, 당신은 제가 데미안을 거론하자 경계하셨어요."

"……내가 그랬나?"

"결혼한 후에도 아마 제가 데미안에 대해 캐물었다면 무슨 의도로 그런 걸 묻는지 의심하셨을걸요."

"……."

허를 찌르는 말이었다. 휴고는 아무 말도 할 수 없었다. 그녀의 말이 옳았다. 그녀가 데미안에게 관심을 보였다면 절대 자연스럽지 않다고 생각했을 것이다. 그녀는 가끔, 묘한 부분에서 사람의 마음을 읽는 통찰력이 있었다.

"혼적에 올리는 절차 때문에 데미안을 불렀어."

"아직 처리 안 하셨어요? 혹시 제가 해야 할 일이 더 있어요?"

"당신이 더 할 일은 없어. 명색이 당신 아들인데 얼굴은 알아야 하잖아. 그리고 아무리 당신이 이미 동의한 일이라도 말없이 처리하지는 않아."

루시아는 눈을 동그랗게 뜨고 그를 보았다. 휴고는 못마땅한 표정을 지었다.

"무슨 소리를 할지 알겠군. 물어보지 않고 처리할 줄 알았다고 말하려는 거지?"

루시아가 멋쩍게 웃었다. 휴고는 한숨을 쉬었다.

"그래, 난 악당이라고. 당신이 그렇게 생각하는 거 알아."

루시아는 쓸쓸하게 중얼거리는 그가 왠지 안되어 보이고, 편견으로 그를 오해한 것 같아서 미안했다.

"그렇게 생각 안 해요. 정말이에요."

"……그럼 어떻게 생각하는데?"

"당신은 굉장히 유능한 영주님이에요. 전 북부에 와보기 전에는 이렇게 안정적으로 살기 좋은 곳인 줄 몰랐어요."

"그런가."

휴고는 시큰둥하게 대답했다. 그녀의 칭찬은 별로 기쁘지 않았다. 유능한 영주님? 그녀에게서 듣고 싶은 말은 그런 것이 아니었다.

"입적 절차는 복잡하지 않으니까 하루 이틀 내면 될 거야."

"네……."

정말 데미안이 그녀의 아들이 된다. 루시아는 마음이 설렜다. 그녀의 혼적에 입적한 이상 이제 데미안은 그녀의 가족이었다. 입양이 아니라 친자로 입적하는 것이라서 파양도 할 수 없다. 남편과는 이혼하면 남이 되어도 입적한 아들은 영원히 그녀의 아들이었다.

그에게 이미 친권 포기서를 주었기 때문에 데미안에 대한 권리를 주장할 수는 없지만, 권리 여부가 모자 관계에 영향을 주지는 않았다.

"제 아들이군요."

"그래. 당신 아들이니까 좋을 대로 해. 괴롭혀도 되고."

"……네? 이런 나쁜 아버지 같으니라고."

루시아는 눈을 크게 뜨고 그를 비난했다.

"뭐가?"

"지금 계모한테 구박하라고 종용하는 거예요?"

그녀의 단어 선택이 그를 웃게 했다.

"구박할 깜냥이나 되나?"

"무슨 뜻이에요?"

"도리어 그 녀석에게 괴롭힘당하지나 말라는 뜻이야."

"데미안이 절 괴롭힐 일 없을 거예요. 당신은 아직도 데미안을 몰라요. 그 아이가 얼마나 착한데요."

휴고는 피식 웃었다. 순해 보여도 타란의 핏줄이었다. 그보다 착한 사람은 없을 것 같던 그의 형제도 친부를 살해하는 독기를 보였다.

"그리고 당신 아들이잖아요."

루시아는 속으로 중얼거렸다고 생각했지만, 그가 묘한 눈으로 자신을 보자 실제로 말했다는 것을 깨달았다.

"그건 누구에 대한 신뢰지?"

"당신…… 을 닮은 데미안?"

그가 고개를 루시아의 얼굴 가까이 바싹 들이밀었다. 그리고 나직한 목소리로 마치 위협을 가하는 것처럼 말했다.

"날 닮았으면 더 조심해야지. 나에 대한 소문을 모르나?"

"……피를 마신다는 소문?"

"……뭐?"

루시아는 당황했다. 의도한 건 아니었는데 갑자기 튀어나온 말이었다.

"아, 저기. 그러니까. 당신 소문…… 중에……."

"피를 마신다고?"

루시아는 그의 눈치를 살피며 고개를 끄덕였다. 아까도 그렇고 이번의 말실수도 그렇고. 이래서는 그를 계속 나쁜 사람으로 생각해 왔다고 오해를 주기에 충분했다.

휴고는 고개를 그녀의 어깨 옆에 묻으면서 웃기 시작했다. 파비안의 충실한 보고 덕에 자신을 둘러싼 온갖 소문을 잘 알고 있지만, 대놓고 그의 앞에서 '피를 마신다며?'라는 말하는 사람은 처음이었다.

그가 불쾌해하지 않고 웃음을 터뜨리자 루시아는 안도의 숨을 내쉬었다.

"소문일 뿐이라는 거 알아요."

루시아는 무안해서 변명했다.

"아예 거짓말은 아니지. 전쟁하다 보면 얼마간 먹을 수밖에 없거든."

"아, 네……."

"그게 궁금했나?"

"아뇨! ……어쩌면 조금은……. 근데 옛날에 그랬어요. 지금은 절대 그런 생각 안 해요."

그는 계속해서 웃었다.

"다른 소문은?"

"……몰라요."

"당신 정말 대담한 여자로군. 피를 마시는 괴물한테 무슨 생각으로 결혼하자는 말을 한 거야?"

놀려대는 그의 말을 들으며 루시아는 잠자코 얼굴만 붉혔다. 말실수를 먼저 했으니 뭐라고 할 수가 없었다.

"제가 데미안 일에 이것저것 간섭해도 괜찮아요?"

"새삼스레."

"지난번에 그러지 말라고 하셨잖아요."

"내가 언제."

"귀여워하는 건 좋지만, 주제넘게 나서지 말라고."

"그러니까 내가 언제."

루시아는 대체 무슨 소리를 하냐는 듯 어리둥절한 그의 표정을 살폈다. 그는 정말 전혀 그런 말을 한 적 없다는 눈치였다. 루시아는 가만히 기억을 더듬었다. 생각해 보니까 그가 '주제넘게'라는 표현을 직접 사용하지 않았다. 다만, 그런 식으로 해석할 여지가 있는 말을 했다.

'그냥…… 대놓고 물어보면 어떨까. 그의 말을 추측하지 말고.'

"혹시 데미안 미워하세요?"

"안 미워해."

루시아는 마음먹고 대단히 조심스럽게 한 질문을 그는 매우 쉽게 대답했다.

"그럼 왜 데미안을 기숙 학교에 보내셨어요?"

"말했잖아. 내가 살필 수 없으니 보냈다고."

"그래도 공작가 후계를 기숙 학교에 보내는 경우는 못 들었어요."

"남들이 어쩌건 무슨 상관이야."

"……당신은 그걸 최선이라고 판단하셨다는 거군요."

그는 고개를 끄덕였다. 루시아는 막혔던 속이 갑자기 확 트이는 기분이었다. 어둠 속을 한참 더듬던 손끝에 뭔가가 잡힌 것 같다.

'조금 알 것 같아. 이 남자…….'

생각해 보면 그는 루시아가 질문하면 친절한 설명을 덧붙이진 않아도 대답은 꼬박꼬박 해주었다.

4.
진실&거짓

"왜 데미안을 기숙 학교에 보내놓고 한 번도 만나러 가지 않으셨어요?"

"녀석이 뭘 하는지 일주일 단위로 내 책상에 올라와. 잘 있는 거 알면 된 거지."

신기했다. 이해할 수 없던 그의 행동은 다 이유가 있었고, 물어 보니까 다 말해 준다. 루시아는 머리를 굴렸다. 어느 선까지 대답해 줄까. 좀 더 곤란한 질문을 해도 괜찮은가.

"그럼……."

그가 고개를 숙여 목덜미를 깨물자 루시아는 아얏, 작게 비명을 질렀다.

"딴 남자 얘기는 그만하지?"

"뭐예요. 당신 아들이거든요. 이제 여덟 살 아이예요. 남자가 아니라고요!"

"잔인하군. 남자가 아니라는 말이 얼마나 녀석의 자존심을 뭉개는 줄 알고는 있어?"

"아……. 제가 경솔했어요."

어리다 해도 남자아이였다. 입장을 바꿔서 생각해 보면 어린 소녀에게 '넌 어리니까 절대 숙녀는 아니지.'라고 말하면 몹시 기분이 상할 것이다. 의도치 않은 말이지만 데미안이 얼마나 불쾌했을까.

'애도 참. 싫으면 싫다고 솔직히 말해 주지.'

루시아는 의아했다. 데미안은 그런 것을 시시콜콜 말할 아이가 아니었다. 설마 그에게 그걸 말했을까? 부자 사이가 그렇게나 가까워졌나?

"데미안이 그래요?"

"아니."

"근데 당신이 어떻게 알아요?"

"내가 그 입장이라면 그럴 거라는 소리야."

루시아는 그에게 눈을 흘겼다. 하지만 그의 말이 틀리지는 않았다. 남자니까 남자 마음을 더 잘 알 것이다. 루시아는 혹시 자신이 데미안에게 뭔가 또 실수한 건 없을까 곰곰이 생각했다. 그러는 사이에 그의 손은 몸을 더듬으며 치근덕거렸다. 슬금슬금 내려온 손이 허리를 만지고 목에서 귓가로 가볍게 입술만 닿았다 떨어지는 키스가 끈질겼다.

"일하러 가셔야죠."

휴고는 잔뜩 표정을 구겼다. 나름대로 열심히 유혹하는 중인데 그녀가 단번에 산통을 깼다.

"급한 일로 나갔다가 오시면 더 바쁘시잖아요."

"비비안."

루시아는 은근슬쩍 허리를 감는 그의 손을 떼어냈다. 그가 노골적으로 불만스러운 표정을 지었다.

"신경을 많이 썼더니 머리가 무거워요. 산책을 좀 해야겠어요."

휴고는 몇 번 더 시도했으나 거절당하고 내키지 않는 발걸음으로 집무실로 향했다. 일이 즐거운 적 없지만, 오늘따라 정말 하기 싫었다.

보상을 바라고 그녀를 위로한 것은 아니었다. 그래도 어르고 달래준 수고를 이런 식으로 되갚아서는 올바른 사람의 도리가 아니었다. 그는 집무실로 들어갈 때까지 투덜거렸다.

그날 밤, 목욕을 마치고 침실로 들어오는 그에게 루시아가 말했다.

"당신 침실로 가서 주무세요."

"또 왜!"

루시아는 버럭 언성을 높이는 그를 흘겨보았다.

"기운이 없어요. 오늘은 당신 감당 못 하겠어요. 즐겁지도 않을 것 같고요."

기운이 없다. 즐겁지 않을 거다. 그녀는 연속해서 무자비하게 그를 강타했다.

"……알았어. 오늘도 얌전히 옆에서 잘게."

그가 음산하게 중얼거렸다. 망할 여편네들. 정말 이것들을 가만두지 않겠다. 그는 속으로 이를 갈았다.

"정말요?"

"어제도 약속 지켰잖아."

그래서 더 못 믿겠는데. 그녀는 그를 영 못 미더워하는 눈치였다. 휴고는 그녀를 와락 끌어안아 침대로 몸을 던졌다.

"휴!"

그는 버둥거리는 그녀를 더 꽉 안았다.

"이대로 잔다고. 어허, 가만히 있어. 자꾸 움직이면 나 흥분해."

"어딜 만져요!"

엎치락뒤치락하며 한참을 그러다가 조용해졌다. 등 뒤에서 그에게 꽉 잡혀서 루시아는 옴짝달싹할 수 없었다. 그의 손이 아주 당당하게 잠옷 안에 들어와 가슴을 쥐었다. 손 빼라고 해봤자 들은 척도하지 않을 것 같다. 루시아는 그냥 포기했다.

"비비안."

그가 귓가에서 이름을 불러주는 목소리가 듣기 좋았다. 루시아의 입매가 부드럽게 휘었다.

"네."

"비비안."

"네."

그가 또 '비비안.' 하고 부르자 루시아는 '네.'라고 대답하며 대체왜 그러냐는 듯 고개를 돌렸다.

"내가 처음에 당신 이름을 불렀을 때 불편해했었지."

"음……. 네. 그랬어요."

"지금은 자연스럽군."

"네. 자꾸 들어서 익숙해졌어요."

이제 루시아는 이전처럼 비비안이란 이름이 싫지 않았다. 타란 공작의 아내 이름은 루시아가 아니라 비비안이었다. 비비안의 삶은 새로운 행복을 찾았다. 고통스러웠던 비비안의 삶은 꿈속에서 끝났다.

그가 비비안이라고 불러주면 루시아는 그에게 하나뿐인 '비비안' 이 된 것 같아서 가슴이 뛰었다. 지금도, 그리고 미래에도 그녀를 비비안으로 불러줄 남자는 그가 유일했다.

"……그래?"

왜 내게는 당신의 아명을 알려주지 않는 거지? 휴고는 묻고 싶었다. 그런데 물어봤다가 '그러기 싫었어요.'라고 하거나 '당신은 그 이름으로 부르지 마세요.'라는 대답을 들으면 어쩌나. 그는 두려워서 물을 수가 없었다.

날 싫어하는 건 아니지? 결혼했으니까 어쩔 수 없이 한 침대를 쓰는 상황을 묵인하는 건가? 날 절대 사랑하지 않겠다는 결심은 개선의 여지가 전혀 없나? 묻고 싶은 말들이 불쑥불쑥 목에서 튀어나와 입안에서만 맴돌았다. 속에 말을 담아 두고 참아본 적이 없었다. 그는 몹시 생소하고 괴로운 경험을 하고 있었다.

그녀의 입에서 '당신만은 절대 사랑하지 않는다.'라는 말을 한 번 더 듣는 순간 정신이 확 나가 버릴 것 같았다. 정신이 나가 그녀에게 무슨 짓을 할지 모른다는 생각이 들었다. 그녀를 다치게 할까 봐, 꾹 눌러놓은 자신의 본성이 미쳐 날뛸까 봐 두려웠다.

"비비안."

휴고는 좀 더 힘주어 그녀를 끌어안고 뒷목에 코를 댔다. 항상 그를 취하게 하는 그녀의 내음은 지독히 향기로웠다. 그는 더욱 코를 그녀의 살결에 더 밀착했다.

"네⋯⋯."

잠이 드는지 그녀는 웅얼거리듯 대답했다. 이상했다. 그녀를 안고 있는데도 마치 그녀를 영영 잃어버릴 것 같은 상실감이 밀려왔다.

심장이 너무 아파서 그는 미간을 찌푸렸다. 그의 가슴을 뚫고 파고든 미증유의 힘이 그의 심장을 콱 잡아 짓이기는 것 같았다. 이렇게 아파본 적이 있었던가. 기억에 없었다. 어릴 때 용병 노예로 끌려다니며 죽을 고비를 몇 번 넘겼지만, 아프다는 감각보다는 살았다는 안도감이 더 컸다. 새근새근 숨을 몰아쉬며 잠든 그녀를 안고 그는 한참을 잠을 이루지 못했다.

다음날, 휴고는 봉신들을 불러 모아 데미안을 정식 아들로 입적했음을 알렸다.

"나는 이미 데미안을 내 후계로 하겠다고 공표했다. 그간 그대들이 적잖이 내 결정을 수용하지 않는 태도를 보여도 내버려 둔 것은 어차피 내 결정을 바꿀 일은 없을 것이기 때문이었다."

공작이 데미안을 후계로 하겠다고 발표한 이후, 소공자를 공식석상에서 거론하는 일이 처음이라 사람들은 긴장한 표정이었다.

"입적한 소공자는 이제 법적인 내 아들이다. 문제를 제기하고 싶으면 찾아오라. 나는 대화를 나눌 준비가 언제든 되어있으니까."

공작의 입에서 나온 대화라는 단어는 죽이겠다는 협박보다 무시무시했다.

휴고는 그들 앞에 서류를 던졌다.

루시아가 절대 나서면 안 된다고 신신당부했지만, 그래도 아예 손 놓고 구경만 하고 싶지 않았다. 정원 파티 참석자 명단을 가져오라고 제롬에게 명했다. 제롬은 몹시 난처한 표정으로 마님을 거론했다가 쓰읍, 혀를 한 번 차자 냉큼 가져왔다. 휴고는 개중에서 봉신 명단만 골라냈다.

"그 명단에 이름을 올린 자는 집안 단속에 힘쓰는 것이 장차 이로울 것이다."

이 정도면 휴고의 입장에서는 가벼운 충고조차도 되지 못했다. 나서지 말라는 아내의 청을 이만하면 충실히 지켰다고 그는 만족했다.

공작이 자리를 뜨자 사색이 된 사람들이 명단에 달려들었다. 그들의 귀에는 '그 명단에 이름 있는 놈은 다 죽었다고 생각해라.'라는 말로 들렸다.

그들은 집에 돌아가 아내를 다그칠 것이고, 곧 사건을 파악할 것이다. 남편에게 혼쭐 난 귀부인들의 입을 통해 당시 정원 파티에 참석한 다른 귀부인들에게도 순식간에 퍼질 것이다.

공작부인을 건드리면 뒤에 버틴 타란 공작이 불 뿜는 용처럼 나선다는 소문이 퍼지는 것은 시간문제였다.

*　　　*　　　*

정원 파티 이후로 일주일이 흘렀다. 로암은 평소와 다름없이 평온했다. 루시아는 승마하러 가지 않고 일주일 내내 내성 안에만 있었지만, 원래 외출이 많은 편이 아니라서 일부러 틀어박혀 지낸다는 인상은 주지 않았다. 루시아가 아무 일도 없었던 것처럼 행동하자 고용인들도 금방 그 사건을 잊었다.

데미안은 책을 읽다가 발치를 툭 건드리는 느낌을 받아 고개를 돌렸다. 꼬리 잡기 하며 혼자 놀다가 아샤가 데미안의 발치까지 굴러 와서 버둥거리고 있었다. 데미안은 미소를 지었다. 유난히 데미안을 따르는 새끼 여우는 요즘 거의 온종일 소년과 함께 있었다.

일주일 동안 데미안은 많은 생각을 했다. 정원 파티 사건은 소년에게 상처보다는 충격을 안겼다. 그렇게 자신의 미약함을 뼈저리게 느낀 적이 없었다.

아버지가 계셨다면. 내내 그 생각을 떨칠 수 없었다. 그리고 아버지에 비하면 먼지만큼 형편없는 자신의 존재를 되새김질했다.

하필 그날 공작은 출타했다. 로암에 있었어도 어차피 여자들의 사교계 일에 공작이 끼어들기가 곤란하다는 사실을 데미안은 아직 알지 못했다.

다만, 그날과 같은 아버지의 부재는 언제든 발생할 수 있고, 그때는 소년이 어머니를 지켜야 한다는 사실을 깨달았다.

소년은 어렸다. 데미안도 알고 있었다. 학술원에서 데미안은 또래 학년 사이에서 가장 어렸다. 어디를 둘러봐도 다 소년보다 어른이었다. 그러나 세월의 흐름은 소년의 의지로 어찌할 수 없어도 힘을 키우는 건 의지로 가능했다.

학술원에는 데미안이 어리다는 이유로, 알려진 신분 내역이 확실하지 않다는 이유로 우습게 보며 시시한 시비를 거는 녀석들이 있었다. 그런 허접한 놈들은 상대하지 않고 무시하면 무시하는 대로 더 난리였다. 그래도 데미안을 함부로 건드리지 못하는 이유는 데미안의 뛰어난 성적 때문이었다.

실력은 힘이다. 학술원에서 배운 것 중에 가장 쓸모 있는 깨달음이었다.

데미안은 아샤를 안고 일어났다. 하인에게 여우를 건네 제집에 데려다 놓으라 하고 제롬을 통해 아버지를 뵙기를 청한다는 말을 넣었다.

"들어가시면 됩니다. 도련님."

제롬은 집무실 앞까지 데미안을 안내했다. 소년은 커다란 문 앞에서 심호흡 한 번 하고 무거운 문을 밀며 안으로 들어갔다. 기숙학교로 떠나기 전, 딱 한 번. 이곳에 들어온 적이 있었다.

기숙 학교로 가라는 말을 꺼내며 공작은 소년에게 말했다.

「널 공작가 후계로 선언하는 것으로 내 할 일은 다했다. 나머지는 네가 할 탓이다. 졸업만 해. 그럼 이 자리는 네 거다.」

그날부터 데미안은 언젠가 아버지의 뒤를 이어 공작 위를 물려받는 일을 삶의 목표로 삼았다. 무엇을 위해 공작이 되고, 된 후에 무엇을 할지는 생각하지 않았다. 공작이 되겠다는 목표는 소년이 존재하는 의미였다. 소년이 살아가는 가치였다.

이제 데미안에게 진정한 목표가 생겼다. 공작이 되는 것은 그 목표를 위한 수단에 불과했다. 힘. 강해지고 싶다. 강한 힘이 있어야 지키고 싶은 사람을 지킬 수 있다. 아버지가 힘이 있어서 어머니를 지킬 수 있듯이 자신도 힘을 갖고 싶었다.

데미안은 아버지를 존경했다. 아버지는 위대한 기사였고, 세상에서 가장 강한 사람이었다. 하지만 아버지처럼 될 자신이 없었다. 소년은 소년이 가능한 방식으로 강해지는 법을 찾아야 했다. 소년의 능력만으로 가질 수 있는 가장 큰 힘은 학술원에서의 배움으로 얻는 실력이었다.

집무실 안의 공기는 조금 서늘했다. 가구에서 풍기는 특유의 옅은 나무 향이 떠돌았다. 입구에서 사선 방향으로 놓인 널찍한 책상 위에는 문서가 겹겹이 쌓였다. 조용한 집무실 안에 이따금 서류를 넘기는 소리만 울렸다.

데미안은 책상의 정면 앞에서 몇 걸음 떨어져 섰다. 휴고는 슥 고개를 들어 데미안을 한 번 확인하고 다시 서류로 시선을 내렸다.

"긴 이야기냐?"

"아닙니다. 그만 학술원으로 돌아가겠습니다. 그 말씀을 드리려고 왔습니다."

"어차피 이번 학기 수업을 따라가기는 틀렸을 텐데."

"네. 하지만 지금 돌아가면 계절 학기를 들을 수 있습니다. 그걸로 놓친 학기를 대신할 수 있습니다."

"한 학기 수료하지 못해도 졸업은 할 수 있다."

"저는 최고 성적을 받고 싶습니다."

"난 네게 졸업만 하면 된다고 했다."

"제가 그렇게 하고 싶습니다."

"왜?"

"실력을 키워서 힘을 갖고 싶습니다."

휴고는 고개를 들었다. 아버지의 눈빛을 받으며 데미안은 긴장했다. 그는 찬찬히 데미안을 살폈다. 소년은 곧은 자세로 서서 시선을 살짝 내리고 있으나 주눅이 든 기색은 없었다.

휴고는 데미안을 처음 본 날을 떠올렸다. 필립이 데려온 데미안의 붉은 눈동자는 맑고 순수했다. 형제의 아들이라는 필립의 말을 그래서 믿을 수밖에 없었다. 타란의 피를 이은 녀석이 형제의 핏줄이 아니고서야 그런 눈을 가질 수 없었다.

"힘이라."

그는 피식 웃으며 다시 서류로 시선을 내렸다. 서명을 마친 서류를 옆으로 넘겼다.

"학자는 세상을 지배하지 못한다. 넌 학술원에서 배워서 키운 실력이 힘이 된다고 어찌 증명할 것이냐."

데미안은 생각지 못한 문제 제기에 당황했다.

"네 성적과 무관하게 졸업만 하면 이 자리는 네 것이다. 공작 정도면 훌륭한 힘이지."

최소한의 성적만 유지해 졸업장을 따든, 최고의 성적을 받아 졸업하든 어쨌든 공작 위는 소년의 것. 데미안은 고민했다. 그래서는 아무리 노력해 봤자 결과는 똑같았다.

데미안은 아버지가 주는 것이 아닌, 자신의 손으로 새로운 힘을 얻고 싶었다. 학술원을 다니는 학생이 오직 자신의 노력만으로 가질 수 있는 가장 큰 힘.

고민하는 데미안의 머릿속에 떠오르는 것이 하나 있었다.

데미안이 다니고 있는 학술원 '익시움'에는 학생으로만 구성하는 '회'라는 조직이 있었다. 익시움 내에서 회의 권력은 상당했다. 회의 수장을 '시타'라고 불렀다.

데미안은 아직 어린 나이라 직접 그들과 부딪칠 일이 없었다. 회의 구성원은 고학년들이었다. 가끔 교정을 지날 때마다 그들이 지나가면 마치 왕이라도 되는 것처럼 학생들이 길을 트는 광경을 여러 번 보았다.

그걸 보면서도 데미안은 크게 관심 두지 않았다. 소년의 목표는 그냥 졸업이었으니까.

하지만 이제는 관심이 생겼다.

"시타가 되겠습니다."

휴고는 흥미로운 눈빛으로 소년을 보았다.

"시타는 학술원의……."

"뭔지 안다."

휴고는 학술원을 나오지 않았으나 꾸준한 관심으로 학술원을 지켜보고 있었다. 학술원을 둘러싼 흐름 때문이었다. 세계 각국의 귀족들이 갈수록 익시움에 자식을 유학 보내는 수가 늘고 있었다. 인맥 때문이다. 10년만 지나면 익시움 과정의 수료는 귀족들의 필수 과정이 될 거라고 휴고는 예측했다.

사람이 사는 곳은 어디나 비슷했다. 학술원에도 권력과 계급이 있었다. 그래 봤자 학술원이라는 한정된 공간에서 졸업하면 그만인 제약 있는 권력이 뭐가 대수일까 하겠지만, 원래 폐쇄된 공간일수록 권력은 더 절대적이다. 휴고가 보기엔 별 볼 일 없는 소국의 왕 노릇보다 나았다.

학술원 시타의 권력은 전쟁을 치르면서 부적 강력해졌고, 시간이 흐를수록 더 강해지고 있었다. 데미안이 졸업할 즈음이면 무시할 수 없는 힘이 될 것이다.

학술원 시타 출신이라는 경력은 혼외자라는 출생 신분의 한계를 상당히 상쇄할 것이다. 아이가 그런 먼 미래까지 생각하지는 않았겠지만, 휴고는 데미안이 내린 결론이 상당히 흥미로웠다.

데미안의 학술원 생활에 관련한 보고서를 받아보면 공부 외에는 관심이 없었다. 왜 갑자기 권력이 갖고 싶어졌을까. 과연 이 녀석이 얼마큼이나 해낼 수 있을까. 휴고는 지켜보고 싶은 마음이 들었다.

"공부만 들이판다고 가질 수 있는 자리가 아니다."

"예."

"명심해라. 어설픈 힘은 없느니만 못하다. 최고가 되고 싶으면 감히 곁눈질도 하지 못하게 올라서야 한다."

"예."

"네 어머니에게 입적된 건 알고 있느냐?"

"예. 어…… 머니께서 말씀해 주셨습니다."

"학술원으로 돌아간다고 네가 말씀드려라."

"예."

"학술원에서 사람은 죽이지 마라. 그건 좀 수습하기 까다로우니까. 혹시 그런 일 있으면 학술원 측에 알리기 전에 이쪽에 먼저 연락하고."

역시 아버지는 무서운 사람이었다. 데미안은 그 사실을 또 한 번 깨달았다.

"……예."

데미안은 꾸벅 고개를 숙이고 집무실에서 나갔다. 소년이 나가고 잠시 후 그는 가볍게 웃음을 터뜨리며 중얼거렸다.

"네 녀석보다 네 아들놈이 수십 배는 야무지구나."

형제를 떠올리면 아프기만 했는데 오늘은 이상하게 기분만 좋았다.

데미안이 루시아를 찾아간 시각은 때마침 오후 티타임 때였다. 차를 마시러 2층에서 내려오던 루시아는 데미안과 마주치자 반색하며 응접실로 데려갔다. 모자는 응접실에 앉아서 제롬이 솜씨 좋게 내린 차를 마셨다.

"내게 용무가 있어 오는 길이었지? 무슨 일이니?"

"드릴 말씀이 있습니다. 학술원으로 그만 돌아가려고 합니다."

입으로 가져간 찻잔이 멈추고 루시아는 잠시 아무 말이 없다가 찻잔을 내려놓았다.

"혹시 정원 파티 일을 아직 마음에 두고 있어?"

"아닙니다. 수업을 따라가려면 이제는 돌아가야 합니다."

데미안은 지나치게 어른스러웠다. 가기 싫다고 떼를 쓰며 드러눕는 쪽이 여덟 살의 아이다운 행동이었다. 루시아는 평범하지 못한 어린 시절을 보내느라 일찍 철이 든 데미안의 의젓함이 안타까웠다.

그러나 데미안과 지내는 동안 아이를 겪으면서 그런 우려는 씻어낼 수 있었다.

데미안의 사고력은 어른에 이르는 수준이었다. 이른바 천재였다. 머리가 지나치게 좋기 때문에 보통 아이의 어린 시절은 데미안에게 어울리지 않았다.

루시아는 꿈속에서 데미안과 비슷한 아이를 알았다. 남편이었던 메튼 백작의 셋째 아들 브루노였다. 브루노를 잠깐이라도 가르쳤던 가정교사는 그가 천재라고 입을 모아 칭송했다.

'데미안보다 한 살이 더 많겠구나.'

루시아가 브루노를 처음 만났을 때 소년은 열두 살이었다. 브루노는 정말 메튼 백작의 아들이 맞는지 의심스러울 정도로 머리도, 외모도 닮지 않았다.

그는 부친에 대한 반항심이 커서 보란 듯이 크고 작은 말썽을 일으켰다. 교묘한 악질 장난으로 가정교사를 툭하면 쫓아내는 일도 그중 하나였다. 결국, 메튼 백작은 브루노를 학술원으로 유학을 가장해서 쫓아냈다.

매사 냉소적이고 반항적이던 브루노는 굉장히 조숙했다. 그래서 루시아는 천재 소년의 어른스러움이 뭔지 알고 있었다.

'천재라는 점만 빼면 두 아이는 전혀 달라. 데미안이 훨씬 더 귀엽고 사랑스러운걸.'

"그래. 공부하러 가겠다는데 마땅히 기쁘게 보내줘야지. 언제 출발하려고?"

"준비는 금방 될 테니 내일 아침에 가려고 합니다."

"내일 아침? 그렇게 금방?"

데미안은 루시아에게 아들이면서 친구였다. 데미안이 루시아에게 정을 배운 것처럼 루시아 역시 데미안에게서 위안을 얻었다. 그를 똑 닮은 소년을 보며 그가 없는 동안의 그리움을 견뎠고, 아이에 대한 애정이 커지는 만큼 그를 사랑하는 자신의 마음도 더 깊이 깨달았다.

"그럼……."

내년에 또 오는 거니? 물으려다가 루시아는 멈칫했다. 내년이면 왕이 죽고 수도로 올라갈 것이다. 그러면 데미안을 수도로 불러야 할 텐데 타란 공작가 영지인 북부에서조차 환대받지 못하는 데미안이 수도에서는 얼마나 눈총을 받을지 알 수 없다. 차마 수도에서 보자고 할 수 없었다.

데미안이 나이가 들어서 사교계에 데뷔해도 될 즈음까지는 지금처럼 사람들 눈에 띄지 않게 기숙 학교에 있는 편이 낫다.

'시간이 지나면 뭔가 달라지겠지.'

그가 아무 생각 없이 데미안을 후계로 삼았을 것 같지 않다. 그도 뭔가 나름대로 계산해 둔 바가 있을 것이다.

"내일 출발하려면 준비할 것이 많니?"

"책만 챙기면 됩니다."

"그럼 나와 이야기 더 할래? 학술원 생활이 어떤지 얘기해 줘."

"예."

오후 몇 시간에 걸쳐 모자는 응접실에 앉아 두런두런 이야기를 나누었다.

다음날, 이른 아침 출발 준비를 마친 마차 앞에 사람들이 모여있었다. 마차를 몰 마부와 가는 여정 동안 시중을 들 하인이 대기해 있고, 고용인들이 도련님의 배웅을 위해 모두 나왔다.

휴고까지 나와있었다. 떠난다는 인사말 들었으면 되었지 무슨 배웅이냐, 했다가 루시아에게 원망의 말을 듣고 끌려 나왔다.

열린 마차 문 앞에서 데미안과 루시아는 이별 인사를 나누었다.

"건강 조심하고. 공부 열심히 하고."

"예."

"밥도 잘 먹고. 아프지 말고. 아…….. 건강 얘기는 했지."

루시아는 아쉬워 자꾸 할 말을 찾았다. 그녀를 보는 데미안의 가슴 안쪽이 따뜻해져서 저절로 웃음이 나왔다.

"마님."

하인이 바구니를 들고 곁으로 왔다. 루시아가 바구니를 받아 데미안에게 내밀었다. 덮개가 반 열려있는 바구니 안에는 아샤가 들어있었다. 소년과 눈이 마주치자 커다란 귀가 쫑긋거리며 움직였다.

"아샤는 이미 널 주인으로 생각하는 것 같아. 그러니 네가 데려가렴."

"여우 사냥을 위해 키우시는 거잖아요."

"괜찮아. 난 구경만 해도 되니까."

"하지만 학술원에서 동물을……."

"그건 걱정하지 마. 네 아버지가 조치해 주신대."

그렇죠? 묻는 것처럼 루시아가 고개를 돌려 그를 바라보자 휴고가 고개를 끄덕였다. 그에게는 일거양득이었다. 짐승 새끼를 알아서 치우겠다는데 이보다 더 좋을 수는 없다. 애완동물을 키우지 못하는 학술원 교칙은 바꾸면 그만이었다.

휴고는 익시움에 데미안을 입학시킬 때 상당한 장학금을 쾌척하고 이사진에 합류했다. 의결정족수에 다다르는 이사진의 상당수를 매수해 두었기 때문에 휴고는 어지간한 교칙은 입맛대로 바꿀 수 있었다. 사람들은 타란 공작을 힘을 추구하는 기사라고 생각하지만, 그는 실제로 꽤 치밀한 사람이었다.

"학술원 생활에 아샤가 조금이라도 네 마음의 벗이 되었으면 해."

"예, 고맙습니다."

바구니를 받은 하인이 마차 안으로 집어넣었다.

"가 보겠습니다."

"아……. 그래. 가야지. 데미안. 마지막 인사로 한 번 안아도 되겠니?"

"······네."

루시아가 팔을 뻗어 데미안을 끌어안았다. 좋은 향기가 나는 부드러운 품이었다. 아마 오늘의 이 느낌을 영원히 잊을 수 없을 거라고 소년은 생각했다. 잠시 허공에 떠있던 데미안의 손도 루시아의 등을 감싸 안았다.

공작 부부의 사이가 좋다는 것은 눈치로 알고 있었다. 아버지가 필요 때문에 결혼했을 거라는 생각은 진즉 버렸다. 그리고 사이좋은 부부 사이에는 언젠가 아이가 태어날 것이다.

공작부인이 아들을 낳으면 데미안의 자리는 모래성이었다. 입적되었지만 사생아. 진짜 적실로 태어날 아이를 데미안이 당해낼 수 있을 리 없었다. 하지만 상관없었다. 동생이 태어나서 자신이 누리는 후계의 자리를 가져간다고 해도 기꺼이 내어줄 것이다.

데미안은 단지 지키고 싶었다. 로암을 감싸는 이 따뜻한 온기를 지키고 싶었다. 어머니의 웃음을 지킬 힘을 갖기 위해 열심히 노력할 것이다.

포옹을 마치고 두 사람이 떨어졌다.

"어머니."

루시아는 눈을 동그랗게 뜨고 데미안을 멍하게 보았다. 갑자기 소년이 성큼 한 발 앞으로 다가오자 루시아는 살짝 흠칫했다.

데미안이 루시아의 손을 잡아들고 몸을 숙이며 정중하게 그녀의 손등 —예법에 따라서 손등에 직접 입술을 댄 것을 아니지만— 에 입을 맞추었다.

"언제 다시 뵐지 모르지만 평안하시길."

대답도 못 하고 얼어붙어 있는 루시아를 향해 데미안은 눈이 반달처럼 보이도록 웃었다. 씩 올라가는 입매는 처음 보는 짓궂은 미소였다.

그 광경을 지켜보던 휴고는 삐딱하게 헛웃음 치다가 피식 웃었다. 봐줬다. 딴 놈이 저런 짓했으면 오체분시였다.

데미안이 올라탄 마차가 출발했다. 마차가 사라질 때까지 루시아는 넋을 놓고 서 있었다. 그 곁으로 휴고가 다가와 어깨를 두드렸다.

"뭐 해?"

"······어머니래요."

"어머니가 아니면?"

"하······ 하지만 그렇게 부르는 건 처음이라."

'애도 참. 떠날 때 되어서 겨우 한 번 불러주고.' 하는 서운한 마음과 '나보고 어머니라고 했어.' 하는 감격이 교차했다. 금방이라도 울 것처럼 붉어진 눈시울로 루시아는 그에게 홱 고개를 돌렸다.

"보셨지요?"

"뭘."

"역시 당신 아들이었어요. 벌써 바람둥이 짓을 하고 있다고요."

"······."

여자를 울리는 나쁜 남자로 크면 안 된다는 둥, 그런 아들로 키우지는 않겠다는 둥 루시아는 아쉬움에 발을 떼지 못하고 마차가 사라진 방향을 보면서 종알거렸다. 휴고는 슬그머니 자리를 피해 집무실로 들어가 버렸다.

　　　　　　*　　　　*　　　　*

　'데미안이 갔어.'

　루시아는 시무룩했다가 '어머니.'라고 불린 기억으로 달아오른
얼굴을 두 손으로 감쌌다.

　'이제는 듣지 못하잖아.'

　그녀는 다시 시무룩해졌다. 루시아는 데미안을 보내고 온종일
극과 극의 감정을 오가며 혼자만의 생각에 빠져있었다.

　"마님, 목욕물 준비가 다 되었습니다."

　하녀는 벌써 세 번째 고하고 있었다. 루시아는 아까부터 속치마
차림으로 침대에 앉아 있었다. 하지만 '알았다.'라고 대답만 하면서
고개를 푹 숙이고 계속 딴생각에 여념이 없었다. 마님을 자꾸 재촉
하는 일이 조심스러워서 하녀는 이러지도 저러지도 못하고 옆에 서
있었다.

　갑자기 강한 힘이 그녀의 턱을 잡아 올리는 바람에 고개를 들었
다. 어느새 들어왔는지 그가 그녀를 내려다보고 있었다. 서늘한 붉
은 눈동자가 그녀의 안색을 샅샅이 살폈다.

　휴고는 고개를 푹 숙이고 있는 그녀를 보자 가슴이 덜컹했다. 혹
시 울고 있나? 숙이고 있는 그녀의 고개를 들어 확인했다. 표정이
말짱한 것을 보고 얹힌 것 같은 불편함이 사라졌다.

　'그가 왜 벌써 왔지?'

　루시아는 눈을 돌려 하녀를 찾았다. 그러나 하녀는 이미 휴고가

들어올 때 냉큼 사라지고 없었다. 하녀의 재촉을 몇 번 건성으로 들어 넘긴 일이 기억났다.

'아직 씻지 못했는데.'

루시아는 그걸 말하려고 그의 손에 잡힌 턱을 돌려 벗어났다. 하지만 말을 꺼내기 전에 그의 얼굴이 다가와 입술을 포갰다.

그는 큰 동작으로 덥석 그녀의 입술을 삼키며 양어깨를 잡아 그대로 넘어뜨렸다. 그녀가 놀라 두 손으로 그의 가슴을 밀어내려 했으나 역부족이었다. 그는 단번에 그녀의 위로 올랐다. 한 손이 속치마를 끌어올려 허벅지 위까지 올리고 두 다리 사이에 무릎을 넣어 오므리는 다리를 벌렸다.

진한 키스가 이어졌다. 그는 그녀의 입술을 놔주지 않았다. 입안을 가득 점령한 그의 혀가 능란하게 움직이며 자극했다. 루시아는 순식간에 그와의 키스에 빠져들었다. 그의 어깨를 두드리던 그녀의 손에서 점차 힘이 빠졌다. 그러나 그의 손이 팬티를 끌어내리자 루시아는 정신이 들었다.

"응!"

그녀가 거센 반항의 움직임을 보이자 흥분한 하체를 그녀의 허벅지 안쪽에 바짝 붙이던 그의 움직임이 멈췄다. 그는 빨아들이던 그녀의 말랑거리는 혀를 놔주고 입술을 부드럽게 핥으면서 입술을 뗐다. 숨을 몰아쉬는 그녀의 얼굴은 빨갛게 달아올랐다. 흐려진 눈빛의 그녀를 바라보는 그의 눈은 갈급한 욕망으로 일렁거렸다.

"왜."

"목욕을 아직……."

"상관없어."

"전 상관있어요."

"그래서. 지금 이 상태에서 목욕하러 가겠다고?"

"네."

그녀의 표정에는 반드시 지금 당장 목욕하러 갈 거라는 의지가 충만했다. 그가 한숨을 흘렸다.

"당신 일부러 이래?"

"뭘요?"

"……아니야."

정말 가지가지로 사람 미치게 한다. 그는 몸을 일으키면서 동시에 그녀를 안아 들어 마치 짐이라도 드는 것처럼 어깨 너머로 걸쳤다.

"꺄아! 휴?!"

그는 한쪽 팔로 가슴께에서 버둥거리는 그녀의 허벅지를 감싸듯 안고 한 손은 어깨에 걸쳐진 그녀의 허리를 누르면서 성큼 걸었다. 그녀가 몸부림쳐 봤자 그의 발걸음은 조금도 흔들리지 않았다.

"가만있어. 씻고 싶다며."

그는 그대로 욕실로 들어갔다. 끓는 물을 받아 부어둔 욕조에서 모락모락 김이 올라와 욕실은 자욱했다. 욕실 문을 열며 들어설 때 안에 있던 하녀가 놀라 달아났지만, 그는 신경도 쓰지 않았다.

'난 몰라.'

하녀의 뒷모습을 보며 루시아는 두 손으로 얼굴을 감쌌다.

그는 욕실 바닥에 그녀를 내려놓았다. 잔뜩 붉어진 얼굴로 루시아는 그를 노려보았다. 그는 개의치 않는 표정으로 오히려 그녀의 속치마를 훌렁 벗겨냈다.

"꺄악!"

순식간에 팬티 한 장만 입은 상태가 되어 루시아는 두 팔로 가슴을 가렸다. 그는 한 걸음 떨어진 상태에서 팔짱을 끼고 천천히 그녀를 위에서 아래로 훑어보았다. 침대 위에서가 아니라 세워놓고 보는 것도 나름대로 절경이었다. 그의 시선이 그녀의 몸을 노골적으로 훑었다.

마치 눈으로 애무하는 것 같아서 루시아는 온몸이 후끈거렸다. 그녀는 주춤 한 걸음 물러났다.

그의 눈썹이 스윽 올라가며 멀어진 만큼 다가왔다. 그러자 그녀가 또다시 물러났다. 그렇게 몇 번 뒷걸음질 치자 그녀의 등 뒤로 벽이 닿았다. 더는 도망칠 곳 없는 그녀 앞을 그가 가로막았다. 옆으로 빠져나갈 수도 없도록 팔을 뻗었다.

심장이 터질 것 같았다. 그에게 안기는 것이 처음도 아닌데 지금의 상황과 자신의 모습이 너무 부끄러워서 루시아는 그를 똑바로 바라볼 수가 없었다.

시선을 떨어뜨리고 어쩔 줄 몰라 하는 그녀를 보며 휴고의 입 끝이 올라갔다. 정말 이 여자는 가지가지로 그를 미치게 한다.

그는 천천히 고개를 숙여 살짝 옆으로 틀면서 그녀의 입술에 살짝 키스했다. 그리고 다시 입술에만 살짝 입 맞추는 가벼운 키스를 했다. 그다음에는 조금 더 길게 입술을 붙였다. 그다음에는 그녀의 아랫입술을 빨아들이며 입술을 핥았다.

더 깊은 접촉을 바라는 그녀의 입술이 벌어졌다. 그는 기꺼이 그녀의 초대에 응해 그대로 혀를 밀어 넣었다.

"응……."

가슴을 교차해 가리고 있던 그녀의 두 손은 어느새 그의 어깨를 짚었다. 혀가 얽히며 할짝거리는 소리가 욕실 안에 울렸다. 그는 입고 있던 목욕 가운을 벗어 바닥에 내던졌다.

그의 손이 그녀의 복부를 살짝 누르며 미끄러지듯 아래로 내려가 팬티 안으로 들어갔다. 단단한 손가락이 보들보들한 살집을 문지르다가 균열을 가르고 안을 눌렀다. 키스에 심취해 있던 그녀의 어깨가 흠칫 떨렸다. 그의 손가락이 그녀의 수줍은 샘 안쪽으로 더 깊이 들어갔다. 그의 목을 감고 있던 그녀의 팔에 힘이 들어갔다.

그는 그녀의 입술을 끈질기게 탐했다. 작은 입술을 잘근거리며 깨물다가 강하게 빨아들였다. 서두르듯 서두르지 않으며 혀로 그녀의 치열을 꼼꼼하게 훑었다. 동시에 그의 손가락은 그녀의 은밀한 길 안쪽을 드나들었다. 손가락 끝에서 느껴지는 매끄러운 액체는 그를 인내심의 한계까지 몰아넣었다. 손가락 한 마디를 품는 그녀의 안쪽은 뜨겁고 좁았다.

그는 그녀의 팬티를 끌어내리면서 한쪽 팔로 허벅지를 감싸 잡아 살짝 들어 올렸다. 갑자기 발아래가 허공에 뜨자 그녀는 더 꽉 그의 목을 부둥켜안고 다리를 흔들었다. 그는 좀 더 그녀를 위로 안으며 팬티를 벗겨냈다. 그는 그녀를 내려놓으면서 벽에 붙은 그녀를 온몸으로 밀착해 눌렀다. 떨어진 입술이 귓가에 닿으며 그의 호흡이 귀에 닿아 소름이 일었다.

"휴. 아직……."

"준비된 목욕물이 눈앞에 있잖아. 하고 씻든 씻고 하든."

"그게 어떻게 같은……."

"한 번만. 당신 남편 말라 죽는다고."

그의 엄살에 웃음이 나왔다. 루시아는 밀어내던 힘을 빼고 허락처럼 그의 어깨에 고개를 기댔다.

'마녀가 따로 없군.'

그가 한숨처럼 중얼거렸다. 그리고 마음이 바뀌기 전에 재빨리 그녀의 다리 하나를 팔에 걸었다. 그의 중심은 이미 아까부터 잔뜩 성이 나서 뻐근할 지경이었다. 그는 아래에서 위로 쳐올리듯 단번에 강하게 진입했다. 아래에서부터 치닫는 압박감으로 그녀는 비명을 질렀다.

"아!"

그는 지그시 이를 물고 정수리를 직격하는 쾌감에 전율했다. 그녀의 안쪽은 언제나 새로운 개척지였다. 몇 번이고 허리를 움직여 조금이나마 익숙해지면 견딜 수 있지만, 맨 처음 넣을 때는 그는 늘 그대로 파정하고 싶은 욕구를 참아야 했다.

그는 허리를 뒤로 뺐다가 다시 위로 쳐올렸다. 그의 움직임에는 조급함이 있었다. 강한 힘으로 그녀의 몸을 꿰뚫을 때마다 그녀의 몸이 아래에서 위로 크게 흔들렸다.

"아! 흐웃……."

그녀는 그의 목에 팔을 감아 매달렸다. 다리 하나로 간신히 바닥을 버티다가 그가 밀어붙일 때마다 발끝이 아슬아슬하게 떨어졌다가 간신히 닿았다. 잠시나마 바닥에 디딜 것이 없다는 작은 불안이 그녀의 쾌감에 일조했다.

거대한 기둥이 그녀의 안쪽 깊은 곳까지 끊임없이 파고들어 왔다. 뜨거운 살덩이가 속살을 할퀴는 느낌이 아릿했다. 단단한 끝이 민감한 부분을 건드릴 때마다 머릿속에서 쩡 소리를 내며 깨지는 소리가 들렸다.

그는 다급한 몸짓으로 간절하게 그녀를 원하고 있다고 말했다. 그가 그녀를 갖는 지금 그녀도 그를 갖고 있었다.

그녀는 그의 목에 매달린 팔에 더 힘을 주어 몸을 끌어올렸다. 그의 목을 더듬어 올라간 손이 그의 머리카락을 쥐었다. 입술을 그의 귓가에 붙이고 입술 끝으로 그의 귓불을 물었다. 이 남자를 맛보고 싶다. 혀를 내밀어 목을 따라 귓가로 핥아 올렸다.

"윽……. 비비안!"

그의 몸이 흠칫하면서 나무라듯 그녀를 불렀다. 하지만 그녀는 반응하지 않고 더 진하게 그의 목덜미에 입술을 붙였다. 이를 세워 근육이 움직이고 있는 목을 물었다.

"……이건 당신이 시작한 거야."

그가 이를 갈 듯 말하며 그녀의 양 허벅지를 잡아 그의 허리를 감게 하고 그녀의 엉덩이를 움켜잡았다. 그녀는 갑작스러운 부유감에 짧은 비명을 지르며 그의 목을 꽉 안았다. 그가 목을 울리며 강하고 빠르게 진퇴 운동을 시작했다.

"흑! 아응! 아아!"

루시아는 비명 같은 교성은 내질렀다. 눈앞이 어지러울 정도로 빠르게 온몸이 흔들렸다. 일그러지도록 그의 손아귀에 잡힌 엉덩이가 아프고 거칠게 그녀의 어깨를 입술로 문지르고 깨무는 그의 애무가 따가웠다. 동시에 머릿속에 팡팡 터지는 쾌감으로 흐느낌이 터졌다.

욕실 안에 가쁜 호흡 소리, 신음과 비명이 뒤섞여 울렸다. 두 남녀의 나체가 얽혀서 야한 율동을 만들었다. 욕실 가득한 수증기와 땀이 뒤섞여서 그들의 피부가 촉촉이 젖어들었다.

그는 그녀를 벽에 등을 닿도록 세워둔 상태로 지칠 줄 모르고 그녀의 몸을 열었다. 조이는 질벽을 헤집고 멋대로 움직이는 요망한 안쪽을 그의 무기로 사정없이 문댔다.

"아! 흡!"

루시아는 그에게 매달려 뜨거워지는 눈가를 그의 어깨에 비볐다. 그를 단단히 붙들고 싶지만, 몸에 밴 끈끈한 땀이 마찰을 방해했다. 미끄러지지 않으려고 두 팔 가득 그를 안았다. 그녀는 온몸을 후려치는 쾌감에 가늘게 떨었다.

"흐읏!"

강렬한 오르가슴이 밀려왔다. 그녀의 허리가 휘며 고개를 뒤로 젖혔다. 암흑과도 같은 절정에 완전히 먹혀 순간적으로 의식이 사라졌다. 발끝부터 시작한 뜨거운 기운이 순식간에 머리끝까지 타고 올라왔다. 뜨거운 불이 몸 안을 다 태워버리는 것 같았다. 그녀의 내벽이 격렬한 경련을 시작했다.

그의 몸이 경직되고 억눌린 신음을 토해냈다. 한계에 달한 그의 분신이 그녀의 깊은 안쪽에 정액을 쏟았다. 마구 움직이는 질벽에 눌리고 잡히고 쥐어짜였다. 다리가 흔들릴 것 같아서 그는 벽 쪽으로 좀 더 몸을 기댔다. 뇌를 흔드는 쾌감이 힘들어 그는 눈을 감고 거칠게 호흡했다. 품 안에서 그녀의 몸이 헐떡였다.

"하아…… 하아……."

"후우……. 빌어먹을. 정말 이러다…… 죽겠어. 이 여자야."

안 해도 죽겠고, 해도 죽겠고. 그는 품 안으로 밀착하는 가녀린 여체를 힘주어 안았다. 기운이 빠지는지 늘어지는 그녀를 받쳐 안았다. 서로의 가슴이 닿아 두근거리는 심장 소리가 몸을 울렸다. 자신의 심장인지, 상대방의 심장인지 구분할 수 없이 섞이는 박동이 두 배가 되어 감정을 고조시켰다. 그는 뜨거워진 체온이 조금 식을 때까지 얼마간 그렇게 그녀를 안고 있었다. 그리고 욕조 안에 들어가 몸을 담갔다.

펄펄 끓던 물이 그동안 식어서 들어가기 적당하게 따뜻했다. 루시아는 가슴께까지 찰랑대는 물속에 앉아 그의 가슴을 쿠션 삼아 등을 기댔다. 찰박이는 물소리 외에 모든 것이 조용했다. 그와 함께하는 평화로움이 행복했다. 세상에 그와 단둘이 있는 것 같은 기분에 나른히 빠져들었다.

"아까 왜 그러셨어요? 화난 것처럼 제 얼굴 살펴보신 것."

"녀석이 가서 당신이 우는 줄 알았어."

"울긴요. 공부하러 당연히 가야 할 곳으로 돌아가는 건데요."

새끼 여우까지 덤으로 치워 버렸을 때 그는 속이 다 시원했지만, 데미안과 새끼 여우 둘을 갑자기 다 떨어뜨린 그녀가 상실감이 걱정되었다.

새로 정 붙일 짐승 새끼 하나 구해줘야 하나. 그러기 싫은데. 그는 얼마간 고민을 했다. 그녀가 부탁하면 들어주겠지만 먼저 나서지는 말자고 결론을 내렸다.

"편지 쓰고, 선물도 보낼 거예요. 편지로라도 어머니 소리 듣는 것도 괜찮겠다 싶어요."

녀석에게 그렇게 많이 관심 두지 말라고. 그는 내심 투덜거리면서 두 손을 앞으로 뻗어 그녀의 가슴을 쥐었다. 그녀가 몸을 움츠렸다. 그는 그녀의 목덜미와 어깨를 이어가며 가볍게 입맞춤을 반복했다. 두 손은 갈비뼈 부근부터 위로 쓸어 올리듯 가슴을 주무르는 동작을 되풀이했다.

그녀는 작은 한숨을 흘리며 머리를 그의 어깨에 기댔다. 그가 고개를 틀면서 숙여서 입술 위에 부드럽게 내려앉았다. 혀끝으로 그녀의 입술을 핥으면서 몇 번이고 짧은 키스를 했다. 가슴을 쥔 손가락이 유두를 잡아 살짝 힘을 주어 문지르자 그녀는 짧은 신음을 흘렸다.

그가 해주는 적당히 부드럽고 자극적인 애무에 빠져들던 그녀는 엉덩이 아래쪽에서 찔러오는 존재를 느끼고 얼굴을 붉혔다. 슬그머니 엉덩이를 앞으로 뺐더니 그가 더 붙으며 아예 노골적으로 닿았다.

조금씩 피하는데도 그가 자꾸 달라붙자 그녀는 손을 등 뒤로 돌려 성가신 그걸 잡아버렸다. 그가 그대로 굳어버리고 그녀도 무슨 짓을 했는지 깨닫고 굳었다.

루시아는 손에 잡힌 그걸 그대로 잡고 있을 수도, 느닷없이 놓을 수도 없었다. 그가 차라리 무슨 반응이라도 보였으면 좋겠는데 그는 아무 말도 하지 않았다. 그녀는 너무 당황하고 부끄러워서 뭘 어떻게 해야 할지 알 수가 없었다.

흘끔 그를 향해 살짝 고개를 돌렸다. 뚫어지게 바라보고 있던 그의 붉은 눈동자와 똑바로 마주쳤다.

"자…… 자꾸 움직여서……."

그가 짓궂게 웃으면 차라리 낫겠다. 그녀를 직시하는 눈동자 속에 거대한 기운이 사납게 넘실거렸다. 손안에 잡힌 그의 것이 커지는 느낌이 생경해서 루시아는 엄마야, 중얼거리며 울상을 지었다. 생명체처럼 손에서 꿈틀대는 느낌을 견딜 수 없었다.

그녀가 손을 놓자마자 그가 그녀의 팔을 잡아 몸을 돌리며 잡아먹을 듯 키스를 시작했다.

숨 쉴 틈 없이 그가 키스를 퍼부었다. 커다란 손이 그녀의 온몸을 어루만졌다. 어깻죽지를 감싸 잡으면서 허리 아래로 더듬어 내려왔다. 요란한 움직임에 수면이 파도를 치며 철벅거리는 물소리가 시끄러웠다. 그가 그녀를 마주 안으며 허벅지를 잡아 끌어내렸으나 물의 부력 때문에 미끄러졌다.

그는 한쪽 팔로 그녀의 허리를 감아 몸을 일으켰다. 몸을 돌리게 해서 그녀의 손을 이끌어 욕조 턱을 잡게 했다. 그녀의 귀를 잘근 물면서 가라앉은 음성으로 속삭였다.

"꽉 잡아."

루시아는 후들거리는 팔로 욕조 턱을 짚었다. 정신없이 밀어붙이는 그에게 휘말려 숨이 가빴다. 그의 손이 뒤에서 허리를 단단히 잡았다. 곧 일어날 충격에 대비해 그녀가 입술을 물었다. 뒤에서 느껴지는 열기 때문에 숨이 턱 밑까지 차오르고 소름이 돋았다.

"흐읏!"

뒤에서 단번에 관통해 들어왔다. 몸이 크게 흔들린다. 붙잡고 지탱한 팔이 꺾일 것 같아 힘을 주었다. 쑥 빠져나간 그가 다시 강하게 퍽 치닫고 들어왔다. 눈앞이 번쩍했다.

"으응!"

단단한 끝이 깊은 안쪽까지 건드렸다. 빈틈없이 몸 안을 꽉 채우며 안쪽 살이 거칠게 쓸렸다. 그의 성기의 굴곡진 부분이 민감한 부분을 강렬하게 긁어내렸다. 소름이 와득 돋으면서 싸하게 시원한 감각이 전신을 훑었다. 저릿한 통증과 쾌감이 동시에 그녀를 괴롭혔다.

"아응! 휴! 아!"

계속되는 그의 강한 움직임을 견디지 못해 그녀의 팔과 다리가 흔들렸다. 그가 팔 하나를 앞으로 뻗어 그녀의 손 위를 깍지 끼며 누르고 다른 손은 골반을 지탱해 잡았다.

그가 버티는 힘이 아니었으면 그녀는 진즉 힘이 빠져 자세가 무너졌을 것이다. 진퇴를 반복하는 그의 허리 짓에 그녀의 몸이 인형처럼 흔들렸다.

그의 윗가슴을 베고 누워 루시아는 손가락 끝으로 그의 가슴 위에서 원을 그리면서 계속 망설였다. 그에게 꼭 물어보고 싶은 것이 있는데 물어볼까, 그만둘까. 두 가지 마음이 계속 왔다 갔다 했다.

데미안이 공작가에 온 이후에 생모를 만난 적 있는지, 그런 적 없다면 생모가 원하지 않아서인지, 그가 만나지 못하게 한 것인지 궁금했다.

아무리 자신이 열심히 노력해도 배 아파 낳은 친어머니의 애절한 마음에 비할 수는 없을 것이다. 서로 거부하지만 않는다면 가끔은 만나게 해주는 것이 아이 정서에도 좋을 것 같았다.

"휴. 저기……."

그녀가 말을 잇지 못하고 망설이자 눈을 감고 있던 그가 말했다.

"뭔데."

"데미안……."

그가 살짝 미간을 좁혔다.

"딴 남자 얘기 말고."

"딴 남자라니요. 지난번에도 그런 말 하시더니. 당신 아들이에요."

"딸은 아니잖아."

"……그렇다고 데미안 얘기를 아예 안 할 수는 없잖아요."

"침대에서는 하지 마."

그럼 언제. 루시아는 입술을 비죽 내밀었다. 그와 이야기할 수 있는 시간은 한정되어 있는데 밤이 아니면 언제 이야기한단 말인가.

데미안을 미워하지 않는다고 했으면서 왜 그는 아버지로서 자애로운 애정을 보여주지 않는지 모르겠다. 표현을 안 하는 것도 정도가 있지. 그는 무관심에 가까웠다. 생각할수록 데미안이 기특했다. 그렇게 착하고 올바르게 크다니.

"그럼 딱 하나만요. 궁금한 것이 있어요."

"음."

"데미안의 생모는 데미안이 보고 싶다고 한 적이 없나요?"

"……."

이건 물어봐서는 안 될 질문인가. 루시아는 긴장했다.

"죽었어."

"아……."

루시아는 살짝 충격을 받았다.

"그래서 데미안을 데려오신 거예요?"

"그런 셈이지."

"데미안을 보면 데미안 어머니는 꽤 미인이었을 것 같아요."

"몰라. 본 적도 없어."

"……네?"

루시아가 고개를 들어 그를 보았다. 그의 표정에 낭패의 기색이 스쳐 지나가는 것을 보았다.

그가 기억이 나지 않는다고 말했다면 그러려니 했을 것이다. 하지만 본 적도 없다는 말은 이상했다. 싸한 느낌이 그녀의 등을 타고 올라갔다. 본 적도 없는 여자와 어떻게 아이를 만들 수 있나.

그녀의 침묵이 길어지자 휴고는 초조함을 느꼈다. 그는 되돌릴 수 없는 말실수를 했다. 이미 그는 당황한 표정을 그녀에게 보였고, 수습하기에는 침묵이 너무 길었다. 다른 변명을 해봤자 그녀는 믿는 척은 하겠지만 믿지 않을 것이다.

"비비안."

그녀의 이름을 불러놓고 휴고는 아무 말도 하지 못했다. 어떻게 말을 시작해야 할지 모르겠다. 어디까지 그녀에게 말할 수 있고, 어디까지 그녀가 받아들일 수 있을지 감이 잡히지 않았다. 머릿속이 마구 엉클어졌다.

"설명하기 곤란하신가요?"

"……."

루시아는 그의 침묵이 야속했다. 그러나 데미안의 생모와 그가 무슨 관계이건, 그녀는 참견할 자격이 없었다. 결혼 전부터 그에게 아들이 있다는 사실을 알았고, 데미안의 생모와 그의 관계는 결혼하기 전의 옛 과거였다. 더구나 여자가 이미 죽었다고 하는데 더 따지고 들 주제가 못 되었다.

"……주무세요."

휴고는 가슴에 스산한 바람이 부는 것 같아서 어두운 허공을 망연히 응시했다. 그녀가 자신에게 확연히 선을 긋고 있었다. 심장이 아렸다. 그녀에게 뭐라고 설명해야 하나, 당혹스러웠던 기분은 차라리 사치스러운 감정이었다.

못 들은 것으로 생각하고 넘어가자. 루시아는 그렇게 마음먹고 잠을 청하려 했다. 그런데 도무지 잠이 오지 않았다. 그가 한 말이 도대체 무슨 뜻인지 아무리 머리를 굴려도 모르겠다. 그를 그렇게 빼닮은 데미안이 그의 아들이 아닐 리가 없었다.

하룻밤 불장난이라 기억에도 남지 않았다는 뜻인가. 꼭 긴밀한 관계를 유지해야만 아이가 태어나는 것은 아니니까. 그래. 그럴 수 있다. 그래도 자식을 낳아준 여자인데 얼굴도 모른다는 말은 너무

했다. 루시아의 속이 밑바닥부터 부글부글 끓었다.

"당신은…… 나중에 제 얼굴도 잊으시겠네요."

그녀는 데미안 생모의 입장을 자신에게 투영했다. 지나간 여자
는 자식을 낳아줘도 기억할 가치조차 없다고 그는 말하는 것 같았
다. 아이도 낳지 못할 그녀 자신의 가치는 얼마나 형편없을까.

심란한 마음을 가누지 못하고 있던 휴고는 갑작스러운 날벼락에
혼이 나갔다. 그녀가 무슨 말을 한 건지 몇 번이고 의미를 생각해야
했다.

"……왜 그런 결론이 나와?"

"당신은 자식을 낳은 여자도 기억 못 하는 분이잖아요."

"그런 게 아니야."

그녀는 늘 자신에게 되뇌었다. 조급해서는 안 된다. 그를 사랑하
는 길은 아주 험난할 것이다. 지치지 않으려면 먼 곳을 바라보며 차
분히 할 걸음씩 걸어야 한다. 하지만 그의 무정하고 차가운 면을 접
할 때마다 굳건한 의지가 조금씩 바스러졌다. 그의 차가운 심장을
도무지 녹일 엄두가 나지 않았다.

데미안에게 냉랭하게 군다고 생각할 때도 그랬다. 지금은 그가
단지 표현하지 않았을 뿐이라는 것을 알지만, 알기 전에는 그가 애
정이라는 감정 자체를 모르는 것은 아닐까 의심했다.

그래서 그녀는 그의 태도에 혼란을 느꼈다. 그가 자신을 싫어하
지 않는 것은 안다. 어쩌면 꽤 좋아할지도 모른다. 하지만 사랑은
아니었다. 사랑일 리가 없었다. 그런데 그는 마치 사랑에 흠뻑 빠진
남자처럼 다정하고 부드럽게 굴었다.

가끔 루시아는 그가 자신을 시험하고 있는 것 같다고 생각했다.

"본 적도 없다는 말씀은 대체 무슨 뜻이에요, 그럼? 본 적도 없는 여자가 당신 아이를 낳을 수 있나요?"

루시아는 말을 하다가 분이 나서 벌떡 일어나 앉았다. 휴고도 몸을 일으켰다.

"비비안. 당신 좀 흥분한 것 같은데……."

"죄송해요. 주제넘게 흥분해서."

휴고는 머리가 띵 했다. 얼마 전에도 이러는 모습을 봤다. 평소에는 순하다가 기분이 뒤틀리면 말을 비꼬아 상대의 속을 긁는 것 같다. 방심하다가 난데없이 손을 콱 물린 것 같았다. 아픔보다 놀라움이 커서 화가 난다기보다는 그저 황당했다.

"비비안."

우선 그녀를 진정시키려고 그는 그녀의 어깨를 잡았다. 루시아는 몸을 틀어 뿌리치며 그에게 등을 돌렸다. 등을 보이는 그녀를 보는 그의 눈에 불꽃이 튀었다.

루시아는 갑자기 강한 악력에 양어깨가 잡혀 인상을 찌푸렸다. 강한 힘이 그녀를 잡아당겨 던지듯 침대로 눕혔다. 순식간에 일어난 일이었다. 루시아가 정신을 차려보니 그가 위에서 그녀를 누르고 있었다. 그가 형형한 눈으로 바라보는 모습에 루시아는 흠칫했다.

"그런 식으로 돌아서지 마."

"……네?"

"내게 등 보이지 말라고."

나직하게 말하는 음성에는 고저가 없었다.

'화가…… 났어.'

그가 화를 내는 모습을 처음 봤다. 그는 화가 나면 오히려 싸늘하게 가라앉는 것 같다. 왜 화가 났을까.

'그를 뿌리치고 등을 돌려서? 과거에 누군가에게 배신을 당한 경험이 있는 걸까?'

"안 그럴게요."

루시아는 혹시라도 화난 그를 더 자극할까 봐 차분하게 말했다.

"놔주세요. 놀랐다고요."

"……미안."

휴고는 자책하면서 그녀를 놓아주었다. 그녀가 외면하는 모습을 보자 머릿속의 뭔가가 탁 끊어지는 것 같았다. 언젠가 이런 충동적인 행동이 과해져서 그녀를 상처 입힐지도 모른다는 생각에 기분이 가라앉았다.

갑작스러운 소강상태였다. 둘 다 미묘한 분위기 속에서 말없이 마주 앉아 있었다. 조금 머리가 식자 루시아는 자신이 뜬금없이 그에게 신경질을 부렸다는 생각이 들었다.

'실수였다고 사과하고 그만 자야겠다. 괜한 신경전으로 그와 싸울 필요는 없지.'

"……그 녀석. 내 친자식 아니야."

"……네?"

그가 툭 내뱉은 말이 너무 엄청나서 루시아는 갑자기 어지러웠다.

"데미안 말씀이세요? 그 아이가…… 당신 아들이 아니라고요?"

그녀는 방금 들은 말을 다시 한 번 확인하지 않을 수 없었다. 휴고는 한숨을 푹 내쉬면서 제 머리를 쓸어 넘겼다. 그녀와 이 문제로 감정 상하고 싶지 않았다. 그녀가 자신을 단단히 오해해 더 최악으로 낙인찍히는 건 싫었다.

"제롬에게 서쪽 탑 일을 물었다지. 내게 형제가 있었다는 이야기 들었지?"

"네."

"데미안은 내 형제의 아들이야. 촌수 따지면 조카지."

엄청난 진실 앞에서 루시아는 심장이 쿵쿵 뛰고 입안이 바싹 말랐다. 순식간에 머릿속에 수십 개의 의문이 떠오르는데 어느 것 하나 제대로 정리가 되지 않았다.

"데미안은…… 그 사실을……."

"녀석은 몰라. 나. 그리고 이제는 당신까지. 그밖에는 누구도 몰라."

정확히 말해서 한 사람 더, 필립이 알고 있지만 휴고는 거론할 생각이 없었다.

"데미안은…… 당신 형님의 아들이란 말씀이군요."

"……그래."

둘 중 누가 형이고 동생인지 정확히 알지 못했다. 둘 다 그 문제는 상관없어서 서로 누가 형이니 동생이니 다툰 적은 없었다. 굳이 서열을 나누자면 죽은 형제 녀석이 형 쪽에 가깝지 않을까, 생각한 적은 있었다. 힘의 우위 때문이 아니었다. 사람 사이의 서열을 꼭 힘으로만 나눌 수 없다는 것을 그는 형제를 만나서 배웠다.

"나중에 데미안에게 알려줄 생각이세요?"

"녀석이 먼저 묻지 않는 한 그러고 싶지 않아."

"아……. 그럼 저도 지켜야 하는 비밀이네요."

루시아는 진지하게 고개를 끄덕였다.

'그럼 혼외자가 아니니까 데미안이 그런 취급을 받을 이유가 없잖아. 아니야. 전 공작을 살해한 패륜아의 아들이라는 것보다는 그의 혼외자가 더 낫겠구나.'

그녀는 잠시 든 의문점에 스스로 답을 찾았다.

"서쪽 탑 일을 들었을 테니 이상하다고 생각하겠지. 그 일은 알려진 바와 좀 달라. 녀석은 막다른 길에 몰려 어쩔 수 없는 선택을 했어. 죽은 선대 공작이 자초한 면이 있고."

루시아의 눈이 동그랗게 커졌다. 그의 말 속에서 루시아는 많은 것을 보았다. 들은 바로는 태어나자마자 버려진 쌍둥이 형제가 복수를 위해 친부를 살해했다. 그러면 그는 쌍둥이 형제를 한 번도 본적이 없을 터였다. 그런데 그는 '녀석'이라는 친밀한 단어를 사용했다. 또한, 죽은 아버지를 '선대 공작'으로 부르며 '자초'라는 표현을 썼다.

루시아는 자세한 사정을 모르는 중에도 친부를 죽인 행위보다 제 자식을 버린 죽은 공작의 냉혹함이 소름끼쳤다. 어쩐지 그의 형제가 행한 짓이 조금도 껄끄럽지 않았다.

"형님과 친하셨군요."

휴고는 간격을 두고 고개를 끄덕였다.

"많이요?"

"……아주."

루시아의 가슴이 벅차올랐다. 그는 가족이 아무도 없는 혼자가 아니었다. 비록 현재 이 세상 사람은 아니지만, 사랑을 나눈 형제가 있었다. 외로웠을 그의 어린 시절이 늘 마음에 걸렸는데 그녀는 가슴 따뜻한 안도감이 들었다.

"그래서 데미안을 당신 아들로 거두셨군요. 형님의 하나뿐인 핏줄이니까."

"꼭 그래서만은 아니지만⋯⋯. 어쩌면 그럴지도 모르겠군. 데미안과 관련해서 얽힌 일이 많아. 그런데 당신에게 모두 말할 수가 없어. 그러니까 내 말은 당신이라서 말하기 싫은 것이 아니라 누구에게도. 내가 죽어서도 드러내고 싶지 않은 일들이야."

그는 평소보다 길게 말을 늘였다. 루시아는 그에게 다가가 앉으며 두 손을 그의 손등에 얹었다.

"괜찮아요. 당신이 말씀해 줄 수 있는 정도만으로 충분해요."

누구나 때로는 죽을 때까지 가슴속에만 묻어두는 비밀이 있을 수 있다. 아무리 사랑하는 사람이라도, 가족이라도 공유할 수 없는 비밀. 루시아에게도 그런 비밀이 있었다. 그녀는 꿈으로 미래를 보았고, 다른 남자와 결혼해서 살아보았다. 그것들은 그녀의 가슴에만 묻어둘 비밀이었다.

"당신의 비밀을 누군가 아는 것이 당신께 고통이라면 그러실 필요 없어요."

그녀를 바라보는 그의 눈동자가 흔들렸다.

"하지만 그 비밀은 당신을 고통스럽게 할지도 몰라."

"만약 그렇다면 당신께 매달려 볼게요. 그럼 그때 다시 생각해

주세요. 제게 말해 줄 수 있는지 없는지."

"……그래. 그럴게."

그는 그녀의 팔을 잡아 끌어안았다. 품 안 가득히 꽉 껴안고 그
녀의 작은 어깨에 턱을 괴었다. 루시아도 두 팔 가득 그의 등을 감
싸고 그의 어깨에 고개를 기댔다. 잠시 말없이 그들은 서로를 안아
주었다. 그건 상대에 대한 위로이자 자신에 대한 위로였다.

"데미안은 당신 아들이고, 제 아들이죠. 그건 변하지 않을 거예
요. 그렇죠?"

"응."

"데미안은 부모의 사랑으로 태어난 아이인가요?"

"그렇다고 하더군."

"그럼 데미안이 자라서 충분히 이해할 수 있는 나이가 되면 알려
주세요. 그편이 아이에게도 좋을 거예요."

"……그래."

그의 넓은 가슴에 푹 안겨서 루시아는 약간의 자괴감에 빠져들
었다.

'난 왜 이렇게 못됐을까.'

진짜 부모를 제대로 알지 못하는 데미안에 대한 연민보다, 그가
과거에 사랑하는 여자와의 사이에서 아이를 낳은 적이 없다는 사실
이 더 크게 기쁨으로 다가왔다.

데미안이 진짜 그의 아들이었다고 알았던 얼마 전과 그의 아들
이 아님을 알게 된 지금, 데미안을 귀애하는 마음이 달라지지는 않
았다. 그저 데미안을 보면서 가끔, 낳아준 어머니가 누굴까, 누구라

서 그의 아이를 낳았을까 호기심이 들었다. 동시에 나는 그의 아이를 낳을 수 없겠구나, 생각하면 가슴이 아팠다.

그가 자식을 '흔적'이라고 꺼리던 말을 이제 이해했다. 그의 진심이었다. 그에게는 비밀이 있고 상처가 있었다. 냉혹한 친부와 친부를 살해한 형제. 그는 핏줄을 남길 경우 혐오하는 자신의 가족사가 되풀이될지 모른다는 공포를 가진 것 같았다. 그녀가 꿈에서 본 미래가 두려워 스스로를 불임으로 만든 것처럼.

'내가 낳은 아이의 엄마가 되는 일은 없겠구나.'

막연한 포기는 '그래도 혹시.'라는 기대가 있었지만 이유를 아는 포기는 납득이었다. 언젠가 그의 상처가 낫고 아버지가 될 마음의 준비를 할 날이 올 수도, 영영 오지 않을 수도 있다. 최악의 경우를 생각하는 쪽이 마음이 편할 것이다.

'그래도 엄마는 되었잖아.'

배 아파 낳지는 않았어도 데미안은 그녀의 아들이었다. 그녀는 애달픈 마음을 애써 갈무리했다. 기분을 전환하려고 그의 품에서 떨어져서 그를 올려 보았다.

"어쩐지 데미안이 당신을 닮지 않았다고 생각했어요."

"언제는 똑 닮았다며?"

"외모는 그렇지요. 근데 속은 전혀 달라요. 데미안은 순하고 착하다고요. 당신한테 순하고 착하다는 말은 어울리지 않잖아요?"

그는 못마땅한 표정을 짓다가 씨익 웃으면서 그녀의 턱 아래에 고개를 들이밀어 키스했다.

"대신 나는 당신에게는 순하고 착하게 굴잖아."

그가 하는 달콤한 말이 놀라웠다. 루시아는 심장이 간질거려서 웃음을 터뜨렸다. 왜 웃느냐는 것처럼 그가 자꾸 얼굴의 이곳저곳에 입맞춤했다. 루시아는 정말 간지러워서 또 웃었다.

"데미안이 당신을 닮은 것을 보니까, 돌아가신 아주버님은 당신과 똑같이 생긴 쌍둥이 형제셨군요. 신기해요. 당신이 둘이었다니."

"내가 왜 둘이야. 그 녀석은 겉만 멀쩡했지 속은 완전⋯⋯."

그녀가 또랑또랑한 눈망울로 보자 그는 습관 같은 욕설을 삼키고 말끝을 흐렸다.

"⋯⋯좀 심약했다고."

루시아는 그 말을 '착하다.'라는 말의 다른 표현으로 이해했다. 역시 데미안은 진짜 친부를 닮아 그리 귀엽고 순한 것이었다.

"돌아가신 아주버님 성함을 여쭤도 돼요?"

그가 한참 아무 말이 없었다.

"말씀하지 않아도 괜찮아요."

"⋯⋯히우."

"어머나. 당신 이름과 같네요."

"어디가 같아?"

"히우. 히우. 휴. 빠르게 읽으면 같잖아요."

"⋯⋯."

"휴. 당신의 이름에는 당신과 형님이 모두 있군요."

크게 흔들리는 눈동자로 그녀를 바라보던 휴고는 그녀를 와락 껴안았다.

"비비안."

"네."

"비비안."

"네."

이 여자가 없으면 나는 아마 죽을 거야. 그는 자신의 심장이 이미 자신의 것이 아니라는 사실을 깨달았다. 뛰는 심장이 아리게 아팠지만 달콤한 고통이었다.

*   *   *

한동안 쉬었던 루시아는 사교 활동을 재개했다. 그전처럼 가벼운 티파티였다. 달라진 것은 없었다. 지금껏 하던 것처럼 두루 넓게 사람들을 초대했다. 파티 깨기의 주도자 몇 명을 제외한 나머지 사람들을 빠짐없이 초대 명단에 넣었다.

루시아는 지난 정원 파티에서 협박을 섞어 공작부인의 위세를 보였다. 압박했으니 회유할 차례였다. 그녀는 북부 사교계에서 군림하고 싶지 않았다. 하지만 결코 만만히 볼 수 없다는 존재감은 심어둘 필요가 있었다.

"공작부인. 지난번처럼 규모 큰 파티는 언제 또 계획이 있으신가요?"

"그러게요. 그때 전 초대받지 못해서 다음에 꼭 참석하고 싶었거든요. 그때는 저도 소공자님을 소개받을 수 있을까요?"

"아쉽게도 그 아이는 지금 로암에 없답니다. 공부하러 갔어요. 하지만 다음에 기회가 되면 소개하도록 하지요."

루시아는 웃으며 대답하면서 슬쩍 눈을 돌렸다. 좀처럼 대화에 참여하지 못하고 쫓기는 사람처럼 불안한 표정을 짓고 있는 귀부인들의 안색을 살폈다. 그들은 지난 정원 파티의 참석자들이었다.

이번이 세 번째 티파티인데 사람들 태도가 다 비슷했다. 정원 파티에 참석했던 쪽과 그렇지 않은 쪽, 둘로 나뉘었다. 참석했던 쪽은 모두 어디 불편한 표정으로 어쩔 줄 몰라 했다.

오기 싫었으나 억지로 참석한 기색은 아니었다. 오히려 루시아에게 인사를 건네는 표정에 고마움과 미안함이 뒤섞였다. 루시아는 그들을 나무랄 생각이 없었다. 병사의 명령 불복종이 죽음인 것처럼, 보통의 여자들은 사교계 거물의 행사에 반박할 힘이 없었다. 그래서 루시아는 그들이 불편하지 않도록 지난 정원 파티 사건을 전혀 거론하지 않았다. 그런데 그들은 과할 정도로 눈치를 살폈다.

그에 비해 정원 파티에 참석하지 않았던 쪽은 오히려 더 과시하는 것처럼 데미안을 화제로 올렸다. 거리낌을 보이기는커녕 은근히 소공자라는 호칭을 빼놓지 않았다. 갑자기 뒤집힌 귀부인들의 태도가 놀라웠다.

'그이가 정식 입적했다고 공표해서 그런 건가.'

짐작 가는 구석은 그것밖에 없었다. 역시 공작의 위엄은 대단했다.

루시아는 정원 파티 이후 북부 사교계가 엄청나게 술렁이고 있다는 사실을 몰랐다. 웨일즈 백작부인은 물론이고 당시 정원 파티에 참석했던 사교계의 드센 노부인들이 하나같이 칩거 중이라는 소문은 들었지만, 그런가 보다 했다. 노회한 노부인들이니 아무래도 공작부인의 자존심을 건드린 일이 걸려서 알아서 몸을 사린다고 생각했다.

타란 공작이 반기를 든 지역의 영주들을 식솔까지 모조리 잡아 죽였다는 소문이 슬그머니 사교계에 퍼지는 중이었다. 북부 귀족들은 타란 공작에 대한 공포가 극에 달해있었다. 그 와중에 터진 정원 파티 사건은 모두의 간담을 서늘하게 했다.

공작부인을 망신 주었다고 타란 공작이 노여워하여 모두 불려가 크게 치도곤당했다고 했다. 안주인 체면을 가주 본인의 자존심과 연결 짓는 유형이 있다. 공작 부부의 금실 관련 소문이 사실이건 아니건 타란 공작은 최소한 이런 예에는 속한다는 증명이었다.

본래부터 타란 공작가는 폐쇄적이었다. 대대로 타란 공작은 수도 정계 진출은 물론이고 북부 귀족들과의 친밀한 관계에도 관심 없었다. 존재는 알지만 볼 수는 없는 지배자였다.

타란 공작이 전쟁으로 북부에 없을 때는 북부 귀족들은 보이지 않는 지배자에게 그다지 관심이 없었다. 그러나 실력 발휘로 실제로 사람이 죽고, 사교계까지 흔드는 일이 발생하자 사람들은 다급해졌다. 그들은 지배자의 심경을 파악해서 안전을 보장받고 싶었다.

현재 공작과의 유일한 사적인 끈은 사교 활동을 하는 공작부인 뿐이었다. 귀부인들은 남편, 혹은 아버지로부터 특명을 받고 공작부인의 티파티에 참석했다. 루시아가 세 번째 티파티를 열기 직전에는 초대자 명단을 확보하려고 아수라장이었다.

주변이 태풍으로 다 날아가고 있는데 태풍의 핵인 그녀는 고요했다. 그나마 그런 분위기를 소상히 알려줄 케이트는 입을 다물고

지켜보는 중이었다. 딱히 어떤 일이 발생한 것이 아니라 분위기만
들썩거리고 있어서 뭐라 말해주기가 애매했다. 루시아에게 '당신
남편이 무서워서 다들 벌벌 떨고 있어요.'라고 말할 수가 없었다.

"공작부인께서는 날이 갈수록 미모가 더욱 빛을 발하시는군요."

누군가 흘린 아부를 시작으로 여자들 사이에 살벌한 기운이 감
돌았다.

"어머나. 전 처음 볼 때부터 공작부인의 아름다움에 감탄했더랬
지요."

"호호호. 외모만이 사람의 전부는 아니지요. 공작부인께서는 외
모 이상으로 더 고운 심성을 지니고 계신 걸요."

여자들 사이에 불꽃 튀는 경쟁이 붙었다. 뻔뻔하고 혀가 매끄러
운 귀부인들은 너나 할 것 없이 나서서 공작부인을 추앙하고, 차마
나서지 못하는 소심한 여자들은 끼어들 적절한 때를 찾지 못해 우
물쭈물했다. 전쟁이었다.

루시아는 그들의 과열된 분위기를 대수롭지 않게 보며 느긋하게
차를 마셨다. 아부 몇 마디에 기분이 좋아 흐느적거릴 만큼 그녀는
뭘 모르는 철부지가 아니었다. 이런 상황은 꿈속에서 아주 질리도
록 보았다.

꿈속에서 그녀가 중심이 된 적은 없었다. 변죽 좋은 성격이 못 되
어 주변에 둘러싼 추종자가 되지도 못했다. 다만, 멀리서 보면 우스
꽝스러운 광경을 관찰하며 재미있어 하거나 한심해했다.

'공작부인 자리가 참 대단하긴 하네.'

루시아가 아무 반응을 보이지 않자 귀부인들도 하나둘씩 입을

다물었다. 공작부인이 겉보기와 다르게 말랑한 사람이 아니라는 사실을 눈치 있는 자들은 점차 알아차리고 있었다.

"좋은 말들을 해주니 참 감사하군요. 그보다는 요즘 사교계에 재미있는 일은 없나요?"

"제가 말씀드릴게요. 얼마 전에⋯⋯."

"그런 건 재미 축에 끼지도 못하지요. 제가 듣기로⋯⋯."

이제 여자들은 앞 다투어 사교계 소식에 열을 올렸다.

'오늘 티파티 분위기는 영 이상한걸.'

루시아는 고개를 갸웃했다.

오후에 단장 엘리엇이 보고서를 제출했다. 지난번 전염병으로 오인한 독버섯 사건 관련 내용이었다. 사건은 순조롭게 해결되었다. 문제의 상단을 잡아서 진상을 파악해 보니까 악의는 없었다. 가지고 있던 버섯은 모두 회수해서 폐기 조치했다. 중과실을 인정해 책임자는 처벌하고 상단에는 거액의 벌금을 물렸다.

"다른 피해 마을은?"

"초반에 발견한 두 마을 이후 아직은 없습니다. 상단 행로를 대부분 조사했으니 앞으로 추가 피해는 없을 것 같습니다."

휴고에게 올라온 보고서는 사건 마무리를 해도 되겠느냐고 확인을 요청하는 문서였다. 문제의 상단은 조사를 진행 중이라 발이 묶여있었다. 휴고가 결재하면 상단은 벌금과 보상금을 지급하고 다시 상단 활동을 할 수 있게 된다.

상당한 지급금을 해당 상단에서 두말없이 내기로 한 터라 더 문제 삼을 일은 없었다. 다만, 한 개의 이름이 휴고 눈에 띈 것이 거래 허가가 떨어지기만 기다리고 있는 상단의 불운의 시작이었다.

"……웨일즈? 상단주가 웨일즈 백작가인가?"

"예."

소유주가 누구건 상단의 일은 상법으로만 해결함이 원칙이었다. 상거래 문제는 돈으로 해결하면 그만이고 상단이 파산하지 않는 이상 소유 가문에는 책임을 묻지 않았다. 휴고가 상단주 이름을 이제 알게 된 것도 관련지어 관심을 둘 필요가 없기 때문이었다.

휴고의 눈동자에 어두운 기운이 넘실거렸다. 그녀가 서럽게 울고불고한 정원 파티 사건의 원흉에게 그는 깊은 원한을 품었다. 아내의 당부 때문에 나서지 못한 일이 두고두고 분했다. 건수 하나 잡으면 질기게 물어뜯어 주마 내내 벼르고 있었다.

그는 이런저런 경로를 통해 당시 정원 파티 일을 비교적 자세히 알고 있었다. 당연히 주동자가 웨일즈 백작부인이라는 것도 알아냈다. 그 늙은 뱀에게 어떻게 경고를 해주나 하던 중에 기가 막힌 건수가 잡혔다. 그는 근엄한 표정으로 명했다.

"이번 사건은 이대로 가벼이 넘길 수가 없다."

"하오면."

"아무래도 이번 일에 어떤 의도가 있을 거라는 생각을 지울 수 없다. 해당 상단의 과거 거래 명세와 납부한 세금에 이르기까지 철저히 조사하라."

"철저히라 하시면……."

"아주 탈탈. 먼지가 나오도록 털어."

엘리엇은 음모나 계략에 둔감한 전형적인 기사였으나 주군께서 뭔가 노리는 바가 있음을 알아차렸다. 뭔지는 몰라도 그 상단은 주군께 단단히 찍혔다. 어쩐지 동정심이 들었다.

"예. 철저히 조사하겠습니다."

공작을 가까이에서 보좌하는 수하들은 비교적 공작의 성품을 잘 알고 있었다. 공작은 절대 호방한 호인이 아니었다. 대개의 일에 무심하지만, 하나 찍어서 파고들기 시작하면 집요하고 끈질긴 편에 가까웠다. 다시 말해 뒤끝은 길고도 길었다.

*　　*　　*

데미안이 학술원으로 떠난 지 한 달 반이 지났다. 데미안이 가자마자 바로 편지를 써서 보냈던 루시아는 약 20여 일 후 답장을 받았다. 다시 써서 보낸 편지에 두 번째 답장을 오늘 받았다. 봉투를 여는 그녀의 심장이 두근거렸다.

내용이 가득한 석 장의 편지지가 나왔다. 어머니께, 라고 시작하는 편지 맨 첫 장을 보고 루시아는 부르르 몸을 떨며 편지를 꼭 끌어안았다.

차근차근 편지를 읽어가는 그녀의 얼굴에 미소가 가득했다. 편지 내용은 무슨 보고서 같았다. 수업은 무엇을 들었고, 밥은 무엇을 먹었고, 누가 무슨 얘기를 했고. 감정 표현이 전혀 보이지 않는 딱딱한 내용을 읽으며 루시아는 즐거웠다. 그 아이의 생활이 눈에 보였다.

—날이 추워지고 있습니다. 건강에 유의하십시오. 데미안 올림.

짧지 않은 편지가 끝나자 그녀는 크게 아쉬웠다.

"잘 지내는 것 같아 다행이야."

연말이 다가오고 있었다. 그녀는 데미안에게 보내려고 선물을 준비하고 있었다.

"마님, 손님이 뵙기를 청하고 있습니다."

레이디 밀튼이 왔다면 하녀는 손님이라고 말하지 않았다.

"손님이라니, 누구?"

"웨일즈 백작부인입니다."

루시아는 살짝 미간을 찌푸렸다. 연락 없이 갑자기 찾아오는 무례를 저지르면서까지 백작부인이 찾아온 이유를 모르겠다. 되돌려 보낼까 하다가 무슨 용무인지 들어보고 쓸데없는 소리 하면 쫓아내자고 결정했다.

하녀가 차를 내왔다. 루시아는 제롬을 부르지 않았다. 웨일즈 백작부인에게는 제롬이 타주는 맛있는 차를 대접하고 싶지 않았다.

조금 싸늘한 태도로 앉아 있는 루시아와 다르게 백작부인은 주눅이 들어있었다. 못 보는 사이에 얼굴이 꽤 상했다. 감기라도 앓은 건가. 루시아는 지난 정원 파티 때와 사뭇 달라진 안색이 의아했다.

"어쩐 일인가요, 부인."

"갑자기 이렇게 뵙기를 청해 결례를 범했습니다. 공작부인께서는 그간 평안하셨는지요."

"평안하지 못할 이유가 없지요. 솔직히 백작부인에게 유감이 있습니다. 처음 마련한 규모 있는 파티였어요. 그런 식으로 끝내는데 부인이 상당 부분 책임이 있다는 걸 부인하진 않겠지요?"

"무슨 드릴 말씀이 있겠습니까. 늙으면 때론 사리 판단 능력이 떨어지지요. 너그러이 봐주십사 이리 찾아뵈었습니다."

일부러 강하게 나갔던 루시아는 백작부인이 저자세로 나오자 차갑게 굳히고 있던 표정을 풀었다.

"오늘 용건이 그것인가요?"

"예. 사죄드리러 왔습니다."

웨일즈 백작부인이 이렇게 순순히 숙일 줄은 몰랐다. 나이 많고 사교계 거물이라 루시아는 정면충돌보다는 조금씩 서서히 압박을 가하려고 했다.

'뭔가 이상한데……'

유난스럽게 쩔쩔매는 다른 귀부인들 태도가 마음에 걸렸는데 웨일즈 백작부인까지 이렇게 나오자 뭔가 있다는 생각이 들었다.

"정말 용건이 그것뿐이라면, 알겠습니다. 부인의 사과는 받아들이도록 하지요. 하지만 오늘은 길게 이야기 나누고 싶지 않군요."

"아……. 저……."

"더 할 말이 있나요?"

"공작부인께…… 간절히 청할 일이……."

부탁이라니. 정말 뻔뻔하기도 하지. 루시아는 속으로 헛웃음을 터뜨렸다. 아무래도 웨일즈 백작부인은 그녀를 대단히 순하고 여리게 본 모양이었다. 루시아는 대책 없이 착한 여자가 아니었다. 그녀는 사람과의 관계를 맺는 부분에서 꽤 차가운 면이 있었다.

"나는 사사로이 청탁을 받지 않습니다."

"청탁이 아닙니다, 공작부인. 부디 공작 전하의 진노를 풀어주십시오."

"무슨 소리인지 모르겠군요."

백작부인은 가문에서 소유한 상단이 현재 처한 어려움을 토로했다. 설명은 길고 자기변명이 대부분이었다. 하지만 복잡한 이야기 속에서 루시아는 핵심을 파악했다.

"상단은 잘못을 저질렀고, 벌을 받은 겁니다. 공작 전하께서 공적으로 처리하신 일을 지금 사적인 감정으로 연결 짓는 겁니까?"

"아닙니다. 아닙니다. 죄를 부인하는 것이 아닙니다. 공작 전하께서 공과 사가 철저한 분이라는 것을 알고말고요. 다만, 조금 엄한 분이라 약간의 자비를 베풀어 주십사 청을 드리는 것입니다. 늙은 것이 마음이 급해 이리 경우 없이 달려온 것을 부디 용서하세요."

웨일즈 백작부인이 돌아가고 루시아는 생각에 잠겼다. 원래 처벌받는 자의 입장에서 너그러운 벌은 없다. 들어보니 아무 죄 없는 사람을 트집 잡은 것이 아니었다. 치죄는 북부의 질서를 관장하는 타란 공작의 권한이었다.

그녀는 그가 자신 때문에 그들을 더 과하게 벌을 주고 있다는 생각은 아예 하지 않았다. 그 정도로 자만심이 넘치지 않았다.

'그는 아랫사람들에게 상당히 엄하구나.'

그녀에게는 그런 면을 전혀 보이지 않아서 생각하지 못했다. 귀부인들이 요즘 자신의 눈치를 자꾸 살피는 것도 아무래도 그래서인 모양이었다. 근래에 그가 몇 번 엄격한 모습을 보일 일이 있었나 보다. 지나가듯 한 번 그에게 물어봐야겠다. 그녀는 별로 심각하게 생각하지 않았다.

날씨가 추워져서 저녁 식사를 마치고 정원에서 산책하기가 힘들어졌다. 그녀는 남는 시간에 뭘 할까 고민할 필요가 없었다. 오히려 시간이 날 때마다 하는 뜨개질에 푹 빠졌다.

데미안에게 연말 및 새해 선물로 보낼 목도리였다. 부지런히 떠야 얼추 시간을 맞추어 보낼 수 있었다. 정원 가꾸기나 산책을 하지 못해서 남는 시간을 모두 목도리 완성에 쏟아부었다.

목욕을 마치고 그를 기다렸으나 평소보다 시간이 꽤 지나도 그가 들어오지 않았다. 연말이 다가오자 그는 부쩍 바빠졌다. 늦게 침실에 들어오거나, 때로는 하녀를 통해 먼저 자라는 말을 전할 때도 있었다. 그러면 그는 닷새에 하루를 그날로 대체해야 한다고 억지를 부리곤 했는데, 루시아는 그 억지를 들어주지 않았다. 들어주기 시작하면 끝이 없다는 걸 알기 때문이었다.

그가 늦을 것 같아서 루시아는 하녀에게 뜨개질 바구니를 가져오라고 했다. 침대에 걸터앉아 모양을 갖추어가는 목도리를 짜기 시작했다.

"그게 뭐지?"

어느새 휴고가 다가와 그녀의 손에 들린 뜨개질 거리를 유심히 보고 있었다. 뜨개질에 정신을 빼앗겨 그가 들어오는지도 몰랐다. 루시아는 얼른 정리해 바구니에 담았다.

"뜨개질이에요. 목도리를 뜨고 있어요. 데미안에게 보내려고요."

털실로 짠 목도리. 절대 그에게는 필요하지 않은 물건이었다. 그는 추위를 타지 않아서 한겨울에도 특별한 방한복을 입지 않았다. 하물며 아이들이나 하는 털목도리라니.

아마 저것을 선물받을 데미안도 두르고 다니려면 고역일 것이다. 붉은 바탕에 흰색으로 무늬를 넣은 그녀의 선택은 그녀가 얼마나 데미안을 어린애 취급하는지 보여주고 있었다. 어쩔 수 없이 저걸 겨우내 하고 다닐 데미안 녀석이 좀 안되었다. 저걸 녀석이 정말 하고 다니는지 심어둔 호위를 통해 확인하리라. 그는 사악한 마음을 품었다.

목도리가 갖고 싶은 건 아니지만, 그는 그녀가 털실 꾸러미를 정리해 담은 바구니를 침대 밑으로 내리는 동작에서 시선을 떼지 못했다.

데미안을 보냈고, 덤으로 여우 새끼도 치웠는데 생각만큼 그녀는 온전히 그의 것이 되지 않았다. 왜 그렇게 딴 데 정신 쏟는 곳이 많은지 모르겠다. 녀석에게 편지라도 오면 며칠은 들떠있는 모습이 확연했다.

'그 녀석 어머니이기 전에 내 여자라고.'

그는 데미안에게 쏟는 그녀의 관심이 못마땅했다. 딱히 뭐라고 할 수는 없어서 속으로만 투덜거렸다. 더구나 그녀는 그에게 아직도 아명을 알려주지 않았다.

'난 내 비밀을 말해줬잖아. 전부는 아니어도.'

꼭 반대급부가 있어야 한다는 건 아니지만.

'왜 데미안 녀석이 아는 것을 나는 몰라야 하는데.'

그 꼬마보다 자신이 못하다는 건 절대 납득할 수 없었다.

"뜨개질은 어릴 때 배운 건가?"

휴고는 요즘 틈만 나면 슬쩍슬쩍 그녀의 어린 시절을 물었다. 기어코 그녀에게서 직접 아명을 듣고 말겠다는 오기가 생겼다. 대놓고 묻고 싶지 않았다. 그녀가 먼저 말해 주면 그녀가 자신에게 어느 정도 마음을 열었다는 증거가 될 것 같았다.

"네. 그래서 솜씨가 별로 좋지 않아요. 어머니 옆에서 건성으로 배웠거든요."

"어려서 어머니와 단둘이 살았다고 했지?"

"네. 궁에 들어가기 전까지요."

"그럼 당신 어머니는 어린 당신을……."

그는 조금 주저하다가 노골적인 질문을 던졌다.

"보통……. 뭐라고 불렀지? 어머니가 당신을……."

이건 반칙이 아니다. 대놓고 아명이 뭐냐고 묻지는 않았다.

"어릴 때는 이름보다는 아가, 귀염둥이, 딸, 그렇게 부르곤 하셨죠."

그가 어머니의 정을 느끼고 자라지 못해 보통 다른 사람의 모자 관계가 궁금한가 보구나. 루시아는 그렇게 생각했다. 어머니와의 추억을 떠올리며 그녀는 미소 지었다.

오늘도 그의 유도 신문은 실패했다. 그는 그녀 몰래 한숨을 쉬며 낙담했다.

"아, 당신께 확인하고 싶은 일이 있어요. 저와의 약속 잊지 않고 계시죠? 정원 파티 일로 당신이 나서지 않기로 한 약속이요."

"잊지 않았어."

"정말이시죠?"

"물론이지."

그는 당당했다. 그는 양심에 거리낄 어떤 짓도 하지 않았다. 봉신들을 불러 모아 집안 단속 잘하라는 말 정도는 충분히 할 수 있는 윗사람으로서 조언이었다.

그의 대답이 거침이 없어서 루시아는 그의 말을 믿었다. 그녀는 웨일즈 백작부인보다 남편이 훨씬 믿음직했다.

"이상한 말을 들었는데 헛소문이었나 봐요."

"무슨 소문?"

"당신이 정원 파티 문제로 웨일즈 백작가 상단 사업에 타격을 주신다는, 그런 비슷한 말이었어요. 그럴 리가 없잖아요. 당신이 얼마나 공과 사를 철저히 구별하는 분인데."

"……물론이지."

그는 정말 거리낄 것이 없었다. 독버섯 사건을 일으킨 문제의 상단을 이중 삼중 철저히 조사하고 있으나 그건 공적인 문제였다. 상단 주인이 웨일즈 백작가라는 사실은 그저 덤이었다. 그럼에도 그는 시원스럽게 당당할 수 없었다. 그의 떨떠름한 표정을 루시아는 포착하지 못했다.

얼마 후, 웨일즈 백작가문의 상단이 끈질긴 조사에서 무혐의로 풀려났다. 원래 부과된 징수금은 그대로였지만, 해가 바뀌기 전에 다시 상단 활동을 재개하게 된 것만으로도 감지덕지했다.

공작부인의 뒤에 타란 공작이 버티고 있다는 소문이 북부 사교계에서 정설로 굳어지고 있었다.

*   *   *

부관이 심각한 얼굴로 고했다.

"태자 전하. 델링 후작이 정식 항의서를 보내왔습니다."

퀘이즈는 혀를 차며 건네는 문서를 대충 훑었다. 주절주절 몇 장을 넘어가는 긴 항의서의 결론은 후작의 명예를 모욕한 기사 크로틴을 처벌하도록 내달라는 요구였다. 얼마 전, 델링 후작이 기사들이 로이에게 덤볐다가 몇 개월은 운신 못하게 반죽음된 사건이 있었다.

"떼로 덤볐다가 진 놈들이 뭘 이리 말이 많아. 한 명 상대로 다구리 치는 건 제대로 된 기사의 도라던가?"

시정잡배가 구사하는 은어를 번번이 내뱉는 태자의 말투는 도무지 적응할 수 없었다. 부관은 표정 관리를 하며 말을 이었다.

"저들이 문제 삼는 것은 결투 자체가 아니라 크로틴 경의 언사입니다."

"저들이 건드리고 싶은 건 크로틴 경이 아니라 나겠지."

델링 후작은 태자의 반대쪽 세력의 대표적 인물 중 하나였다. 이번 일로 기사 크로틴을 태자에게서 떼어낼 수 있다면 얻을 수 있는 이득이 여럿이었다. 호위 기사의 방패막이 되어주지 못한 태자의 권위를 흠집 낼 수 있고, 뛰어난 실력의 호위를 떨어뜨려 태자의 빈틈을 노릴 수 있으며, 타란 공작이 내준 호위를 제대로 간수하지 못했으니 두 사람의 유대에 틈을 벌릴 수 있다.

쿼이즈는 바로 옆에 서 있는 로이에게 시선을 돌렸다. 로이는 제 애기를 하는 줄 빤히 알면서도 남 애기를 듣는 것처럼 표정의 변화가 없었다. 부관은 가끔 로이의 빤질빤질한 면상을 후려갈기고 싶은 욕구를 느꼈다.

"크로틴 경. 기사들 팬 건 뭐라고 안 해. 그건 잘했어. 죽인 것도 아니고 덤볐다 진 놈들이 날뛰는 것은 적반하장이지. 근데 그런 말은 왜 했나?"

"무슨 말이요?"

"기사들보고 후작의 개라고 그랬다며."

"그렇게 말 안 했습니다. 주인 발이나 핥는 개라고 했지."

쿼이즈가 끄응 신음했다.

"그 말이 그 말이지. 그래서 델링 후작가 기사들이 덤벼든 것 아닌가. 후작을 모욕했다고."

"그게 왜 모욕인지 모르겠는데요. 그냥 사실을 말한 겁니다. 기사면 주인의 개지요. 개면 개답게 주인에게 꼬리치고 말 잘 들으면 되는 겁니다. 애먼 시비 걸고 다니기에 한마디 해준 겁니다."

태자뿐 아니라 이 자리에 있는 모든 사람이 당황했다.

"기사는 주인의 개? 크로틴 경은 자신을 그렇게 생각한다는 건가?"

"아무렴요. 전 주군의 개입니다. 짖으라면 짖죠. 왈왈."

쿼이즈가 폭소를 터뜨렸다. 배를 잡고 테이블을 두드리며 웃어댔다. 그러나 로이 외에 태자를 호위하는 다른 기사들의 표정은 완전히 일그러져서 로이를 죽일 듯이 노려보았다. 눈물까지 날 정도로 웃다가 한참 만에 진정한 퀘이즈가 부관에게 말했다.

"들었지? 자네가 크로틴 경이 모욕할 의사가 없었다고 잘 써서 항의 서한은 되돌려 보내."

"……예."

확실히 저놈은 미친놈이다. 아니, 미친개인가? 부관은 기사 크로 틴은 가급적 건드리지 말아야겠다고 생각했다. 똥은 더러워서 피하 는 것이니까.

"타란 공이 부럽군. 이런 충성스러운 기사를 두고."

태자는 의미심장한 눈으로 자신의 기사들을 스윽 스쳐보았다. 잠시 눈이 마주친 기사들이 허공으로 눈동자를 돌렸다.

"한데 타란 공은 북부에 틀어박혀 아예 수도에 올 생각을 안 해. 하다못해 공작부인이라도 한 번쯤은 올 줄 알았는데."

결혼한 지 1년이 거의 다 되어가고, 새해를 맞이한 지 두 달이 훌 쩍 넘었다. 수도에 살던 공주님이 어찌 그렇게 잘 버티고 있는지 신 기했다. 답답함을 견디지 못해서 혼자만이라도 수도에 잠깐씩 들 를 줄 알았다.

직접 비비안 공주를 봤던 자들이 증언한 인상착의를 통해서 공 주가 절세미인과는 거리가 멀다는 사실을 알고 있었다. 그럼에도 소문이 사실인가, 의심을 떨칠 수 없었다.

'정말 그렇게 미녀라 공이 꼭꼭 숨겨두나? 아니면 취향인가? 하 지만 과거 교제했던 여자들 보면 전혀 다르던데.'

비비안 공주 찾기는 아주 작은 성과가 있었다. 비비안 공주가 시 녀 행세를 하며 외출했다는 사실을 알아냈다. 더 파고들기는 시간과 돈에 대비해 건지는 것이 없어서 그만 포기했다. 적이라면 샅샅이 뒤져 보겠지만, 아군을 상대로 그렇게까지 할 필요는 없었다. 어차피 수도에 오면 만나게 될 테니까.

'시녀인 척 외출이라. 제법 재밌는 짓을 할 줄 알잖아.'

퀘이즈는 있는 줄도 몰랐던 누이동생에게 호감이 생겼다.

＊　　＊　　＊

끊임없이 새로운 사건이 발생하는 수도에서 파비안은 오늘도 열심히 일하는 중이었다. 오늘은 그나마 그가 좋아하는 일이었다. 수도에 떠도는 소문을 취합하는 작업이다.

"호오, 이건 또 신선하네. 타란 공작 영지의 성 지하에 악마를 부르는 소환진이 있다고?"

파비안은 낄낄대면서 공작에게 올릴 보고서에 원색적인 소문 전부를 적어 넣었다. 파비안은 수하들로부터 올라온 보고서도 살폈다. 보고서를 들추다가 표정이 굳었다. 여류 소설가 근처에 심어둔 수하가 올린 내용이었다.

공작부인이 되신 공주님의 유일한 지인이라 파비안은 수하를 시켜 정기적으로 놀만을 살폈다. 혹시라도 공작부인과의 관계를 알아챈 누군가가 접근해서 위해를 가할지도 모르기 때문이었다. 반대로 여류 소설가가 공작부인에 대해 함부로 입을 놀리는지도 확인했다. 즉 감시 겸 보호였다.

"팔콘 백작부인이 여길 왜 찾아갔지? 한두 번이 아니군."

보고서를 보면 방문 목적은 여류 작가 소설의 팬이라고 했다.

'이유가 그것만은 아닌 것 같은데…….'

파비안의 날카로운 감이 말했다.

'아무튼, 괜히 껄끄러운 여자란 말이야.'

그는 예전부터 백작부인이 꺼림칙했다. 세 번 결혼했고, 남편이 다 죽었다는 과거사의 불길함이 싫은 건 부차적 이유였다. 때로는 이유 없이 싫은 사람이 있다. 파비안에게 팔콘 백작부인이 그런 사람이었다.

더 시간을 두고 지켜보는 방법도 있지만, 파비안은 이 내용을 작성하는 보고서에 끼워 넣었다. 그가 유능한 가장 큰 이유는 상황 판단이 빠르기 때문이었다. 공작부인에 관련한 소식을 허투루 넘겨서는 안 된다고 그는 판단했다.

공작께서 신혼 놀이를 하는 중이 아니라는 것을 그도 이제는 안다. 공작이 한 여자와 10개월 넘도록 한 침대를 쓰다니. 이건 전대미문이었다.

공작은 바람둥이가 아니었다. 파비안은 그렇게 생각했다. 그건 그냥 본능적인 욕구 해소였다. 공작은 여자들과 최소한의 감정 교류조차 없었다. 그런 공작이 한 여자에게 정착할 가능성을 생각한다는 사실만으로도 파비안은 인생의 신비로움을 느꼈다.

'역시 세상은 오래 살고 볼 일이야.'

5.
타란 공작 가문의 주치의

안나와 필립의 꾸준한 교류가 계속된 지 몇 개월이 훌쩍 지났다. 안나는 시간이 날 때마다 필립을 찾아가 가르침을 받았다. 지긋한 나이에도 학구열이 높은 안나의 열정을 필립은 기특하게 생각했다.

일주일에 한 번. 안나와 필립은 빈민 의료 봉사를 나갔다. 언제나처럼 뒷골목의 후미진 곳에 간이 치료실을 차려놓고 밀려드는 환자를 받았다. 고되지만 안나는 온갖 다양한 증상으로 찾아오는 환자들을 진료하면서 실력이 부쩍 늘었다.

"글씨, 이 멍청한 것이 약 만들라고 말리는 삼엽쑥을 처먹었다는 것 아니겠소."

괄괄한 중년 부인의 목소리가 우렁차게 울렸다. 간이 진료대는 두 개의 탁자를 조금 간격을 두어 그 사이를 얇은 천으로 벽을 만들었다. 그래서 조금 목소리를 높이면 옆에서 소리가 다 들렸다.

안나는 벽 너머에서 들리는, 필립을 찾은 환자의 목소리에 귀를 기울였다.

"내가 알고 먹었나. 엄니가 나물 말려놓은 것 있대서 그건 줄 알았지."

"눈깔이 삐었지. 그게 왜 나물로 보여!"

"그니까 왜 그걸 부엌에 뒀냐고!"

모녀는 주변이 떠나가라 서로에게 목소리를 높이며 옥신각신했다. 삼엽쑥! 안나는 진료를 멈추고 천으로 가린 벽에 시선을 고정했다. 차분한 필립의 목소리가 들렸다.

"그래서 무슨 일인가? 탈이라도 생겼는가?"

"아이고, 선생님. 이것이 그걸 처먹고 달거리를 안 한다지 않수. 계집애가 계집 노릇 못 해 어찌하나 밤에 잠을 못 자겠소."

"쳇, 난 안 하니 좋더만."

"미친것아! 애 못 낳는 석녀가 되고 싶어?"

안나는 벌떡 일어났다. 진료를 받던 환자의 당황한 표정이 지금은 눈에 보이지 않았다. 안나는 천으로 만든 벽을 들추고 옆 칸으로 들어갔다. 안나에게 잠깐 시선을 준 필립이 환자에게 말했다.

"이렇게 난리를 치면 진료를 봐줄 수 없네. 조용히 하고. 환자는 삼엽쑥을 얼마나 먹었지?"

"한 끼 반찬 정도? 무쳐서 먹었거든요."

옆에서 모친이 '미친 것, 그 쓴 걸 나물이라고 신나서 처먹다니. 내가 사람이 아닌 식충이를 낳았지. 어이구, 내가 못살아.' 하고 계속해서 구시렁거렸다.

"첫 달거리는 언제 했고?"

"재작년에 했든가?"

"삼엽쑥을 계속 먹은 건 아니지?"

"아뇨."

"그럼 일시적 현상이니 다음 달에는 다시 달거리를 시작할 것이다. 그러니 모친께서도 걱정할 것 없소."

도통 믿지 못해서 몇 번이고 다짐을 받은 모녀 환자가 끝까지 소란스럽게 굴다가 퇴장했다.

"무슨 일인가, 안나. 문제 있는 환자라도?"

"……아닙니다. 나중에 말씀드릴게요."

무료 진료를 마무리하고 날이 저물어 돌아온 두 사람은 필립의 거처에서 차를 마셨다.

"아까…… 삼엽쑥을 복용한 환자 말입니다. 전 처음 보는 증상인데 필립은 그런 걸 다 아시는군요. 삼엽쑥의 지혈 효과는 알지만, 그걸로 월경이 멈춘다니. 상처로 나는 피와 월경은 전혀 다른 구조로 이루어지는 현상인데 어떻게 그럴 수가 있나요?"

"드물지만 가끔 발생하는 환자라네. 가난한 자들이 굶주리다가 구별 못 하고 먹는 일이 있지. 하지만 걱정할 건 없어. 일시적 현상일 뿐이고 몸에 별 이상도 없으니까."

"그럼 혹시 삼엽쑥을 먹고 월경이 아예 멈추는 증상도 아시나요?"

찻잔을 입가에 가져가던 필립의 손이 잠시 멈칫했다. 눈동자에 떠오른 기광이 빠른 순간에 사라졌다. 그는 여전히 여유로운 미소를 지으며 온화한 음성으로 말했다.

"흥미롭군. 그런 환자가 있나?"

"예, 아예 무월경 상태가 되었어요. 좀 장기 복용을 했다더군요."

그동안 안나가 공작부인의 치료법을 찾기 위해 구매한 약초 서적만 수백 권이었다. 시중에 나온 책이란 책은 다 긁어모아 밤을 새워 읽었다. 그뿐만 아니라 로암에 거주하는 의사들을 수소문해서 부지런히 만나러 다녔다. 그러나 삼엽쑥을 먹고 월경이 멈춘다는 증상 자체를 아는 사람은 없었다.

안나는 차라리 직접 먹어서 실험을 해보고 싶었지만 안타깝게도 그녀는 이미 폐경기에 접어들었다. 부작용을 모르니까 다른 사람을 실험 대상으로 삼을 수 없었다. 그래서 오늘 우연히 환자를 접한 일이 놀랍고 허탈했다. 이럴 줄 알았으면 빈민가를 뒤지고 다닐 것을 그랬다.

안나는 필립이 새삼 존경스러웠다.

「도대체 어떻게 그런 대단한 의술을 익히셨나요? 책에도 나와
있지 않은 내용을 대단히 많이 아시잖아요.」

알면 알수록 필립의 의술이 놀라워서 어느 날은 직접 물어보았다.

「방랑기가 있어 돌아다니다 보니까 주워들은 잡다한 것이 많
은 것뿐이지.」

필립은 겸양했지만 안나는 그가 오지를 찾아다니며 의료 봉사를 한 노력의 보답이라고 생각했다. 그는 정말 위대한 의사였다.

"필립. 여행을 다니며 많은 환자를 치료했다고 하셨지요? 제가 너무 부끄러워요. 진정한 의술은 마음으로 행하는 것인데 제 의술의 미천함은 탐욕의 대가로군요."

"안나, 자네 의술은 훌륭해. 의욕 높고 환자에게 진실하지. 자네가 여자라는 이유로 제대로 인정받지 못해서 안타깝군."

"과한 말씀이세요."

안나는 웃음을 물며 찻잔을 입으로 가져갔다. 만약 그때 안나가 필립의 눈을 봤더라면 기이한 느낌을 받았을 것이다. 그의 눈동자가 괴괴한 빛으로 일렁거리며 조급함을 드러내고 있었다.

"환자가 누군가?"

안나는 망설였다. 환자의 비밀 엄수는 의사의 의무였다. 그러나 안나는 겨우 찾아낸 유일하고 결정적인 단서를 놓칠 수 없었다. 그녀는 실마리조차 잡지 못하는 시간이 길어질수록 초조함을 느끼고 있었다. 아무도 재촉하지 않았으나 쫓기는 심정이었다.

'괜찮아. 그는 공작가 주치의고 대단한 의술을 지녔어. 빈민들을 찾아다니며 의술을 펼칠 정도로 진정한 의사지.'

왜 그가 감시를 받고 있는지 알 수 없으나 그가 공작가에 해를 끼칠 사람이었다면 단지 감시 정도에 그치지 않았을 것이다. 마음을 굳혔다. 그래도 선뜻 마님을 구체적으로 입에 담기는 껄끄러웠다.

"사실 저는 그 증상에 대한 조언을 구하고 싶어서 처음에 필립을 만나러 왔어요."

공작부인 주치의가 다른 의사에게 조언을 구한다면 환자가 누군 지 말하지 않아도 뻔했다. 안나는 가만히 자신을 바라보는 필립에 게 고개만 끄덕였다.

"혹시…… 초경을 시작할 때부터 복용하셨나?"

"아시는군요!"

안나는 환호성을 질렀다.

"치료법도 알고 계시나요?"

"다행히 알고 있네."

"세상에!"

그토록 찾아 헤맨 치료법이 바로 옆에 있었다. 차라리 처음부터 솔직히 조언을 구했으면 그 고생을 하지 않아도 되었을 텐데. 그래 도 그런 수고에 시간을 쏟은 일을 후회하지 않았다. 책을 들이판 노 력은 그녀의 실력에 보탬을 주었다.

"환자는 어쩌다 삼엽쑥을 복용하셨나?"

"어릴 때 무지하여 여인 몸의 변화를 제대로 알지 못하셨다는군 요. 어린 마음에 지혈되는 약초라고 해서 초경을 수습하려 하셨대 요."

"얼마나 오래 복용했기에?"

"반년 정도 복용했더니 그 후 계속 월경이 없다고 들었어요. 정 말 치료가 가능하지요?"

"좀 더 들어보게. 이 증상은 치료되려면 특이한 조건이 필요하 지. 처녀가 아니어야 하고, 둘 이상의 남자와 교합한 경험이 있어서 는 안 돼."

안나의 표정이 떨떠름해졌다. 증상 자체가 괴이하다 싶더니 치료 조건도 괴이했다. 안나는 공작부인을 치료한 경험 덕에 공작부인의 순결함을 누구보다 잘 알고 있었다. 그러나 이건 은밀한 사생활이 며 명예가 걸렸다. 잠시 망설였지만 의사가 환자 몸 상태를 민망해 하면 치료를 제대로 할 수 없다는 의사로서의 신념을 선택했다.

"문제없어요. 환자는 얼마 전 혼인했고, 초야 때 처음 관계를 맺 었어요."

안나는 고집스럽게 환자가 누군지 정확히 칭하지는 않았지만 피 차 서로 알아듣고 있었다.

"그럼 치료가 되는 건가요?"

필립은 시선을 조금 내리고 아무 말이 없었다. 안나는 생각에 잠 긴 그를 방해하지 않으려고 기다렸다. 사실 필립은 격동에 휩싸인 자신을 겨우 진정시키고 있었다. 그는 얼마간 시간이 지난 후 평온 한 얼굴로 고개를 들었다.

"가능하네."

"마님을 당장 뵈러 가요. 치료법을 찾았다고 하면 기뻐하실 거예 요."

당장 일어날 것처럼 안나는 엉덩이를 들썩거렸다. 그녀는 자신 의 입으로 직접 환자가 누군지 거론한 사실조차 깨닫지 못했다. 필 립은 그녀에게 손짓으로 진정하라고 말했다.

"이 치료법은 우리 가문에서만 내려오는 비전 중 하나라네. 정확 한 조제법은 물려받은 노트를 찾아봐야 하는데 당장 가지고 있지 않아. 다른 곳에 두었거든. 자리를 비우고 다녀와야 할 것 같네."

안나는 안타까웠다. 겨우 잡은 실마리를 놓칠까 봐 조급증이 일었다.

"오래 걸리시나요? 저도 함께 가면 안 될까요?"

"자네를 데려갈 수는 없어서 미안하네. 집안 대대로 내려오는 비밀 장소라서."

"제가 너무 성급했군요. 무리한 요구를 해서 죄송해요."

"너무 그리 서둘지 말게. 틀림없이 치료법을 주겠네. 그러니 그 사이에는 환자에게 알리지 말게. 괜히 기다리게 할 필요 없지."

"그렇지요. 언제쯤 돌아오세요?"

"늦어도 일주일 안으로는 돌아올 것이네."

안나가 돌아가고 필립은 두 손을 깍지 껴서 마주 잡고 고개를 떨어뜨린 채 소파에 한참을 앉아 있었다. 불을 켜지 않아 어두컴컴한 응접실에서 그림자처럼 앉아 있는 인영은 누가 봐도 섬뜩할 만큼 스산했다.

"크흐흐흐……."

필립이 몸을 부들부들 떨다가 미친 것처럼 광소를 터뜨렸다.

"크하하하!! 끝이 아니었어! 아직 끝나지 않았어!"

온화한 표정을 잃지 않고 늘 감정을 절제하는 평소의 필립이 아니었다. 눈동자에 핏발이 곤두서고 이마에 혈관이 불거졌다. 흉신악살처럼 일그러진 표정에 집착과 광기가 덕지덕지 묻어났다. 반쯤 포기 상태로 잠들어있던 집착이 가능성을 발견하자 거세게 들끓었다.

전 공작이 비극적 죽음을 맞이하고 새로운 공작이 작위를 승계한 후 어느 날, 필립은 괴한에게 납치를 당했다. 기절했다가 깨어나보니 지하 감옥이었다. 하루를 꼬박 갇혀있었다. 그리고 나타난 사람은 타란 공작이 된 휴였다.

「늙은이. 네놈이 애새끼 만드는 법을 안다며? 말해봐. 그 저주받을 방을 달달 뒤졌는데 그건 없더라고.」

공작이 되고 나서 처음 만난 휴는 변해있었다. 뿌리 깊은 증오와 혐오가 눈동자에 넘실거렸다. 필립은 그 원인이 '저주받을 방'이라 부른, 타란 혈족 비밀의 방에 있다는 것을 알아차렸다.

「비밀의 방에 들어가셨군요.」

「그랬지. 정말 재밌더군. 죽은 공작부인이 배고 있던 계집애가 장차 내 애를 낳을 예정이었어. 참 안타까운 일이지. 미래의 내 아내가 세상 빛도 못 보고 제 어미 배 속에서 고깃덩어리로 변해 버렸으니. 이럴 줄 알았으면 얼굴이나 확인해 둘 걸 그랬어. 공작부인 배가 제법 불렀으니까 형태는 있었을 텐데 말이야.」

말과 다르게 공작은 구역질 나 견딜 수 없다는 표정이었다.

「대단한 비밀이랍시고 휘갈겨놓은 문서들을 보니까 웃기지도 않더군. 공작부인은 아들을 낳아야 하니까 평범한 여자는 들인 적 없던데 이번에는 왜 달랐지? 내 어미가 죽어서 그랬나? 그래서 딸을 낳으면 예서 키울 수 없을 테니 빼돌렸겠군.」

필립은 긍정처럼 아무 대답하지 않았다. 공작부인이 딸을 낳으면 아이는 태어나자마자 죽은 것처럼 처리해 밖에서 키울 계획이었다.

공작은 제가 생각한 추리를 계속 늘어놓았다.

「그 계집애랑 나랑 나이 차가 있으니 계속 날 혼자 두지는 않을 테고. 뒤진 영감탱이는 미래 내 아들의 신부가 될 딸을 낳아줄 여자와 날 결혼시켰겠지. 그런데 그러면 아들을 낳아줄 귀한 타란 혈족의 여자가 정부인이 아니게 되잖아. 아들은 사생아가 되고. 그런 흠집을 낼 리가 없어. 그래서 생각해 보니까 딸을 낳아준 내 아내는 얼마 안 가 죽게 되었을 거야. 사고든 병이든. 밖에서 잘 자란 내 누이는 내 후처로 들어와 내 아들을 낳겠지. 어때? 내가 잘 때려 맞췄나?」

「…….」

「그런데 어쩌지? 내 이복누이가 다 죽어 버렸으니 영원히 내 아들이 태어날 일은 없을 텐데.」

몹시 유쾌해하는 공작을 보며 필립은 돌아가신 휴고 도련님의 핏줄이 잉태되어 자라고 있다는 사실을 밝히지 않았다. 지금의 공작이라면 아는 즉시 모자를 죽일 것이다.

「하지만 여전히 딸은 낳을 수 있지. 더러운 네놈들은 내 딸과 날 붙이는 짓도 서슴없이 할 거야. 말해, 늙은이. 이 괴물 일족이 어떻게 혈통을 질기게 이어왔는지. 난 이 땅에 내 피를 이은 더러운 오물을 남길 생각 없으니까.」

필립은 공작이 삼엽쑥에 관한 사실을 알 경우 무슨 짓을 할지 예측했다. 불가능하다 해도 세상의 모든 삼엽쑥의 뿌리를 뽑는 일을 시도할 것이고, 정히 여자가 필요하면 뒤탈 없는 창기를 구해 한 번 품고 죽이거나 같은 여자를 두 번 품지 않을 것이다. 그래서는 타란 혈족을 이을 가능성이 사라진다.

「여기 처박혀 평생 햇빛 보기 싫으면 입 다물고 있든지.」

필립은 가문의 비전은 절대 누설할 수 없다고 버티다가 공작의 협박을 못 이기는 척 거짓을 늘어놓았다.

「아이의 아버지가 될 타란 혈족 사내의 피를 내어 1년 이상 꾸준히 복용시킨 여자의 처녀를 취해야 합니다.」

그 터무니없는 말을 공작은 믿었다. 그가 얼마나 타란 혈족을 끔찍한 괴물로 생각하는지 짐작할 수 있는 부분이었다.

본인의 자발적 도움이 없으면 임신이 불가능하다고 생각했는지 공작은 그 후 필립을 철저히 없는 사람 취급했다. 무관심한 틈을 타서 필립은 일의 진행을 멈추지 않았다.

타란 혈족은 대대로 핏줄의 광기를 이어받았다. 그건 살육이나 성욕의 충동을 일으킨다. 공작은 그 정도가 심했고, 형제가 죽은 이후에는 더 심해졌다. 한창인 십 대 후반 언저리에는 살인하거나 계집을 안지 않고는 잠들지 못할 정도였다.

필립은 고아나 걸식하는 어린 계집아이들을 사서 삼엽쑥을 먹여 준비된 몸을 만들었다. 공작 입맛에 맞추려고 철저히 방중술을 가르치고, 공작이 처녀를 좋아하지 않는다는 것을 알고 가문 비전에 따라 처녀혈이 나오지 않도록 조치했다.

때마침 터진 전쟁은 기회였다. 필립의 접근이 훨씬 쉬웠다. 필립은 준비된 여자에게 파과의 고통을 느끼지 못하게 진통 효과 있는 마약을 먹여 공작의 막사에 들여보냈다. 살육의 광기에 흥분한 공작은 들이는 여자가 누군지 관심 두지 않고 취했다.

필립의 시도는 늘 실패했다. 임신하려면 한 여자와 꾸준히 관계를 해야 했지만 공작은 싫증을 잘 냈다. 필립이 입막음을 위해 실패한 여자를 죽인 수가 수십이 넘어갔다.

전쟁이 소강상태에 이를 무렵부터 공작은 날뛰던 자신을 조금씩 절제하기 시작했다. 전쟁으로 실컷 피를 봐서 갈증이 얼마간 해소된 것일 수 있고, 스물 중반으로 향하는 나이 때문일 수도 있었다. 그리고 화려한 귀족 여자들에게 취미가 들려 그들만 침대로 들였다. 필립이 아무리 재주가 좋아도 고아처럼 귀족 여자를 구할 수는 없었다.

죽은 공작이 남긴 딸이라도 있으면 미래 데미안 도련님과의 자손을 노려보겠으나 불행히 타란 혈족의 여자는 모두 죽었다.

폐기되었으나 필립이 죽은 공작 모르게 살려둔 아가씨는 데미안을 낳고 죽었고, 미래의 공작부인으로 키워지던 아가씨는 불의의 낙마 사고로 죽었다. 죽은 공작이 새로 맞아들인 공작부인 태에서 자라고 있던 아가씨는 휴고 도련님 손에 모친과 함께 죽었다.

데미안 도련님의 탄생은 하늘의 도움이었다. 그러나 데미안 도련님에게 신부가 없으면 타란 혈족은 끝난다. 공작의 협조 없이 아가씨를 얻을 길이 요원했다.

그런데 애써 구하지 않아도 준비된 조건을 갖춘 분이 공작부인이 되었다. 확인을 위해서 안나에게 조건이 필요하다고 거짓말을 했다. 완벽했다. 이것이야말로 기적이었다. 하늘은 아직도 타란 혈족의 건재함을 굽어살피고 있었다.

'머지않아 어여쁜 신부가 태어나실 겁니다. 데미안 도련님.'

그는 어둠 속에서 짙은 미소를 지었다. 필립은 이미 여러 가지 변수를 고려한 다양한 계획을 세워두었다. 가문 대대로 내려오던 숙원. 그의 핏속에 잠시 잠자고 있던 집요한 집착이 다시 불붙기 시작했다.

＊　　　＊　　　＊

하루걸러 한 번씩 안나가 지어 올린 약을 먹는 일은 이제 루시아의 일상이었다. 보통 저녁을 먹고 한두 시간 후에 하녀가 가져왔다.

루시아는 습관적으로 약그릇을 들어 입으로 가져갔다가 놀라며 반사적으로 입을 떼어냈다.

"……바닐라 향?"

다시 약그릇에 코를 바싹 들이밀고 냄새를 맡았다. 틀림없었다. 바닐라 향이다. 꿈속에서 그렇게 오랜 시간과 노력을 들여도 찾지 못한 치료법이었다. 기적처럼 만난 떠돌이 의사는 가문의 비전이라고 했다. 이렇게 쉽게 찾아낼 수 있는 약이 아니었다.

루시아는 하녀를 불러 안나를 데려오라 했다.

"안나, 오늘 들인 약이 지금까지와 다르더군요."

"예, 새로운 치료약입니다."

"안나가 찾아낸 방법인가요?"

"……예."

안나가 누군가의 조언을 받았다고 대답했다면 루시아는 꿈속의 떠돌이 의사와 안나가 만났을지 모른다고 생각했을 것이다. 하지만 안나가 찾아냈다는 말은 믿을 수 없었다.

"안나, 나는 약초에 흥미가 있어 잠시 공부를 한 적 있어요."

그러면서 루시아는 약초의 이름 세 가지를 나열했다. 모두 성분이 강한 편에 속해서 환자의 체질에 따라 살피고 처방에 조심해야 하는 약초들이었다. 의사라면 상식에 가까운 지식이었다.

"그 약초들을 함께 배합해서 약을 지어먹으면 어떻게 되는지 알고 있나요?"

안나는 뜬금없는 질문의 의도를 이해할 수 없었지만, 지닌 지식에 기초해서 성실하게 답했다.

"그것들은 절대 함께 배합해서는 안 되는 약초들입니다. 각각 성질이 다르고 강해서 같이 복용하면 독으로 작용합니다."

"그래요? 그럼 안나는 내게 독을 먹이려고 이 약을 가져왔군요."

"예?"

독살! 안나의 몸이 차갑게 식으며 팔다리가 뻣뻣해졌다. 자그마한 눈앞의 여인이 갑자기 거대한 강철 벽처럼 느껴졌다.

공작부인은 평소에 아랫사람에게도 적당한 예의를 갖추고 권위를 내세우지 않았다. 그래서 잊고 있었다. 공작부인은 안나가 주치의가 되지 않았다면 평생 구경도 하지 못할 어마어마한 고위 귀족이었다.

'내가 공작부인 심기를 거슬린 것이 있나?'

등에 한기가 들었다. 독살 시도의 의혹을 받은 일개 주치의의 목숨은 바람 앞의 촛불과 같았다. 사실 여부는 중요하지 않았다. 그런 의심을 품게 한 것이 문제였다.

"이 약에서 바닐라 향이 나는 건 알고 있어요?"

"예, 마님."

"왜 바닐라 향이 나는지는 알아요?"

"……."

"내가 말한 세 가지 약초를 배합해서 약을 달이면 바닐라 향이 나요. 안나는 몰랐던 것 같군요."

"……예?"

"안나가 찾은 치료법이라 했어요. 어떻게 모를 수가 있지요?"

루시아는 꿈속에서 떠돌이 의사가 주고 간 치료법으로 월경을 시작한 후, 치료법에 흥미가 생겼다. 약초를 사러 갔을 때 함께 쓰면 큰일 날 약재가 있다는 약재상의 말이 계속 기억에 남았다. 필립이 가문의 비전이라는 노트를 찢어주면서 짓던 쓸쓸한 표정도 자꾸 생각이 났다.

특히 약에서 나는 바닐라 향이 궁금했다. 그래서 호기심에 약초 공부를 시작했다.

그녀의 공부는 전문적인 수준에 이르지는 못했다. 그저 필립이 주고 간 처방전에 쓰여있는 약초의 종류와 효능만 익혔다. 그리고 처방전의 약초를 하나씩 빼면서 배합하는 실험을 반복했다. 그녀는 상식적으로 함께 복용하지 않는 세 가지 약초를 섞어 달이면 바닐라 향이 난다는 사실을 알아냈다.

안나의 안색이 하얗게 질렸다. 안나는 약에 어떤 약초가 들어갔는지 몰랐다. 필립이 건네준 약재는 곱게 빻은 가루 상태였다.

「최소 월 1회 이상. 정기적으로 꾸준하게 월경이 시작할 때까지 복용하면 된다네. 복용법은 간단하지.」

「뭐가 들어갔는지 모르는 약을 환자에게 올릴 수 없어요. 처방전도 함께 주셔야지요.」

「우리 집안의 비전이네. 누설할 수가 없어.」

「필립. 저는 의사로서의 필립의 양심과 실력을 의심하지 않습니다. 하지만 여느 환자가 아니에요.」

「안나. 그러면 내가 직접 환자에게 설명하겠네.」

「그럴 수가 없어요. 필립은 마님께 접근 금지 상태잖아요.」

「무슨 사정이 있는지는 여쭙지 않겠지만, 필립을 마님과 만나게 해드릴 수는 없어요.」

「……내 목을 걸고 장담하지. 정히 걱정되면 자네가 먹어 봐도 괜찮네. 보통 사람이 먹으면 아무 효능이 없는 약이니까.」

「장기 복용이라 하셨잖아요. 장기 복용해야만 문제가 있을 수 있지요.」

「안나, 내가 환자에게 해를 입힐 약을 지을 것 같은가?」

안나는 필립에 대한 신뢰와 의사로서의 양심, 치료하고 싶다는 욕망 속에서 치열하게 갈등했다. 직접 일주일간 약을 먹으며 몸에 이상이 없는지 살폈다. 그러다가 공작의 호출을 받았다.

타란 공작은 일주일에 한 번 정도 안나를 불러서 공작부인의 치료가 어찌 되어 가느냐고 물었다. 그러면 안나의 대답은 항상 같았다.

「치료법을 찾는 중입니다.」

공작은 더 추궁하지 않았고, 알았다는 대답으로 끝이었다. 그런데 치료법을 가진 상태로 공작의 부름을 받았더니 압박을 느꼈다. 거금을 받고 주치의 노릇을 하고 있으면서 제대로 하는 일이 없다는 자괴감이 들었다.

그리고 필립에 대한 신뢰는 안나의 마음속에 대단히 크게 자리 잡고 있었다. 필립에게서 치료법을 얻어도 출처를 밝히지 말아야 하며 필립의 존재조차도 마님께 언급하지 말라고 했던 집사의 경고만 지키면 된다고 생각했다. 결국, 안나는 약을 공작부인에게 올렸다.

'내가 미친 짓을 했구나.'

루시아가 약의 성분을 추궁하고 나서야 안나는 깨달았다. 의사가 확신 없는 약을 환자에게 처방했다. 환자가 공작부인이라는 문제 이전에 의사로서 치명적인 판단착오였다.

"드릴 말씀이 없습니다. 죄송합니다, 마님. 사실은 제 치료법이 아닙니다. 그리고 독은 아닙니다. 제가 일주일을 먹으며 확인했습니다."

안나의 노력과 고뇌가 느껴져서 루시아는 한숨을 내쉬었다.

"안나가 내 상태를 상담했을 정도로 대단히 신뢰한 모양이군요. 누군가요?"

"죄송합니다, 마님. 누군지 말씀드릴 수가 없습니다."

"약을 처방해 준 쪽에서 밝히지 말아달라고 했나요?"

루시아가 생각하건대 꿈속의 떠돌이 의사는 공을 탐할 사람이 아니었다.

"……."

필립의 존재조차도 말할 수 없는 안나는 아무 대답을 하지 못했다.

"나는 이 약을 먹을 수 없어요. 믿을 수 없군요. 이해하지요?"

"예, 마님. 제가 큰 잘못을 저질렀습니다."

"날 치료하기 위한 마음에서 그랬다는 걸 알아요. 하지만 다음부터 거짓말은 하지 마요."

"예, 마님."

루시아는 안나가 치료법을 찾으면 거부하지 않겠다고 생각한 적이 있었다. 그때는 그에게 화가 나 있었고, 될 대로 되라는 심정이었다. 하지만 그가 왜 아이를 원하지 않는지 알고 나서 마음이 바뀌었다.

그는 지금 아버지가 될 준비가 전혀 되어있지 않았다. 아이가 태어나면 태어날 아기는 물론 모두에게 비극이었다. 루시아는 그가 바라지 않는 아이를 낳고 싶지 않았다. 태어난 아이가 아버지의 사랑을 듬뿍 받을 수 있기를 바랐다.

휴고는 부모의 사랑을 모르고 자랐고, 루시아는 아버지가 방치한 어린 시절을 보냈다. 둘 다 정상적인 가정의 결핍을 겪었다. 부족한 그들이 만나 완전해지기 위해서는 서로를 완벽하게 이해해야 한다고 그녀는 생각했다.

'아이가 태어나지 않는 편이 더 행복할 수도 있어.'

아쉬움은 있었다. 그를 사랑한다. 사랑하는 남자의 아이를 낳고 싶다. 그래도 지금은 아니었다. 꿈속의 고단했던 삶은 돌이켜 생각해 보면 그녀에게 많은 가르침을 주었다. 꿈이 아니었다면 루시아는 이렇게 긴 인내심을 가지고 먼 미래를 보지 못했을 것이다.

안나는 필립에게 약을 거부한 공작부인의 뜻을 전했다. 이야기를 들으며 필립은 놀라움을 감추지 못했다.

"허허……. 바닐라 향이 나는 약초 배합이라니……. 그걸 안다고?"

필립은 몇 번이나 중얼거렸다.

"날 공작부인과 만나게 해주게. 그건 틀림없는 치료법이야."

"그럴 수가 없다는 것을 아시잖아요. 대체 무슨 잘못으로 감시를 받고 있는 거예요?"

"개인적 문제야. 의술과는 관련이 없네. 자네는 이대로 마님의 치료를 포기할 셈인가?"

안나는 고개를 내저었다.

"저로서는 방법이 없어요. 필립 말씀대로 필립이 직접 마님을 뵙고 설명해 드릴 수는 있겠지요. 하지만 만나는 것 자체가 불가능한 것을요."

"안나, 나는 환자를 앞에 두고 포기할 수 없네."

"……그럼 공작 전하께서 돌아오시면 여쭈어 볼게요."

타란 공작은 지금 영지 시찰로 로암에 없었다. 필립은 기 기회를 놓칠 수 없었다. 공작이 돌아오면 절대 단둘이 만나게 해주지 않을 것이다.

공작은 삼엽쑥에 대한 비밀을 모르지만, 필립의 처방을 받은 후 공작부인이 임신하면 머리 좋은 공작은 단번에 필립이 수작을 부렸다고 알아차릴 것이다. 그리고 아이가 태어나지 못하게 손쓸 것이 틀림없었다.

그래서 공작부인의 임신에 필립이 개입된 사실을 공작은 몰라야 한다. 그러려면 필립은 공작부인을 만나야 했다. 일단 만나기만 하면 구슬려 설득할 자신이 있었다.

"환자의 뜻이 우선일세. 환자가 아이를 원하는지가 가장 중요해. 공작 전하께는 이미 혼외자로 들인 후사가 있다는데 공작께서 마님이 낳을 아이를 원하실 것 같은가? 귀족은 비정하다네. 우리 같은 보통 사람과 달라. 아내에 대한 애정과 후사는 철저히 구분하지. 마님도 자식이 있어야 노후를 기대할 것 아니겠나. 자네는 마님이 이대로 영영 자식을 안아보지 못할 일이 안타깝지 않은가?"

필립의 차분하게 안나를 설득했다. 필립에게 적극적으로 마음을 열고 있는 안나는 쉽게 설득당했다.

'지금은 두 분의 사이가 좋지만.'

본디 귀족들이란 그랬다. 결혼하고서도 남자나 여자나 각자 애인 따로 두고 즐기는 것이 그들의 생태였다.

남는 건 자식뿐이다. 결혼하자마자 사생아를 아들로 입적해야 하는 공작부인이 가엾다고 고용인들은 뒤에서 숙덕거렸다. 안나의 생각도 그들과 같았다.

"제가 마님께 말씀드려 볼게요."

안나는 이것이 마님을 위한 길이라고 생각했다.

"마님, 일전에 말씀드린, 치료법을 알려준 의사가 마님을 뵙기를 청합니다."

"그래요? 만나볼게요."

"하온데 마님. 그 의사는…… 사실 공작가 주치의입니다."

"공작가 주치의?"

"집사가 일전에 저를 불러서 말했습니다. 공작가 주치의는 요주의 감시 인물이며 마님께서 만나서 안 되고, 존재도 알게 해서는 안 된다고 했습니다. 공작 전하께서 내리신 명이라고 들었습니다."

안나의 표정과 말투가 비장했다. 꿈속의 은인을 다시 본다고 기대했던 루시아의 기분이 가라앉았다.

"그럼 안나는 지금 큰 잘못을 하고 있군요. 내게 언급하지 말라고 했다는 명을 어겼어요."

"알고 있습니다. 책임을 지겠습니다. 하지만 마님. 그 의사는 반드시 마님을 치료할 수 있다고 했습니다. 마님을 뵙고 설명해 드리고 싶다고 했습니다."

"책임? 어떻게 책임을 지겠다는 건가요?"

"……주치의 자리를 사직하겠습니다. 제가 너무 부족한 것 같습니다."

"……"

루시아는 초췌한 안나의 안색을 살폈다. 고민을 많이 한 표정이었다.

"안나, 지난번 약도 그렇고 이번 일도 그렇고. 안나가 본분만 지켰다면 일어나지 않을 일이에요."

"제가 주제넘은 짓을 했습니다. 알고 있습니다. 저는 다만 마님께서 치료하시어 어여쁜 아기를 안아 보셨으면 하는 마음입니다."

루시아는 한숨을 내쉬었다. 나쁜 사람은 아니었다. 오히려 안나만큼 순수한 열정을 지닌 사람은 보기 드물었다. 그래서 루시아는 안나를 좋아했다. 그런데 사람이 요령이 없었다.

"날 만나고 싶다는 공작가 주치의 이름이 무엇이지요?"

"……필립 경입니다."

"경?"

"남작 작위를 가지고 있습니다."

떠돌이 의사 필립이 공작가 주치의였던가. 작위까지 가진 공작가 주치의가 무슨 이유로 방랑하고 있었을까. 꿈속에서 봤던 필립은 떠도는 생활이 익숙해 보였다. 잠시의 여행자가 아니었다.

'그때 타란 공작가에 무슨 일이 있었던 걸까.'

나이가 들어서는 아예 세상과 담을 쌓고 살았다. 사교계 소식은 커녕 세상 돌아가는 일도 잘 몰랐다. 꿈속에서 가장 평온했던 시절이었지만, 새삼 꿈속의 자신이 원망스러웠다. 더 관심을 두고 부대끼며 살았으면 좋았을걸.

'왜 그이는 공작가 주치의가 날 만나지 못하게 했을까.'

고작해야 주치의였다. 보기 싫은 자라면 아예 근처에 얼씬 못하게 추방하면 되었다. 굳이 감시의 눈을 심는 번거로운 방법을 택할 이유가 뭐가 있을까.

"공작가 주치의면 공작가에 오래 몸담았다고 하던가요?"

"집안 대대로 공작가 주치의라고 들었습니다."

집안 대대로라는 말을 듣자마자 루시아는 그가 했던 말이 떠올랐다.

「당신에게 모두 말할 수가 없어. 내가 죽어서도 드러내고 싶지 않은 일들이야.」

'그가 지키고 싶은 비밀. 그걸……. 그 주치의가 아는구나.'

그녀의 감이었다. 이해는 가지 않았다. 정말 그렇다면 주치의는 이미 그의 손에 죽었어야 했다. 그녀가 뭔가 더 추측하기에는 단서가 너무 적었다.

하나만은 확실했다. 그는 그녀가 주치의 필립과 만나는 것을 절대 원하지 않는다. 만나더라도 그가 없는 지금을 기회로 그가 모르게 만나서는 안 된다고 그녀의 감각이 경고했다.

"만나지 않겠어요."

안나가 안타깝게 탄식했다.

"안나. 안나는 의사로서, 그리고 공작가 사람으로서 큰 잘못을 했어요. 의사로서 내게 한 실수는 내가 용서할 수 있어요. 그러나 공작 전하의 명을 어긴 것은 그럴 수 없군요. 사직은 받아들이지요. 다만, 지금 당장은 아니에요. 아마 곧 수도로 올라가게 될 거예요. 수도로 갈 때까지만 맡도록 해요."

그리고 루시아는 제롬을 불렀다.

"제롬, 주치의 안나가 오늘 내게 공작가 주치의가 날 만나기를 원한다는 말을 전했어요. 하지만 제롬이 예전에 경고했다더군요."

제롬의 날카로운 시선이 침통하게 고개를 숙이고 서 있는 안나에게 잠시 닿았다가 다시 마님을 향했다.

"예, 마님. 주인님께서 지시하셨습니다."

"그분의 명이라면 그럴 이유가 있겠지요. 나는 공작가 주치의를 만날 생각이 없어요. 그리고 이 일은 내가 직접 그분이 돌아오시면 말씀드리겠어요."

"예, 마님."

"안나는 내게 사직 의사를 표했지만, 내가 반려했어요. 수도에 올라갈 때까지만 주치의 자리를 맡을 거예요. 그러니 추가로 안나를 추궁할 필요는 없어요."

"예, 마님."

제롬의 태도는 왕 아래 무릎을 꿇고 준엄한 명을 받는 기사처럼 근엄했다. 마님의 현명한 결단에 제롬은 늘 감탄했다. 이분이야말로 타란 공작을 안에서 든든히 받치는 가모 자리에 부족함이 없었다. 제롬은 자신이 모시는 두 분 주인님을 진정으로 존경할 수 있다는 사실이 기꺼웠다.

*　　*　　*

"어서 와요, 케이트."

루시아는 그녀를 가볍게 안으며 반가움을 표했다.

두 사람의 우정은 여전했다. 공작부인과 봉신의 딸이라는 격차가 존재함에도 두 사람의 성품은 모든 장벽을 허물었다. 권위를 내

세우지 않는 공작부인 루시아와 공작부인과의 우정을 이용하지 않는 케이트는 오직 사람 대 사람으로 서로를 대했다.

"몸은 이제 괜찮아요?"

"싹 나았어요. 그러니까 루시아를 만나러 왔지요."

근 한 달간 케이트는 열감기에 걸리는 바람에 집에서 두문불출했다.

"병문안을 가고 싶었는데 미안해요."

휴고가 절대 허락하지 않았기 때문에 루시아는 가지 못했다. 잠시 병문안을 다녀오는 정도로는 열감기에 옮지 않는다고 아무리 설명해도 그는 들은 척도 하지 않았다. 오히려 요즘 열감기가 유행 중이라는 이유로 아예 외출을 금지했다.

"무슨 말씀이세요. 안 오시기를 잘했어요."

괜히 옮기라도 했다가는 후환이 두려웠다. 공작의 분노는 사고 싶지 않았다. 케이트는 루시아에게 요즘 북부 사교계의 분위기가 어떤지 말하고 싶어서 입이 근질거렸다. 한 달에 두세 번의 티파티 외에는 공식 활동이 없는 공작부인은 자신도 모르는 사이에 사교계 거물이 되었다. 거물은 거물인데 실체는 없는 그림자였다. 마치 타란 공작이 북부를 지배하지만, 드러나지 않게 군림하는 것과 유사했다.

루시아는 한 번에 만나는 사람이 많아봤자 열다섯 명 정도였다. 소규모 티파티만으로는 대중의 심리 파악에 한계가 있었다. 그녀가 대충 짐작하는 것 이상으로 그녀의 존재는 북부 사교계의 중심이었다.

케이트는 요즘 북부 사교계가 공작부인 눈치를 보며 설설 기고 있다고 슬쩍 알려줄까요, 종조모님께 떠들었다가 괜히 경솔하게 굴지 말라고 야단을 들었다. 공작부인이 자신의 위치를 자각하기 전에 남들에게 그런 말을 들으면 편견을 가져 제대로 파악하기 어렵다고 마담 미셸은 엄하게 입단속을 시켰다.

"전하께서는 영지 시찰 중이시라지요."

"네. 보통 사오일 걸리시니까 오늘내일로 돌아오실 거예요. 마담 미셸은 좀 어떠신가요?"

"여전하세요. 잔소리는 더 늘어나셨죠. 저만 보면 공작부인을 반만 닮으라고 하시는 말씀이 귀에 못이 박이겠어요."

"괜히 하시는 말씀이겠죠. 케이트가 얼마나 매력적이고 아름다운데요."

"전 루시아가 훨씬 더 매력적이라고 생각해요."

"고마워요."

입에 발린 칭찬이 감사하다는 듯 웃는 루시아를 보며 케이트는 진심으로 그렇게 생각한다고 강조하지 않았다. 말해봤자 듣 좋은 말이라고 웃어넘길 테니까. 케이트를 루시아를 볼 때마다 묘한 매력을 느꼈다. 루시아는 대단한 미인은 아니지만, 보면 볼수록 자꾸 시선이 갔다. 화려한 외모가 아니라 그녀 자체에서 향기가 나는 사람이었다. 밀폐된 공간에 가득 꽃을 채웠다가 꽃을 치운 후에도 잔향이 남아있는 것처럼 아련하게 계속 기억에 남았다.

"날이 풀려서 여우 사냥을 가려고요. 함께 가시죠."

"이제 막 자리를 털고 일어나서 벌써 그런 것을 해도 되겠어요?"

"그럼요, 문제없어요. 루시아는 여우가 없으니 구경만 하셔야겠지만요."

"구경만으로도 충분해요."

부웅……. 고동 피리 소리가 들렸다.

"전하께서 귀환하셨나 봐요."

루시아는 따라 일어나는 케이트를 만류해 다시 앉혔다.

"손님이니까 그냥 있어도 괜찮아요. 잠시만 자리를 비울게요."

루시아가 나가고 응접실에 혼자 남게 되자 케이트는 편하게 소파에 기댔다. 고동 피리를 들으며 루시아의 얼굴에 떠오른 설렘을 케이트는 목격했다. 귀여워서 피식 웃음이 나왔다. 그렇게나 남편이 좋을까. 루시아와 대화를 나누다 보면 남편을 향한 소녀처럼 수줍어하는 마음이 종종 드러나곤 했다.

공작 부부가 금실이 좋다는 소문은 꽤 파다했다. 그래도 다들 실체를 본 적 없으니 반신반의였다. 그리고 공작부인을 직접 본 사람들은 고개를 갸웃했다. 공작이 그렇게 빠질 만큼 미인은 아니라고 조심스럽게 돌려 말했다.

하지만 케이트는 한두 번 만나 차를 마시는 정도로는 루시아의 매력을 알 수 없다고 생각했다. 공작이 루시아의 어떤 매력에 빠져들었는지 충분히 이해했다.

찻잔의 차가 다 식어 미지근해질 무렵 덜컥 문이 열렸다. 고개를 돌린 케이트의 눈이 휘둥그레졌다. 덩치 큰 흑발의 미남자가 성큼 안으로 들어오는데 그에게 손목이 잡혀 공작부인이 끌려 들어오고 있었다.

남자는 공작부인을 안으로 들이자마자 닫힌 문에 기대게 하며 키스하기 시작했다.

'우와……'

난데없는 상황에 고개를 돌릴 생각도 하지 못하고 케이트는 멍하니 두 남녀의 애정 행각을 구경했다.

공작이 작위를 받기 전에는 케이트가 사교계에 데뷔하기 전이었고, 전쟁 중에는 얼굴을 볼 기회가 없었으며, 결혼하고 얼마 전에 북부로 돌아온 이후에 공작은 사교 파티에 참석한 적이 없어서 타란 공작을 직접 본 적이 없었다.

하지만 공작부인을 끌어안고 키스를 퍼부을 흑발 남자라면 공작밖에 없었다.

'공작 부부 사이가 꽤 좋다고?'

그 소문은 잘못되었다.

'꽤 좋은 정도가 아닌 거 같은데.'

케이트의 얼굴이 점차 붉어졌다. 재회의 기쁨을 나누는 어여쁘고 상큼한 입맞춤이 아니었다. 뜨겁고 격정적이며 당장에라도 옷을 모두 벗어 던지고 몸을 뒤섞을 것 같은 노골적인 욕망이 담긴 키스였다.

케이트가 앉아 있던 소파에서 출입구는 약간 비껴간 방향으로 마주 보였다. 그래서 문에 기댄 루시아의 얼굴이 보였다. 눈을 동그랗게 뜨고 보다가 루시아와 눈이 마주쳤다.

루시아의 얼굴이 새빨갛게 변하는 것을 보면서 케이트도 얼굴이 달아올랐다. 자기도 모르게 쿡, 하고 웃음이 나와 고개를 돌렸다.

잠깐 케이트의 존재를 잊었던 루시아는 케이트와 눈이 마주치자 죽을 것처럼 창피했다. 작게 쥔 두 주먹으로 있는 힘껏 그의 가슴을 두드렸다.

얌전하던 그녀의 거센 반항을 느끼고 휴고는 그녀의 입안에 깊이 밀어 넣은 혀를 거두었다. 말캉한 입술을 한 번 빨아들인 뒤, 쪽 가볍게 입맞춤으로 마무리하며 입술을 뗐다.

"왜."

"손님…… 손님이……."

새빨갛게 상기된 그녀의 호박색 눈동자가 일렁거렸다. 금방이라도 울음을 터뜨릴 것처럼 젖은 속눈썹을 보자 휴고는 진심으로 이 자리에서 덮치고 싶었다. 여기서 해버릴까. 저녁까지 못 참겠다. 며칠을 못 했더니 몸이 달아 미치겠다.

깔끔한 걸 좋아하는 그녀는 씻고 준비를 마치지 않은 상태로 허락하는 경우가 거의 없었다. 침실을 벗어나는 장소도 기겁하며 싫어했다. 고용인들을 다 내보내고 복도나 정원에서 해보겠다는 시도는 제안했다가 그녀에게 퇴짜를 맞았다.

집무실에 앉아 일하다가도 문득 그녀를 끌고 와 책상에 엎어놓고 하고 싶은 충동을 몇 번이나 참았는지 모른다. 언젠가는 꼭 하고야 말겠다.

"손님?"

흘끔 고개를 돌려 고개를 숙이고 소파에 앉아 있는 여자를 발견했다. 그러나 그의 안색은 변함이 없었다. 루시아의 허리를 감아 끌어안고 있는 한쪽 팔은 여전히 힘을 풀지 않았다.

"레이디 밀튼이……."

"아하."

그 유명한. 휴고는 그녀의 허리를 안은 채 소파 쪽으로 걸음을 옮겼다. 케이트가 재빨리 자리에서 일어나 깊이 허리를 숙였다.

"공작 전하께 인사 올립니다. 밀튼 백작의 여식, 케이트입니다."

"반갑소, 레이디 밀튼. 내가 두 사람의 다과 시간을 방해한 모양이군."

그는 루시아의 입술에 가볍게 입을 맞추었다.

"즐거운 시간 보내시오."

그토록 끈덕지게 붙들고 있던 허리를 미련 없이 놓으며 그는 응접실에서 나갔다. 나타날 때만큼 사라질 때도 한바탕 폭풍이 몰아친 것 같았다. 마무리는 남은 자들의 몫이었다.

루시아는 휴고처럼 아무 일도 없었던 것처럼 뻔뻔해질 수 없었다. 민망함을 감추지 못하고 말없이 식어버린 차를 들이켰다. 두 사람은 꽤 오래 그렇게 침묵 속에 마주앉아 있었다.

"사…… 사냥 이야기를 하다가 말았지요. 언제라고요?"

"5일…… 후요. 꼭 참석해 주세요."

그들의 대화는 어딘지 모르게 계속 겉돌았다.

회의를 파했다는 말을 듣자마자 제롬은 즉시 회의실로 향했다. 회의실의 원탁 상석에는 휴고가 앉아서 서류를 들추고 있었다. 드나드는 사람들로 어수선한 분위기였지만, 자기 일로 바삐 움직이는 자들은 공작을 신경 쓰지 않았다. 회의 후 30분가량 내용을 대충 훑어보는 공작의 습관을 다들 알고 있었다.

"전하."

"음."

휴고는 건성으로 대답하며 손을 내저었다. 차는 필요 없다는 뜻이었다.

"파비안이 와있습니다."

"여기로 오라고 해."

잠시 후 들어온 파비안이 보고서를 올렸다. 휴고는 파비안의 얼굴만 확인하고 대충 고개를 끄덕여 인사를 받았다. 보고서를 받아 넘겨보던 그가 미간을 찌푸렸다. 갑자기 팔콘 백작부인이 왜 나오고, 아내의 지인이라는 여류 소설가에게 접근이라니.

"……이게 무슨 개소리야."

파비안은 공작의 과격한 반응에 긴장했다.

"드나든 지 한두 번이 아니라면서 보고서를 이제 가져와?"

파비안은 침을 꿀꺽 삼켰다. 이제라도 안 가져왔으면 정말 큰일 날 뻔했다

"죄송합니다. 판단이 부족했습니다."

주군의 성정을 아는 파비안은 깔끔하게 잘못을 인정했다. 주절주절 변명을 늘어놓던 다른 놈들의 얼굴로 뭔가 날아와 이마가 터지는 꼴을 여러 번 보았다.

추가 보고서를 읽는 휴고의 표정이 점점 더 살벌해졌다. 추가 보고서에 담긴 내용은 팔콘 백작부인이 비비안 공주의 뒷조사를 했다는 정황이었다. 시간이 부족해서 백작부인이 비비안 공주와 여류

소설과의 관계를 어떻게 추적했는가는 아직 조사 중이었다.

"뒷조사를 해?"

살기가 묻어나는 음성으로 중얼거리는 공작 앞에서 파비안은 삐질삐질 식은땀을 흘렸다.

"투자 업무 담당자 누구야. 들어오라고 해."

잠시 후 아신이 들어왔다. 정확히 말하면 아신이 담당자는 아니지만, 투자와 회계 쪽의 흐름을 파악하는 위치라서 오늘 자리에 없는 책임자를 대신하게 되었다.

"팔콘 백작가에서 소유한 상단이나 벌인 사업에 투자한 것 있나?"

휴고는 팔콘 백작부인이 건네준 사업 계획서를 검토해 보라고 담당자에게 준 일이 기억났다. 검토해서 수익이 날 것으로 판단하면 투자 여부의 결정은 담당자의 몫이었다. 휴고는 투자 관련해서는 전문 담당자에게 거의 일임하는 편이라 손해를 보고하지 않는 이상 관여하지 않았다.

아신이 재빨리 가지고 들어온 문서를 뒤져 금방 찾아내 보고했다.

"투자금 다 회수해. 당장."

"당장…… 말씀이십니까? 최소한 한 달 전에는 미리 고지를 해야 하는……."

"당, 장."

휴고가 관자놀이에 손을 짚으며 딱딱 끊어 강조하자 아신은 자세를 바로 했다.

"옙. 당장, 처리하겠습니다."

아신이 각 잡힌 움직임으로 나가고 나서, 휴고는 긴장하고 있는 파비안에게 명했다.

"알아듣게 경고해. 허튼수작 한 번만 더 하면 다음에는 목이라고."

투자금 회수와 경고를 가장한 협박까지. 파비안은 처음으로 팔콘 백작부인이 아주 조금 불쌍했다.

타란 가문의 투자 사업은 규모가 큰 편이었다. 갑자기 거금이 빠지면 팔콘 백작가의 사업이 휘청할 것이다. 그래도 잠시나마 정을 통한 여자인데 참 가차 없다.

타란 공작은 손해가 없는 이상은 투자 사업의 변혁을 추구하는 편이 아니었다. 공작이 감정적인 이유로 투자금을 회수하는 것을 처음 봤다.

'공작부인께 비비기 좀 해야 하나.'

파비안은 공작이 신혼의 재미에 제법 심취한 것 같다는 자기 생각을 수정했다. 심취 정도가 아니라 훨씬 더 주군은 아내에게 빠져 있었다.

저녁을 먹고 루시아는 휴고에게 잠시 시간을 내어달라고 청했다. 두 사람은 응접실 소파에 마주앉았다.

"당신이 안 계신 동안에 공작가 주치의가 저를 만나고 싶다는 말을 전해왔어요."

휴고의 표정이 순식간에 서늘하게 식었다. 분명히 그녀가 늙은 이의 존재조차 알지 못하게 하라고 지시했다. 제롬에게 내린 명령이 이행되지 않은 일은 처음이었다. 주인이 시선이 닿자 제롬이 굳은 얼굴로 고개를 떨어뜨렸다.

"노여워 마세요. 당신 명을 어긴 사람은 제 주치의예요. 주치의는 제 치료를 위해 사방팔방 뛰어다니다가 공작가 주치의를 만나서 조언을 구했던 것 같아요. 당신이 일주일에 한 번씩 불러다가 치료에 관해 물어 보셨다면서요. 주치의 압박감이 상당했을 거예요."

루시아는 그가 안나를 불러서 치료에 관해 묻는지 몰랐다. 그가 그 문제는 아예 잊어버린 줄 알았다. 그가 꾸준히 관심을 놓지 않았다는 사실이 고마웠다. 그리고 안나가 얼마나 심리적으로 부담을 받았는지도 이해했다.

"주치의 안나는 사직하기로 했어요. 당신이 따로 벌하지 않으셨으면 해요."

루시아는 안나의 노력을 높이 평가했다. 안나는 단순히 주치의로서 역할을 넘어서서 루시아를 치료하기 위해 온 힘을 다했다. 꿈속에서 루시아가 했던 수고를 대신하고 있었다.

루시아가 꿈속에서 기적처럼 만난 필립을 안나가 찾아냈다. 공작가 주치의를 만나 꾸준히 교류해 그의 인성과 의술을 파악하고 나서 조언을 구했고, 약을 받아서는 직접 먹어 시험했다. 치료법은 안나의 노력으로 얻은 결과였다.

그러나 안나는 경솔했다. 루시아가 무슨 약인지 알고 있었으니 망정이지 그렇지 않다면 뭔지 모르는 약을 복용할 뻔했다. 그 약이 진짜 치료약인지 아닌지는 관계없었다.

안나는 자신이 얼마나 큰 잘못을 저질렀는지 잘 모르는 것 같았다. 만약 그 사실을 제롬이 알았다면 제롬은 반드시 공작에게 고했을 것이고, 남편이 알았다면 안나는 죽은 목숨이었다.

안나의 독단은 마음이 과해서 일어난 일이었다. 루시아는 안나에게 그 정도로 죄를 묻고 싶지 않아서 약에 관한 일은 둘만 알기로 했다.

"그러지."

"공작가 주치의는 치료법을 안다고 자신하더군요."

"⋯⋯그렇군."

휴고는 그 늙은이의 뛰어난 의술만큼은 인정했다. 늙은이라면 그녀의 치료법을 안다고 해도 이상하지 않았다.

"그자가 당신 주치의를 이용해 만나자는 말을 전했다는 거지?"

휴고는 필립의 의술은 어쨌건 그놈 자체를 믿을 수 없었다.

"아니에요. 주치의 안나가 적극적으로 주선했다고 하더군요. 그 사람은 끝까지 자신에 대해 말하지 않으려고 했대요."

안나는 가능하면 모든 죄를 자신이 쓰고 최대한 필립을 감싸 말했다. 가뜩이나 감시를 받고 있는 필립에게 불똥이 튀면 안 된다고 생각했다. 안나에게 필립은 마음의 스승이고 진정한 신의였다.

"제롬."

휴고가 나가라는 듯 눈짓하자 제롬이 고개를 숙이고 자리를 피했다.

"당신을 공작가 주치의와 만나지 못하게 조치한 건 그럴 이유가 있었어."

늙은이가 그녀에게 할 수 있는 짓은 없었다. 해를 입힐 이유도 없고. 늙은이가 질기도록 원하는 것은 휴고의 여식, 즉 데미안의 신부였다. 그녀는 타란 혈족의 아이를 가질 수 없었다. 휴고는 다만 늙은이가 그녀에게 무슨 헛소리를 할까 봐 그것이 염려스러웠다.

"네, 당신이 이유 없이 그러지 않으시겠지요."

"나와 함께라면 만나도 괜찮아."

그가 함께 셋이 만난다면 늙은이는 괜한 소리를 하지 못할 것이다. 두 번 다시 꼴보고 싶지 않지만, 치료법을 알고 있다니 어쩔 수 없지 않은가.

그녀가 아픈 건 싫다. 모두 입을 모아서 그녀의 상태가 정상이 아니라고 말했다. 안나는 치료법을 찾고 있다는 말만 앵무새처럼 반복했는데 늙은이의 의술이 과연 남다른 모양이다.

"아니에요. 굳이 만날 생각은 없어요. 저를 만나게 하기 싫을 뿐만이 아니라 당신도 만나고 싶지 않잖아요. 그렇지요?"

"……맞아."

"혹시 공작가 주치의가 당신에게 해를 끼쳤나요? 당신이 그렇게 싫은 자를 굳이 내버려 두는 이유라도 있어요?"

휴고가 필립을 살려둔 데에는 여러 가지 복합적인 이유가 있었다. 가장 큰 이유는 형제의 목숨 빚이었다.

"목숨 빚이 있어. 형제가 덕분에 몇 번 살았지."

부차적인 이유가 더 있었다. 필립은 타란 가문의 치부를 모두 알고 있었다.

필립의 존재는 휴고가 품고 있는 어둠을 잊지 못하게 하는 각성제였다. 언젠가 필립이 죽을 때까지 휴고는 모래알이 발바닥에 밟히는 불편함을 끌어안고 살아야 할 것이다. 그걸 감수하는 것은 죽은 형제에 대한 속죄이며 자신에게 내리는 벌이었다.

하지만 아무리 많은 이유가 있어도 필립이 위험하다고 판단했으면 휴고는 그를 주저 없이 제거했을 것이다.

그러나 늙은이는 일개 주치의에 불과했다. 입만 열면 혈통 타령이 거슬리긴 하지만, 죽은 공작과 뜻이 정확히 일치해 집안 대대로 해오던 짓을 충실히 했을 뿐이다.

혈통을 잇는 문제는 그가 협조하지 않으면 그만이었다. 데미안과도 만나지 못하게 철저히 가로막았다. 늙은이는 그저 목숨만 부지하고 있었다.

"그랬군요."

루시아는 의문이 풀렸다. 그리고 안도했다. 꿈속의 은인은 역시 그렇게 나쁜 사람이 아니었다.

"하지만 당신의 치료법을 안다잖아."

"당신은 그 주치의를 신뢰하지 못하잖아요. 제 치료를 믿고 맡길 수 있겠어요?"

"……."

일개 주치의에 불과한 늙은이. 휴고는 필립을 하찮게 여기면서도 괜히 꺼림칙했다. 그자에게 아내의 치료를 맡기면 도무지 안심은 안 될 것 같았다. 그러나 필립의 의술은 진짜였다. 고치지 못할 병을 고친다고 나설 자는 아니었다.

"사실 제가 치료법을 알고 있어요."

"뭐?"

"처음에 알릴 기회를 놓쳤어요. 그다음에는 무조건 치료하라는 당신께 화가 나서 말씀드리지 않았어요. 그러니까 공작가 주치의의 도움은 필요하지 않아요."

"……."

그는 어이없기도 하고, 안심되기도 하고. 기분이 복잡했다. 그녀는 알면 알수록 알쏭달쏭한 여자였다. 순하고 얌전한 그의 아내. 그런데 예상치 못하는 부분에서 그 틀을 벗어나 그를 종종 당황하게 했다.

"전 병이 아니에요. 일상생활에는 문제가 없고 건강도 괜찮아요. 언제든 치료할 수 있고요. 치료하지 않는 건 제 의지예요."

"나 때문인가? 내가 아이를 원하지 않는다고 해서……."

"당신을 이해해요. 그러니까 괜찮아요. 아이 문제는 우리 차분히 생각해요. 당신이 원하지 않으면 저도 원하지 않아요. 당신께 말하지 않고 치료할 일은 없을 거예요."

'하지만……. 당신 몸이 문제가 아니야.'

당신은 아이를 가질 수 없다고, 휴고는 말할 수 없었다.

'그걸 알면 그녀는 날 떠날지도 몰라.'

깊이를 모를 새카만 진창에 두 발부터 서서히 빠져드는 것 같았다.

'왜 나는 이런 몸으로 태어났을까.'

그는 지금껏 자신의 핏줄을 남기지 않을 수 있어서 그나마 다행이라고 생각했다. 그러나 그것이야말로 저주라는 사실을 깨달았다. 남들처럼 평범하게 사랑하는 여자와 가정을 꾸리고 살지 못하는 저주였다.

결혼하고 싶은 여자가 생겼다고 웃던 형제의 얼굴이 떠올랐다.

녀석이 제 아들이 태어난 사실을 알았다면 출생의 비밀을 알고서도 기뻐했을까. 기뻐했겠지. 녀석이라면 받아들이고 앞으로의 행복만 생각했을 것이다.

차라리 그 녀석이 부러웠다. 이복누이라는 사실을 모르고 사랑만 하다가 끝까지 알지 못하고 죽었다.

휴고는 피를 먹이는 소름 끼치는 짓을 하면서까지 아이를 원하지 않았다. 그런 짓을 하는 순간, 정말 자신이 괴물로 느껴질 것이다. 이미 그녀에게 쓸 수 없는 방법이지만, 가능하다고 해도 싫었다.

"당신이 하고 싶은 대로 해."

그녀의 치료는 완전히 그의 손을 떠난 문제였다. 치료하라고, 하지 말라고도 할 수 없었다. 치료하라고 해서 그녀에게 임신의 헛된 희망을 품게 할 수 없고, 치료하지 말라고 해서 그녀와의 사이에 아이를 거부하는 태도를 보이기도 싫었다.

"이리 와."

휴고는 두 팔을 벌렸다. 루시아는 새침하게 웃으며 소파에서 일어나 그의 앞으로 다가갔다. 휴고는 그녀가 손 닿을 거리가 되자마자 확 끌어 잡아당겼다. 그녀의 몸이 넘어지듯 그의 다리에 앉았다. 휴고는 그녀의 허리를 두 팔로 감아 안아서 폭신한 가슴에 고개를 묻었다.

"다른 별일은 없었지?"

"네. 아……. 데미안에게 편지가 왔어요."

"……매일 오는 편지잖아."

"매일이라니요. 한 달에 한두 번이라고요."

데미안을 화제에 올리자 루시아는 금방 눈을 반짝거렸다. 휴는 여전히 녀석에 대한 그녀의 과도한 관심이 유쾌하지 않았다. 그러나 시간이 갈수록 모자 사이의 유대를 이해하고 너그러워지고 있었다.

"녀석이 뭐래?"

"잘 지낸대요."

루시아는 편지에서 읽은 데미안의 학술원 생활을 종알종알 떠들기 시작했다. 휴고는 얼마 전 받았던 보고서를 떠올리며 피식 웃었다. 녀석이 그녀가 보낸 빨간 목도리를 날이 제법 풀릴 때까지 내내 목에 두르고 다녔다고 했다.

"데미안을 처음 봤을 때 나를 본 것 같았다고 했지."

"네. 어린 당신을 보는 것 같았어요."

휴고는 그녀의 말을 이제는 이해할 수 있었다. 그녀를 똑 닮은 그녀의 아이. 그녀의 어린 시절을 그려내는 작은 아이를 보는 기분은 어떨까. 그의 저주받은 핏줄의 증거인 검은 머리카락도, 붉은 눈동자도 지니지 않은 그녀의 아이는 과연 어떻게 생겼을까.

가슴 안쪽이 아프게 조여들었다. 남부럽지 않은 부와 권력을 그녀에게 안겨 줄 수 있지만, 아이는 줄 수 없었다.

나중에 그녀가 상처받으면 어쩌나. 아이가 갖고 싶다고 매달리면 어찌해야 할까. 그는 빠져나갈 수 없는 영원한 미로를 헤매는 기분이었다.

*　　　*　　　*

"안나. 주치의 고용 계약은 파기되었습니다. 당분간 임시 고용 계약을 체결하겠습니다."

제롬의 말투에는 날이 서 있었다. 안나는 힘없이 대답하며 테이블 위에 펼쳐진 서류들을 하나씩 살폈다. 그리고 주치의를 그만둔 후에 평생 지켜야 하는 비밀 엄수 약정서에 서명했다.

"안나는 신뢰를 깨뜨렸습니다. 이후 임시 고용이 마무리될 때까지 외출을 금하며 최소한의 사람과의 접촉만 허락하겠습니다. 공작가 주치의를 만나서도 안 됩니다."

"……예."

"고용 기간이 만료되어도 안나가 누구를 만나는지 지켜보는 눈이 있을 겁니다. 기한은 안나가 비밀 엄수 약정을 충실히 지킬 거라고 확신할 수 있을 때까지입니다. 의심이 갈 행동은 하지 않기를 권하겠습니다."

언제 끝날지 모르는 감시를 받으며 살게 되었다. 안나는 자신이 얼마나 큰 잘못을 지었는지 깨달았다. 그녀는 이곳에 오기 전까지는 귀족을 진료해 본 경험이 거의 없었다. 귀족 세계의 규칙과 그 안에서 살아가는 자들의 습성을 전혀 몰랐다.

공작가에서 지내는 동안 누구도 그녀를 함부로 대하지 않았다. 모두 호의적이었고 몇 안 되는 윗사람은 그녀를 존중했다. 그래서 그녀는 귀족의 주치의로서 조심히 처신하는 일에 안이했다.

그녀가 얼마나 인간적인 대우와 관대한 처분을 받았는지 아마 나중에 가서야 알게 될 것이다.

"가능하다면 필립 경을 한 번만 만날 수 있을까요? 제게 많은 가르침을 주신 분입니다. 마지막 인사 정도는 드리고 싶어요."

"주인님께 여쭈어 보겠습니다."

필립은 안나가 하루가 지나도록 연락이 없을 때 뭔가 잘못되었다는 걸 알았고, 타란 공작이 귀환할 때까지 찾아오지 않자 완전히 어긋났음을 알았다.

공작부인의 현재 처지를 보면 아이를 갖는 것보다 간절한 문제는 없었다. 치료된다고 하면 당연히 덥석 받아들일 거라고 생각했다. 도무지 어디에서부터 잘못된 것인지 알 수 없었다.

공작이 귀환한 지 열흘쯤 지나 안나가 인사를 하러 왔다. 안나의 얼굴은 제법 상해있었다.

"마님께서 필립을 만나기를 거절하셨어요. 지금쯤이면 공작 전하께서도 아마 사정을 들어 모두 알고 계실 거예요. 걱정하지는 마세요. 제가 잘 말씀드렸어요."

실패. 짐작했으나 확인하게 되자 필립은 속이 탔다. 어째서. 바로 고지가 눈앞에 있는데 여기서 멈추어야 하는가. 그러나 그는 초조함을 겉으로 드러내지 않았다.

"안나, 나 때문에 고초가 컸군."

"아니에요. 제가 경솔했어요. 필립과는 이제 더는 만날 수 없어요. 저는 곧 주치의를 그만두게 될 거예요."

"허어. 모든 벌을 다 안나가 받게 된 것 아닌가. 나 때문인 것 같아서 마음이 좋지 않군."

'최악이군.'

안나가 주치의마저 그만두게 되었다니. 그나마 접근할 끈이 완전히 사라졌다.

"제게 과분한 자리였어요. 원래로 돌아가는 거지요."

"마님께 말씀드릴 때 내가 공작가 주치의라는 말은 하지 말지 그랬나. 공작 전하께서 만나지 말라고 하시는데 공작부인께서 선뜻 만나겠다고 하시겠는가."

"어차피 필립을 감시하는 눈을 피해 만날 수는 없는걸요."

"그건 그렇지."

필립은 겉으로는 수긍하며 속으로는 혀를 찼다. 너무 고지식한 여자였다. 감시하는 눈이 있기 때문에 타란 공작이 자리를 비웠을 때가 기회였다.

공작부인이 단호히 필립을 만나겠다고 결정하면 그걸 막을 권한이 있는 사람은 공작 외에는 없었다. 물론 나중에 공작의 귀에 들어가겠지만, 공작부인과 대화를 나눌 수만 있었다면 어떻게든 할 수 있었다.

"그래서 그만두고 어찌하려는가? 자네가 그만두면 공작가에서도 손실이 클 텐데 인재를 이리 버리는군."

"인재는요. 마님의 치료법은 제가 찾지 못했고, 겨우 한 달에 한두 번 두통약을 지어드리는 일밖에는 하는 일도 없었어요. 너무 과한 보수를 받았죠."

"……두통?"

필립의 눈에 찰나의 빛이 스쳐 지나갔다.

"편두통은 여자들에게 흔한 증상이죠."

"그렇지, 흔한 중상이지."

필립의 눈에 광기가 어렸다가 사라졌다. 안나는 미처 발견하지 못했다.

"내게 아주 잘 듣는 두통 처방전이 있는데 보상이라고 하기는 뭐하지만, 선물로 주겠네. 효과가 정말 좋다네."

편두통은 아주 흔한 중상이지만, 의사마다 처방약은 다르고 효과도 달랐다. 잘 듣는 처방전은 의사의 재산이었다. 특히 두통약은 아주 희귀한 질병보다 훨씬 대중적이라서 약이 입소문이 나면 순식간에 돈방석에 앉았다.

"그것도 가문의 비전이 아닌가요? 그런 귀한 걸……."

"나야 약으로 돈 벌 생각은 없지만, 안나는 나처럼 살 수 없지 않은가. 좋은 약이 많은 사람에게 쓰인다면 좋은 일이지."

"아아, 필립. 정말 감사해요. 마지막까지 이렇게 마음을 써주시고."

"처방전은 수일 내에 사람 편으로 보내주겠네. 이번에는 약초 이름이 모두 나와있는 처방전이니까 그 부분은 걱정하지 말게."

안나가 돌아가고 필립은 조금 가벼운 웃음을 지으며 중얼거렸다.

"그럼, 두통약을 만들어볼까."

아주 작은 기회도 놓치지 않는다. 지금껏 필립이 살아온 방식이었다.

필립은 남들 눈에 수상해 보이는 짓은 절대 하지 않았다. 그가 조금이라도 위험해 보였다면 타란 공작은 그를 살려두지 않았을 것이다. 타란 공작이 아는 필립은 단지 고집 세고 미련 많은 늙은 의사일 뿐이었다.

필립의 집안과 타란 가문의 동반자적 관계는 아슬아슬한 칼날 위의 동맹이었다. 지나치게 위험한 비밀을 쥐고 있으나 상대방보다 보잘것없이 약했다. 그래서 택한 생존의 방식은 바짝 엎드리는 법이었다.

필립의 가문 없이는 타란 혈족을 이어갈 수 없지만, 절대 그걸 이용하려 들지 않았다. 둘의 이해관계가 일치했기에 동맹은 깨지지 않고 이어졌다.

타란 가문의 가주는 대대로 미치광이가 많았다. 남들이 보기엔 멀쩡해도 속은 곪은 경우가 대부분이었다. 죽은 공작도 만만치 않았다.

그런 비위를 맞추며 필립은 살아남았다. 죽은 공작에 비하면 현재 타란 공작의 성정은 오히려 더 깔끔했다.

삼엽쑥의 효능을 중화하는 약은 수많은 시행착오와 실험을 거듭해 만들어진 최종완결판이었다. 그 과정에 이르기까지 조금씩 부족한 치료약은 가문 대대로 내려오는 노트에 모두 적혀있었다.

'바닐라 향을 안다면…… 그걸 빼야겠군.'

그러면 효능은 떨어질 것이다. 1년에서 3년이면 중화될 효과가 두 배는 더 걸리고, 임신의 가능성도 확연히 떨어진다. 나머지는 하늘에 달렸다. 그러나 하늘은 언제나 필립을 배신하지 않았다.

잘 듣는 두통약이라는 말은 거짓이 아니었다. 가문 비전에는 그런 약이 분명히 있었다.

필립이 두통약 처방전과 중화약 재료를 배합해서 새로운 약을 만드는 일만 남았다. 시간은 좀 걸리겠지만, 그의 약초 배합 실력은 칭찬에 인색한 죽은 부친도 인정하는 재능이었다.

얼마 후 안나의 손에 두통약 처방전이 들어왔다. 필립은 곧 로암을 떠났다. 필립을 감시하던 눈은 언제나 그랬던 것처럼 필립이 로암(도시)을 완전히 벗어나자 감시의 눈을 거뒀다.

안나는 처방전을 보며 감탄했다.

"이런 식으로 약초를 배합하다니. 정말 획기적이야."

그녀는 두통이 왔을 때 약을 지어 먹어보았다. 효과는 정말 굉장했다. 두통약을 먹어도 머리가 무거운 기분은 얼마간 지속되는데 이 약을 먹었더니 푹 자고 일어난 아침처럼 머리가 가볍고 상쾌했다.

안나는 내성에 거주하는 사람 중에 두통을 호소하는 환자에게 약을 처방해 주었다. 그들의 반응도 안나와 다르지 않았다. 가끔 편두통을 앓는 여자들이 안나에게 수개월 동안 먹을 수 있을 만큼의 약을 지어갔다.

루시아가 두통 때문에 안나를 불렀을 때 안나는 새로운 약을 가지고 들어갔다.

"안나, 이번 약은 정말 효과가 좋군요."

정기적인 편두통이 오면 은근히 짜증이 났던 루시아는 약을 먹은 후 금방 가라앉는 효과에 감탄했다.

"약이 마음에 드신다면 그만두기 전에 넉넉히 지어두겠습니다."

"그래주면 고맙지요."

6.
수도 상경

봄이 지나고 여름에 접어들었다. 루시아가 로암에서 맞이하는 두 번째 여름이었다. 평온한 나날이었다. 어제가 오늘 같고 오늘은 내일 같은 날이 이어졌다.

무더위가 기승을 부리던 여름, 저녁을 먹으면서 그는 평화로운 나날의 종말을 고했다.

"폐하께서 승하하셨다는군. 수도로 올라갈 준비를 해야 할 것 같소."

루시아는 자기도 모르게 들고 있던 나이프를 떨어뜨렸다. 까맣게 잊고 있었다. 무의식적으로 잊고 싶었는지도 모르겠다. 그냥 모두 내려놓고 세상이 어떻게 돌아가든 이대로 살고 싶었던 자신의 깊은 속내를 비로소 알아차렸다.

"괜찮소?"

"……네. 조금 놀랐어요. 갑작스러워서."

그녀가 친부의 죽음에 놀라서가 아니었다. 잠시 멈추어있던 시계추가 돌아가기 시작한다. 이제부터 숨 가쁘게 그녀가 본 미래가 펼쳐질 것이다. 그게 이렇게 끔찍한 기분이 들 줄 몰랐다.

왕비는 자식을 낳지 못했다. 즉, 왕의 모든 자식은 적자가 아니었다. 그러니 아무도 태자가 될 정통을 갖지 못했고, 그래서 누구라도 태자가 될 수 있었다.

왕은 무려 스무 명의 아들을 두었지만, 왕이 죽었을 때 생존해 있는 왕자는 태자를 포함해 다섯 명뿐이었다. 왕의 스물여섯 명의 공주가 대부분 살아있던 것과는 대조적이었다.

공주는 왕위 계승권이 없어서 목숨을 부지할 수 있었다. 반면에 왕자는 서로를 죽여야 왕의 길에 가까워졌다. 루시아가 작은 별궁에서 평온하게 살아가는 동안에 궁중에서는 살벌한 피바람이 몰아치고 있었다.

태자는 훌륭히 살아남은 승리자였다. 그렇다고 다른 경쟁자들을 완전히 제압하진 못했다. 그들을 견제하기 위해서 태자는 자신의 세력을 굳건히 할 필요가 있었다. 그래서 타란 공작이 필요했다.

최후의 승리자는 태자가 될 것이다. 그리고 그 선봉에 타란 공작이 있었다. 루시아는 복잡한 정치 싸움은 잘 몰랐다. 그래도 앞으로 그가 무척 바빠질 거라는 사실 정도는 짐작할 수 있었다.

물론 영지에서의 그도 한가롭지 않았다. 그래도 비교적 관심을 쏟는 대상이 단순했다. 영지를 살피고 회의하고 가끔 시찰을 나갔다. 만나는 자들이 한정적이고 행동반경도 예측 가능한 범위였다.

루시아가 각오했던 것과 다르게 그동안 그는 성실한 남편이었다. 어쩌면 북부의 풍습이 그에게 영향을 미쳤는지도 모른다.

북부 사람들의 풍습은 수도와 다른 점이 많았다. 미혼 남녀의 자유로운 성 풍조는 비슷했으나 북부에서는 혼인 후에는 대체로 배우자에게 충실했다.

하지만 수도로 올라가면 그를 유혹할 것들이 매우 많았다. 제논은 성 풍속이 자유로운 나라였다. 특히 수도는 가장 개방적이었다. 결혼했는지는 아무 장애가 되지 못했다.

수도에는 그가 유부남이라는 사실에 개의치 않고 몸을 던질 아가씨들이 넘쳐났다. 그녀는 불안했다. 수도는 변수가 너무 많았다.

'수도로 가면 그는 식어 버릴지도 몰라. 아름다운 여자가 얼마나 많은데.'

"……거요. 듣고 있소?"

"네?"

루시아는 깜짝 놀라서 또다시 들고 있던 포크를 바닥에 떨어뜨렸다.

"정말 괜찮은가?"

"아……. 네. 죄송해요. 다른 생각을 하다가……."

"다른 생각?"

"가…… 갑작스러워요. 폐하가 원래 그렇게 건강이 좋지 않으셨나 생각하느라고요."

"원래 좋지 않다고 들었소. 궁의들의 충고에도 술이나 여색을 탐하는 일을 전혀 자제하지 않았다고 하더군."

루시아는 왕의 사인을 처음 알게 되었다. 남편에게 치부를 드러낸 것처럼 민망했다. 그녀의 부친은 방탕함으로 죽음을 자초했다.

꿈속에서와 마찬가지로 부친과의 관계는 전혀 개선되지 않고 끝나 버렸지만, 아쉬움은 없었다.

"언제 올라가세요?"

"새벽에 곧바로 떠날 생각이오. 서둘러야 해서 함께 가지 못하겠소. 부인은 조심해서 뒤따라오도록 하시오."

"네. 저도 준비가 되는 대로 출발할게요."

식사를 마치고 식당에서 나오는 그녀의 손을 그가 잡아끌었다. 얼결에 쫓아가며 흘끔 본 고용인들의 표정은 그러려니 무심했다. 공작 부부의 어지간한 스킨십에 익숙해서 이젠 이 정도는 시선도 주지 않았다. 루시아는 왠지 갑자기 창피했다.

정원으로 나가는 줄 알았더니 그는 그녀를 데리고 테라스로 들어갔다. 그리고 그녀를 꽉 품으로 안았다. 루시아도 두 팔로 그의 등을 감싸 안았다.

"휴? 갑자기 왜……."

"고용인들 앞에서 이러는 거 싫어하잖아."

"……."

싫어하는 것을 알면 다짜고짜 손을 잡아끌고 가거나, 다 보는 곳에서 뺨에 입을 맞추는 짓을 하지 않으면 더 좋을 텐데.

그와 서로 안고 있어서 좋은 기분은 오래가지 못했다. 지금은 여름이었다.

"더워요."

그가 푹 한숨을 내쉬며 그녀를 놓았다.

"덥다, 소리 안 하고 좀 참으면 안 되나?"

"더운 걸요."

"냉정한 여자 같으니라고."

그가 투덜거리자 루시아가 웃음을 터뜨렸다. 그녀를 부드럽게 보던 그는 허리를 당겨 그녀의 볼에 키스했다.

"식사 내내 왜 딴생각이야. 무슨 일 있어?"

"그냥…… 좀 복잡했어요. 여길 떠날 생각을 하니까 서운하기도 하고."

"안 가고 계속 여기서 살까?"

그의 말은 굉장히 유혹적이었다. 정말 그랬으면 좋겠다.

"터무니없는 말씀 마세요. 수도에 가서 하실 일이 얼마나 많은데요. 데미안 문제를 태자 전하께서 도와주기로 하셨다면서요."

"녀석 때문에 나보고 가서 일하라는 소리로군."

"아버지가 아들을 위해 일하는 건 당연해요."

"녀석이 내 수고를 나중에 알아주기는 할까."

"그럼요. 데미안은 그걸 모를 아이가 아니에요."

그래 봤자 녀석은 당신 뒤만 졸졸 쫓아다닐 텐데, 그는 중얼거렸다. 요즘도 꾸준히 둘이 편지 왕래를 하기에 궁금해서 녀석이 보낸 편지를 봤다가 헛웃음을 흘렸다. 그것은 아침부터 밤까지 일어난 모든 일을 적은 보고서였다.

"데미안은 잘 지내고 있지요?"

"녀석에게 받아보잖아."

"당신이 알아보는 소식도 있을 거잖아요."

데미안은 여전히 학술원에서 신분 내역을 밝히지 않고 지냈다. 시타는 배경 도움 없이 실력만으로는 가질 수 없는 자리인데 녀석이 무슨 생각인지 모르겠다. 아직 시간은 많으니까 지켜볼 뿐이다. 휴고는 어지간한 일에 간섭할 생각이 없었다. 사내아이는 강하게 키워야 한다.

데미안은 신분이 불확실하고 나이는 어리고 실력은 워낙 튀고 붙임성 없는 성격이라 그런지 주변에 껄떡이는 녀석들이 있었다. 괜한 시비로 툭툭 건드려 대는 그런 놈들은 데미안이 나이가 들면 더 늘어날 것이다. 그런 것도 전부 녀석이 감당할 몫이었다.

"물론 잘 지내고 있어."

며칠 전에 데미안이 시비 거는 녀석들과 붙었다가 상대가 다수라 좀 드잡이를 했지만, 그런 건 휴고가 보기에는 문제에도 속하지 않았다. 어디가 부러진 것도 아니고 병신이 된 것도 아니었다.

'아무리 상대가 다수라도 그런 허접한 꼬마들에게 맞고 다니다니.'

휴고는 못마땅했다. 데미안은 겉만 멀쩡하고 심약한 형제의 아들이 틀림없었다. 자신이었으면 쥐도 새도 모르게 그놈들 먹을 다 따버렸을 것이다. 데미안에게 '학술원에서 사람은 죽이지 마라.'라고 주의시킨 말은 '처리하기 까다로우니까 눈에 띄지 않게 처리해라.'라는 뜻을 돌려 말한 것이었다. 아무래도 녀석이 제대로 그 말을 이해한 것 같지 않다.

"녀석은 됐고, 당신이나 조심해서 와. 마차 여행 하면서 더위 먹지 않게 조심하고."

"알아서 챙겨줄 사람 많은데 무슨 걱정이세요."

루시아는 그의 가슴에 폭 얼굴을 기댔다. 시간이 지날수록 그의 다정함은 더 섬세해졌다. 그녀는 그가 자신을 꽤 많이 좋아한다고는 생각했다.

그럼에도 불안은 가라앉지 않았다. 수도에 있는 그의 전 연인들, 그의 매력에 빠져 유혹하며 달려들 미인들, 꿈속에서 그의 아내였던 그 여자까지 발 디딜 곳이 없었다.

'당신이 날 버릴까 봐 겁나요.'

그를 사랑하기만 하면 된다고 생각했다. 중심을 잡고 서서 기대지 않고 부담을 주지 않는 사랑을 할 수 있을 줄 알았다.

그런 사랑이 정말 존재하기는 할까. 자신의 오만을 그녀는 조금씩 깨닫고 있었다. 어딘가 있을지는 모르지만, 그녀 주제에는 불가능한 사랑이었다.

서재에서 책을 읽다가 루시아는 명치를 찌르는 고통을 참지 못하고 책을 덮으며 일어났다. 아까부터 답답한 속이 아프기 시작했다. 저녁 식사 내내 음식이 목에 넘어가는 것이 힘들더니만. 아무래도 얹힌 것 같아서 하녀를 불렀다.

"소화제를 가져오너라."

소화제 정도는 상비약이라서 굳이 의사를 부를 필요는 없었다. 그러나 소화제를 먹고 나서도 계속 울렁거려서 괴로워하다가 결국에는 다 토해내고 나서야 속이 한결 시원해졌다.

"마님, 괜찮으신지요?"

"그래. 속을 비웠더니 편해졌어."

그는 내일 떠날 준비로 분주한지 하녀를 보내 먼저 자라고 말을 전했다. 그녀도 내일 중에 짐을 싸고 할 일이 많을 것 같아서 일찍 잠자리에 들었다.

휴고는 거의 자정이 다 되어서 집무실에서 나왔다. 갑자기 수도로 가려니까 급하게 마무리할 일이 많았다. 붙잡고 하려면 끝이 없었지만, 새벽부터 말을 달려 수도로 가려면 조금은 자두어야 했다.

'왜 이런 한여름에 죽어서.'

가뜩이나 더운 날씨에 그녀가 긴 마차 여행으로 몸이 상할까 봐 걱정이었다.

'1년만 더 살다 죽었으면 좋잖아. 노인네가 몸 생각해 적당히 놀 것이지.'

어디다 말하기 수치스러운 사인(死因)이었다. 여름에 죽은 것도, 하필 지금 죽은 것도 불만이었다.

북부에서의 생활이 어느 정도 자리 잡혀 가는 중이었다. 수도로 가면 또 언제 북부에 신경을 쓸 수 있을지 알 수 없었다.

그냥 굴러가게 내버려 두면 지난번 잡아 죽인 놈들과 똑같은 짓을 할 놈이 또 나타날 것이다. 그런 건 아무래도 좋았다. 문제 일으키면 또 잡아 죽이면 된다.

그의 고민은 수도에 올라가면 발생할 변수였다. 지금까지처럼 아내를 그의 울타리 안에만 가두어둘 수 없을 것이다. 온갖 잡놈들이 그녀에게 접근할 텐데 생각만 해도 머리가 지끈거렸다. 아직 그녀의 마음을 얻지도, 아명조차도 듣지 못했다.

휴고는 심란한 마음으로 간단히 목욕을 마쳤다. 그리고 평소와 마찬가지로 곧바로 그녀의 침실로 들어갔다. 어두운 침실의 침대 위에 누워있는 사람의 형상이 보였다.

그녀의 옆에 누우면서 그녀를 품 안으로 안으려던 그는 희미한 소리에 귀를 기울였다. 작은 앓는 소리였다. 그는 벌떡 일어나 침실에 불을 밝혔다.

"비비안?"

얇은 이불을 들치고 등을 보이며 누워있는 그녀의 어깨를 잡아 몸을 돌렸다. 손에 닿은 그녀의 몸이 뜨거웠다. 이마에 손을 대자 열이 펄펄 끓는데 식은땀이 흥건했다. 그는 곧바로 하녀를 부르는 줄을 당겼다.

"비비안."

그는 몇 번이고 그녀의 이름을 부르며 뺨을 가볍게 두드렸다. 전혀 반응이 없었다. 그는 다급한 마음에 그녀의 허리 아래 손을 넣어 품으로 안아 들었다. 그녀의 몸이 축 늘어지자 그는 가슴이 섬뜩했다.

"비비안!"

하녀가 들어오는 기척을 느끼자 휴고는 보지도 않고 버럭 소리쳤다.

"의사 불러!"

"예…… 예!"

하녀가 허겁지겁 달려갔다. 깊은 잠에 빠져있던 내성이 하나둘 불을 밝히며 깨어났다.

휴고는 그녀 이마에 차가운 물수건을 얹었다. 침대 아래에는 그녀의 시중을 전담하는 하녀가 무릎을 꿇고 앉았다. 그는 하녀를 추궁했다. 하녀는 풀이 잔뜩 죽어서 저녁 무렵 마님의 상태를 설명했다.

"저녁 드신 것을 모두 토해내시고 일찍 주무신다고 하셨습니다."

"그때 의사를 불렀어야지. 그런 식으로 마님 시중을 든단 말이냐?"

"소…… 송구합니다."

서릿발 같은 공작의 질책이 하녀를 매섭게 몰아쳤다. 하녀의 목소리가 애처롭게 떨렸다. 목소리뿐만이 아니라 온몸을 부들부들 떨고 있었다.

자다가 달려온 안나가 침실 안으로 들어왔다. 안나는 하녀를 통해 증상을 전해 들었다.

"마님 의식이 먼저 돌아오셔야 약을 드실 수 있습니다. 물수건으로 전신을 닦아 열을 내려주셔야 합니다."

"저녁까지만 해도 멀쩡했다."

"급체하신 것 같습니다."

"체한 것이라면 왜 이렇게 열이 나지?"

"체증으로도 고열은 물론이고 몸살도 날 수 있습니다."

안나는 하녀에게 물었다.

"마님께서 두통이 있다고는 하지 않으셨고?"

"두통은…… 말씀하지 않으셨습니다."

"체하는데 두통도 있나?"

"마님께서 평소 편두통이 잦으시어 확인했습니다."

"……편두통?"

순간 분위기가 싸하게 바뀌었다. 안나는 움찔했다.

"잦다니? 얼마나?"

"……한 달에 한두 번 정도. 편두통을 앓으시어 약을 지어 드렸습니다."

"처음 듣는다. 왜 내가 모르고 있지?"

"마님께서 누구나 흔히 앓는 가벼운 질환이라 굳이 전하께 말씀 드릴 필요는 없다고 하셨습니다."

"증상은 언제부터."

"어릴 때부터 자주 두통이 있다고 하셨습니다. 크게 염려하실 바는 아닙니다. 편두통은 흔한 증상이고 마님께서는 심하신 편이 아닙니다."

안나의 설명은 분위기를 바꾸는 데 그다지 도움이 되지 않았다. 이어진 공작의 침묵은 무시무시했다. 등줄기에 식은땀이 날 무렵이었다. 하녀들이 물이 가득 담긴 커다란 나무통과 수십 장의 수건을 가지고 들어왔다.

"다들 물러가라. 내가 하겠다."

휴고는 그녀를 침대에 바로 눕히고 잠옷을 벗겨냈다. 물에 담갔다가 꼭 짠 수건으로 조심스럽게 식은땀으로 젖은 그녀의 몸을 닦아냈다. 손에 닿는 부분이 뜨거울 정도로 온몸에서 열이 났다.

'대체 언제부터 열이 오른 것인지 모르겠군.'

고열에 의식이 없는 상태가 오래되면 위험하다는 것 정도는 안다.

'편두통이라고?'

의사 말대로 흔한 증상이고 아무것도 아닐 수 있었다. 하지만 그는 그 아무것도 아닌 일을 자신이 모른다는 것이 화가 났다.

이럴 때마다 그는 도무지 허물 수 없는 그녀와의 벽을 느꼈다. 언젠가는 그녀가 마음을 열어주지 않을까 기대하지만 기다림은 너무 길고 지루했다. 그는 짜증과 초조함을 누르고 계속 수건을 바꿔가며 그녀의 몸을 식혔다.

'시원해……'

루시아는 뜨거운 불 속에 갇힌 것처럼 헉헉거리다가 몸을 조심스럽게 쓸어내리는 손길을 느끼면서 조금씩 숨을 쉴 수 있었다. 서서히 의식이 돌아오고 천천히 눈을 떴다. 눈앞에 그가 보이는데 이게 현실인지 꿈인지 분간이 가지 않았다.

"비비안."

다급하게 그가 불렀다.

"……휴."

그의 목소리를 듣자 루시아는 갑자기 울컥했다. 그래서 그를 향해 매달리듯 손을 뻗었다.

"하아……."

휴고는 깊게 안도의 한숨을 내쉬었다. 얇은 이불을 덮어주면서 그녀의 손을 잡아 손바닥에 입술을 누르고 손가락과 손등에도 입을 맞췄다. 땀에 젖은 그녀의 머리카락을 쓸어 올려 빗겨주고 수건으로 이마를 닦아주었다.

그의 눈에 가득한 걱정을 보며 루시아는 속이 울렁거렸다. 체기 때문만은 아니었다. 아파서 힘들 때 지켜보고 걱정해 주는 사람이 곁에 있어준 사람은 어머니가 돌아가시고 처음이었다. 눈시울이 뜨거워지고 눈물이 흘러 툭 떨어졌다.

그가 안색을 굳혔다.

"밖에 누구 없느냐! 의사는 어디 있나!"

줄을 당겨 부르는 것도 잊고 소리를 지르는 그의 손을 잡았다.

'괜찮을 거야.'

루시아는 어쩐지 그런 생각이 들었다. 수도에 올라가서도 괜찮을 것 같았다. 이 평화와 행복이 깨지지 않을 것 같은 막연한 믿음이 생겼다.

"휴. 수도로 가면 당신, 바람피울 거예요?"

"……뭐?"

'이 여자가 정말 많이 아픈가 보다.'라고 휴고는 생각했다. 그리고 동시에 '나를 전혀 믿지 못하는구나.'라는 깨달음을 얻자 힘이 쭉 빠졌다. 그녀의 마음은커녕 신뢰도 얻지 못하고 있었다.

"절대 안 그래."

가만히 그를 보던 그녀가 살짝 웃었다.

"그럼 됐어요."

'믿어보자.'

그는 다른 여자가 생겨도 속이고 숨어서 몰래 바람피우지는 않을 것이다. 차라리 당당하게 말을 하면 했지.

'이 사람. 거짓말을 잘 못하니까.'

루시아는 몇 번이고 허를 찔러서 난처해하는 그를 보았다. 일방적으로 수하들에게 명을 내리면 그만인 그가 거짓말을 할 일은 없어서 아마 거짓말이 서툰 것 같다고 생각했다.

'하지만 수도에 올라가서 정치 싸움을 하려면 거짓말은 필수일 텐데. 괜찮을까.'

휴고의 차가운 가면은 오직 그녀의 앞에서만 깨진다. 그녀는 할 필요가 전혀 없는 걱정을 하고 있었다. 루시아는 어느새 꿈속에서 봤던, 하다못해 결혼 전에 마주했던 그의 모습을 까맣게 잊었다.

'그럼 됐다는 건 대체 무슨 뜻이야. 되긴 뭐가 돼.'

무슨 생각을 하는 거냐고, 휴고는 그녀를 짤짤 흔들며 묻고 싶었다.

마침 안나가 들어와서 루시아와 이런저런 증상에 대한 질문과 대답을 주고받는 동안 휴고는 복잡한 머릿속을 정리했다.

여자가 이렇게 어려운 존재였나. 정말 몰랐다. 여자는 보석만 주면 모두 해결되는 줄 알았다. 지금까지 어떤 문제도 그를 이렇게 고뇌에 빠뜨리지 못했다.

"소화제와 울렁임을 진정시키는 약을 지어 드리겠습니다. 드시고 한숨 푹 주무시면 좋아지실 겁니다."

약 가져오기를 기다리면서 그는 계속 수건으로 그녀 이마의 땀을 닦아주었다. 여전히 뜨겁게 오른 열은 내리지 않았고, 호흡이 고르지 않았다. 아픈 사람을 붙들고 긴말은 할 수 없어서 휴고는 당장 다른 생각은 다 멀리 치워 버렸다.

"왜 이렇게 미련해? 아프면 사람을 불렀어야지."

"괜찮아질 줄 알았어요."

"큰일 날 뻔했어. 의식이 없었다고."

"새벽인가요? 일찍 떠나서야 할 텐데 제대로 못 주무셔서 어떡해요."

"지금 그걸 문제 삼는 게 아니잖아."

그는 그녀에게 화내지 않기 위해 한껏 목소리를 낮추었다. 화를 낼 만큼 그녀가 잘못한 일은 없었다. 단지 그의 마음이 서운할 뿐이었다.

"자주 아프다며."

"제가요?"

"두통."

"아⋯⋯. 그건 그냥 흔한 거예요."

"완치할 수 없는 건가?"

루시아가 가볍게 웃었다.

"그렇게 말씀하시니 중병 같은걸요. 심각하지 않아요. 자주 배앓이하는 사람과 비슷해요. 어쩔 수 없는 거죠."

"심각하건 그렇지 않건 난 당신이 아픈 것이 싫어."

"아프지 않게 조심할게요."

"뭐라는 게 아니라⋯⋯. 어디 아프거나 다치면 내게 숨기지 마.

당신 남편으로서 그 정도는 알 자격 있어."

"그럴게요."

하녀가 약을 가지고 들어왔다. 휴고는 그녀를 안아 일으켜 약 먹는 것을 돕고 보송보송하게 마른 잠옷을 갈아 입혀 주었다. 약을 먹고 루시아는 곧 잠들었다. 그걸로 한밤의 갑작스러운 소란은 마무리되는 줄 알았다.

날이 채 밝기 전부터 루시아는 다시 열이 오르기 시작했다. 약을 먹은 것까지 모두 토해내고 열이 올랐다가 내리기를 반복하며 끙끙 앓았다. 그녀의 열을 내리느라 휴고는 밤을 꼬박 새웠다. 다시 호출되어 달려온 안나에게 휴고는 분노를 표출했다.

"체한 것이라 하지 않았나? 어찌 된 것인가! 약도 넘기지 못하는데!"

북부 귀족들이 보았다면 불 뿜는 용으로 화한다는 타란 공작의 소문을 떠올렸을 것이다.

처음 접하는 공작의 노기에 안나는 손끝이 저릴 정도로 긴장했다. 그리고 성분을 모르고 올렸던 필립 경의 치료약을 마님과 둘만 알기로 한 일이 천행임을 깨달았다. 공작이 그걸 알았다가는 목이 간당거릴 것 같다는 본능적인 예감이 들었다.

"아…… 아무래도 단단히 체하신 것 같습니다. 혹시 마님께서 충격을 받으시거나 매우 놀라는 일이라도 있으셨습니까? 심리적인 요인이 더해지면 체증이 더 심해지는 경우가 있습니다."

휴고는 미간을 찌푸리며 생각했다. 왕의 죽음을 전한 것 외에는 평소와 다른 일은 없었다.

'왕이 죽어서 그녀가 그렇게 충격을 받았다고?'

그가 친부에게 아무 정이 없어서 보통 사람이 부모의 죽음에 품는 감정을 간과했다. 그녀는 어머니 이야기는 곧잘 했으나 아버지는 언급조차 하지 않았다. 그래서 왕이 그녀의 아버지라는 사실조차 그는 잊고 있었다.

그래도 혈육인데 말 못 할 감정의 찌꺼기가 있을지 모른다. 죽음 소식을 전하는 데 너무 배려가 없었다. 자신의 무신경함에 화가 치밀었다.

루시아는 먹으면 토하기만 해서 이틀 내내 보리차만 마시다가 사흘째 되는 날 겨우 묽게 쏜 미음을 먹기 시작했다. 미음을 겨우 반 그릇 정도 비우고 다시 침대 누워 눈을 감고 있었다.

'수도로 올라가는 일에 내가 너무 걱정이 많았나 봐.'

이렇게 단단히 체한 건 처음이었다. 서늘한 손이 이마에 닿는 것을 느끼고 눈을 떴다. 그가 옆에 있었다.

"……열은 이제 좀 내렸군."

그는 수도로 올라가는 일정을 차일피일 미루고 곁에 붙어있다시피 했다. 미안하고 고맙고 그의 일에 차질이 생길까 봐 걱정이었다.

"이젠 정말 괜찮아요."

휴고는 미간을 살짝 찡그렸다. 괜찮다는 소리가 아주 입에 붙었다. 아픈 사람에게 불편한 감정을 내비치고 싶지 않아서 그는 길게 숨을 내쉬어 속을 가라앉혔다.

"미음을 조금 먹었다며. 속은 편안해?"

"네, 이제는 소화되는가 봐요. 울렁거리지 않아요."

"다른 불편한 곳은? 식사를 그리 못 했는데 어지럽지는 않나?"

"며칠 안 먹는다고 안 죽어요. 그냥 좀 체한 거예요."

"죽을병이어야만 병인 건 아니지."

아플 때에도 그녀는 바라는 것이 없었다. 겁날 정도로 열이 펄펄 끓고 먹은 걸 다 토해내며 괴로워하면서 아프다는 소리조차 하지 않았다. 창백한 환자의 안색으로 그를 볼 때마다 언제 수도로 가시느냐 소리만 반복했다.

당신은 정말 독한 여자야, 라는 말을 그는 몇 번이고 속으로 삼켰다.

'내가 그렇게 의지가 되지 않는 건가.'

그녀를 곁에서 지켜보기가 애가 탔다.

"수도에 가 봐야 할 것 같아."

재촉이 이젠 한계에 달했다. 서신만 줄기차게 보내던 태자가 참다못해 보낸 사람이 오늘 새벽에 들어왔다. 최소한 국장 기간이 끝나기 전에는 수도에 올라가야 했다.

아픈 그녀를 두고 가야 한다는 사실이 그는 몹시 짜증스럽지만, 아내가 아프다는 핑계를 댈 수는 없었다. 막말로 죽을병에 걸린 건 아니었으니까.

"전 괜찮아요. 가서야 하잖아요."

힘없이 말갛게 웃는 그녀를 보며 그의 가슴이 먹먹했다.

전혀 그를 성가시게 하지 않는 그의 아내. 그런데 부디 성가시게 해주었으면 좋겠다. 그녀가 가지 말라고 붙잡으면 다 때려치우고 곁을 지킬 생각이었다. 내 여자가 아파서 누워있는데 왕이 죽은 것 따위 뭐가 대수인가.

"푹 쉬어. 다른 건 아무것도 생각하지 말고. 꼬박꼬박 약 먹고 식사도 챙기고."

"갈수록 잔소리가 느세요."

"싫으면 걱정하게 하지 마."

휴고는 고개를 숙여 그녀의 머리에, 이마에, 그리고 바싹 마른 입술에 입을 맞추었다.

"비비안, 정말 괜찮겠어?"

걱정하지 말라고 몇 번이나 말하는데도 불안한 눈으로 한참 그녀를 보던 그가 결국 돌아섰다.

문이 닫히고 조용해지자 루시아는 앞이 흐릿해져서 눈을 깜빡였다. 눈물이 베개로 툭 떨어졌다. 아파서 그런가. 마음이 부쩍 약해진 것 같았다. 가지 말라고 하고 싶었다. 많이 아프고 힘들다고 투정부리고 싶었다.

「의지할 대상을 잃은 여자는 무너져 버린답니다.」

마담 미셸이 오래전 해준 말이었다. 백작부인 말은 그른 것이 없었다. 제 발로 서지 못하고 그에게 의지하다가는 그가 떠나가면 완전히 무너질 것이다.

마담 미셸이 말한 부부 사이 적당한 거리는 과연 어디까지일까. 정확한 자가 있어서 정확히 잴 수 있었으면 좋겠다.

＊　　　＊　　　＊

"이야, 얼굴 한 번 보기 힘들군."

과장된 반가움을 표하는 사내를 무심히 본 휴고는 별다른 반응 없이 털썩 앉았다. 그 무례함에도 퀘이즈는 전혀 개의치 않고 그저 기분 좋게 웃었다.

"영지에 꿀 발라놨나? 공이 정말 1년이 넘도록 틀어박혀 있을 줄은 몰랐어."

"영주가 영지를 잘 살피면 어차피 전하께도 좋은 일 아닙니까? 아니, 이젠 폐하이신가요?"

"어차피 그리 될 일이지만 그래도 아직 즉위식은 하지 않았으니까. 그런 걸 꼬장꼬장하게 따지고 드는 인사들이 있더라고."

퀘이즈는 어깨를 으쓱했다. 현재 왕권 대행 중인 그는 당연히 왕위는 자신의 것이라고 자신하고 있었다. 태자가 왕위에 오른다는 명분을 뒤집기란 여간해서는 가능하지 않으니까. 호시탐탐 그의 자리를 노리는 배다른 형제들이 눈을 시퍼렇게 뜨고 있어도 그는 자신 있었다.

퀘이즈는 무심한 표정으로 차를 마시는 흑발의 사내를 보면서 꽤 오래전, 자신의 충실한 조력자이자 책사였던 베너프 백작의 조언을 떠올렸다.

「그는 맹수입니다, 전하.」

지난해, 병사한 백작은 정말 아까운 인재였다.

「길들지 않는, 길들일 수도 없는 야생의 맹수입니다. 그를 우리에 가두려 하지 마십시오. 배부른 맹수는 코앞의 사슴도 탐내지 않는 법입니다. 그는 자신을 우리에 가두려는 자들을 적대하고자 기꺼이 전하의 곁에 설 것입니다.」

「그의 충성을 기대하지 말라는 소리인가?」

「불안한 충성보다는 확고한 동맹이 백번 낫습니다. 어떤 왕도 타란 공작가의 충성을 얻은 적이 없다는 사실을 기억하십시오. 타란 공작가는 건드리지 않으면 절대 웅크린 몸을 펴지 않습니다.」

「……그대 말대로라면 맹수를 등 뒤에 두라는 소리가 아닌가. 목줄도 채우지 말고.」

「전하의 등 뒤에서 덤비는 자들의 목덜미를 물어뜯어 줄 겁니다. 타란은 원래 가진 것이 많습니다. 전하께서 더 주실 필요도 없습니다. 원래 가진 것을 인정만 해주어도 충분합니다.」

승하한 혜세 8세는 공보다 과가 많은 왕이었다. 그럼에도 그의 치세는 상당히 길었다. 그가 가장 잘한 일은 타란 공작가를 전혀 건드리지 않았다는 것이다. 그것만으로도 혜세 8세는 알려진 것보다 현명한 군주였다.

타란 공작가는 이상한 가문이다. 정확히 언제부터 존재했는지 명확하지 않으나 건국 시에도 이미 타란 가문은 존재했다.

당시 타란은 제논 건국에 지대한 공을 세우고 왕족 대우로 대공의 지위를 받고 대공령 자치권을 가졌다. 거의 형식적이었으나 왕위 계승권까지 있었다. 그러나 모두의 예상을 뒤엎고 정계에 진출하지 않았다.

절대 왕권을 추구한 두 번째 왕조 때 모든 대공이 대공의 지위를 빼앗기고 공작 위를 받았다. 대공령은 영지로 격하되었다.

당시 대공들은 반발하다가 멸족의 길을 걸었는데 타란은 순순히 그러겠다고 해서 오히려 왕위 계승권을 여전히 보장받았다. 그때도 타란은 정계에 관심이 없었다.

세월이 흐르고 수많은 가문이 생멸을 반복하며 제논에 세 번째 왕조 혜세가 집권했다. 타란은 여전히 건재했으며 왕위 계승권을 가진 유일무이한 공작이었다. 왕족이 모조리 죽지 않는 이상은 실현 불가능한 거의 형식적인 순위이긴 하지만, 어쨌든 타란 공작은 거의 왕족 대우를 받았다.

그동안 타란 공작가는 정치에는 전혀 나서지 않았으나 전쟁을 통해 존재감을 더 강하게 드러냈다. 타란이 있기에 제논이 있다고 사람들은 말하기 시작했다. 왕비나 재상을 몇 번 배출한 다른 공·후작 가문보다 사람들의 뇌리에 타란은 더 강렬하게 자리 잡았다.

그럼에도 타란은 단 한 번도 왕권에 도전하거나 영지를 넓히지 않았다. 건국 시 받았던 영역 그대로였다. 타란의 영지는 꽤 넓지만, 가장 골치 아픈 부족국가와 국경을 마주했다. 야만족의 수없는 침략 방어는 타란 공작가의 몫이었다. 그 밖에도 전쟁이 일어나면 선봉에 서서 다 처리해 주었다.

어떤 왕은 그런 타란 공작가의 드러나지 않은 힘을 두려워해서 적대하기도 했는데 그러면 꼭 말년이 안 좋았다. 헤세 8세는 타란 공작가를 오롯이 있는 그대로 인정해 주는 길을 택했고, 퀘이즈도 그럴 생각이었다.

"신혼 생활은 어땠나? 공작부인이 영지에 틀어박혀 지내는 걸 답답해하지 않았나 보지?"

새신부가 칭얼대면 못 이겨 두어 번은 수도에 올라올 줄 알았다. 그렇게 발길을 딱 끊을 줄이야. 일간에서는 태자와 타란 공작의 유대가 위험해진 것 아니냐고 제멋대로 추측하기도 했다.

퀘이즈는 반대파가 타란 공작을 영입하려고 무수히 접근함을 알지만 내버려 뒀다. 공작은 권력의 향방에 양발을 딛고 줄타기하는 짓을 할 사람이 절대 아니었다. 거창한 이유가 있어서가 아니다. 귀찮으니까. 그런 거 안 해도 타란은 건재하고, 타란은 정계에 관심이 없다.

"조용한 걸 좋아해서 그러지 않더군요."

"별나군."

같은 누이인데 그렇게 다른 건 어머니가 달라서인가. 퀘이즈의 동복누이 캐서린은 파티광이었다. 아마 드레스와 보석, 그것을 자랑할 파티가 없으면 살지 못할 것이다.

눈만 높아서 결혼할 생각은 하지 않고, 더 나이가 들면 고를 사람도 없다는 말을 들은 척하지 않고 있다. 하긴 누구와 결혼해도 그 허영을 어찌 맞추고 살지 오히려 남편 될 쪽이 걱정이었다.

"공, 결혼 한 번 더 안 할 텐가?"

누이는 타란 공작을 마음에 두고 있었다. 공작이 결혼했다는 소식을 듣고 파티꽝 누이는 일주일이나 두문불출했다.

왕족을 제외하면 일부일처가 법으로 되어있으나 타란 공작은 빠져나갈 구석이 있었다. 공작 정도 되면 한두 명 후실을 들여도 법을 들먹이며 뒷말하는 자는 없을 것이다.

누이가 정실이 아닌 후실로 들어간다 해도 퀘이즈는 상관없었다. 타란 공작가 정도라면 불만 없다.

"헛소리하시려고 저 불렀습니까?"

안 그래도 퀘이즈를 보자 잃고 있을 그녀가 떠올라 심란하던 참이었다.

수도에 가면 바람피울 거냐는 그녀의 말이 내내 머리에서 떠나지 않았다. 때지 않는 굴뚝에서 연기가 나는 곳이 수도 소문이라 저도 모르는 소문을 그녀가 듣고 오해하면 어쩌나 안절부절못하고 있었다. 퀘이즈의 말은 끓는 기름에 물을 부은 격이었다.

"해보는 말이지. 아무리 공이 결혼했어도 아마 방금 내가 한 제안은 수없이 받을걸."

휴고가 과하게 정색하자 퀘이즈는 냉큼 발을 뺐다.

"그런 득 될 것 없는 짓을 안 합니다."

"득 될 것 없다니. 삼처사첩은 사내들의 꿈이지."

"그 꿈은 전하께서나 이루고 사십시오. 왕이라면 충분히 가능한 일이겠군요."

퀘이즈는 멋쩍은 표정을 지었다. 타란 공작은 여자를 좋아하는 것 같으면서도 아닌 것 같고 참 애매했다. 여자들은 끊이지 않으면서 잘라낼 때는 가차 없었다.

"그 후계 아들 말이야. 정말 그럴 셈인가?"

"그럴 셈입니다."

"아니, 이젠 결혼했잖아. 앞으로 아이가 태어날 텐데. 아무리 공의 장자라고 해도 그렇지."

'그래 봤자 사생아 아닌가?'라고 퀘이즈는 입안으로만 삼켰다.

타란 공작의 혼외자 아들이 차기 공작 위를 잇는 데 아무 잡음이 없도록 적극 지지해 주는 것. 그게 퀘이즈가 타란 공작을 정계로 끌어올 수 있었던 조건이었다.

혼외자가 타란 공작의 작위를 이어받는 일은 간단한 듯하면서도 어려웠다. 암묵적인 사회적 관습을 깨뜨리는 일이기 때문이다.

하지만 퀘이즈는 타란 공작을 얻기 위한 조건이라면 아주 쉽다고 생각했다. 퀘이즈 자신이 적자가 아니라 그런지 그런 문제에 고루하지 않았다.

그런데 막상 그가 결혼하자 퀘이즈는 조금 떨떠름했다. 얼굴 한 번도 본 적 없는 반쪽 누이지만 그래도 누이라고, 누이의 자식이 허수아비 취급받을 일이 괜히 기분 좋지는 않았다.

"……언제부터 제 사생활에 그리 관심이 많으셨습니까? 하실 말씀이 그런 거라면 가겠습니다."

"아, 알았네. 사람하고는. 결혼해도 여전히 뻣뻣하구먼."

퀘이즈는 타란 공작의 사생활에 아주 관심이 많았지만, 이쯤에서 일단 접었다. 그리고 본격적으로 그와 이후 국정의 향방에 대한 논의를 시작했다.

중추적 인물들이 더 가세해서 이어진 논의는 비공식적이지만, 참여한 사람의 면면을 살피면 거의 국무회의나 다름없었다.

꽤 길게 이어진 논의를 마치고 일어나며 휴고는 아까부터 계속 아는 척하고 싶어 미치겠다는 표정을 짓고 있는 적발 사내의 어깨를 탁탁 두드려 주었다.

"수고 많았다."

그저 좋다고 적발 사내, 로이 크로틴은 히죽 웃었다. 휴고가 가버리고 나서도 주인을 기다리는 개처럼 몇 번이고 문 쪽을 바라보는 로이를 보다 못해 퀘이즈가 말했다.

"크로틴 경, 정말 내 기사가 될 생각 없어?"

"없는데요."

처음에 타란 공작이 기사를 호위로 붙여준다고 했을 때는 그 출신이 본디 평민이라는 말에 조금 언짢았다. 더구나 예의 모르고 무례하기 짝이 없었다. 타란 공작의 측근만 아니었다면 진즉 호위고 뭐고 내쳤을 것이다.

그러나 시간이 지나며 진가가 드러났다. 지난 1년 동안 크로틴 덕에 목숨을 구한 적이 부지기수였다.

날고 기는 암살자들을 크로틴은 마치 벌레 잡듯이 때려잡았다. 그의 엄청난 실력을 알게 된 퀘이즈는 크로틴을 자신의 기사로 들이려고 틈날 때마다 꾀었지만, 크로틴은 생각해 보는 척도 하지 않았다.

"대체 이유가 뭐야? 내 기사가 되면 지금 받는 것보다 많은 봉록과 권력을 가질 수 있는데. 그게 전혀 탐나지 않나?"

"별로 관심 없어요."

"대체 공작이 무얼 주기에? 기사로서 그를 존경하기 때문인가?"

"좀 더 현실적인 이유죠. 주군이 비무를 해주시거든요."

"비무? 그건 어디서든 할 수 있는 거 아닌가?"

"죽을힘을 다해 덤벼도 상대가 다칠까 봐 걱정하지 않아도 되는 상대는 주군뿐이라서요. 그런 재미는 딴 데서 못 찾죠."

"……그렇군"

퀘이즈는 살짝 질렸다. 크로틴은 퀘이즈의 기사 중 누가 덤벼도 수십 합을 넘기지 못하는 대단한 실력자였다. 그나마도 적당히 완급을 조절해 준다는 게 빤히 보였다.

제 주변에는 늘 최고의 기사만 있다는 자부심을 느꼈던 퀘이즈의 충격이 컸다. 그리고 곧 인정했다. 자신의 기사들이 약한 것이 아니라 크로틴이 무시무시하게 강했다.

'그렇게 타란 공이 강하다고?'

퀘이즈는 타란 공작이 전쟁터에서 검을 휘두르는 것을 수도 없이 직접 보았다. 대단하다는 건 알았지만, 양 떼 무리 속에 달려든 범처럼 압도적이라 딱 집어 어느 정도 실력이라고 파악할 수는 없었다.

'그리고 보니 타란 공이 누군가와 비무하는 건 한 번도 보지 못했군.'

타란 공작이 검을 들 때는 적을 죽일 때뿐이었다. 생각해 보면 참 무시무시했다. 무인은 대개 힘을 과시하기 좋아하는데 타란 공작은 기사임에도 그러지 않았다. 그래서인지 검을 들지 않은 타란 공작과 마주하면 가끔은 그가 기사라는 걸 잊게 된다.

"비무하면 누가 이기나? 경도 이겨본 적은 있겠지?"

로이가 눈을 동그랗게 뜨더니 '푸하하!' 웃음을 터뜨렸다. 태자 앞에서 거리낌 없는 무례한 태도도 이제는 다들 그러려니 했다.

"이겨요? 제가요? 그게 제 인생 목표인데요. 이루어질 수 있을지는 모르겠지만."

"한 번도 이긴 적이 없단 말인가?"

"주군은 비무도 사실 잘 안 해줘요. 귀찮다고. 죽이지도 못할 거 뭐 하러 힘 쓰냐고 하시더군요."

"……."

"어떨 때는 검을 뽑아서 상대도 안 해주시죠. 검집째 휘두르면 조심해야 해요."

"……왜?"

"기분이 별로라는 거니까요. 그럴 때는 비무고 뭐고 그냥 막 패요."

"……그 대접을 받고도 거기가 좋은가?"

"그야 전 주군이 신뢰하는 몇 안 되는 사람이니까요."

"패는 것이?"

"그게 신뢰의 증거죠. 주군은 때리는 귀찮은 짓을 하느니 그냥 죽이거든요."

더 할 말이 없었다. 의외의 수확은 있었다. 타란 공작은 알려진 것보다 상당히 성질이 더럽다.

"타란 공!"

휴고는 걸음을 멈추고 몸을 돌렸다. 그를 부른 목소리의 주인이 빠른 걸음으로 다가왔다.

"시간이 괜찮으시면 함께 어울려 주시지 않겠습니까."

서글서글한 미소를 짓고 있는 청년은 백작 데이빗 라미스. 라미스 공작의 장자로 성년이 되었을 때 부친의 영지 일부와 함께 백작위를 받았다. 태자와 사사로이는 처남 매부지간이었다. 퀘이즈가 왕이 되면 장차 권력의 중추에 오를 것이 확실시되는 인물이었다.

나이는 휴고와 같았다. 그러나 두 사람 사이에는 엄청난 격차가 존재했다. 휴고는 공작이며 일가의 주인이지만, 데이빗은 공작의 후계에 불과했다. 그러니 데이빗이 휴고를 타란 공이라 부르며 불러 세운 것은 몹시 무례한 짓이었다.

휴고를 그리 부를 수 있는 사람은 적어도 공작 이상은 되어야 했다. 굳이 따지고 들면 공작도 휴고에게 존칭을 써야 했다. 형식적이기는 해도 타란 공작의 위치는 준 왕족 대우였다.

겉으로는 붙임성 좋게 웃고 있으나 그 안에 감추어진 치기 가득한 경쟁심을 휴고는 읽어냈다. 애송이. 휴고는 비웃었으나 드러난 표정은 여전히 무심했다.

"내가 어울릴 자리가 아닐 것 같소."

휴고는 데이빗을 비롯해 그 뒤에 꼬랑지처럼 달라붙어 있는 추종자들을 짧게 일별한 후 답했다. 그 나름으로는 라미스 공작의 체면을 생각해 적당히 예를 갖춰 대해주었다.

"하하, 무슨 말씀이십니까. 공께서 함께해 주신다면 자리가 더욱 빛이 날 텐데요."

"나만 빛이 날까 봐 염려되어 하는 말이오."

비꼬아 말하는 속뜻을 알아듣지 못하는 자는 이 자리에 아무도 없었다. 데이빗의 눈에 당황이 어리고 귀가 붉어졌다. 면전에서 이렇게 까이는 건 처음이었다. 항상 데이빗의 주변인들은 차기 공작으로 떠받들며 충복이 되기를 자처했다.

"하하하, 정말 듣던 대로 거침없는 분이시군요. 부디 고견을 나누어 주시지 않겠습니까?"

"그런 건 부친께 들으시오. 부친께도 들을 것이 없으면 찾아오든지."

휙 돌아서서 멀어져가는 타란 공작을 더는 붙들 수 없었다. 모멸감에 주먹을 꽉 움켜쥐는 데이빗의 눈치를 살피던 추종자들이 슬금슬금 거북한 속을 긁어주었다.

"기사라더니 정말 무례하군요."

"우리 모임에 끼웠다가는 오히려 더 해가 될 겁니다."

데이빗은 싱긋 미소를 지었다.

"기사 출신이라도 대단한 분이지요. 그러니 태자 전하께서도 그렇게 신뢰하시는 것이겠지요."

"그래도 어르신께 비하겠습니까. 장차 이 나라 왕후가 되실 분의 아버님 아니십니까. 멀리 보면 경은 이 나라 왕위에 오를 분의 외숙이 되시겠지요."

추종자의 아부에 데이빗은 기분 좋게 웃었다.

'흥, 아무리 잘난 척해봐야 내 아버지를 넘을 수는 없을 거다. 태자 전하와 우리는 아주 단단하게 혈연으로 묶여있는 관계이니까.'

휴고는 아예 안중에도 없었지만, 데이빗은 홀로 타란 공작에 대한 경쟁심을 불태우고 있었다.

데이빗보다 높은 지위와 권세를 지닌 귀족은 많았다. 그러나 모두 나이 지긋한 어른들이었다. 그러니 데이빗의 또래에서는 경쟁자가 없었다. 타란 공작만 제외하면.

타란 공작은 데이빗과 같은 나이에 이미 공작이었다. 전쟁터를 휩쓸며 명성을 얻었고, 태자가 그를 얻으려고 그토록 정성을 쏟은 일은 워낙 유명했다.

부친조차도 입이 마르게 타란 공작을 칭찬했다. 부친은 타란 공작이 곰의 탈을 쓰고 있으나 실상은 여우라고 하면서 그 앞에서 말과 행동을 조심하라고 몇 번이고 경고했다. 데이빗은 '네.' 하고 대답하면서 속으로는 코웃음 쳤다.

타란 공작이 등장하자마자 모두의 관심이 그쪽으로 쏠리는 것이 무척 못마땅했다. 전쟁터에서 칼질 몇 번 한 일이 뭐가 그리 대단해서.

데이빗이 한 번만이라도 전쟁터를 누비는 타란 공작을 봤다면 그런 생각을 못 했겠지만, 그는 지난 전쟁 내내 안전한 후방에만 있었다.

'그래 봤자 본질은 무식한 기사일 뿐.'

그는 근거 없는 자신감에 차있었다.

며칠 후에 루시아는 훌훌 털고 일어났다. 고작 체한 것치고는 꽤 오래 침대 신세를 졌으나 후유증은 없었다.

며칠의 부실한 식사를 보상이라도 하듯이 점심은 물론이고 저녁까지 테이블에 더욱 정성 가득한 요리가 올라왔다. 소화에 무리가 없는 것으로만 고르는 배려도 잊지 않았다.

"제롬, 하녀들이 많이 줄었네요. 못 보던 얼굴도 있고."

"예, 마님. 상당수가 고용 기간이 만료되었습니다."

마님 시중을 드는 고용인들의 자세가 형편없다고 공작이 갈아치우라 명했다.

어차피 대부분 고용인이 임시 고용 상태였다. 나중에 자원자는 수도까지 데려가려 했지만, 일이 이렇게 되어서 그냥 모두 계약을 해지했다. 수도 저택에서 일할 하녀들은 수도에서 수소문해서 다시 구할 생각이었다.

이후 로암(성)을 관리할 최소 하녀만 남겼다.

1년 넘도록 수발을 들던 이들이 하루아침에 바뀌었는데도 마님은 그저 '그렇군요.' 하고 한마디로 더는 말이 없었다.

처음에는 순진하고 여린 분이라고만 생각했다가 시간이 지나면서 제롬은 달리 생각했다. 대개 첫인상에서 크게 벗어나는 사람이 드문데 공작부인은 그런 점에서 참 신기한 분이었다.

'참 강한 분이야.'

결혼하자마자 아는 사람 하나 없는 시집으로 들어와 살게 되면 불안하고 외로워지기 마련이었다. 그러면 의지할 사람을 찾고, 대개 그 역할은 손발처럼 수발을 드는 하녀가 맡았다.

안주인이 총애하는 하녀가 생기면 이른바 하녀들 사이에 서열이 형성된다. 하녀들의 알력싸움은 흠뻑 젖을 때까지 알 수 없는 가랑비 같았다. 심해지면 집사의 권한을 침범하는 경우까지 발생해서 대부분 귀족 가문 집사들은 그런 성가신 고민을 안고 있었다.

공작부인은 아랫사람을 다루는 선이 확실했다. 필요한 일만 시키고 불필요한 감정을 내보이지 않았다. 나무랄 일이 있어도 간단히 지적만 할 뿐이며 언성을 높이는 일조차 드물었다.

그런 점에서는 공작과 거의 비슷하게 닮았다. 매질 한 번 한 적 없는데도 고용인들이 주인 부부 내외를 굉장히 어려워하는 이유는 엉길 여지를 아예 주지 않기 때문이었다.

'부부의 금실이 좋기 때문일까?'

참 이상한 일이지만, 아무리 생각해도 두 분의 사이가 소원해지면 타격이 큰 쪽은 마님이 아니라 주인이었다. 그것은 객관적인 이유를 댈 수 없는 제롬의 느낌이었다.

"전하께서 충분히 몸조리하시고 이달 말쯤에 수도로 올라오라고 전언을 보내셨습니다."

"무슨 몸조리를 그렇게 오래 해요. 그냥 체한 거예요. 다들 너무 유난이에요."

제롬은 애매한 미소를 지었다.

'마님께서 고열 때문에 당시 주인님을 제대로 못 보셔서 그럽니다.'

제롬은 휴고가 의사를 부르며 한바탕 난리를 칠 때 응접실에서 안절부절못하고 있었다. 새벽에 다시 불려간 안나가 하얗게 질려서 나왔을 때는 마님이 그렇게 심각하게 편찮으신가, 가슴이 덜컹했다.

마님이 겨우 진정되어 주무시자 침실에서 나온 주인이 제대로 된 치료를 하지 못하겠냐고 안나를 얼마나 닦달했는지 모른다.

제롬은 주인이 그렇게 극심한 감정을 표출하는 모습을 처음 보았다. 쩔쩔매는 안나가 참 안되어 보였다. 아마 흰머리가 한 줌은 늘었을 것이다.

'마님께서 이대로 계속 주인님 곁에 함께하시기를 바랍니다. 부디 간절하게 바라고 있습니다.'

차를 마시는 루시아의 느긋한 만족감을 보며 제롬은 생각했다.

사람들은 타란 공작 가문에 대해 잘 모른다. 대단히 유명한 기사 가문이라는 사실 외에는 잘 몰랐다.

북부는 땅이 거칠고 거주하는 인구가 적으며 야만족과 국경을 맞대 허구한 날 전쟁이 벌어졌다. 그야말로 돈 될 구석이 없는 땅이었다. 대단히 넓은 타란의 영지를 누구도 탐내지 않는 데에는 다 이유가 있었다.

물론 공작가는 부유했다. 아무리 볼품없는 땅이라도 그렇게 넓은 땅의 주인이 가난할 리 없으니까. 무력과 재력을 지닌 타란 공작 가문을 모두 인정하면서도 그 너머를 보려는 사람은 없었다.

타란 가문은 대단히 오랫동안 이어진 가문이었다. 눈에 띄게 홍성하지 않았으나 기운 적도 없었다. 세월의 저력은 무시할 수 없는 것이다. 타란의 영지인 북부는 굉장히 오랫동안 공작가의 지배를 받았고 북부에서 타란 가문은 왕과 같았다.

귀족들이 하찮게 보는 백성의 지지는 때로는 엄청난 힘을 발휘한다. 아마 타란 공작이 앞장서면 북부 사람들은 두말없이 모두 뒤를 따를 것이다.

타란이 지닌 무력은 가문에 속한 기사단이 아니라 북부의 백성 전부였다. 그걸 다른 귀족들은 알지 못했다.

북부는 평온하다. 늘 야만족과 전쟁을 치르는 북부가 평온하다는 말은 모순이지만 그 전쟁을 제외하면 평온했다.

북부에는 다른 영지에는 수시로 발생하는 봉기가 없었다. 야만족과 싸우기 위해 사람들이 단결해서 그렇다고 생각하겠지만 가장 큰 이유는 다 먹고살 만하기 때문이다.

타란 공작가는 공작이 누구건 그럭저럭 북부를 잘 관리했다. 지나치게 세금을 거두어 착취하거나 권력으로 찍어 누르는 일이 없었다.

상과 벌이 확실하고 아무리 귀족이라도 이유 없이 사람을 해할 수 없었다. 법만 지키면 불합리한 일이 발생하지 않는다.

북부가 얼마나 살기 좋은지 북부 백성은 알고 있었다. 땅이 척박해서 농사를 열심히 지어도 부를 쌓을 수준에 이르지 못하지만 굶지는 않았다.

오히려 부유하지 않아서 타락이 없었다. 북부인들은 모두 건실했으며 정직했다. 그것이 북부의 엄청난 자산이었다.

그리고 타란 공작가가 지닌 재력은 사람들의 상상 이상이었다. 오랜 세월 후계 싸움 따위로 진을 빼지 않으면서 작위를 지키고 고스란히 유지한 가문의 재력은 새끼를 치며 엄청나게 불어나 쌓였다.

타란 공작가가 야만족을 토벌하며 야만족 땅에서 얻은 몇 개의 보석 광산을 가지고 있다는 것도, 타국에서 활동하는 거대 상단 몇 개의 소유주라는 것도, 타국의 땅이나 섬을 엄청나게 사들여 가지고 있다는 것도 누구도 몰랐다.

제롬은 타란 공작이 마음만 먹으면 이 나라를 전복하는 것은 일도 아니라고 생각했다. 전복하고 나라를 세워 그걸 운영하는 건 또 다른 문제이지만, 어쨌든 공작가가 지닌 힘은 많은 사람이 생각하는 그 이상이다. 제롬이 집사로서 대충 알고 있는 수준으로만 봐도 그랬다.

그런데 공작은 가문에 애착이 없었다. 공작은 뭔가에 얽매인 것처럼 가문을 이끌었다. 그건 공작이라서 당연히 해야 하는 의무라기보다는 뭔가 끈적거리며 엉켜있어서 끊어내 버리고 싶지만 그럴 수 없는 거였다.

냉정한 공작은 아주 간혹 그의 내심을 드러낼 때가 있는데, 그때마다 지긋지긋하다는 표정을 하고 있었다. 그러나 언제부턴가 그런 모습을 보지 못했다.

제롬은 그 이유가 마님이라고 확신했다. 어떤 이유로든, 어떤 형태로든 주인이 마님을 잃는다면 과연 어찌 될까. 그 후의 일은 상상하기도 무서웠다.

로암을 떠난 마차는 거의 열흘 만에 수도에 도착했다. 결혼하고 로암으로 갔을 때보다 시간이 배가 걸렸다. 가장 빠른 경로가 가릴 것 하나 없는 황무지라서 태양이 내리쬐는 한낮에는 달릴 수 없었다. 저녁과 새벽 시간을 적극 활용하다 보니까 속도가 늦어질 수밖에 없었다.

이번 여정 역시 기사 딘이 호위했다. 지난 여정에서는 공작의 명이었다면 이번에는 자청했다. 딘은 순수한 마님에 대한 충심의 발로였으나 만약 딘이 아닌 다른 기사였으면 휴고의 심기가 불편했을 것이다.

휴고는 자신의 정예 기사들의 충심을 신뢰하는 편이고, 특히 로이와 더불어 딘을 아꼈다. 말썽꾸러기 로이의 단순한 성품을 너그럽게 봐주고 실력을 믿는 것처럼 딘의 성실함과 진중함을 믿었다.

루시아는 1년 수개월 만에 돌아와서 공작저를 보며 감개무량했다. 여기서부터 그녀의 인생은 변화를 시작했다. 증서만 나누는 결혼식을 마치고 오는 길에 그는 말했다.

「수도에 머물고 싶으면 그렇게 해.」

그때 그의 말을 받아들여 공작저에 홀로 떨어져 별거 생활을 택하지 않기를 정말 잘했다. 그랬다면 그와 영영 남처럼 지냈을 것이다.

'그와 완벽한 부부라고 자신하지는 못하지만.'

그래도 어느 정도는 그를 알고 이해했다. 최소한 남들이 그들을 보고 겉만 부부라고 말하는 단계는 지났다.

저(邸) 안으로 들어서며 루시아는 자기도 모르게 두 손으로 양팔을 감쌌다. 무더운 바깥과 확연히 다른 시원한 내부 공기가 피부에 닿았다. 방열 기능을 완비한 뛰어난 설계 덕분이겠지만 루시아의 첫인상은 집에 온기가 없다는 느낌이었다.

이곳에서 결혼하고 며칠 묵었을 때는 몰랐다. 로암에서 지내다가 오니까 비교할 수 있었다. 차가운 돌벽의 로암에는 이보다 더 따스함이 스며있었다.

꾸준히 관리했을 텐데도 역시 집에는 사람이 살아야 한다는 말이 실감이 갔다. 그가 이 차가운 넓은 집에서 혼자 지냈다고 생각하자 안타까웠다.

"마님, 침실은 로암과 마찬가지로 주인님의 침실 맞은편입니다. 여기 머무실 때 지내셨던 방과 복도를 두고 마주하고 있습니다."

"내가 알아서 찾을게요. 바쁠 테니 일 보도록 해요."

"예, 마님. 그리고 괜한 노파심에 드리는 말씀입니다만, 저택 밖으로 나가실 때는 뜰이라고 해도 반드시 하녀를 동반하십시오. 로암과 다르게 수도는 어디에 보는 눈이 있을지, 무슨 일이 일어날지 예측할 수 없습니다."

"그럴게요. 올라가서 한숨 자야겠어요. 그이는 언제 들어오시지요?"

"저녁까지 일정이 있으신 모양입니다. 늦으실 것 같습니다."

오늘 볼 수 있으면 좋겠는데, 루시아는 생각하면서 2층의 침실로 올라갔다.

7.
수도 사교계

저녁 늦게 사람의 시선을 피해 모인 자리였다. 비밀스러운 모임의 구성원들은 한 사람 한 사람이 다 거물이었다. 아마 이들이 또다시 비밀리에 한자리에 모이기는 절대 쉽지 않을 것이다.

태자 퀘이즈, 타란 공작, 라미스 공작, 필리프 후작, 데캉 후작. 태자를 제외한 네 명의 공·후작은 각자 지배하는 영지를 모두 합하면 국토의 반을 차지할 정도의 고위귀족이자 실세들이었다.

"그래서 타란 공의 생각은 어떻지?"

퀘이즈의 물음에 휴고는 잠시 생각했다.

"전쟁은 일어납니다. 시기가 문제일 뿐입니다. 그러니 그 안에 반세력은 확실히 정리할 필요가 있지요."

"으음……."

모두 침음성을 삼켰다. 종전이라 했으나 실제 휴전에 가깝다는 것을 모르는 사람은 없었다.

전쟁에 패해 많은 배상금을 물어야 했던 남서 연합군의 연합국들은 비싼 대가를 치르는 중이었다. 세금을 건디다 못해 곳곳에서 들고 일어나고 내전에 휘청대며 일부 국가는 전복되어 왕조가 바뀌었다.

위기를 벗어나는 방법은 전쟁일 수밖에 없었다.

"당분간 내버려 두고 저들이 힘을 키우도록 놔두자는 라미스 공 말씀에 동의합니다."

"처음부터 그냥 정리하고 시작하면 뭐가 문제인데?"

"괜히 가지만 치지 말고 뿌리째 뽑아야지요. 어설프게 청소했다가는 나중에 전쟁 중에 안에 적을 품고 있는 꼴 납니다."

반 태자 세력, 이른바 태자의 배다른 형제들을 어찌 처리할지 논의하는 자리였다. 타란 공작과 라미스 공작은 지금은 놔뒀다가 나중에 치우자는 쪽이고, 두 후작은 깨끗이 정리하고 즉위하는 편이 깔끔하다는 쪽이었다. 둘 다 일리가 있어서 퀘이즈는 고민 중이었다.

"타란 공이 결정권자라면 지금은 놔둔다는 거지?"

"아니요. 제게 결정권이 있으면 지금 처리합니다."

엥. 다들 이해할 수 없다는 듯 휴고에게 시선을 모았다.

"왜 말이 달라. 어설프게 청소하지 말고 나중에 뿌리를 뽑으라면서."

"그게 정석이긴 합니다만. 전 태자 전하가 아닙니다. 눈앞에서 거슬리게 알짱거리는 꼴 못 봅니다. 다 죽여놓고 시작하는 게 성질에 맞죠."

"……아. 그런가."

쾌이즈는 문득 1년 수개월 전에 타란 공작이 배신한 북부의 영주들을 어찌 처리했는지 떠올렸다. 1천 명 가까이가 죽은 사건이었다. 북부 일에 어지간하면 관여하지 않는 부왕도 당시에 상당히 불편한 심기를 드러냈다.

모르긴 몰라도 당시 부왕은 입막음으로 타란으로부터 거한 선물을 받았음이 틀림없었다. 마치 없던 일처럼 흐지부지 넘어가 버렸다.

"나중에 기어오르면 또 죽이면 되니까요. 지금 처리하신다고 해도 반대는 안 합니다. 뒷일 생각 안 하고 다 잡아 죽이는 건 자신 있습니다만. 태자 전하께서 곤란한 것 아닙니까?"

쾌이즈의 표정이 떨떠름했다. 사람 목숨을 벌레 잡듯 말하는 타란 공작을 완벽히 이해하는 일은 평생 불가능할 것 같다.

그런데 이런 과격함이 드러날 때마다 쾌이즈는 묘하게 안심했다. 타란 공작이 여우 같은 모사꾼 짓을 할 것 같지 않기 때문이었다.

세상일은 알 수 없다. 쾌이즈는 단지 기분으로 사람의 일면을 파악하는 어리석을 짓은 하지 않았다. 그래도 어떤 사람을 파악할 때 그려지는 이미지를 본능적으로 신뢰하는 것은 어쩔 수 없다.

"……음. 우선 놔두고 상황을 지켜보도록 하지. 다른 분들의 생각은 어떠시오?"

라미스 공작은 물론이고 후작 둘도 동의했다. 라미스 공작은 깊은 눈으로 타란 공작을 살폈다. 나이를 헛먹지 않았는지 그는 타란 공작이 부러 그리 말했다는 것을 눈치챘다.

난 무식하게 그냥 지금 다 죽이고 싶은데 태자 네 생각은 어떤가, 하는 식으로 자연스럽게 태자의 생각을 반대쪽으로 몰아갔다.

'으음……'

그는 무심코 자꾸 아들과 타란 공작을 비교하곤 했다. 아무래도 나이가 같아서일 것이다. 그때마다 아들놈은 필패. 애초에 그릇 자체가 달랐다. 타란 공작이 정계 권력에 별로 관심이 없어서 정말 다행이었다.

집에 돌아가면 다시 한 번 아들 녀석에게 단단히 경고해 둘 셈이었다. 괜한 치기로 타란 공작과 경쟁하려고 들지 못하도록.

아들 데이빗은 머리는 그런대로 비상한데 안하무인이었다. 어려서부터 우러름을 받기만 해서 세상 무서운 줄을 몰랐다. 과감하게 일을 추진할 때는 장점이 될 수 있으나 주제를 파악하지 못한다면 큰 문제가 될 것이다.

라미스 공작은 슬슬 사후를 걱정할 나이가 되었다. 그런데 이제 막 왕이 될 태자는 한창 나이고 타란 공작도 마찬가지였다. 새로운 왕의 치세에서 가문을 지킬 사람은 공작의 자식들이었다. 그러니 그의 관심은 후계 문제에 쏠려있었다.

퀘이즈는 선왕을 닮지 않았다. 겉으로는 호인 같아도 대단히 성격이 강했다. 강한 왕권을 추구할 것이 분명한 왕에게서 가문을 지키려면 납작 엎드릴 줄 알아야 한다.

그런데 아무래도 그 점에서 데이빗이 불안했다. 저 잘났다고 들이받지나 않으면 다행이다.

'데이빗보다는 로빈이 나을지도.'

라미스 공작은 자신감과 자존심이 지나치게 강한 데이빗보다 온순한 차남 로빈을 후계로 고려 중이었다. 이런 라미스 공작의 내심을 데이빗은 꿈에도 생각하지 못하고 있었다.

주도할 수 없는 회의에 참석하는 일은 진이 빠진다. 휴고는 그동안 그가 주도했던 회의에 참석했던 가신들이나 지역 영주들의 노고를 조금은 이해했다.

어둠에 잠겨있는 저택은 오늘따라 유난히 쓸쓸해 보였다. 수도로 올라오고 나서 그는 집에 들어갈 때마다 발걸음이 무거웠다.

원래 그에게 집은 잠자는 곳이라는 것 외에는 특별한 의미가 없었다. 그러나 북부에서는 출타했다가 로암에 돌아가면 그를 기다리고 맞이하는 사람이 있었다. 처음으로 집에 돌아간다는 기분이 뭔지를 느꼈다.

그녀가 수도를 향해 떠났다는 사실은 들었다. 절대 무리하지 말고 쉬엄쉬엄 오라고 했으니 시간은 좀 걸릴 것이다. 솔직히 그는 최대한 빨리 오라고 하고 싶었다.

마차에서 내리면서 휴고는 자신을 맞이하는 제롬을 보며 놀란 눈을 했다.

"강녕하셨습니까, 전하."

"언제 왔지?"

"마님을 모시고 오늘 오전 도착했습니다."

"별일은?"

"여정 내내 마님께서는 무탈하셨습니다. 도착하시어 낮에 한잠 주무시고 조금 전에 침실에 드셨습니다."

듣는 둥 마는 둥 휴고는 제롬을 지나쳐 저택 안으로 들어가 빠르게 계단을 올라갔다. 습관적으로 자신의 침실 문을 덜컥 열었다가 텅 빈 싸늘함에 잠시 가슴이 덜컹했다. 여기가 아니었다. 복도 맞은편의 문을 열자 어두운 침실의 침대 위에 누워있던 그림자가 움직였다.

"으음……. 지금 오시는 거예요?"

잠기운이 묻어나는 그녀의 목소리를 들으며 휴고는 심장이 뛰었다. 어떤 노래가 이보다 더 감미롭게 귀에 감길까.

성큼성큼 침대로 다가가 몸을 반쯤 일으키는 그녀를 와락 끌어안으며 목덜미에 코를 묻었다. 품 안에 쏙 들어오는 부드러운 몸과 그녀의 체취가 몹시 그리웠다. 허전했던 그의 마음에 충만한 기쁨이 가득 차올랐다.

루시아는 그의 강한 힘으로 꽉 눌러 감싸자 여행의 피로가 다 날아가는 것 같았다. 그의 가슴에 얼굴을 기대고 그리웠던 그의 품을 만끽했다.

잠시 그렇게 서로의 온기에 취해있었다. 그는 그녀의 어깨를 양손으로 잡아 품에서 떨어뜨리면서 그대로 입술을 겹쳐왔다.

뜨거운 살덩이가 입술을 가르고 입안을 파고들었다. 순식간에 타액과 호흡이 뒤섞였다. 그의 입술이 격렬하게 맞부딪쳐 왔다. 잠시 떨어졌다가 다시 그녀의 입술을 삼켰다. 몹시 달다는 듯, 애원하는 듯한 키스에 루시아는 정신없이 빠져들었다.

그의 손이 얇은 잠옷 속으로 들어와서 맨가슴을 꽉 쥐었다. 그의 애무에 익숙한 몸이 짜릿한 자극으로 받아들여서 저절로 흠칫했다.

커다란 손이 가슴을 주무르고 손가락이 곤두선 유두 끝을 문질 렀다. 그녀의 몸은 그리웠던 그의 손길을 받으며 순식간에 달아올 랐다.

날이 더워서 그녀가 입은 잠옷은 속이 반쯤 비치는 하늘하늘한 소재였다. 잠옷 위로 더듬는 손바닥에 그녀의 몸매가 고스란히 잡 혔다. 그는 얇은 잠옷 위로 볼록 솟은 가슴 끝을 입술 사이에 넣고 살짝 힘을 주었다.

"흐읏……."

자극을 받은 유두가 곤두서 있었다. 그는 잠옷 위로 도드라진 돌 기를 혀로 훑으면서 이 끝으로 물었다. 그의 타액으로 축축하게 젖 어드는 잠옷이 가슴에 찰싹 달라붙어 더 야하게 도드라졌다.

그는 얇은 막 너머로 느껴지는 그녀의 가슴을 마음껏 탐했다. 문 득, 가로막은 천이 거추장스러웠다. 부드럽고 달콤한 그녀의 피부 를 맛보고 싶었다.

그는 그녀의 잠옷 앞섶을 잡아 옆으로 당겼다. 위에만 달린 단추 몇 개가 튕겨 날아가면서 그의 손아귀 힘을 이기지 못한 얇은 잠옷 이 부욱— 소리를 내며 찢어졌다. 눈앞에 드러나는 하얀 과실을 그 는 쭉 빨아 삼켰다.

"하웅!"

그녀의 손이 그의 머리카락 속을 파고들었다. 혀가 가슴을 굴리며 희롱하기 시작하자 허리부터 등을 타고 짜르르한 느낌이 올라왔다.

달아오르는 몸이 그를 받아들일 준비를 시작했다. 다리 안쪽이 뜨거워지고 아슬아슬한 감각이 몸 안에서 간질거렸다. 그녀는 허리를 들썩이면서 두 다리를 오므려 꼬았다.

허벅지를 더듬는 그의 손이 팬티를 잡아 끌어내렸다. 발목까지 내려온 팬티를 벗겨 그는 휙 내던졌다.

그는 옷을 다 벗을 정신도 여유도 없었다. 바지만 내리고 기립한 분신을 꺼냈다. 그녀의 다리를 잡아 벌려서 허리로 둘렀다. 단단한 중심이 바로 그녀의 은밀한 샘에 닿았다. 그가 조금 허리를 움직여 끝으로 그녀의 입구를 문질렀다.

잔뜩 가라앉은 목소리로 그가 귓가에 속삭였다.

"지금. 괜찮아?"

그녀가 살짝 고개를 끄덕이는 것과 동시에 입구에 맞닿은 뭉툭한 끝이 살갗을 밀어내며 천천히 안으로 들어왔다.

다급한 그의 몸짓에 비해 조심스러운 움직임이었다. 강하게 치고 들어가고 싶은 욕망을 참기 위해 그가 이를 악물었다. 급하게 했다가 부서질 것처럼 작고 약한 아내가 다칠까 봐 걱정이었다.

그가 끝까지 다 들어오자 잠시 멈추었던 두 사람의 호흡이 일시에 터졌다. 그녀의 작은 몸이 품기에 거대한 그의 흉기가 원래 있어야 할 곳을 찾은 것처럼 그녀의 안을 점령했다.

몸 안을 가득 채운 기분 좋은 압박감과 충족감에 그녀는 탄식처럼 한숨을 쉬었다. 좁게 수축한 질 안쪽을 빠듯하게 넓히며 들어온 그의 상징이 그녀의 몸 안에서 심장 박동처럼 쿵쿵 울렸다. 내벽을 밀어내는 이물감이 생생해서 그녀가 미간을 찌푸렸다.

"아파?"

"하아……. 아…… 니요."

"좀…… 힘이 들어갈 것 같으니까. 아프면 말해."

그녀의 몸 안으로 무작스럽게 치고 들어가 마구 밀어붙이고 싶은 욕망을 참느라 디딘 휴고의 팔에 힘이 들어가 힘줄이 불거졌다.

그가 천천히 빠져나가더니 묵직한 힘을 실어 들어왔다. 통증 같은 아릿함을 느낀 몸이 흠칫했다. 둔통은 아주 짧은 순간에 사라지고 등줄기를 따라 약한 절정감이 스쳐 지나갔다. 그녀는 찌릿한 쾌감에 몸을 떨었다.

다시 천천히 쑥 물러난 단단한 끝이 좀 더 강하게 깊이 들어왔다.

루시아는 신음하며 그의 팔을 붙들어 셔츠 소매를 쥐었다. 그가 달려들어 키스할 때부터 예민하게 흥분한 그녀의 몸이 그를 적극적으로 받아들이는 동시에 저항하는 것처럼 수축 운동을 하며 조여들었다.

"흐읏……."

"윽……. 비비안. 너무…… 좁아."

죽겠네, 진짜. 그가 거친 호흡으로 중얼거리면서 여린 속살을 죽 밀어내며 진입했다. 좁고 쫀득한 그녀의 안쪽이 어찌나 조이는지 그는 순간순간 아득했다.

그는 마구 달리고 싶은 갈망에 고삐를 쥐었다. 아직은. 그녀의 몸은 조금 더 준비가 필요했다. 그동안의 경험으로 안다. 이보다 훨씬 더 매끄럽게 물을 내어 길을 만들어 주어야 했다.

그는 마치 굶주린 짐승처럼 갈급한 몸짓으로 부드럽고 천천히 그녀의 몸을 열었다.

소중히 사랑받는 느낌이었다. 그건 어떤 격한 자극보다 그녀를 더욱 흥분으로 몰아넣었다. 다리로 그의 허리를 감고 엉덩이를 들어 그를 더 깊이 받아들였다. 그를 완전히 끝까지 삼키자 숨이 찼다. 귓가에 들리는 그의 호흡이 거칠었다.

완전히 맞물린 두 몸이 율동을 만들기 시작했다. 그가 조금씩 속도를 더하며 그녀의 속살에 마찰을 일으켰다.

"응……. 좋아……."

"……뭐?"

탁하게 가라앉은 음성으로 중얼거린 그가 허리를 움직이며 그녀의 귓불을 깨물었다. 혀로 핥아 올리면서 크게 입을 벌려 한입에 목을 물었다. 그녀의 가느다란 목에서 팔딱거리는 맥박이 그녀 몸에서 풍기는 향의 근원인 것처럼 그는 강하게 쭉 빨았다.

"다시 말해 봐."

그의 척추를 따라 전율이 올랐다. 아무 기교도 섞이지 않은 한마디 말을 듣고 흥분한 하복부에 아플 정도로 피가 몰렸다. 무의식적으로 흘러나온 그녀의 진심이라 생각하자 큰 자극이 되어 그의 허리를 내리쳤다.

"아! 응!"

그의 강한 추삽질로 그녀의 몸이 아래위로 흔들렸다. 루시아는 두 팔을 그의 목에 둘렀다. 고개를 그의 어깨에 묻자 상체가 살짝 떠올랐다. 그의 커다란 손 하나가 안정적으로 그녀의 등을 받쳐 주었다.

빠른 움직임으로 그가 허리를 튕겼다. 그녀의 속살이 딸려 나올 것처럼 그의 성기에 착 달라붙었다.

"핫. 으웃……. 아……. 좋아……. 더 깊이……."

"하, 당신 진짜."

그가 사납게 목 안으로 그르렁거렸다.

"아! 아앗!"

정신없이 몸이 흔들린다. 다시 침대에 눕혀져 두 손을 그가 깍지를 껴 눌렀다. 그녀의 입술을 거칠게 쭉 빨아들인 그의 입술이 가슴 둔덕을 핥고 빨았다. 사납게 돌진하는 그의 남성이 속살을 마구 헤집어 민감한 안쪽을 찔렀다.

그녀의 질벽이 반응해서 파도를 타기 시작했다.

"아아아!"

절정에 오른 그녀가 교성을 지르며 발끝을 오므렸다. 그의 것을 감싼 그녀의 내부가 격렬하게 움직였다. 그는 잠시 허리 짓을 멈추며 필사적으로 사정을 참았다. 내부의 경련이 조금 잦아들자 그는 다시 뜨겁고 좁은 길을 탐험하기 시작했다.

"아! 아웅! 흡!"

그녀가 애원처럼 교성을 질렀다. 촉촉하게 젖어드는 그녀의 눈가에 그가 키스했다. 그녀의 허벅지를 두 손으로 단단히 잡고 밀어 붙였다. 그의 아래에서 흐드러진 그녀의 몸부림을 보며 그는 단 숨을 몰아쉬었다. 꿀을 입에 문 것처럼 달았다.

점차 고조되는 절정감이 마지막에 도달했을 때 그는 잇새로 신음하며 눈을 감았다. 경직된 그의 허리를 타고 정수리까지 쾌감이 치고 올라갔다. 그의 것이 울컥거리며 그녀의 내부에 정액을 쏟아냈다.

길게 이어진 그의 사정이 끝나자 두 사람이 몸이 그대로 무너졌다. 그의 호흡은 금세 진정이 되었지만 그녀는 꽤 오래 가슴팍이 오르내렸다.

그가 상체를 일으켰다. 몸 안 가득하던 그가 느릿하게 빠져나가자 허전함에 그녀는 흠칫 떨며 다리를 오므렸다. 온몸의 잔떨림이 계속 이어졌다. 그도 느껴지는지 그녀의 등 아래에 손을 넣어 강하게 끌어안았다.

그의 품에 밀착된 상태로 그녀는 호흡을 골랐다. 몸이 나른하게 늘어졌다. 여름이지만 체온이 닿는 뜨거움이 싫지 않았다. 그가 눈가, 입술 가리지 않고 얼굴에 자잘한 키스를 퍼부었다.

"비비안."

"네……."

소르르 잠이 올 것 같아서 그녀는 눈을 깜빡였다.

"한 번만 더 하자."

대답하기도 전에 그의 입술이 그녀의 입을 틀어막았다. 서로의 혀가 맞닿고 깊은 체온을 나누는 농밀한 키스가 이어졌다. 그녀는 숨을 할딱거리며 그의 키스에 호응했다.

어지러워서 취할 것 같은 열기가 좋았다. 다정하건 뜨겁건 그녀는 언제나 그와 하는 키스가 황홀했다. 그의 손이 그녀의 허벅지 안쪽을 잡아 벌렸다. 여린 살에 금방 손자국이 남았다.

"흑!"

그새 다시 힘을 받아 일어난 단단한 기둥이 안쪽으로 미끄러져 들어왔다. 그가 쏟은 정액과 애액이 섞인 습한 내벽이 아무런 저항

없이 그를 쭉 삼켰다.

이러다가는 끝이 없겠다. 루시아는 양손으로 그의 가슴을 짚어 밀어내려 힘을 주고 허리를 비틀었다. 그래 봤자 그는 꿈쩍도 하지 않았다. 힘으로는 어차피 당할 수 없다는 걸 알면서도 괜히 약이 올라 그의 가슴을 두드렸다.

"매번 그러시잖아요."

"봐줘. 오랜만이잖아."

"당신이 언제 그런 걸 따졌어요!"

매일 하나, 며칠 만에 하나 그녀를 가만두지 않는 건 똑같았다. 매일 하면 하는 대로 괴롭히고 오랜만이면 그런 이유로 더 집요했다.

그는 물에서 건진 인어처럼 팔딱거리는 그녀를 간단히 제압해서 두 손목을 한 손으로 잡아 위로 올려 눌렀다. 그리고 한 손으로 그녀 허벅지를 잡아 허릿심으로 밀어 올렸다. 단번에 깊은 곳을 건드렸다.

"훗……."

"협조하면 정말 한 번만 더 할게."

그를 잠시 흘겨보다가 허락처럼 다리로 그의 허리를 더듬었다. 어차피 그가 순순히 물러날 거라고는 생각지 않았다. 이 정도로 제지해 두었으니 잠을 못 자도록 붙들고 있지는 않을 것이다. 끝을 모르는 체력을 자랑하는 그를 감당하다 못해 나름대로 익힌 요령이었다.

그는 가능한 그녀를 격하게 밀어붙이지 않으려 애썼다. 그녀를 상대로 하고 싶은 온갖 체위가 머릿속에 맴돌았다. 안 돼. 오늘은 참아야 했다.

정말 그녀를 배려한다면 오늘은 푹 자도록 두어야 했지만, 그런
모순을 그는 무시했다. 지금 그는 욕망과의 싸움에서 모든 힘을 다
하고 있었다.

자신의 몸을 계속 흔들어대는 그를 흐릿해진 눈으로 보면서 그
녀는 드문드문 신음을 흘렸다. 새삼 그가 옷을 입은 그대로라는 것
을 알아차렸다.

하의만 내린 상태로 허리를 움직이는 그의 아래에서 루시아는
나신 상태였다. 그 대조에 굉장히 이상한 기분이 들었다.

"옷이……."

"옷?"

"옷이…… 구겨지겠어요."

그가 낮게 웃으며 확 쳐올렸다.

"아!"

"신경 쓰여? 당신은 벗고 난 입고 있는 것이?"

"……."

"벗을까? 그런데 벗으면 당신 오늘 못 자."

짓궂게 웃는 그에게 '벗지 마요.' 하고 짤막하게 대답했다. 그가
웃으며 루시아의 입술을 쭉 빨았다.

그녀가 아침에 눈을 떴을 때 한쪽 팔이 그녀의 등을 감싸 어깨를
끌어안고, 루시아는 그의 어깨 부근에 머리를 대고 누워있었다. 둘
다 나신이었다. 허리 아래쪽만 얇은 이불로 가리고 있었다. 지난밤

결국 그는 옷을 다 벗어 던졌다.

루시아는 그의 가슴에 한 손을 얹고 위에서 아래로 천천히 쓸어내렸다. 손바닥에 닿는 그의 가슴과 배 근육의 요철을 즐겼다.

허리를 감은 그의 손에 힘이 들어가는가 싶더니 그의 입술이 루시아의 볼에 닿았다가 떨어졌다.

"어쩐 일이세요?"

"뭐가?"

"게으름 부리고 계시잖아요."

그의 입술이 턱 아래 깊은 곳에 닿아 쪽 쪽 입을 맞추었다. 간지러워서 루시아는 몸이 흠칫하며 웃음을 흘렸다.

"가끔은 이런 날도 있어야지."

아침에 눈 떴을 때 그가 옆에 있는 것이 좋으면서도 낯설었다. 매일은 곤란해도 가끔은 이런 아침을 맞이하고 싶다고 말하면 그는 곤란해할까.

루시아는 이 지나치게 부지런한 남자를 조금 더 침대에 묶어두고 싶었다. 그 바람이 행동으로 나타나 손이 계속 움직였다.

탄력 있는 근육이 불거진 가슴을 손바닥으로 살살 만졌다. 단단한 근육의 느낌은 정말 근사했다. 가슴을 탐험하던 손이 뚜렷이 형태를 그리고 있는 복부 근육까지 내려갔다.

탁, 그가 루시아의 손목을 잡았다. 좀 더 만져보고 싶은데. 그의 방해가 야속해서 그를 보았지만, 눈이 마주친 순간 작은 원망은 사그라졌다.

나른하게 그녀를 바라보고 있는 붉은 눈동자 속에 뜨거운 기운이 맴돌았다. 그가 갑자기 그녀의 허리에 팔을 감아 품으로 확 끌어안았다.

두 사람 복부가 바싹 맞닿자 알몸인 둘 사이를 가로막는 것은 얇은 실크 이불뿐이었다. 이미 거대하게 존재감을 키운 그의 중심이 허벅지 안쪽을 찔러왔다. 얼굴을 붉히며 당황해 몸이 경직되는 그녀의 귓가에 입술을 붙이며 그가 가라앉은 음성으로 속삭였다.

"유혹하는 건가?"

진득한 욕망이 묻어나는 목소리에 루시아는 저절로 몸이 부르르 떨렸다. 그녀가 부정하지 않고 그의 가슴에 고개를 묻자 오히려 휴고는 당황했다.

'왜 이렇게 귀엽게 굴지?'

수줍음이 많은 아내는 날이 환히 밝은 시간에는 그와의 작은 접촉도 부담스러워했다. 평소라면 이런 기회를 마다할 그가 아니었다. 당장 숨 막히도록 키스를 하고 그녀의 하얀 나신에 틈도 없이 흔적을 남긴 후 아래로 눌러 뜨거운 그녀의 몸 안에 들어가…….

젠장! 그는 소리 없이 포효했다. 오전에 도무지 취소할 수 없는 일정이 있다. 차려진 성찬을 두고 나가야 한다니! 끄응. 그는 한숨을 쉬며 미련을 애써 물리쳤다.

"나가 봐야 해."

"……네."

"더 자. 여행 피로가 아직 풀리지 않았을 테니."

말을 하면서 그는 좀 찔렸다. 여행 피로가 풀리기 전에 그토록 괴롭힌 건 정작 자신이었다. 푹 쉬게 해줬어야 하는데. 그는 형편없는 자신의 자제심이 한심했다. 혹시 또 탈이 나는 건 아니겠지 걱정스러웠다. 나갈 때 제롬에게 의사를 불러 진료를 받게 하라고 일러두어야겠다고 생각했다.

'보약도 지어 올리라고 해야겠어.'

그녀는 너무 체력이 약했다.

"네……."

웅얼거리며 대답하는 그녀의 턱을 들어 입술에 쪽, 입을 맞추고 휴고는 몸을 일으켰다. 협탁 위에 개어 놓여있는 가운을 들어 걸쳤다.

그가 응접실로 나가는 뒷모습을 보면서 루시아는 고양이처럼 이불 속으로 파고들었다.

다시 일어났을 때는 거의 정오에 가까웠다.

루시아는 낯선 침실을 둘러보았다. 로암의 익숙함이 여기에는 없었다. 오히려 성보다 천장이 더 낮고 침실은 조금 더 작은데도 광활함이 느껴졌다.

이제는 여기서 지내는 데 익숙해져야 한다. 아마 기약 없이 꽤 오래 수도에서만 지내게 될 것이다.

점심을 먹고 루시아는 제롬에게 외출 준비를 지시했다.

"오래 못 본 지인을 만나러 가고 싶군요. 그런데 지인은 내 신분을 알지 못해요. 차차 이야기하겠지만 오늘은 놀라지 않도록 눈에 띄지 않는 차림으로 다녀오고 싶어요."

루시아는 수도에 오면 놀만을 꼭 만나러 가야겠다고 오는 내내 생각했다. 1년이 넘도록 연락 한 번 하지 못했는데 걱정을 많이 했을 것이다. 놀만이 그동안 어떻게 지냈는지도 궁금했다.

"그 전에 마님. 의사가 기다리고 있습니다."

"의사라니요?"

"주인님께서 의사를 불러 마님께서 오랜 여행으로 무리하셔서 탈이 나지 않으셨는지 진찰하라고 하셨습니다."

"……."

루시아는 살짝 얼굴이 화끈거렸다. 그가 말하는 '무리'가 과연 여행의 피로를 일컫는지 의심스러웠다. 솔직히 그녀가 지금 느끼는 몸의 노곤함은 여행의 피로 때문이 아니었다.

"알았어요. 진료만 받으면 되는 거지요?"

"보약도 지으라고 하셨습니다."

정말 이 남자가. 잘 먹여 잡아먹겠다는 심보를 아주 노골적으로 드러내고 있었다.

루시아는 자신의 몸이 약하다는 생각은 해본 적이 없었다. 겉보기에 뼈대가 가늘어 체구가 작지만 잔병이 없는 건강한 몸이었다.

그런데 그와 결혼하고 나서 체력이 부족해 몸이 허덕인다는 의미가 뭔지 알았다. 그와의 정사는 매우 많은 기력을 소모하게 했다.

처음 신혼 몇 개월까지는 몰랐다. 하지만 개월 수가 누적되어 1년이 훌쩍 넘자 안나 주장한 닷새에 하루가 얼마나 다행이었는지 깨닫고 있었다.

"……그래요. 기왕이면 아주 농축된 영양으로 부탁해야겠군요."

"외출은 제가 모시겠습니다. 마침 헤바 경이 있어서 호위를 맡기면 되겠습니다."

제롬은 루시아의 마음을 들여다본 것처럼 착착 준비했다. 공작가 집사답지 않은 투박한 재질의 옷차림을 하고, 딘도 기사처럼 보이지 않도록 가죽으로 된 갑주만 입어 흔한 호위 차림을 했다. 마차 역시 가문의 문장이 없는 평범한 것으로 준비했다.

루시아가 일러준 방향으로 마차가 달려갔다. 단출한 일행이었다. 그러나 그녀가 모르는 비밀 호위들이 뒤따르고 있었다.

놀만의 이층집에서 조금 떨어진 곳에 마차가 멈추었다. 마차에서 내려 놀만의 집으로 향하는 루시아의 뒤를 몇 걸음 뒤에서 제롬과 딘이 따랐다.

루시아는 문을 두드렸다. 필 부인이 뚱한 얼굴로 나와 맞으리라는 기대와 달리 안에서 대답이 없었다. 몇 번을 두드려도 답이 들려오지 않았다.

'외출한 건가. 놀만은 외출을 좋아하지 않는데. 왜 필 부인이 없지.'

이대로 놀만을 만나지 못하고 돌아서기가 아쉬워서 그녀는 문 앞에서 한참 서성거렸다.

"루시아!"

멀리서 그녀를 부르는 외침이 들려왔다. 다소 멀리 떨어진 거리에 있는 한 쌍의 남녀 중 여자가 방방 뛰며 손을 흔들었다.

루시아가 기억했던 깡말랐던 여자가 아니었다. 놀라보게 살이 붙은 놀만이 빠르게 루시아를 향해 달려왔다.

"루시아 맞지?!"

"놀만."

놀만이 루시아를 와락 껴안았다.

"세상에. 이게 얼마만이야. 어디 얼굴 좀 보자. 아유. 더 예뻐졌네. 얼굴 뽀얀 것 좀 봐."

놀만은 울먹이면서 루시아의 얼굴을 두 손으로 잡고 이리저리 돌렸다. 공작부인의 귀한 몸을 함부로 대하는 광경을 보기 불편한 제롬과 딘이 슬쩍 시선을 피했다.

놀만은 호들갑스럽게 루시아의 얼굴이며 손이며 만지면서 건강해 보이는구나, 다행이다, 다친 곳은 없구나, 같은 말을 반복했다.

"들어가자. 도대체 그동안 어디서 뭘 하고……."

"아, 놀만. 이분은……."

루시아는 옆에서 뻘쭘하게 서 있는 남자의 정체가 궁금했다. 놀만과 함께 걷고 있다가 놀만이 먼저 달려가자 뒤를 쫓아왔다.

남자는 아는 척해주는 것이 고마운지 히죽 웃으며 냉큼 놀만 옆으로 붙었다. 놀만은 그를 밉지 않게 흘겨보며 팔꿈치로 툭 그쳤다. 대단히 친밀해 보여 루시아의 눈이 커졌다.

"인사를 잊을 뻔했네. 토마스. 내 약혼자."

"약혼자요?"

루시아는 놀라 소리쳤다. 놀만은 머쓱하게 웃으면서 토마스에게 간단히 루시아를 소개해 주고 얼른 가라고 쫓아냈다. 토마스는 같이 집에 들어가 대화에 끼고 싶어 하는 눈치가 빤했는데 놀만은 모르는 척했다.

아쉬움을 감추지 못하고 돌아서는 남자는 풍채가 좋고 순한 인상을 지녔다. 루시아의 팔짱을 끼어 끌어당기던 놀만은 훤칠한 두 남자에게 관심을 보였다.

"저 사람들은 누구? 혹시 너도?"

놀만이 루시아에게 야릇한 눈빛을 보냈다. 둘 중 누구야? 그런 눈빛이었다. 휴고가 들었으면 큰일 날 오해를 루시아가 얼른 풀었다.

"아니에요. 내 호위예요."

"호위? 우와. 루시아. 너 무슨 일이 있었던 거야? 우리 할 말이 진짜 많을 것 같은걸. 그런데 함께 온 분들은……."

"저희는 괜찮으니 신경 쓰지 않으셔도 됩니다."

제롬의 대답을 듣고 놀만의 눈이 휘둥그레졌다. 차림새만으로 그저 그런 사람인 줄 알았는데 말투와 태도의 정중함에서 기품이 묻어났다. 남 밑에서 일하는 평범한 사람이 아닌 것 같았다.

놀만은 무례라는 걸 알면서도 집으로 들어가서 문을 닫을 때까지 두 남자를 자꾸 흘끔거렸다.

문이 닫히자마자 작은 이층집을 주변으로 반경 일정 거리까지 주변을 경계하는 철저한 눈이 깔렸다.

루시아는 오랜만에 다시 보는 놀만의 집을 감상에 젖어 둘러보았다. 꾸밈없이 건조한 응접실 분위기는 변함없었다. 놀만이 차를 내 와서 둘은 소파에 마주앉았다.

"필 부인은 어디 가셨나요?"

"허리가 안 좋아서 그만뒀어. 어차피 나도 곧 떠날 거라서."

"떠나다니요?"

"아까 봤던 약혼자 말이야. 그 남자 고향으로 가서 결혼하기로 했어."

"놀만, 축하해요! 언제 가요?"

"모레."

"모레요? 이틀 뒤에 떠난다고요?"

"그래. 하마터면 우리 못 볼 뻔했어. 네가 올지 몰라서 이 집은 세를 놓으려고 했거든. 혹시 네가 오면 연락을 전해주기로 말해 놓은 참이었어."

루시아는 진한 아쉬움을 느꼈다. 놀만은 루시아의 첫 친구이자 가족이었다. 놀만이 준 돈으로 드레스를 마련해서 그를 만났고, 놀만의 조언에 용기를 얻어 공작저를 찾아갔다. 놀만이 아니었다면 루시아는 그와 결혼하지 못했을 것이다.

한편으로 차라리 잘 되었다. 루시아는 귀족과 평민의 삶을 모두 경험했다. 그래서 평민이 바라보는 귀족이 어떤지 알고 있었다.

평민에게 귀족은 그들이 사는 세상에 전혀 섞일 수 없는, 땅과 하늘의 격차가 있는 존재였다. 대다수 평민은 공작 정도의 고위귀족은 평생 가도 구경조차 하지 못했다.

놀만이 상대방의 신분에 따라 바뀌는 사람은 아니라고 믿는다. 하지만 루시아의 진짜 신분을 알면 마음의 거리를 느낄 수밖에 없을 것이다. 시녀인 루시아와 공주였던 공작부인 비비안의 격차는 너무 컸다.

놀만에게 사실을 계속 숨기기는 괴롭고, 말하자니 그녀와 사이가 벌어질 것이 보여서 루시아는 내내 고민이었다.

이대로 놀만이 알던 루시아로서 놀만을 보내야겠다. 혹시 놀만이 살며 어려움을 겪지 않도록 보살펴주는 것으로 놀만이 모르게 그녀의 평온한 삶을 지켜주고 싶다.

"사실 나도 결혼했어요."

"뭐? 정말?"

"결혼하고 급하게 남편을 따라 먼 곳으로 가야 해서 놀만에게 연락을 할 수 없었어요. 미안해요."

"그랬구나. 아니야. 내가 결혼하려니까 뭐가 그렇게 걸리는 것도 신경 쓸 것도 많은지. 이해해. 그럼 호위가 붙은 것도 남편이?"

루시아가 고개를 끄덕이자 놀만이 '좀 사는가 본데.' 하고 감탄성을 질렀다. 그리고 어떤 남자냐, 몇 살이냐, 어디 사느냐, 어디서 만났느냐, 쉴 새 없이 쏟아내는 질문에 루시아는 쩔쩔맸다.

루시아가 대답하기 곤란해하는 기색을 눈치채고 놀만은 굳이 대답을 강요하지 않았다.

'아무래도 루시아가 결혼한 사람이 평범하지 않은 모양이야.'

놀만은 아까 호위라며 따라왔던 남자들을 떠올렸다.

'돈 많은 거상이나, 혹은 귀족과 결혼했는지도 몰라. 루시아가 어딘지 모르게 귀한 태가 나기는 했지. 아아. 귀족과 결혼이라. 이거야말로 정말 로맨스구나.'

"남편은 잘해주고?"

"네, 다정해요."

"돈은 잘 벌고?"

루시아가 웃음을 터뜨렸다.

"아주 잘 벌어요."

"밤에 그건……."

"아우, 놀만!"

"결혼한 유부녀가 뭘 그리 순진한 척해. 할 건 다 했을 거면서."

놀만은 얼굴이 빨갛게 물든 루시아를 보며 낄낄거렸다. 결혼 선배로서 후배에게 부부의 밤에 관해 조언해 줄 것은 없느냐고 놀만은 루시아를 놀렸다.

루시아가 얼굴을 붉히며 입을 꼭 다물자 놀만은 그걸 보며 또 깔깔 웃었다.

"네가 편지를 보내서 괜찮겠지 생각하려 했지만 사실 중간에는 좀 걱정했어. 묘한 일이 있었거든."

"묘한 일이요?"

"내 소설 팬이라면서 어떤 여자가 찾아왔는데 누군지 밝히지는 않았지만 내 감으로는 귀족인 것 같았어. 드러내지 않으려고 해도 말투라든가 행동이라든가. 뭔가 다르더라."

"귀족이라도 팬이 될 수는 있잖아요."

"그건 그렇지. 근데 널 찾더라고."

"……날 찾아요?"

"몇 번 찾아오다가 네 인상착의를 말하면서, 네가 은행 계좌를 만들 때 내가 보증했던 걸 묻더라. 왜 널 찾느냐고 했더니 아는 사람이라 소식을 찾던 중이라고 하더라. 그냥 아는 동생이라고만 했어. 막 캐묻는 건 아니었는데 은근히 네 얘기를 하도록 유도하기에 모르는 척했어. 아는 사람 아니지?"

"모르겠어요. 전혀……. 누군지 감이 잡히지 않아요."

누굴까. 루시아는 놀만에게까지 찾아와 자신에 관해 물었다는 사실에 소름이 끼쳤다. 그녀가 모르는 사이에 누군가 그녀를 조사하고 있었다.

'내가 아니라, 그이를 노리는 것인지도 몰라.'

누군가 그녀를 노릴 이유는 없지만, 그의 정치적 정적들은 충분히 그를 노리기 위해 그녀를 이용하려 할 수 있었다.

"지금도 와요?"

"아니. 갑자기 딱 발길을 끊었어. 수개월은 넘었지. 그 후로는 한 번도 못 봤고."

루시아는 자세하게 인상착의를 들어서 기억해 두었다. 자신을 조사하려 했으니 분명히 언젠가 접근해 올 것이다.

"왜 그렇게 봐요?"

루시아는 놀만이 한참을 물끄러미 보자 물었다.

"좀 변한 것 같아서."

"오랜만이니까요."

"아냐, 그런 거와 달라."

1년 넘도록 공작부인으로서 아랫사람들을 다루고 북부 사교계 귀부인들을 상대했던 여유와 노련함이 그녀 자신도 모르는 사이에 저절로 흘러나오고 있었다. 놀만은 예리한 눈으로 그걸 포착했다. 하지만 정확히 뭐가 달라졌는지, 이유가 뭔지 알 수 없으니까 그냥 뭔가 다르다고 생각할 뿐이었다.

"네가 없으니까 확실히 네가 얼마나 훌륭한 이야기꾼이었는지 알겠더라. 귀족 사교계 소식을 들으려고 사람을 몇 번 사기는 했는데 네가 해주는 얘기만큼 재미도 없고 정보도 형편없었어."

"재미있는 이야기라도 있었어요?"

"가장 기억에 남는 건…… 타란 공작가 소식이었지."

루시아는 차를 마시다가 목에 걸릴 뻔했다.

"타란 공작이 결혼했대. 혹시 들은 적 있어?"

"그…… 글쎄요."

"하긴 뭐. 우리 같은 사람이야 귀족 누가 결혼하는지 시시콜콜 알지 못하지. 근데 타란 공작의 결혼 소문은 흥미롭거든. 결혼식도 하지 않고 도둑 결혼 하자마자 신부를 납치해서 영지로 끌고 갔대."

"풉!"

루시아는 결국 입에 머금은 차를 뿜고 말았다.

"왜 그래? 차가 너무 뜨거워?"

"아…… 아니에요."

루시아는 놀만이 건네주는 손수건으로 치맛자락에 흘린 찻물을 닦아냈다.

"어떡해. 얼룩 잘 안 지워질 텐데."

"괜찮아요."

"무슨 얘기……. 아, 그렇지. 타란 공작. 아무튼, 근데 공작부인이 된 여자가 나라를 망하게 할 정도의 절세미인이라 공작이 눈이 뒤집혀서 그랬다고 하는데."

"……."

루시아는 이제 등에서 식은땀이 났다. 그 절세미녀 공작부인이 놀만 눈앞에 있는 바로 나랍니다.

"세간에서는 공작이 공작부인을 감금해서……."

"노…… 놀만. 앞으로 여길 떠나서도 소설은 계속 쓸 거예요?"

더는 듣고 있을 수가 없어서 루시아는 얼른 화제를 돌렸다.

"불확실해. 수도가 아니면 소설은 잘 팔리지 않으니까 돈이 될지도 모르겠고. 그래도 그간 벌어놓은 돈이 있으니까 걱정 없어. 약혼자가 고향에서 집안 대대로 상가를 운영하는데 벌이가 괜찮은가봐."

"도대체 어쩌다 그렇게 된 거예요? 놀만은 사랑을 안 믿었잖아요."

"그러니까 인생은 재밌는 거란다. 하하하."

장장 몇 시간에 걸친 놀만의 러브 스토리를 듣느라 오후가 훌쩍 지나갔다. 루시아가 듣기에는 그동안 놀만이 쓴 소설에 비하면 굉장히 평범하고 진부한 만남과 연애였지만, 놀만은 세기의 명작이라도 되는 것처럼 눈을 빛내며 이야기를 풀었다.

정말 놀만의 소설 속에 등장하던 여주인공처럼 사랑에 빠진 모습 그대로였다.

"너는 어때? 행복하니?"

잠시의 간격을 두고 루시아는 '네. 행복해요.'라고 대답했다. 미소 짓는 표정에 묻어나는 행복은 거짓이 아니었다. 루시아는 진심으로 그와 함께하는 오늘이 행복했다.

루시아의 진심은 놀만에게 충분히 전해졌다. 놀만은 기쁨과 안도가 섞인 표정을 지었다.

"네 결혼 선물로 하면 되겠다. 이 집. 너한테 증여 처리했거든."

"이 집을요?"

"은행에 네 계좌가 살아있어서 은행장한테 맡겨서 처리했어. 서류나 세금이나 다 처리했고 그냥 네가 받기만 하면 돼."

"놀만, 이 집은 놀만이 처음으로 산 집이잖아요. 그런 귀한 추억이 있는 집을……"

"그러니까 네가 받아줬으면 좋겠어. 이 집의 추억은 너와의 추억이니까. 팔고 싶지 않지만 내가 다시 수도로 언제 올지 알 수가 없거든."

맞은편에 앉아 있던 놀만이 일어나 루시아 옆으로 와서 두 팔로 루시아를 꼭 안았다.

"루시아, 네가 나이보다 철이 들어서 늘 마음에 걸렸어. 꼭 행복해야 한다. 내가 살 곳 알려줄 테니까 남편이 속 썩이면 나한테 와."

"놀만, 고마워요. 난 놀만이 아니었으면……"

루시아는 목이 메어 말을 잊지 못했다. 둘은 서로 안아주며 울면서 재회의 기쁨을, 이별의 슬픔을 나누었다.

떠나는 날 배웅하겠다는 루시아를 놀만이 만류했다. 내일은 준비 때문에 온종일 정신없이 바쁘고 모레는 새벽 일찍 떠나니까 그런 수고 할 필요 없다고 사양했다.

놀만은 호위까지 데리고 다닐 정도로 외출이 자유롭지 않은 루시아를 번거롭게 하고 싶지 않았다.

두 사람은 안에서 한참 인사를 나누었는데도 집 앞에 서서 아쉬움을 놓지 못했다.

"잘 부탁합니다. 내가 동생처럼 생각하는 아이예요."

놀만이 제롬에게 당부의 말을 건넸다.

"걱정하지 마십시오. 정성을 다해 모시겠습니다."

제롬이 조심스럽게 루시아를 보호하듯 마차까지 모시는 모습을 지켜보며 놀만은 생각했다.

'정말 괜찮아 보이는 남자네. 루시아의 남편이 저런 사람이면 안심이 될 텐데. 어휴, 루시아가 이미 결혼했다니 내 작은 꿈이 날아갔구나.'

놀만은 언젠가 루시아와 연락이 닿으면 약혼자의 남동생을 루시아에게 소개해서 둘을 결혼시킬 계획을 짜고 있었다. 그래서 아래 동서로 데려와 평생 가까이 살고 싶었다. 나이 어린 루시아가 남자를 잘 몰라서 걱정됐다.

'이상한 놈에게 붙잡혀 고생하는 건 아니겠지.'

그래도 외로운 루시아가 이제 혼자가 아니라서 안심했다. 아까 떠난 마차가 보이지 않는데도 놀만은 한참 동안 들어가지 못하고 서 있었다.

저녁 식사 시간에 휴고는 그녀의 외출에 관해 말했다.

"외출했다고 들었소."

"예. 당신께 편지를 전달해 달라고 청한 적이 있는 지인이에요. 기억하세요?"

"기억하오."

기억할 뿐만 아니라, 파비안이 지난번 보고서를 올린 이후 여류작가를 더 밀착 감시 및 보호를 하고 있었다. 여류작가가 곧 결혼한다는 소식은 이미 들어 알고 있었다. 상대 남자가 일부러 접근한 애먼 놈이 아닌지 신상까지 파악했다.

놀만은 자기도 모르는 사이에 타란 공작가 정보부가 보증하는 수상하지 않은 남자와 결혼을 앞두고 있었다.

"제게 소중한 친구예요. 수도를 떠난다는데 지낼 곳에서 혹시 무슨 어려움을 겪으면 도와줄 끈을 만들어주고 싶어요."

"조치하지."

그의 쉬운 승낙을 받고 그녀의 볼이 발갛게 물들었다. 그가 거절할 거라고 생각하지는 않았지만, 쉽게 부탁을 들어주니까 마음이 들떴다.

"그리고 혹시……. 저에 대해 소문이 돈다는데 아세요?"

"수도에 소문은 언제나 많지."

"정말 터무니없는 소문이라……."

그녀가 말을 잇지 못하고 포크로 요리만 뒤적이자 그가 살짝 미간을 찌푸렸다. 그녀에 대해 나도는 소문은 파비안을 통해 모두 파악하고 있었다. 소문이란 대부분 터무니없어서 아주 악의적이지 않는 이상은 과민 대응이 오히려 역효과였다.

다행히 그녀의 소문 중에 악질적인 내용은 없었다. 그가 모르는 안 좋은 소문을 그녀가 어디선가 들었을지 모른다고 생각하자 그는 심기가 불편했다. 만약 그런 거라면 일을 제대로 하지 않은 파비안을 불러 족칠 생각이었다.

"소문은 원래 터무니없소. 어떤 소문?"

루시아는 조금 더 머뭇거리다가 얼굴을 살짝 붉히면서 차마 민망해 제 입으로 말할 수 없는 소문을 설명했다.

"타란 공작부인이 대단한…… 미녀라서……. 당신이 절 영지로……."

"들어봤군. 그게 왜?"

별것 아닌 소문이었다. 그녀가 지극히 불편해하는 기색을 이해하지 못하며 그는 물었다. 전혀 아무렇지 않은 그를 루시아도 이해할 수 없었다.

"당신을 무슨 납치 감금범처럼 묘사했다고요."

"나에 대한 소문치고 그 정도면 양호한 편이지."

루시아는 꿈속에서 그에 관한 별별 소문을 다 들었다. 더구나 그녀는 의도하지 않게 '피를 마신다.'라는 소문을 그에게 직접 전해주기도 했다. 당시에 그 말을 듣고 유쾌해하던 그의 반응을 생각하면 그는 자신에 대한 소문에 초연한 것 같았다.

"하지만 절 무슨 절세미녀쯤으로 말하고 있어요. 어이가 없어서……. 실제 제가 사교계로 나가면 사람들이 얼마나 수군거리겠어요."

"왜 수군거린다는 거지?"

왜 이렇게 그가 말을 못 알아듣는지 모르겠다.

"그야 전 절세미녀가 아니니까요."

"무슨 소리요. 당신은 예뻐."

루시아는 순간 멍해서 그를 보았다. 그리고 순식간에 얼굴이 새빨갛게 물들었다. 재빠르게 시선을 돌리자 고용인들은 모르는 척하고 있었다. 이 상황에서 표정이 변하지 않는 고용인들이 진심으로 존경스러웠다.

"……놀리지 마세요."

"놀린 적 없어. 예쁘니까 예쁘다는 거지."

그는 간혹 짓궂게 그녀를 놀리기는 해도 실없는 농을 하는 사람은 아니었다. 그가 이전에도 같은 말을 한 적 있었지만, 그때는 둘만 있을 때였다.

루시아는 더 붉어질 수 없을 정도로 달아오른 얼굴이 화끈거려서 도무지 앉아 있을 수가 없었다. 그대로 일어나 식당을 빠른 걸음으로 나갔다. 뜰로 나가는 그녀를 강한 힘이 팔을 잡아 멈추게 했다. 어느새 그가 바로 뒤에 있었다.

"비비안, 내가 무슨 실수 했나?"

예쁘다고 하면 좋아하는 것 아니었나. 그의 리스트에는 분명히 그렇게 기록되어 있어서 그녀의 반응에 당황했다. 루시아는 세차게 고개를 내저었다.

"아뇨. 창피해서……. 고용인들 앞에서 그러시니까."

"나 참. 고용인들 앞에서는 만지지도 말고, 이젠 말도 하지 말라고?"

루시아는 그의 허리를 두 팔로 끌어안으며 품에 기대 고개를 푹 묻었다.

"네. 전 그런 거 싫어요."

대체 고용인들을 왜 신경 써야 하냐고 투덜거리면서 그의 손이 그녀 등을 감싸 마주 안았다. 그의 투덜거림을 들으며 루시아는 품에 고개를 비비며 배시시 웃었다. 행복하니? 묻던 놀만의 말이 떠올랐다. '행복해요.'라고 몇 번이고 대답해 줄 수 있었다.

그를 믿자고 생각한 이후부터 그녀는 조금 덜 불안하고 조금 더 행복했다.

'그놈의 소문. 쓸데없이 놀리는 입을 하나하나 다 잡아 틀어막아버릴 수도 없고.'

다른 소문은 상관없지만 그와 관련한 여자의 근거 없는 소문, 혹은 과거의 추문이 나돌아서 그녀의 귀에 들어갈까 봐 그는 요즘 걱정이 많았다. 때문에 요즘 파비안은 밤낮없이 소문만 수집하러 다니고 있었다.

*   *   *

수도에 돌아온 지 며칠이 지나도록 공작부인이 수도에 왔다는 소문은 퍼지지 않았다. 조금이라도 더 세간의 시선에 시달리지 말고 쉬라고 휴고가 입단속을 했다.

그래서 루시아는 아주 느긋한 며칠을 보내고 있었다. 이 휴식이 오래갈 수 없다는 것을 알기 때문에 누릴 수 있는 동안 누릴 생각이었다.

점심을 먹고 저택을 둘러보다가 뜰로 산책을 나왔다. 입구로 들어오는 대문에서부터 저택 사이에는 꽤 넓은 평지가 있었다. 정원 대신 밖에서 안을 들여다볼 수 없도록 시야를 가리는 나무들을 잔뜩 심었다. 그 사이로 소로가 쭉 놓여있어서 산책하기에 좋았다.

"오오!"

느닷없이 들려오는 큰소리에 루시아는 깜짝 놀랐다. 적발의 사내가 불쑥 나타나자 루시아는 그 자리에 주저앉고 말았다.

"아, 이런 놀랐수? 나요, 나. 우리 무지 오랜만이지요?"

적발의 사내. 로이 크로틴이었다. 그가 내미는 손을 잡으며 루시아는 일어났다.

그녀에게 로이는 특별한 인연이었다. 당시에는 몰랐으나 로이가 아니었으면 루시아는 절대 휴고를 만날 수 없었을 것이다.

손님을 관리하는 일은 모두 제롬의 몫이었다. 빈틈없는 제롬의 성격으로 봐서 그녀를 제대로 된 손님으로 판단해서 휴고를 만나게 해주었을 리가 없다.

때마침 제롬이 자리를 비웠고 로이가 멋대로 루시아를 휴고와 만나게 해주었다. 만약 그때 만나지 못하고 거절당해 돌아섰다면 다시 찾아갈 용기를 내지 못했을 것 같다. 하늘과 로이가 동시에 도운 일이었다.

"이젠 공작부인이시니 좀 다르게 해야 하나. 근데 내가 그런 거 잘 몰라서요."

히죽 웃는 로이의 표정에 악의는 없었다. 루시아는 싱긋 웃었다.

"괜찮아요. 편한 대로 해요. 오랜만에 이렇게 만나 반가워요. 감사하다는 말, 꼭 하고 싶었어요."

"감사? 뭘요?"

"크로틴 경이 아니었으면 어떻게 공작 전하를 뵈었겠어요. 공작부인이 될 수 있었던 건 경 덕분이에요."

"아니 뭐……. 내가 한 게 뭐 있다고……."

로이는 겸연쩍어서 턱을 긁적였다. 사실 로이는 루시아가 휴고에게 청혼할 때 파안대소한 일이 마음에 걸렸다. 절대 비웃으려는 의도는 없었다. 그저 상황 자체가 매우 재미있어서 그런 건데 사람들은 늘 로이의 말과 행동을 다르게 받아들였다. 그런데 오히려 감사를 듣자 조금 쑥스럽고 기분도 좋았다.

'대체 이 사람이 왜 그런 악명을 지닌 걸까?'

꿈속에서 로이 크로틴은 미친개로 유명했다. 루시아는 로이와 딱히 접점이 없어서 소문으로만 들었다. 그런데 직접 마주한 로이는 악명과는 거리가 매우 멀었다. 솔직하고 쾌활하며 호의로 대하면 반드시 호의로 보답할 사람이었다.

'소문은 믿을 것이 못 되는구나.'

타란 공작을 둘러싼 소문에 의하면 그는 완전히 피도 눈물도 없이 잔인한 괴물이었다. 그리고 지금 그녀를 둘러싼 소문만 해도 허무맹랑했다.

꿈속에서 대단히 많은 사교계 소식을 소문으로 접했지만, 지금 생각해 보면 대부분은 거짓이었을 것이다. 앞으로는 직접 보고 들은 일이 아니면 소문에 귀 기울이지 말아야지, 루시아는 작은 결심을 했다.

"그동안 태자 전하의 호위를 담당했다고 들었어요. 이 시간에 여기 있어도 괜찮아요?"

"괜찮고말고. 난 더는 죽어도 못 하오. 주군 명이래도 더는 못 해! 1년이 넘도록 아무 데도 못 가고 근접 호위를 한다는 게 얼마나 힘든지 아시오? 그나마도 이따금 덤비는 암살자들을 쳐 죽이는 재미만 없었어도 당장 때려치웠을 거요."

"……아, 네. 힘들었겠네요."

"근데 주군은?"

"안 계세요. 나가셨어요."

"이런. 간만에 주군하고 한판하고 싶어서 달려온 건데."

"……한판? 공작 전하와 싸우겠다는 거예요?"

"음? 하하하! 싸우는 게 맞긴 하죠. 비무도 싸우는 거니까."

"아……. 비무. 그거 위험하지 않아요?"

"위험할 건 없소. 아마추어도 아니고. 어설프게 검을 휘두르는 것들이나 위험하지. 비무를 구경한 적 없어요?"

"없어요. 그래도 혹시 전하께서 다치시면……."

로이가 '푸하하하!' 크게 웃음을 터트렸다.

"다치다니. 얼토당토않은 말씀 하지도 마쇼. 세상에 주군의 손끝이라도 상하게 할 사람은 아무도 없을걸요."

'그가 정말 그렇게 대단한 기사일까?'

그의 체격 조건은 기사를 압도했다. 하지만 실제 그가 검을 휘두르는 모습을 한 번도 보지 못해서인지 실감이 나지 않았다.

루시아는 꿈속에서 공방을 운영한 덕분에 기사라는 자들을 조금은 알았다. 고지식하고 단순한 면이 있으면서 가끔 성질이 폭발하면 눈에 뵈는 것 없는 성난 들소처럼 날뛰었다.

'그는 전혀 기사 같지 않아.'

그에게서는 기사 특유의 거친 모습을 느낄 수 없었다.

'기사이기 이전에 공작이라서 그런가?'

기사들을 제법 많이 보긴 했어도 귀족인 기사를 접할 일은 거의 없었다. 그것도 무려 공작씩이나 되는 기사는.

그래서 살짝 의문이 들었다. 어쩌면 그가 공작이기 때문에 그가 지닌 무용보다 더 소문이 부풀려 난 것은 아닐까. 소문은 본디 허무맹랑하니까 그럴 수 있다.

타란 공작을 아는 사람이 들었다면 기가 막혀 입이 쩍 벌어질 생각을, 루시아는 하고 있었다.

"크로틴 경!"

날카롭게 날을 세운 목소리가 끼어들었다. 제롬이 굳은 표정으로 두 사람에게 다가왔다. 로이는 난처한 표정으로 실실 웃었다.

"안녕, 오랜만."

제롬은 로이를 매섭게 노려보다가 루시아에게 정중히 말했다.

"마님. 하녀를 대동하지 않고 혼자 다니시면 곤란한 일이 일어날 수 있습니다."

"아, 이전에 그런 말을 했었지요. 조심하도록 하지요."

루시아는 자신의 경솔함을 자책하며 로이에게 살짝 묵례한 후 두 사람을 남기고 저택으로 향했다. 마님이 저택 안으로 들어가는 모습까지 확인한 제롬은 다시 고개를 돌려 로이를 노려보았다.

"대체 이게 무슨 무례한 짓입니까! 타란 공작가 안주인이십니다. 이렇게 불쑥 나타나서 주변 사람 아무도 없는 곳에서 만날 분이 아니란 말입니다!"

어디에 숨은 눈이 있는지 알 수 없는 수도였다. 그리고 수도에서의 온갖 추문은 굉장히 별것 아닌 것에서부터 비롯된다.

"미안."

"조심 좀 하란 말입니다."

"아, 미안하다고. 오랜만에 봐도 참 변하지를 않는구먼. 그냥 나는 공작부인이 반가워서 그런 것뿐이라고."

"사적인 감정 표현은 그게 무엇에서 비롯되든 남편을 둔 여인에게 함부로 해서는 안 되는 겁니다. 주인님께서 언제까지나 관대하실 거라고 믿지 마십시오. 크로틴 경 때문에 마님을 두고 안 좋은 소문이 나면 굉장히 노여워하실 겁니다."

"흐음. 하지만 주군은 여자 문제로 화내신 적 없는데."

"그냥 여자가 아니라 마님이십니다. 말조심하세요."

새끼를 감싸는 어미처럼 바싹 독이 오른 제롬의 모습이 낯설어서 로이는 눈을 껌벅거렸다.

공작의 여자들에게 무례하게 굴기로는 제롬도 못지않았다. 로이는 대놓고 그런다면 제롬은 은근히 긁는다고나 할까. 그런 점에서는 묘하게 쿵짝이 잘 맞았던 두 사람이었다.

다만, 둘이 그러는 이유에는 커다란 차이가 있었다. 로이는 재미와 심술로 그랬고, 제롬은 자기 본분을 망각해 공작부인이나 된 것처럼 설치는 여자들을 싸늘히 대한 것뿐이었다.

그 점만 제외하면 두 사람은 상극이었다. 고양이와 쥐 같은 관계였다. 재미있는 것은 무력이 훨씬 강한 로이가 쥐이고 제롬이 고양이였다.

로이가 사고를 치면 제롬은 엄청난 잔소리와 비난을 퍼부었다. 휴고에게조차 개기다가 얻어터지기 일쑤인 로이가 제롬에게만은 꼼짝하지 못했다.

제멋대로에 거칠 것 없이 나대고 다니는 로이는 자로 잰 것처럼 정확하고 한 치 흐트러짐이 없는 제롬에게 존경심 비슷한 자격지심을 느꼈다.

"주군이 저 여자."

제롬이 매섭게 노려보자 로이는 얼른 말을 바꿨다.

"공작부인을…… 좋아해?"

"예."

"많이?"

"많이요."

"으음. 그럼 이전처럼 하면 주군이 화낼까?"

"엄청 화내실 겁니다."

화내는 정도로 끝나면 다행이겠지. 제롬은 진심으로 로이가 걱정되어 강한 경고를 하는 중이었다. 다른 말썽이라면 주인님은 로이에게 관대했다. 하지만 마님과 관련한 일에서는 절대 용서가 없을 것이다.

"알았어. 뭐, 나도 저 여……. 공작부인이 싫지는 않아."

"……왜요?"

"뭐랄까. 불쾌한 냄새가 안 나."

"냄새요? 향수 냄새 말인가요?"

마님은 평소 과하게 향수를 뿌리는 편이 아니었다. 사실 그 점은 제롬도 좋았다. 귀부인들 뿌려대는 향수는 너무 지독해서 두 명만 모여도 냄새가 섞여 머리가 아팠다.

"그건 아닌데……."

로이는 대체로 어떤 사람을 대할 때 그 사람의 기질을 본능적으

수도 사교계 389

로 파악하곤 했다. 아무리 주군의 명이라지만 태자 곁에서 꼼짝없이 호위를 한 건 태자가 그런대로 마음에 들었기 때문이었다.

얽매인 것을 싫어하는 로이가 휴고 곁에 붙어있는 이유도 비슷했다. 주군을 정말 좋아하는 이유가 가장 컸고, 그다음으로 주군 곁에 있는 사람 중에 특히 싫은 사람이 없어서였다.

"암튼 그런 게 있어. 알았으니까 조심할게. 주군 올 때까지 잠이나 잘래. 어디서 자면 돼?"

"……따라오세요."

*　　　*　　　*

공작저로 향하는 마차 안에서 팔짱을 끼고 기대앉아 휴고는 생각 중이었다. 표정만으로는 도통 무슨 생각을 하는지 짐작할 수가 없다. 맞은편에 앉은 파비안이 조심스럽게 주인의 기분을 살폈다.

"크로틴 경의 행방을 알아볼까요?"

태자에게서 로이가 말도 없이 사라져 어디에 있는지도 모른다는 말을 들었다. 무단이탈에 항명, 태만. 죄를 묻는다면 한두 개가 아니었다.

"녀석치고는 오래 참았지."

파비안은 그 말에 전적으로 동의했다. 사실 1년 넘도록 아무 문제를 일으키지 않고 이제야 이런 돌출 행동을 했다는 사실이 신기할 지경이었다.

"내버려 둬. 어디서 자다가 기어들어 오겠지."

녀석이 실컷 놀다가 들어오면 간만에 충고 좀 해야겠다. 약발이 떨어질 때가 되긴 했다.

"호위 일은 이젠 그만해도 될 것 같고."

아직 태자이긴 해도 왕이 죽기 전과 왕권 대행을 하는 현재와의 격차는 하늘과 땅이었다.

쿼이즈는 거의 왕처럼 빈틈없는 호위를 받고 있었다. 지금 쿼이즈를 섣부르게 건드리면 반역으로 엮여서 가문이 멸족될 위험을 감수해야 할 테니 함부로 나대는 자는 없을 것이다.

"예, 전하."

'예상대로군. 전하께서는 로이에게 관대하시니까.'

로이가 들었다면 인정사정없이 두들겨 패는 게 무슨 관대냐고 버럭하겠지만, 공작의 너그러움은 로이를 제외한 모든 사람이 인정했다. 누구도 주군에게서 로이와 같은 처우를 받지 못했다.

파비안은 어쩐지 이유를 알 것도 같았다. 타란 공작에게 겁먹지 않고 까불어대는 인사는 로이가 유일했다. 로이와 함께 있을 때의 타란 공작은 가끔 보통 사람처럼 보였다.

'미친개라……. 아주 딱 맞는 별명이지.'

요즘 수도에서는 기사 크로틴을 칭할 때 광견 크로틴이라고 했다. 공작에게 까부는 로이를 보면 저러다 일 나지 싶어 파비안이 오히려 섬뜩할 때가 있었다. 그 녀석은 확실히 미친개가 맞았다. 미친개는 겁을 모르니까.

"수도에서 가장 유명한 디자이너가 누구지?"

"몇 있습니다. 지금 여기서……."

파비안은 창밖을 내다보며 대충 현재 위치를 가늠했다.

"가장 가까운 곳이라면 무슈 제프리의 의상실 혹은 마담 앙뜨의 의상실입니다."

남자 디자이너는 휴고의 선택지에서 제외였다.

"마차 돌려. 앙뜨 의상실로."

즉시 마차는 마담 앙뜨의 의상실로 방향을 틀었다. 앙뜨는 분명히 수도에서 유명한 디자이너 중 하나였다. 그러나 가장 유명하다고는 말하기 곤란했다. 어떤 스타일의 드레스를 선호하는가에 따라 첫손에 꼽는 디자이너는 사람 취향에 따라 제각각이었다.

앙뜨가 오늘 큰손님을 잡을 수 있었던 이유는 앙뜨가 여자이고, 의상실의 위치가 공작의 마차에서 가장 가까웠기 때문이었다.

타란 공작은 사전에 약속을 잡지 않았고, 폐점 시간에 느닷없이 방문했음에도 VVIP 대접을 받으며 특실로 안내받았다.

고급 의상실은 권력 행방의 정보에 굉장히 민감했다. 그들의 주고객은 부자고, 부자는 대부분 고위귀족이며, 고위귀족은 대부분 권력자였다.

거대한 규모로 권력이 재편되는 지금은 민감한 시기였다. 불안 요소가 있기는 해도 대부분 사람은 태자가 무난히 왕이 될 것이라고 점쳤다.

새로운 왕의 최측근이 타란 공작이라는 사실은 돌아가는 분위기를 조금만 파악해도 다 아는 사실이었다. 장차 누구도 범접하지 못할 권력의 실세로 부상하리라는 평이 지배적이었다.

그 권력에 공작가의 부유함은 덤이었지만 앙뜨에게는 그 덤이

가장 매력적이었다.

콧대 높은 디자이너이자 의상실의 주인 앙뜨는 어지간한 귀족들 앞에서 세우는 자존심을 타란 공작 앞에서 세울 생각은 하지 않았다. 매우 사근사근하고 다소곳하게 직접 손님맞이를 했다.

"고명하신 분을 이리 뵈어 영광입니다. 전하."

"길게 말하는 취미 없으니 간단히 하겠네."

"하문하시지요."

"내 아내의 드레스가 필요하오."

화제의 공작부인! 앙뜨는 흥미를 노골적으로 드러내지 않기 위해 표정 관리에 힘썼다.

"혹시 동반하셨는지요? 마차에서 기다리고 계십니까?"

"의뢰하면 디자이너가 직접 방문하기도 한다고 들었소만."

"예, 물론입니다. 전하. 언제 찾아뵈면 될지요?"

"내일……."

내일은 아무래도 안 되겠다. 오늘은 닷새의 하루 중 닷새째였다. 그녀가 수도 올라온 이후에 그녀가 여행으로 누적된 피로 때문인지 힘들어해서 마음껏 못 했다. 더구나 어제는 그의 귀가가 조금 늦었을 뿐인데 이미 그녀는 자고 있었다.

수도로 오기 전에 그녀가 단단히 탈이 난 일 때문에 그는 아내의 건강에 민감한 상태였다. 곤히 자는 그녀를 도무지 깨울 수 없어서 얌전히 안고만 잤다.

오늘은 어제 못한 것까지 뜨거운 밤을 보낼 작정이었다. 내일 그녀가 온종일 쉬면 다음 날 디자이너가 방문했을 때 무리가 없을 거라고 계산을 마쳤다.

"아니, 모레로 하지."

"모레……. 말씀입니까?"

앙뜨는 유명한 디자이너였다. 그녀에게 옷을 맞추고 싶은 사람이 줄을 섰다. 특히 다가올 대관식 때문에 요즘은 밤낮없이 바빴다. 한 달은 일정이 빽빽하게 꽉 차있었다. 바쁘지 않은 평소에도 최소 일주일 여유를 두고 약속을 잡았다. 갑자기 당장 이틀 뒤 일정을 빼라는 요구 매우 곤란했다.

앙뜨의 고민은 짧았다. 일단 눈앞의 고객이 너무 엄청났다. 공작부인이 앙뜨의 드레스를 입어서 얻을 수 있는 홍보 효과와 당장 무리한 일정 변경으로 발생할 손해를 비교해 주판을 튕겨보았다.

결혼하자마자 영지로 내려가서 누구도 제대로 본 적이 없다는 공작부인은 화제의 중심에 있었다. 귀부인들이 의상실에서 옷을 맞출 때마다 공작부인을 화제로 귀에 못이 박이도록 떠들었다. 공작부인의 첫 사교계 등장은 굉장한 관심일 것이다.

"예, 그리하겠습니다."

앙뜨는 시원스럽게 대답했다. 소문의 공작부인을 볼 수 있다는 기대도 한몫했다.

"내 아내는 검소한 편이오. 그래서 드레스를 몇 벌 사는 것을 낭비라고 생각하지."

"어머나."

"그리고 나는 내 아내가 공작가 안주인으로서 뭐든 최고를 가질 자격이 충분하다고 생각하고."

"이를 말씀입니까."

"돈에 구애받지 말고 필요한 것을 전부 마련하도록 하시오. 내 아내를 어떻게든 구슬려 그걸 해내느냐는 그대의 능력이오. 그 능력을 봐서 차후에도 그대와 거래를 계속할지 결정하겠소."

처음에는 이해하지 못하고 가만히 듣고 있던 앙뜨의 눈동자에 번뜩이는 빛이 돌기 시작했다. 간혹 아내나 딸이 혹 정신이 나가서 지르는 것을 막으려고 출동한 누군가의 남편, 혹은 아버지는 봤어도 돈을 쓰게 하라고 요구하는 경우는 처음이었다.

'세상에. 타란 공작이 이런 로맨티시스트였다니!'

앙뜨는 황홀한 눈으로 공작을 바라보았다. 그건 흡사 자신의 비밀 금고 속 금괴를 볼 때와 다름없는 눈빛이었다.

"돈에 구애받지 말라는…… 말씀이십니까?"

"터무니없이 덮어씌우는 건 사양하지."

"호호호. 저희는 그런 상식 없는 의상실이 아니랍니다."

앙뜨는 재빠르게 메모지에 숫자를 적어 넣었다. 그녀는 로맨스를 사랑하는 동시에 현실주의자였다. 사랑은 밥을 먹여주지 않는다. 오직 황금을 기반으로 한 사랑만이 영원할 뿐!

'돈에 구애받지 말고'라는 애매한 경계를 더 확실히 하기 위해서 앙뜨는 영리하게 머리를 굴렸다. 자신이 생각한 최대한도의 1/2 정도의 금액을 적어 공작 앞에 내밀었다. 그녀는 고객의 혹시 모를 자존심까지 챙길 줄 아는 덕을 갖추고 있었다.

"어떠신지요?"

과연 이 정도를 감당하실 수 있겠는지요, 앙뜨는 물었다. 드레스는 상당히 고가의 사치품이었다. 최신 제품일수록, 유일하고 독특한 디자인일수록 가격은 천정부지로 치솟았다. 호기롭게 연인에게 큰소리치며 의상실에 들어왔다가 가격에 혼이 빠져서 체면 구기는 인사들을 적지 않게 보았다.

앙뜨의 도전장을 받은 휴고는 눈 하나 깜짝하지 않았다. 가소롭다는 듯 픽 웃으며 펜을 들어 그 액수 뒤에 0하나를 더 그려 넣어 단번에 앙뜨를 KO패 시켰다.

다시 메모지를 되돌려받은 앙뜨의 손이 바들바들 떨렸다. 헉, 숨이 막히는 것 같아서 가슴을 움켜잡았다. 유레카! 머리 위에서 팡파르가 울려 퍼졌다. 인생 최고의 대박을 물었다고 행운의 요정이 탬버린을 흔들었다.

"모…… 모레 틀림없이 찾아뵙도록 하겠습니다."

"능력을 보도록 하지."

"맡겨 주십시오."

"아, 그리고 괜찮은 보석상을 한 군데 소개해 줬으면 하는데."

로암에 있는 가문 소유의 상당히 많은 장신구들을 수도로 나르기에는 너무 번거로웠다. 무엇보다도 그녀가 소유한 장신구들이 별로 없다는 점이 그는 계속 신경 쓰였다.

고깃덩이를 앞에 둔 배고픈 짐승처럼 앙뜨의 눈이 번쩍거리며 간드러지게 웃었다.

"공작부인의 고아하신 격에 살짝은 부족하지만 다른 곳과 비교하면 절대 뒤지지 않는 보석상을 안내해 드리겠습니다, 전하."

앙뜨를 비롯한 직원 모두가 건물 밖까지 나가서 허리를 깊이 숙이며 타란 공작을 배웅했다. 마차가 더는 보이지 않게 되었을 때 우아하게 허리를 펴는 앙뜨의 눈은 뜨겁게 이글거리고 있었다.

"당장 일정 조정에 들어간다! 무슨 일이 있어도 모레 하루는 싹 비워! 지금까지 제작한 모든 드레스며 구두며 모자며 디자인 북까지 빠짐없이 준비하고!"

앙뜨의 지시에 따라 조수들은 정신없이 움직이기 시작했다. 아마 오늘부터 내일까지 밤새 앙뜨의 의상실은 불이 꺼지지 않을 것이다.

마차는 앙뜨가 추천한 보석상에 도착했다. 앙뜨가 친족과 공동으로 운영하는 보석상이었다. 앙뜨는 마부 옆에 길을 안내할 사람 하나를 붙이는 세심함을 가장한 철저함을 잊지 않았다.

이미 한발 앞서 소식을 받고 세피아 보석상은 구경하던 몇 명의 손님을 내쫓고 가게 문을 내려 오직 한 사람의 고객을 맞이하기 위한 준비를 마쳤다. 마차가 도착했을 때에는 미리 사람이 나와서 기다리고 있다가 최고의 예를 다해 공작을 맞이했다.

휴고는 진열된 목걸이나 팔찌 등의 보석류들을 이것저것 가리키며 보이도록 했다. 세피아 보석상의 물건들은 수도에서도 다섯 손가락 안에 들 정도로 고급품이었지만, 보석들을 보는 휴고의 눈빛은 그리 마땅치 않았다. 급하게 사려니까 질이 낮은 건 어쩔 수 없다고 생각하고 있었다.

정말 사려는 것인지 구경만 하려는 것인지, 내오는 물건을 그저 흘끔 보기만 하고 다시 다른 물건을 가리켰다. 그러나 누구도 불편한 기색 하나 보이지 않았다.

앙뜨가 미리 말해 놓지 않았다 해도 이 정도의 거물급 손님이 방문해서 소소한 수입을 올린 적이 없다는 건 업계의 상식이었다.

여러 직원이 달라붙어 신속하게 움직이며 어느새 테이블 위에는 선보인 보석들이 잔뜩 쌓였다.

"이걸로 하지."

"정확히 어떤 것 말씀이신지……."

총지배인이 손을 비비며 허리를 굽실거렸다. 공작에게 선보인 물건들이 전부 고가품이라서 한두 개만 팔아도 대박이었다.

"전부."

"다…… 다…… 다 말씀입니까?"

"파는 물건이 아닌가?"

"아닙니다! 아니, 그러니까 맞습니다! 즉시 준비해 드리겠습니다!"

총지배인의 표정이 환희로 떨렸다. 오늘 판매로 인해 자신에게 떨어질 커미션을 생각하면 폭소가 터져 나올 것 같았다.

"얼마나 걸리지?"

"조…… 조금은 기다리셔야……. 금방 해 드리겠습니다."

휴고는 테이블에서 맑은 황색의 물방울 모양 사파이어 목걸이를 집어 들었다. 그녀의 눈동자 색과 닮았다.

"이거는 지금 주고, 나머지는 배달해 주게."

"급하지 않으시면 내일 날이 밝으면 배달해 드려도 되겠습니까? 고가품들이라 안전을 기하기 위함입니다."

"그렇게 하게."

보석상 하나를 거의 털다시피 해서 휴고는 귀가했다.

귀가한 주인의 옷시중을 들며 제롬은 오늘 발생한 작은 사건을 고했다.

"그래서. 녀석이 어디 갔는지 모른다는 거군."

"예, 전하. 송구합니다."

늘어지게 한잠을 자고 일어난 로이는 슬슬 휴고가 돌아올 즈음이 되자 겁이 났는지 슬그머니 줄행랑을 쳤다. 녀석이 맘먹고 도망질 다니면 찾을 수 없고, 어디 있는지 알아도 휴고가 직접 가지 않는 이상 끌고 올 능력 있는 사람도 없었다.

"나중에 오거든 내가 꼼짝 말고 있으라 했다고만 전해. 억지로 잡아두려 하지는 말고."

"예, 전하."

목욕을 마치고 휴고는 아내의 침실로 들어갔다. 화장대 거울 앞에 앉아 있는 그녀의 뒤로 다가가 뒷목에 입을 맞추고 들고 온 목걸이를 걸어주었다.

목에 차가운 것이 닿자 흠칫한 루시아는 거울로 정체를 확인하고 놀라 눈이 커졌다. 물방울 모양 보석이 영롱하게 반짝거렸다.

"마음에 안 들어?"

"아, 아니에요. 예뻐요. 잠시 오늘이 무슨 날인가 고민했어요."

"특별한 날만 선물을 받는 건 아니지."

"제가 잘 몰라서 그러는데……. 엄청난 가격의 보석이라든가, 그런 건 아니죠?"

올해 봄, 생일에 받은 선물을 생각하면 아직도 체한 것처럼 속이 눌리는 것 같았다. 그는 처음 선물했던 화이트 다이아몬드에 이어 올봄에는 레드 다이아몬드 목걸이를 선물했다.

화이트 다이아몬드 목걸이만큼 다이아몬드가 부담스럽게 주렁주렁 달리지 않아서 다음 티파티에 걸고 나갔다.

유난히 보석에 관심이 많은 귀부인이 루시아의 레드 다이아몬드 목걸이를 알아보며, 그게 보석 경매에서 얼마에 낙찰되었는지를 떠벌렸다.

어마어마한 액수를 듣고 기절하는 줄 알았다. 비쌀 거라고 예상했지만 그녀의 예상치를 훌쩍 뛰어넘었다.

"그런 걸 원해? 아마 다음 달에 보석 경매가……."

"아니요!"

그는 정색하는 루시아를 보며 피식 웃고는 몸을 돌려 침대 위로 올라가 두 팔을 베개로 삼아 털썩 누웠다.

"당신 남편 부자야. 부자 남편 둔 여자답게 좀 즐겨봐."

루시아가 대답 대신 힘없이 웃었다. 그녀는 태생이 가난뱅이였다. 메튼 백작부인으로 살 때도 호사는 누리지 못했다. 꿈속에서 굶어 죽을 걱정까지는 하지 않았으나 생계의 고민은 항상 떠안고 살았다. 청빈을 삶의 가치관으로 삼아서가 아니었다. 여건이 안 되었을 뿐이다.

루시아는 다만, 꿈속에서 봤던 공작부인을 잊을 수 없었다. 값비싼 드레스와 장신구로 치장한 공작부인은 전혀 행복해 보이지 않았다.

만약 그가 떠나가면 자신 역시 꿈속의 공작부인처럼 변할 것 같았다. 한 번 맛 들인 사치를 벗어나지 못하고 허전함을 그걸로 채우려 할 것이다. 헤어날 수 없는 늪으로 발을 내딛고 싶지 않았다.

"보석이 싫어? 아니면 주는 사람이 나라서 싫은가?"

"그런 말씀이 어디 있어요. 감사하고 있어요. 예쁘고 마음에 들어요."

"당신 말에 진심이 없다는 건 알겠어."

딴 여자들처럼 간 쓸개 다 내줄 것처럼 호들갑스럽게 좋아하는 반응까지는 바라지 않았다. 묘하게 부담스러워 하는 모습이 그는 언짢았다.

수도 가면 바람피울 거냐는 그녀의 말은 두고두고 충격이었다. 침대에서는 뭐든 다 줄 것처럼 완전히 몸을 열어 그를 받아들이면서 그녀의 마음은 닫혀있고, 그를 신뢰하지 않았다.

선물마저도 거부하면 대체 무슨 방법이 있단 말인가.

그녀의 마음을 사기 위한 그의 부단한 노력을 그녀는 알아주지 않았다. 그녀를 보기만 해도 아깝고, 생각만 해도 가슴 안쪽이 저릿한데 그의 얼음마녀는 도통 녹을 생각을 하지 않았다.

"화나셨어요?"

"안 났어."

말과 달리 그는 뚱하게 대답했다. 루시아는 그를 물끄러미 보면서 생각했다.

'예전이라면 저런 퉁명스러운 말에 상처받았겠지.'

아마 말도 못하고 혼자 끙끙거렸을 것이다. 그런데 지금은 그가 툴툴거려도 크게 신경 쓰지 않는 여유가 생겼다. 그에게 당당하게 오늘은 당신 방에 가서 자라고 말할 수 있게 된 건 언제부터였을까.

루시아는 그를 보며 일어났다. 그리고 입고 있던 목욕 가운을 천천히 벗었다. 스르륵 발밑으로 가운이 미끄러져 떨어졌다. 심드렁하게 누워있던 그가 상체를 일으켜 앉았다.

경직된 붉은 눈이 뚫어지게 자신을 바라보는 것을 느끼며 그녀는 그를 향해 눈을 곱게 접어 웃었다. 하얀 나신에 호박색으로 빛나는 목걸이만 한 채, 자신을 보며 요부처럼 웃는 아내를 보며 휴고는 머릿속이 새하얗게 비었다.

루시아는 굳어있는 그에게서 시선을 떼지 않으며 침대로 걸어갔다. 그녀 자신도 놀란 대담함이었다.

자신을 보는 그의 눈은 항상 뜨거웠다. 소문으로 나도는 말처럼 마치 환상적인 미녀라도 보는 시선이었다. 처음엔 민망하기만 했던 그의 시선에 익숙해지니까 '나도 조금은 매력적인가.'라고 생각하기 시작했다.

그리고 그를 유혹하면 반드시 넘어오게 할 수 있다는 자신감이 생겼다.

침대로 올라간 그녀는 무릎걸음으로 천천히 그에게 다가갔다. 그의 시선을 단단히 붙잡는 것처럼 흔들리는 붉은 눈동자를 향해 웃었다. 그녀 스스로 깨닫지 못하는 요사한 미소였다.

휴고는 그녀가 자신의 몸을 타고 위로 올라오는 모습을 꼼짝하지 못하고 보고만 있었다.

루시아는 그의 허벅지 안쪽으로 바싹 붙어 앉았다. 목욕 가운 아래에서 힘을 받아 일어나는 그의 성기를 엉덩이로 꾹 눌렀다. 그의 목울대가 넘어가면서 흠칫했다.

루시아는 목걸이를 잡아 황색의 사파이어에 입을 맞추며 그를 향해 야릇하게 웃었다.

"목걸이, 어울려요?"

"……아주."

그의 목소리가 잠겨있었다.

"선물이 싫어서가 아니에요. 전 아주 간이 작다고요. 당신이 파산할까 봐 걱정하는 심정을 헤아려 주세요."

"하늘이 두 쪽 나도 그럴 일 없어."

루시아는 두 손을 그의 목욕 가운 안에 넣어 탄탄한 가슴을 느릿하게 쓸었다. 그의 흔들리는 눈을 보면서 그녀는 자신이 주도하는 이 상황에서 짜릿한 희열을 느꼈다.

"여자의 사치는 나라 근간을 흔들 수도 있다고 했어요."

하물며 가문 하나 정도야 어떻겠는가. 그녀가 그런 뜻으로 한 말이라는 것을 알면서도 휴고는 생각했다. 당신이 원하면 나라 하나 세워 바칠 수 있는데.

"얼마든지 흔들어 봐."

그 정도 감당 못 할 타란 가문이 아니었다. 휴고는 비록 가문의 음습한 내력에 치를 떨고 있으나 가문의 저력은 인정했다.

그의 오만한 자신감에 루시아는 어쩔 수 없다는 듯 웃었다. 겸손은 휴고 타란의 미덕이 아니었다.

그의 입술이 다가오자 루시아는 살짝 고개를 뒤로 젖혔다. 그가 다시 시도했으나 루시아는 또다시 피했다.

대체 뭐 하자는 거냐고, 부글부글한 표정을 짓고 있는 그의 입술에 기습적으로 입을 맞추고 재빨리 떨어졌다. 이글거리는 눈으로 씩씩대는 그를 보며 루시아는 까르르 웃었다.

그가 달려들기 직전이었다. 루시아는 두 손으로 그의 뺨을 감싸 어루만지며 다시 그의 입술에 키스했다. 휴고는 또 그녀의 공격에 당하고 말았다.

이번에는 지지 않는다는 듯 그는 그녀의 뒷목을 잡아 누르면서 격한 키스로 되돌렸다. 구석구석 깊은 곳을 건드리는 그의 혀의 움직임을 따라가느라 그의 가운 앞섶을 꼭 쥔 그녀의 두 손이 바르르 떨렸다.

그는 혀뿌리가 얼얼할 정도로 강하게 그녀의 혀를 빨아들였다. 사납게 덤벼드는 그의 키스는 길게 이어졌다. 그사이 그의 손이 허리께를 더듬어 올라가며 어깻죽지를 쓸어 올렸다.

한참 만에 그가 입술을 떼었을 때 루시아는 흐릿한 눈으로 그를 보았다. 입안을 점령했던 그의 혀의 움직임이 잔상처럼 느껴졌다. 도톰하게 부푼 그녀의 붉은 입술을 보며 그는 제 입술을 핥았다.

"이런 건 어디서 배웠지?"

그의 목소리에서 당혹스러움이 묻어나 루시아는 쿡쿡 웃었다.

"당신한테서요."

"기억에 없어."

"배운 걸 응용하는 건 바람직한 학생의 자세죠."

그는 곤란한 듯 묘하게 웃으며 중얼거렸다.

"내가 왕이 아닌 게 다행이군."

"네?"

여자 때문에 나라를 말아먹는 막된 왕이 될 것 같으니까. 그는 속으로 중얼거리며 두 손으로 그녀 허리를 감싸 쥐면서 그녀의 뽀얀 가슴을 삼켰다.

"아!"

순식간에 그녀는 주도권을 빼앗겼다. 그의 강렬한 애무에 신음하며 몸을 뒤틀었다. 그는 언제나 뜨겁게 그녀를 원했다. 그녀 또한 마찬가지였다.

뒤에서 그가 무작스럽게 퍽퍽 밀고 들어올 때마다 그녀의 몸이 크게 흔들렸다. 두 손으로 시트를 꽉 쥐고 간신히 버틴 팔이 자꾸 휘청거렸다.

"아! 아앗!"

그녀의 골반을 움켜잡고 그는 무자비하게 자신의 중심을 밀어넣었다가 빠져나갔다. 자세 때문에 더 깊이 들어올 때마다 몸 안쪽이 저릿저릿했다. 너무 깊었다. 아픈 것인지 쾌감인 것인지 모르겠다. 비명처럼 교성을 질렀다.

"아! 응!"

그의 허벅지가 엉덩이에 부딪칠 때마다 충격으로 몸이 흔들리고 눈앞이 번쩍거렸다. 그의 추삽질은 도통 끝날 기미가 보이지 않았다.

견디다 못해 그녀의 팔이 꺾여서 상체가 무너졌다. 간신히 지탱하고 있는 무릎도 힘이 빠져서 후들거렸다. 볼에 닿는 시트의 마찰을 느끼며 숨은 턱까지 찼다. 눈에 열이 올라 흐르는 눈물이 시트로 떨어졌다.

"그…… 그만. 읏……."

루시아의 애원에도 그는 오히려 엉덩이를 찰싹 치며 더 깊이 들어왔다. 자극을 받아 그녀의 내부가 더 꽉 그의 것을 조이자 움찔한 그가 다시 강하게 치고 들어왔다.

단단한 살기둥이 깊은 안을 찌르는 감각에 몸이 소스라쳤다. 내벽을 할퀴는 자극이 척추를 타고 올라올 때마다 눈앞이 어두워졌다가 환해지기를 반복했다.

"휴……. 흑……. 힘들…… 힘들어요."

"착하지. 거의 다…… 끝났어. 조금만 더."

달래는 척하는 그의 목소리는 잔뜩 가라앉아 갈라져 나왔다. 경험으로 알고 있었다. 지금 그는 머릿속의 뭔가가 끊어진 상태다. 애원이고 뭐고 먹히지 않았다.

아주 가끔이지만 그는 잔혹하게 그녀를 밀어붙일 때가 있었다. 그럴 때마다 그녀는 온몸이 그의 거대한 송곳니에 물려 삼켜지는 것 같았다.

"죽겠군. 얼마나 꽉 무는지…… 숨도 못 쉬겠어."

"홋. 그런…… 말 좀……."

루시아는 두 손으로 귀를 막고 싶었다. 그의 희롱이 수치스러우면서도 그 말에 흥분하는 몸의 변화가 더 부끄러웠다.

그가 강하게 박아 넣을 때마다 그녀의 몸은 쓰러질 것처럼 위태롭게 흔들렸다. 단단히 그녀의 엉덩이와 허벅지를 잡고 있는 그의 손이 아니라면 진즉 넘어졌을 것이다.

힘들어 죽겠는 와중에서도 그녀는 자신의 질이 경련하는 것을 느끼고 있었다.

심장이 뛰는 것처럼 그녀의 내부가 박동할 때마다 그의 숨소리가 거칠어졌다. 그의 근육으로 굴곡진 몸을 타고 흐르는 땀방울이 그녀의 등으로 툭툭 떨어졌다. 후배위 체위만으로 이렇게 여러 번 그녀의 절정을 유도한 건 처음이었다.

그녀가 힘들어하는 체위라서 평소 오래 유지하는 자세가 아니었다. 그의 성기를 받아들이며 흔들리는 그녀의 애원과 눈물이 그의 짐승 같은 소유욕과 정복욕을 자극했다. 내 것. 내 여자. 아무리 가져도 부족했다.

"휴. 제발……. 으흑!"

"그만하고 싶으면…… 그만 좀 조여. 당신이 놔주지를 않잖아."

손 하나가 가슴을 움켜잡아 주무르고 깨무는 뒷목에 따끔한 통증이 느껴졌다. 그녀는 이제 끙끙 신음했다. 허리를 움직일 기운도 없었다. 도통 수그러들 줄 모르는 그의 성난 분신이 기세 좋게 그녀의 몸을 반복해서 꿰뚫었다.

이미 몇 차례 그가 안에 쏟아낸 정액이 그가 추삽질을 할 때마다 흘러내려 허벅지를 적셨다. 그녀의 엉덩이가 그의 허벅지에 부딪칠 때마다 철썩거리며 젖은 소리를 냈다.

밤꽃향이 진동한다. 흔들리는 시야가 어지러워서 그녀는 눈을 감아버렸다.

그의 손이 아프지 않을 정도로 루시아의 머리카락을 휘어잡았다. 다른 한 손이 그녀의 배를 감싸듯이 잡아 위로 올려서 그녀의 엉덩이를 더 높이 올라가게 했다. 시트를 쥔 그녀의 손에 힘이 들어갔다.

"흐읏!"

강하게 치고 들어오면서 그가 파정했다. 내부로 뜨거운 것이 쏟아지는 느낌에 그녀의 온몸이 후들거리며 떨렸다. 방사의 쾌감을 즐기며 그가 목을 울리며 신음했다.

그녀의 자궁에 뿌린 씨를 싹 틔우고 싶다. 그가 쏟은 요체가 그녀의 몸 안 깊은 곳에서 뿌리를 박으면 그녀는 온전히 그의 것이 될지도 모른다.

'빌어먹을.'

그것만은 불가능했다.

휴고는 내부의 경련이 완전히 멈추고 꽉 조이던 힘이 다소 느슨해지자 천천히 허리를 빼냈다. 지탱하며 잡고 있던 손을 놓자 그녀는 그대로 스르르 쓰러졌다. 할딱이며 어깨가 아래위로 오르내리고 꼼짝도 하지 못하겠는지 미동도 없었다.

그녀의 허벅지를 타고 미처 삼키지 못한 탁한 액체가 흘러내렸다. 그걸 내려다보고 있는 휴고의 붉은 눈동자가 마치 타오르는 것처럼 붉어졌다.

목이 탔다. 타는 목을 축이려 소금물을 마신 것처럼 그녀를 품으면 풀어질 것 같은 갈증은 안을수록 더 심해졌다. 그는 그것을 다스리는 일이 무척 힘들었다.

그는 눈을 천천히 감았다가 떴다. 그러자 욕망으로 탁해진 눈동자가 한층 맑아졌다. 더는 안 돼. 그는 격동하는 갈망을 내리눌렀다.

땀에 젖은 그녀의 머리카락을 넘겨 동그란 이마가 드러나게 했다. 눈을 감고 있는 그녀는 색색 숨을 몰아쉬었다.

잠이 든 건 아니었는지 젖은 속눈썹이 파르르 떨며 올라갔다. 그를 바라보는 눈에 원망이 담기더니 눈을 감아버렸다.

그의 입술이 부드럽게 휘면서 미안한 마음을 담아 그녀의 머리카락을 쓸어주었다. 오밀조밀한 그녀의 미간 사이에 살짝 잡혀있던 주름이 서서히 펴졌다.

그는 가운을 걸쳐 입고 시트로 그녀의 몸을 감싸 안아 올렸다. 살짝 눈을 뜬 그녀는 다시 눈을 감았다. 반응할 기운도 없는지 몸은 축 늘어진 채였다.

그는 침실에서 이어진 욕실을 향해 걸었다. 적당히 따끈한 목욕물이 준비되어 있을 것이다.

루시아는 죽은 듯이 자다가 해가 중천이 되어서 일어났다.

'몸이 결려.'

남편이 정력가라는 사실이 나쁜 일은 아니지만 때로는 정도를 넘어서 문제였다. 끙끙대며 일어난 루시아를 맞이한 것은 아침에 배달되었다는 보석 상자로 만들어진 작은 산더미였다.

응접실 테이블 위에 쌓인 보석 더미 곁에서 마치 제가 선물을 받은 것처럼 뿌듯한 표정을 짓고 하녀가 어서 구경하고 싶다고 눈을 반짝이고 있었다.

'이 남자가 정말.'

기가 막히고 어이가 없었다. 아무리 선물이라 해도 정도가 있다. 대체 이게 모두 얼마일까. 머리가 띵 했다. 저녁에 그가 들어오면 무슨 과한 소비냐고 한마디 해둘 생각을 하다가 어젯밤 일이 떠올랐다.

'……언짢아하겠지.'

분명히 그럴 것이다. 어제 목걸이 하나 시큰둥하게 받았다고 툭툭거렸는데 이것들을 반품하라 했다가는 화를 낼지도 모른다. 굳이 주는 선물에 한마디 덧붙여 기분 상하게 할 필요가 뭐가 있을까.

「꽃 한 송이를 줘도 세상에 그보다 더 귀한 선물이 없다는 것처럼 품에 쏙 안기며 고맙다고 하면 열이면 열 다 넘어간다니까요. 좋아하는 척을 자꾸 해야 선물도 자꾸 들어오지.」

북부 노부인들에게 들었던 조언이 떠올랐다.

'그래. 주는 건데 받자. 둬서 썩는 것도 아니고. 팔면 다시 돈이니까.'

받은 선물의 내용물을 확인하지 않을 수 없어서 하나씩 정성스럽게 포장된 상자를 일일이 풀어 확인하고 한 번씩 몸에 착용해 보는 데만 오후가 다 갔다.

저녁에는 일찍 귀가한 그와 식사를 같이 할 수 있었다. 식사 중에 그가 말했다.

"내일은 디자이너가 방문하기로 했소. 당신 드레스가 필요한 것 같아서."

"······드레스요?"

"여긴 수도라오. 로암에서처럼 구식 드레스 고쳐 입고 다니면 비웃음을 사겠지. 안주인의 위신은 가문의 위신 문제요."

그의 말이 일리가 있어서 루시아는 두말하지 못했다. 수도 귀족들은 유행에 민감했다. 특히 신분이 높은 귀부인의 차림은 많은 여자의 입에 오르내렸다. 유행의 선도자가 되지는 못해도 비웃음을 사도록 입고 다녀서는 곤란했다.

현재 그녀가 가진 드레스는 향후 수도에서 사교 활동을 하기에는 아무래도 적절한 수준은 아니었다.

식사 후 그와 뜰을 거닐었다. 로암에 있을 때부터 그가 시간이 나면 종종 그와 저녁 산책을 함께했다. 그녀의 남편은 바쁘고 부지런했다. 잠자리에 들기 전에 그녀가 온전히 가질 수 있는 그의 시간이 별로 없었다.

그래서 루시아는 그와 한가롭게 걷는 이 시간이 값비싼 선물을 받는 것보다 기뻤다.

"하나하나가 전부 아름답고 멋진 물건들이었어요. 전부 당신이 직접 고르신 거예요?"

"그랬지."

그냥 한 번 쓱 보고 담으라고 했지만 직접 보고 고른 건 맞았다.

"마음에 들어?"

"네, 감사해요."

루시아는 선물을 주는 그의 마음이 어떤 보석보다도 고마웠다.

"여자 장신구를 잘 아시나 봐요. 많이 선물해 봐서 그런가."

루시아는 말해 놓고 아차 싶었다. 그를 비난하려는 의도는 없었다. 자신의 말이 선을 넘었다고 생각했다. 그가 불쾌해할 것 같아서 말실수를 사과하려고 했다. 그런데 그가 먼저 입을 열었다.

"비비안."

그는 한숨을 푹 내쉬며 그녀의 손목을 붙들고 걸음을 멈추었다.

"결혼하기 전의 일은 잊어주면 안 될까?"

화를 낼지도 모른다고 생각했는데 뜻밖의 약한 모습이었다. 루시아는 물끄러미 그를 보았다.

"제가 결혼 전의 일을 자꾸 언급했나요? 앞으로 조심할게요."

"그런 뜻이 아니야. 좀 오래전 일이기는 한데, 당신이 우리 계약을 수정하자면서 했던 말 기억해?"

　「애인을 만들어도 저 모르게 해주세요. 만약 당신이 제가 싫어지거나, 싫증이 나거나, 다른 여자가 생겨서 절 떠나고 싶으면, 가장 먼저 제게 말씀해 주세요. 다른 사람의 입을 통해 듣지 않게 해주세요.」

"네. 기억해요."

"당신 모르게 애인 만들 일 없고, 당신이 싫어지거나 싫증나서 떠날 일은 없으니까 당신이 날 믿어줬으면 좋겠어."

루시아의 심장이 쿵, 크게 뛰었다. 그가 대체 무슨 의도로 하는 말인지 모르겠다. 머릿속에서 큰 회오리가 휘몰아쳤다.

실수를 한 사람은 그녀였다. 결혼 전 일을 언급해 굳이 과거의 그의 행동을 비난할 이유도, 자격도 그녀에게는 없었다.

그는 어쩌면 규칙에 얽매이는 성격인지도 모른다. 그래서 결혼 이라는 법적 계약이 성립한 이후에는 철저히 지키려는 것이다.

그러나 그동안 루시아가 지켜본 그의 모습과 전혀 일치하지 않 았다. 그는 자신을 위해서라면 기존의 규칙을 바꾸는, 제멋대로인 사람이었다.

"……왜요?"

생각의 갈피를 잡을 수 없어서 루시아는 그를 보며 멍하게 중얼 거렸다. 아무 말이라도 꺼내 결론을 내고 싶었다.

별 의미 없이 한 말이었다. 그런데 그의 눈동자가 낙담하듯 흔들 렸다. 그는 무슨 말을 꺼내야 할지 모르겠다는 표정을 지었다. 뭔가 말을 할 것처럼 입을 열었다가 닫기를 반복했다.

'왜……?'

루시아는 손끝이 저려서 주먹을 쥐었다가 폈다. 이 남자. 상처를 입었다. 크로틴 경이 그토록 자신하던, 하늘 아래 주군 손끝 하나 상하게 할 사람은 아무도 없다고 뻐기는 대단한 남자가 그녀의 짧 은 말 한마디에 아파하고 있었다.

오래전에 루시아는 이와 비슷한 느낌을 받은 적이 있었다. 당신 만은 절대 사랑하지 않겠다고 쏘아붙였을 때, 아주 잠깐 그의 고통 을 엿봤다.

그때는 깊이 생각할 상황이 아니라 넘어갔다. 시간이 꽤 지난 일 이어서 당시의 느낌이 거의 잊어버렸다. 그러나 알싸한 기분은 남아있었다.

'혹시 내가…….'

루시아는 가슴이 벅차서 심장이 죄는 것처럼 아팠다. 아프지만 영원히 끝나지 않기를 바라는 통증이었다.

'내가 당신한테…… 의미가 있나요?'

휴고는 겨우 말을 골라서 입을 열었다.

"당신이 날 믿지 못하는 거 알고 있어. 왜 그러는지도 이해해."

그녀에게 실수한 일이 많았다. 소피아 로렌스와의 만남을 보였을 때부터 최악이었다. 결혼 전에는 서류부터 챙겼고, 사생활에 간섭하지 말라고 했다. 귀찮아서 결혼식을 생략하고, 초야에는 제 욕심만 채우느라 그녀를 배려하지 않았다. 결혼 후에는 또 어떤가. 철저하게 그녀의 몸만 원했던 건 그 자신이었다.

"노력할게. 그러니까 당신이 나 좀 봐줘."

'왜? 당신이 왜, 무엇을 위해 노력한다는 거죠?'

루시아는 풀리지 않는 의문으로 그를 말없이 보기만 했다. 그녀의 침묵이 길어지자 휴고는 한숨을 쉬며 고개를 틀면서 머리를 쓸어 올렸다. 안절부절못하는 그를 보고 있던 루시아의 눈동자에 점점 또렷하게 빛이 돌아왔다.

'변덕일까?'

루시아는 그가 다른 연인들에게 어떤 식으로 했는지 알지 못했다. 가장 다정했던 한때 그가 어떤 식으로 사랑을 속삭였는지 모른다.

루시아가 봤던 유일한 장면은 식어버린 연인을 무정하게 내치는 모습뿐이었다. 그 광경은 그녀의 마음 깊은 곳에 근원적인 공포로 자리 잡았다. 언젠가 소피아 로렌스의 처지가 자신이 될지도 모른다고 생각했다.

"……결혼 전 일은 신경 쓰지 않아요."

"정말?"

"제가 그럴 자격이 없잖아요."

"……."

미치겠네. 그는 입안으로 중얼거렸다. 어떤 성벽이 이보다 더 견고할까. 그녀는 스스로 그어놓은 선에서 저만치 떨어져 아예 근처에 얼씬하지도 않았다.

"당신을 믿고 있어요."

"……믿는다고……?"

"애인이 생기면 몰래 만나지 않고 말씀을 해줄 거라고 믿어요. 약속은 지키는 분이니까요."

그녀는 마녀가 틀림없었다. 그를 짧은 순간에 낭떠러지 밑으로 처박았다가 끌어올리기를 반복했다.

휴고는 암담했다. 도대체 어디서부터 꼬인 매듭 끈을 풀어야 할지 모르겠다. 꼬인 실을 푸는 것이 아니라 잘라버리는, 지금껏 해왔던 그의 해결 방식은 이 상황에 전혀 도움이 되지 않았다.

"제가 왜 당신을 믿기를 바라세요?"

휴고는 말문이 막혔다. 이유는 생각해 보지 않았다. 그는 가까스로 이유를 만들었다.

"……믿지도 못하는 사람하고 한집에 살 수는 없잖아."

그녀가 또 말없이 바라보자 휴고는 뭘 실수했나 싶어 긴장했다.

'모르겠어.'

알 듯 말 듯. 해답에 근접한 것 같으면서도 다시 처음으로 되돌아가는 것 같았다.

'그가 날?'

아주 살짝 의혹이 들었지만 설마 그럴 리 없었다.

언젠가 그의 사랑을 얻고 싶다고 기대는 하고 있었다. 그건 막연하고 거대하고 언제 달성할지 모르는 커다란 소망이었다. 이렇게 간단할 수 없었다.

그녀는 그 선택지를 배제하고 그가 대체 왜 이럴까 이유를 찾아보았다.

'그는 나를 꽤 좋아하기는 해.'

그의 행동들은 남편의 의무만이 아니었다. 그가 자신에게 호감을 느끼고 잘해주려 한다는 것 정도는 당연히 알고 있었다.

'좋아하니까 신뢰가 필요한 건가.'

그는 기사고, 가문과 넓은 영토의 주인이었다. 신뢰하지 않는 사람을 곁에 둘 수 없는 위치에 있었다. 신뢰는 서로 주고받을 때 완전해지는 것. 그렇게 생각하면 완벽한 설명은 못 되지만 그런대로 이해할 수는 있었다.

"당신 말씀은…… 남편으로서 성실할 테니까 믿으라는 말씀이시죠?"

그녀가 한 줄로 정리하니까 맞는 것 같은데 아닌 것 같기도 하고. 딱히 지적할 곳을 찾을 수 없어서 휴고는 고개를 끄덕였다.

"네, 그럴게요."

그녀의 대답은 지금껏 애태운 것이 무색하게 산뜻했다. 휴고는 미심쩍게 그녀를 보았다. 또 무슨 말로 뒤통수를 칠지 겁이 났다.

"당신 하는 거 봐서요."

역시 그녀는 불안한 기대를 저버리지 않았다.

"……농담이면 재미없어."

"농담 아니거든요."

루시아는 사실 정말 농담처럼 던진 말이었지만, 그가 너무 심각하게 받아치자 무안했다. 새침하게 말을 던지고 몸을 돌려 앞서 걸어가기 시작했다.

그녀를 망연히 보다가 그도 걸음을 뗐다. 뭘 어떻게 해야 믿어준다는 건지 모르겠다. 이러다 애먼 소문 들은 그녀가 팩 돌아서는 건 아닐까.

'파비안을 불러야겠어.'

오늘도 파비안은 야근 확정이었다.

*　　*　　*

앙뜨가 조수 둘과 수명의 일꾼을 데리고 공작저를 방문했다. 앙뜨는 잔뜩 들고 온 견본 드레스와 모자, 신발 등을 응접실에 보기 좋게 진열하라고 일꾼들에게 지시했다. 항상 하는 작업이라서 손발이 척척 맞는 사람들은 순식간에 응접실을 의상실 분위기로 바꾸어 놓았다.

디자이너가 왔다는 말을 듣고 2층에서 내려온 루시아는 낯선 공간으로 변신한 응접실에 들어오면서 멈칫했다. 마침 작업을 마친 일꾼들이 우르르 빠져나가고 앙뜨는 조수 둘을 뒤에 세워 놓은 채 깊이 허리를 숙였다.

"공작부인께 인사 올립니다. 작은 의상실을 운영하고 있는 앙뜨입니다."

루시아는 앙뜨의 이름을 익히 들어 알고 있었다. 만남은 처음이지만 꿈속에서 워낙 유명했다. 앙뜨는 귀부인의 인기를 독차지하는 일류 디자이너 중 하나였다.

그러나 백작부인 루시아는 유명 디자이너로부터 드레스를 구매할 엄두는 내지 못했다. 메튼 백작은 저는 돈을 물 쓰듯 하면서 자신을 제외한 모든 사람에게, 그게 가족이라 할지라도 지독하게 인색했다. 루시아는 몇 벌의 드레스를 유행 따라 수없이 고치며 돌려입어야 했다.

'비쌀 텐데.'

제일 먼저 든 생각이었다. 하지만 사교계에 나갔을 때 여자들은 공작부인이 입은 드레스가 누구의 작품이냐고 화제를 삼아 수군거릴 것이다. 스스로 유행을 창조하는 일은 아무나 할 수 없었다. 능력이 없다면 유명한 디자이너의 도움을 받는 길이 가장 무난했다.

"반갑네. 오늘, 날 도와주러 온다고 들었네."

"귀인을 뵈어 영광입니다."

앙뜨는 노골적으로 살피는 인상을 주지 않도록 시선을 돌리면서 날카로운 매의 눈으로 재빠르게 공작부인의 전체적인 모습과 분위기를 파악했다. 셀 수 없이 많은 고객을 상대한 경험 덕분에 많은 시간이 필요한 과정이 아니었다.

오늘 공작저를 방문하기 전까지 앙뜨는 설렘으로 두근거렸다. 디자이너로 제법 이름이 날린 이후에 고객을 만나기 전부터 이렇게 긴장한 건 처음이었다. 수습 시절 처음으로 가봉했을 때의 짜릿함을 다시 느꼈다.

앙뜨는 공작이 세피아 보석상의 진열 상품을 싹 쓸어갔다는 말을 들었다. 곧 들어올 황금이 눈에 아른거려서, 그녀의 오감을 자극하는 로맨티시스트 공작의 등장에 가슴이 뛰어서 밤에 제대로 잠을 이룰 수가 없었다.

사교계의 유명 인사들이 드나드는 앙뜨의 의상실은 온갖 소문이 모여드는 중심지였다. 귀부인의 수다를 엿듣기만 해도 주워듣는 정보가 무궁무진했다. 근래에는 타란 공작부인에 관한 소문이 가장 활발하고 흥미로웠다.

아무리 솔깃한 소문이라도 대부분 거짓과 추측이라는 것을 알기 때문에 앙뜨는 의상실의 어린 디자이너들과 다르게 소문에 혹하지 않았다. 그녀는 수많은 화제의 인물이 반짝 등장했다가 소리 없이 사라지는 현상을 지켜보았다.

공작부인에 관한 소문은 메마른 길에 풀썩거리는 먼지와 같았다. 제대로 공작부인을 본 사람이 없어서 소문이 소문을 낳고 있었다. 공작부인이 정작 등장하면 비 온 다음 날 아침처럼 싹 가라앉을 거라고 생각했다.

앙뜨의 생각은 타란 공작이 앙뜨에게 메모지를 쥐여 줄 때부터 흔들리기 시작했다. 이어서 세피아 보석상의 매진 사태에 이르러서는 위태롭게 무너질 기미를 보였다. 그리고 오늘 소문의 공작부인을 보자마자 그녀의 가슴 속에서 뭔가 빵 터졌다.

'어머나 세상에.'

전혀 예상조차 하지 못했다. 화려하고 육감적이며 도도한 귀부인들이 넘쳐나는 사교계에서 본 적이 없는 타입이었다.

뭇 사람과 비교해서 앙뜨가 바라보는 세상은 많이 달랐다. 흔히 미인이라고 말하는 인형 같은 미모는 너무 진부해서 재미가 없었다. 앙뜨가 정의하는 미녀는 자신의 창작욕을 자극할 수 있어야 했다.

공작부인은 새로운 소재의 등장이었다. 매력적이고 신선했다.

소파에 마주앉아 하녀가 내온 차를 마시면서 앙뜨의 눈은 쉬지 않고 공작부인을 탐색했다.

"그동안 제작한 드레스를 모은 디자인 북입니다. 마음에 차는 작품이 있는지 훑어보시지요."

앙뜨는 제가 만든 드레스를 작품이라고 칭하는 데 거리낌이 없었다.

꽤 두꺼운 책을 무릎에 올려 한 장씩 넘기며 화려한 드레스를 구경하는 루시아의 표정은 차분했다. 표정 그대로 루시아는 그다지 감흥이 없었다.

드레스는 꿈속에서 질리도록 보았다. 그녀는 패션을 잘 알지 못했다. 그냥 덜 화려함과 더 화려함을 구분할 뿐이었다. 무도회에서 입는 드레스는 실용성보다 보이기 위한 용도라 몇 시간씩 입고 있으면 많이 불편했다. 루시아에게 화려한 드레스는 입어서 불편한 옷이라는 느낌밖에 없었다.

'만만치 않겠는데.'

앙뜨는 타란 공작이 '내 아내는 검소하다.'라고 말한 뜻을 이제 이해했다. 대개 귀부인들이 디자인 북을 받아 보면 황홀한 표정으로 열망을 드러냈다.

공작부인의 감정은 너무 잔잔했다. 현재 입고 있는 드레스도 대단히 수수했다. 기본 재질만 고급스러울 뿐 멋을 낸 흔적이 없었다.

"마음에 드는 작품이 없으신지요? 부족한 물건들을 선뵈어 송구한 마음을 금할 수 없습니다."

"아니네. 모두 훌륭하고 멋지군. 그저 나는 잘 알지 못해서……. 그대가 전문가이니 적당히 알아서 만들어 주게."

적당히 알아서. 이보다 최악의 고객은 없었다.

앙뜨는 위기의식을 느끼는 동시에 도전의식에 불타올랐다. 공작이 적어준 메모지의 금액이 아른거렸다. 손 뻗으면 잡을 수 있는 황금을 놓칠 수 없었다.

"치수를 확인해도 될는지요?"

앙뜨는 루시아를 전신 거울 앞에 세워놓고 그 주변을 천천히 돌았다. 그동안 조수들이 공작부인 곁에 달라붙어 줄자로 치수를 쟀다.

앙뜨는 조금 멀리 떨어져서 공작부인을 전체적으로 한눈에 담았다. 대강의 치수가 이미 앙뜨의 머릿속에서 그림을 그려 옷을 만들었다.

'내 드레스가 안 어울려.'

앙뜨는 빠르게 파악했다. 앙뜨의 드레스는 화려했고, 가슴을 돋

보이게 하는 스타일이었다. 몸매를 육감적으로 드러내는 형태가 요즘 유행이었다.

그러나 앙뜨가 보기에 그런 디자인을 공작부인이 입었다가는 어울리기는커녕 천박해 보일 위험이 있었다.

'공작부인은 하얀 종이야. 색을 입히면 달라지는 매력이 있어.'

가냘픈 몸매는 육감적 매력보다는 가느다란 허리를 강조해 보호 본능을 일으키는 편이 좋겠다. 하얗고 티 없이 맑은 피부는 살짝 색조 화장으로 포인트를 잡아 주면 청초하면서 매혹적인 분위기를 만들 수 있을 것 같다. 앙뜨의 머릿속에 새로운 그림이 그려졌다. 왕성한 창작욕이 일어났다.

앙뜨는 조수들에게 지시를 내렸다. 작은 손짓과 눈짓으로 알아듣는 조수들이 손발처럼 움직여 앙뜨가 원하는 것들을 가져왔다.

앙뜨는 현재 공작부인이 입고 있는 수수한 드레스에 레이스 천을 이용해 강조 부분을 넣고, 드레스 형태를 약간 수정하면서 핀을 꽂았다. 마무리로 간단하게 분위기만 바꾸는 부분 화장을 했다. 모든 과정은 아주 순식간에 이루어졌다. 그리고 루시아를 거울 앞으로 데려갔다.

"어떠신지요."

앙뜨는 의기양양하게 웃으면서 물었다.

거울 속으로 자신의 모습을 확인하는 루시아의 눈이 커졌다. 마치 마법 같았다. 대충 만지고 건드렸을 뿐인데 완전히 분위기가 달라졌다. 늘 입었던 드레스가 완전히 새로운 옷이 되었고, 거울 속의 그녀는 어딘지 모르게 아름다웠다. 한마디 말로 설명할 수 없었다.

그냥 뭔가 달랐다.

"공작부인께서는 정말 매력적인 분이십니다. 이 매력을 왜 감추고 계셨는지 모르겠군요."

루시아는 손으로 제 얼굴을 만지며 감탄 어린 표정으로 거울 속의 모습을 확인했다.

'좋았어.'

앙뜨가 회심의 미소를 지었다. 하이에나처럼 한 번 물면 놓지 않는 앙뜨의 사냥은 이제 시작이었다.

＊　　＊　　＊

그의 귀가가 늦었다. 귀가하는 그를 맞이하는 루시아의 안색이 어두웠다. 시선이 바닥으로 향하고 있고 암울한 기운이 맴돌았다.

휴고는 그녀의 턱을 잡아 올렸다. 그의 갑작스러운 접촉에 놀라면서 고용인의 시선을 의식해 고개를 돌렸다. 그는 아랑곳하지 않고 턱을 단단히 잡았다. 자꾸 그의 눈을 피하려는 그녀의 태도가 몹시 거슬렸다.

"왜 그러지."

"……."

"제롬!"

날카로운 공작의 부름에 즉시 제롬이 반응했다. 날이 갈수록 새로운 유능함을 개발하고 있는 집사 제롬은 주인 내외분께서 심상치 않은 분위기를 연출하기 시작할 때 냉큼 고용인들을 눈짓으로 다

멀리 치워 버렸다.

"의상실 디자이너가 다녀간 후로 줄곧 언짢으십니다."

마님의 기분 상태를 파악하는 일은 이제 제롬에게 어떤 일보다 중요한 우선순위 과제가 되었다.

"당신에게 무례하게 굴었나?"

루시아가 고개를 붕붕 돌렸다.

"그럼 왜. 말해봐. 뭐 때문에 그렇게 언짢아?"

"……사고를 친 것 같아요."

"무슨 사고?"

"지…… 지금이라도 환불하면 안 될까요? 아직은 될지도 몰라요."

그녀의 기분을 상하게 한 것을 당장에라도 찾아내 멱을 물어뜯을 것 같던 휴고의 기세가 순식간에 누그러졌다. 휴고는 맡겨달라며 비장하게 말하던 디자이너를 떠올렸다. 자신하던 만큼 제법 능력이 있었다.

그가 그녀를 잡은 손을 놓고 지나쳐 가자 이제는 루시아가 그의 팔을 덥석 잡았다.

"얘기하다 말고 어디 가세요. 사고 쳤다니까요! 드레스를 무려 열아홉 벌이나 맞췄단 말이에요!!"

그 드레스에 따른 구두, 모자 등은 당연히 따라왔다. 드레스 못지않은 가격표를 붙인 덤이었다.

190벌도 아니고 열아홉 벌? 깔끔하게 스무 벌도 아닌 애매한 열아홉이란 숫자는 뭔가. 휴고는 앙뜨의 능력치를 하향 조정했다. 앙뜨가 들었다면 몹시 억울해할 것이다. 열아홉 벌을 팔기 위해 할 수 있는 모든 수단을 동원했다. 함부로 입에 올리지 말아야 할, 공작가의 명예까지 들먹였다.

"온종일 땀을 흘렸어. 먼저 씻고 싶군. 이야기는 그 후에 해."

"당신이 금액을 들으시면 이렇게 태연할 수 없을 걸요!"

"내가 놀라지 않으면 뭘 줄 거지?"

"……주다뇨?"

"내기에는 보상이 있어야지."

"언제 내기한다고 했어요!"

"뭘 줄지 생각해 놔. 내가 목욕하고 나올 때까지."

사람 말을 좀 들으라고요! 루시아는 항의를 담아 그를 불렀지만 그는 훌쩍 계단 위로 올라가 버렸다. 아, 진짜. 이유 모를 분한 마음에 동동 발을 구르던 루시아는 큼큼, 낮은 헛기침 소리에 고개를 돌렸다.

루시아는 당황했다. 앙뜨가 두고 간 계산서가 계속 머릿속에 동동 떠다녀서 고용인의 앞에서 지켜야 할 체면이고 뭐고 다 잊고 말았다. 다행히 고용인들은 언제 흩어졌는지 보이지 않았다. 안도하며 제롬을 보자 어쩐지 눈이 웃는 것 같았다.

"목욕물을 준비하라고 할까요?"

"……왜요?"

"아직 목욕하지 않으셨고, 이미 주인님께서는 하러 가셨으니까 드리는 말씀입니다."

확 얼굴을 붉힌 루시아가 시선을 내렸다. 왠지 부끄러웠다. 제롬 같이 점잖은 집사가 딱히 어떤 의도를 가지고 한 말이 아닐 것이다.

알지만 뭔가 타이밍이 묘해서.

루시아는 우물쭈물하다가 한숨을 푹 내쉬었다. 목욕은 어차피 하려고 했다. 더운 날씨 때문에 몸이 끈적이기도 하고. 그런데 이상하게 내키지 않는 기분으로 루시아는 조그맣게 대답했다.

"……부탁해요."

"예, 마님."

제롬은 빙긋 웃었다. 그는 과연 훌륭한 집사였다. 주인의 마음도 읽어낼 수 있는.

'내가 아까는 정말 잠시 정신이 나갔었던 거야.'

루시아는 그녀의 돈을 노리는 장사치가 달라붙어 온 힘을 다한 서비스를 제공하는, 이런 경험은 처음이었다.

루시아가 의상실을 방문했다면 긴장을 늦추지 않았을 것이다. 그러나 내 집이라는 안도감에 기대서 지나치게 안심했다. 객이 주인에게 뭘 어쩌랴. 루시아는 너무 순진하게 생각했다.

루시아는 로암에서 만난 귀부인들의 아부에 익숙했다. 그래서 누군가의 듣기 좋은 말에 넘어가지 않을 자신이 있었다.

그러나 물건을 팔기 위한 장사꾼의 격이 다른 아부를 우습게 본 대가를 치러야 했다. 까다로운 귀부인들의 비위를 맞추는 앙뜨의 화술은 사람의 혼을 쏙 빼놓았다.

앙뜨는 그저 말솜씨만 좋은 장사치가 아니었다. 지닌 기술도 훌륭한 일류였다. 루시아가 입고 있는 단순한 형태의 드레스를 이리 저리 손보며 여러 가지 완전히 다른 분위기를 연출했다.

루시아는 체면도 잊고 손뼉을 칠 뻔했다. 앙뜨는 먼저 실력을 보여 루시아의 마음을 현혹했다. 앙뜨가 현란하게 설명하는 패션에 관한 용어나 유행 등은 거의 반도 알아듣지 못했다. 그런데 기이하게도 얼추 이해가 되는 신기한 경험을 했다.

앙뜨의 말만 들으면 루시아는 사람들의 눈을 모으는 환상적인 미녀로 재탄생할 수 있었다. 지금 생각해보면 터무니없는데 들을 때는 굉장히 그럴듯했다.

앙뜨는 루시아가 알고 있는 소문 ㅡ공작부인이 절세미녀라는ㅡ 에 관해 말하면서 공작가의 체면을 거론했다. 타란 공작께서 직접 의상실을 방문하실 정도로 대단히 신경 쓰고 있다는 사실도 강조했다. 그리고 모든 문제는 자신에게 맡겨 달라고 큰소리쳤다.

「공작부인께서는 그저 마음 편하게 사교계에 등장하실 날만 꼽으며 시간이 지나기를 기다리시면 됩니다. 타란 공작께서 세기의 미녀를 아내로 얻으셨다는 소문을 제가 사실로 만들어 드리지요.」

루시아는 은근히 소문을 신경 쓰고 있었다. 남의 시선이 두려워서가 아니라 그녀가 아닌 그를 두고 입방아 찧을 일이 마음에 걸렸다.

「공작부인께서는 아름다우십니다. 다만, 보석의 원석처럼 드러나지 못하고 있을 뿐이랍니다. 진정한 아름다움이 깊이 숨어있지만, 제대로 된 가공을 하지 않으면 원석은 돌멩이로 전락할 수 있지요. 제가 공작부인을 보석으로 가공할 수 있도록 허락해 주서요.」

　루시아는 홀린 것처럼 앙뜨가 내민 계약서에 서명했다. 앙뜨가
반드시 사야 한다고 말하는 물건들은 없어서는 안 되는 필수적인
것들이었다. 당시에는 그렇게 생각했다.

　앙뜨가 돌아가고 나서도 루시아는 휩쓸린 기분에 얼마간 멍했
다. 반쯤 나간 정신이 휙 돌아온 때는 오후에 배달된 계약서 사본과
계산서를 확인한 이후였다. 금액을 확인하며 혼이 빠져나가는 것
같았다. 디자이너의 속살거림에 넘어간 대가가 그처럼 엄청날 줄은
몰랐다. 난생처음 구매한 일류 디자이너의 드레스 가격은 막연히
상상했던 수준이 아니었다.

　하녀가 적당히 미지근한 물을 어깨 위에서 쏟았다. 목욕 시중을
드는 하녀의 손길에 영혼 없이 몸을 맡기고 루시아는 계속 드레스
생각에 빠져들었다.

　'도대체 모자랑 구두는 왜 그렇게 비싼 건데. 하물며 장갑까지.'

　루시아의 상식으로 모자와 구두는 액세서리였다. 그나마 드레스
는 남의 눈이 있어서 구색을 갖추지만 잘 보이지 않는 구두는 흉하
지 않은 정도면 된다고 생각했다. 장갑 같은 건 꿈속에서 돈 주고
사 본 적도 없다. 드레스를 구매하면 덤으로 받았다.

　'거기다 전부 여름 드레스잖아.'

　조금만 날이 서늘해지면 입을 수 없었다.

　'환불해야 해. 그런 거금을 드레스 비용으로 날릴 수는 없어. 어
차피 물건을 받은 것도 아니고 맞춤인데.'

원래 루시아는 당장 환불하려고 했으나 제롬이 만류했다. 주인님과 의논해 처리하시라고 조언했다. 물건을 구매했다가 환불하는 일은 체면상 중요한 문제였다. 특히 사치품의 경우는 안 좋은 소문이 날 우려가 있었다.

루시아가 끊임없이 환불을 고민하는 동안에 휴고는 그의 침실에서 목욕을 마치고 그녀의 침실로 들어왔다. 욕실에서 희미하게 들려오는 물소리를 들으며 그는 테이블에 놓인 하얀 봉투를 집어 들었다.

계약서와 계산서. 그는 소파에 앉아 명세를 읽었다. 금액을 확인한 그가 픽 웃었다. 마음껏 써보라고 적어준 금액의 약 1/5 정도였다.

이만큼 쓰게 한 디자이너의 능력을 인정해야 할까, 사기꾼 같은 장사치의 말에 홀랑 넘어가지 않고 방어해낸 그녀의 방어력에 찬사를 보내야 하는 걸까.

디자이너는 정말 휴고가 써 준 금액을 다 쓸 작정이었을 것이다. 돈을 벌 기회를 날리는 건 바람직한 장사꾼의 자세가 아니다. 그런데도 물러섰다. 당시의 현장을 보지 못해 알 수는 없지만 아마 과하게 밀어붙였다가는 한 벌도 팔지 못한다는 위기를 느꼈을 것이다.

그의 예상대로 거의 들어맞았다. 앙뜨는 전진을 위해 한발 물러섰다. 한 번으로 끝날 장사가 아니라고 판단했다.

휴고는 안주인의 사치로 말아먹는 귀족 가문을 심심치 않게 보았다. 정작 자신이 오히려 그와 정반대의 이유로 신경 쓰게 될 줄은 몰랐다.

그녀는 타인에게는 절대 인색하지 않았다. 로암에서 정원을 조성할 때 일꾼들에게 평균이 넘는 후한 보수를 지급했다. 그런데 그녀 자신에게만 적용하는 근검절약 정신에 아주 질려버렸다.

영지에서 머물 때는 상관없었다. 그녀의 화장기 없는 뽀얀 피부를 만지는 느낌이 좋고, 진한 향수 냄새 없는 그녀의 상큼한 살 내음이 좋았다. 화려한 옷차림 따위는 더더욱 필요 없었다. 옷은 벗기기 위해서 존재하는 것이다. 그런 의미에서 그는 겨울이 싫었다. 치맛자락이 너무 두껍고 무거웠다.

그런데 그는 원래 끈적이는 여름을 질색했다. 한겨울에 찬바람을 맞으며 말을 타고 달리는 걸 즐겨 하곤 했다. 분명히 재작년 겨울까지만 해도 그랬다.

휴고는 상관없는 문제라 해도 다른 사람은 그렇지 않았다. 그녀는 공작부인으로서 사교계에 나서야 했다. 겉모습은 사람을 판단하는 가장 쉬운 기준이었다.

그녀가 공작부인의 격에 어울리지 않는 검소함을 보이면 덕을 칭송하는 것이 아니라 뒷말의 대상이 될 것이다. 그는 그녀가 그런 너절한 화제의 대상으로 오르내릴 일이 싫었다.

'디자이너를 한 번 만나야겠군.'

휴고는 디자이너의 능력을 인정하기로 했다. 그리고 다시 만나 계약서에 관해 이야기를 나눠야겠다.

'이중 계약서를 만들라고 해야겠어.'

진짜 금액을 적은 계약서는 그에게 보내고, 그녀에게는 대폭 줄어든 금액을 적은 가짜 계약서를 보내게 하면 된다. 그는 돈 문제 따위로 그녀가 고민하는 것을 원하지 않았다. 그녀 머릿속에는 그에 대한 문제만 가득 들어있어도 부족했다.

*　　　*　　　*

"에구머니."

목욕 시중을 들던 하녀가 느닷없이 발랑 자빠져 주저앉았다. 미끄러졌나 싶어서 흘끗 보는데 하녀들이 무릎을 꿇고 고개를 숙였다. 루시아는 뭔가 예감이 이상해서 고개를 들었다.

목욕 가운을 걸친 그가 열린 욕실 입구에 팔짱을 끼고 비스듬히 기대 서 있었다. 너무 놀라 입이 벌어졌다. 그새 하녀들이 냉큼 다 사라졌다. 아주 신속했다.

"……왜 그러세요."

투명한 물에 다 비칠 자신의 알몸이 신경 쓰였다. 루시아는 몸을 웅크리고 무릎을 세워 두 팔로 감싸 안았다.

"너무 늦어."

"다 했어요. 금방 나갈게요. 그러니까……."

그가 성큼 다가오자 루시아는 움찔 물러섰다. 그래 봤자 욕조에 가로막혀 등이 눌리도록 바싹 붙을 수밖에 없었다.

그는 욕조 턱에 걸터앉아 무릎 사이로 푹 숙인 그녀의 턱밑에 손을 넣어 들어 올렸다.

"왜? 같이 목욕도 하잖아."

루시아의 얼굴이 화끈 달아올랐다. 불만을 담아 그를 쏘아보았다.

"이런 적은 없었잖아요."

"뭘?"

"목욕 중에 들어오시는 거요."

"그랬나. 그게 무슨 상관이지?"

"하녀들 보기 창피하단 말이에요."

루시아는 꿈속 경험 때문에 하녀들이 주인이 안 보이는 곳에서 얼마나 깔깔대며 떠들지 빤히 알았다. 밖으로 새어나가지 않으면 그런 것까지 뭐라 할 수 없지만 신경이 쓰였다.

꿈속에서 하녀로서 마님의 시중을 들다가 이런 민망한 상황을 마주한 적은 한 번도 없었다. 이런 광경을 자꾸 아랫사람들에게 보여서는 주인의 체면이 상한다고 그녀는 생각했다.

"당신은 이상한데 신경을 쏜단 말이야. 뭐가 창피한데?"

"보는 눈이 있을 때는 조심하시라고요."

고용인의 눈을 신경 쓰는 그녀를 휴고는 이해할 수 없었다. 고용인은 손과 발 같은 것이다. 손과 발을 대체 왜 신경 써야 한단 말인가.

그녀는 기이한 곳에서 나름대로 기준이 높았다. 일꾼을 대할 때도 함부로 하는 일이 없었다. 그녀는 사람을 대하는데 너무 순하고 착했다. 그래서 약육강식의 수도 사교계에 그녀를 내놓을 일이 걱정이었다. 성직자가 될 것이 아니라면 착한 사람은 이용당하고 상처받을 뿐이었다.

인간은 약자에겐 강하고 강자에겐 꼬리를 마는 족속이었다. 힘 있는 자가 호의를 베풀면 저가 잘나 그러는 줄 기고만장하고, 잔인하게 밟으면 오히려 존경하고 추앙했다. 그녀의 온화함을 이용하려는 자들이 넘칠 것이다. 그녀가 상처받지 않도록 그가 한순간도 놓치지 않고 그녀를 지켜볼 수는 없었다.

그래도 변하는 건 싫었다. 그녀가 계속 이대로 이기를 바랐다. 아주 조금만. 그가 품에 안고 달래줄 수 있을 정도까지만 상처받아도 되지 않을까. 그녀가 쓰러지기를 바라서가 아니라 가끔은 기댈 곳을 찾았으면 좋겠다.

아니, 가끔 보다는 좀 더 자주.

휴고는 무릎을 감싼 그녀의 손을 풀어서 잡아든 후 손등에 입을 맞추었다. 손가락 끝에도 키스했다. 팔목, 팔등, 팔 안쪽으로 그의 입술이 닿았다 떨어지는 가벼운 키스가 이어지면서 그녀의 얼굴이 발갛게 물들었다.

그는 그녀의 뒷목을 잡아 물에 젖어 촉촉한 그녀의 입술을 삼켰다. 열기가 있는 작은 입안에 혀를 넣고, 당황해 물러나는 혀를 휘감았다. 혀에 감기는 말캉한 살의 느낌이 짜릿했다. 목욕물에 섞인 향유와 그녀의 체취가 뒤섞여 취할 것 같았다. 아무리 술을 마셔도 취하지 못하는 그는 그녀를 안으며 종종 이런 것이 취한다는 거구나 느끼곤 했다.

그녀의 할딱이는 작은 호흡 소리를 들으며 그의 하체에 피가 몰렸다. 그녀가 욕조에 앉아 자신을 보며 놀란 토끼 눈을 할 때부터 그는 허리에 뻐근한 자극을 느끼고 있었다. 입술을 떼자 그녀가 당황해 어쩔 줄 모르는 표정을 짓고 있었다.

"다 끝났다니까요. 여기서 이러지 말고……."

그녀의 종알거림을 한 귀로 흘리며 그는 느긋하게 웃었다.

"그럼, 보상을 받아볼까."

보상이라는 단어에 발끈하려던 그녀가 뭔가 깨달았는지 풀죽은 음성으로 말했다.

"보셨…… 어요?"

"봤어. 말했지만 당신 남편 부자야."

"부자라고 거금이 푼돈이 되는 건 아니잖아요."

"중요하지 않은 이야기는 그만하고, 본론으로 들어가야지. 보상은 뭘 줄 거냐고."

"무슨 보상이요!"

그녀는 항의했지만, 그가 당당하게 같은 말을 반복하며 보상을 요구하자 어쩐지 온종일 끙끙댔던 자신의 고민이 하잘 것 없이 느껴졌다.

'그래. 복에 겨운 고민이지. 누가 나 같은 고민을 하겠어.'

오늘 저지른 거금의 소비에 그는 손톱만큼도 관심을 두는 기색이 없었다. 루시아의 마음을 덮은 먹구름이 서서히 흩어졌다.

어차피 사교계에 나가려면 필요한 여러 가지를 마련해야 했다. 다음번에는 좀 저렴한 디자이너를 찾아봐야겠다. 이미 그녀는 휴고와 앙뜨가 합심한 덫에 빠졌지만 그걸 아는 건 훗날의 일이었다.

"뭘 드려요?"

휴고는 대답 대신 물속에 잠긴 그녀의 나신을 발끝에서 천천히 위로 올라가며 눈으로 훑었다. 붉은 눈동자에 담긴 욕망이 선명했다.

루시아의 얼굴이 점점 달아올라 붉어졌다.

"점점 갈수록 왜 그러세요!"

루시아가 소리치자, 그는 '뭐가?' 하고 갸웃하면서 그녀의 입술에 가벼운 키스를 했다.

"어차피 또 씻어야 할 테니 더 경제적이잖아."

야하게 웃는 그를 보며 루시아는 울상을 지었다. 반사 작용처럼 그녀의 몸이 반응했다. 허벅지 안쪽이 아프게 당겼다.

그에게 점점 길들고 있었다. 야성을 잃고 애완동물이 되어 주인을 잃으면 더는 살아갈 수 없는, 데미안이 기르는 여우처럼. 어쩌면 이미 그런 상태가 아닐까, 루시아는 생각했다.

그녀를 난처한 상황에 몰아넣고 그는 즐거워 보였다. 그의 앞에서 어쩔 줄 몰라 하는 쪽은 그녀였고 그는 늘 여유로웠다. 루시아는 그 점이 불만이었다.

그녀는 무릎을 감싸던 팔을 풀고 욕조를 디디고 몸을 일으켰다. 그의 얼굴로 고개를 들이밀어 입술에 키스하면서 아랫입술을 살짝 빨아들였다. 입술을 떼며 바라본 그의 눈이 살짝 흔들리고 있었다. 그가 당황한 모습이 기분 좋아서 배시시 웃었다.

"……."

휴고는 갈증이 났다. 흰 우유에 붉은 장미꽃잎을 띄운 것처럼 홍조 어린 그녀의 두 볼을 콱 물고 싶었다. 먼저 도발했으니 나중에 딴말은 하지 못할 것이다. 그는 그녀에게 책임을 전가하며 한 손으로 동그란 뒤통수를 잡고 보드라운 입술에 키스했다.

벌어진 작은 입안에 혀를 넣고 보들보들한 속살을 끈적이게 핥았다. 도망가듯 움직이는 혀를 잡아 휘감고 입안을 구석구석 훑었다. 다디단 그녀의 타액을 삼키며 그는 길고 긴 키스를 이어갔다.

처음에는 주춤하던 그녀는 이내 그의 키스에 빠져들어 가느다란 두 팔로 그의 목을 끌어안았다. 능란한 그의 키스에 적극적으로 반응해 따라오는 그녀는 훌륭한 학생이었다. 가르치는 대로 쏙쏙 흡수하며 첫날밤 아, 하고 입을 벌리던 그때와는 비교할 수 없을 정도로 그녀의 스킬은 상승했다.

열기를 품은 말캉한 혀를 빨아들이며 그는 매끄럽게 손에 감기는 그녀의 등을 쓸어내리다가 허리를 잡아 품으로 당겼다. 물기를 머금은 촉촉한 그녀의 피부는 생크림처럼 부드러웠다.

이 여자는 왜 이렇게 달콤할까. 왜 이렇게 품 안에 안고 있어도 갈증이 날까. 그녀를 다치게 할까 봐, 두렵게 할까 봐 그는 짐승의 욕구를 꾹 눌러내는 것만으로도 항상 괴로웠다.

욕망이 뒤섞이는 짙은 키스를 마치고 휴고는 달뜬 표정의 그녀를 잠시 바라보다가 몸을 일으켰다. 입고 있던 가운을 벗어 내던졌다. 근육으로 뒤덮인 그의 나신은 빈틈이라고는 없었다. 가운데 우뚝 선 그의 중심은 거대하고 단단해 보였다. 자기도 모르게 그걸 뚫어지게 바라보는 루시아의 목울대가 꿀꺽 넘어갔다.

그가 욕조 안으로 들어왔다. 여전히 서 있는 그를 그녀는 욕조에 앉은 자세로 꼼짝 못 하고 올려다보았다. 이글거리는 붉은 눈으로 그녀를 샅샅이 분해할 것처럼 바라보던 그가 탁한 음성으로 명령했다.

"이리 와."

움찔한 루시아는 그의 얼굴과 그의 성난 중심으로 번갈아 시선을 옮겼다. 강압적인 그의 눈빛에 소름이 돋으며 목이 턱 막히고 귀가 후끈거렸다. 천천히 몸을 일으켜 물살을 가르고 무릎으로 걸었다. 그녀의 시선은 점점 눈앞으로 다가오는 그의 분신에 고정해 있었다.

그의 바로 아래까지 다가가서 그녀는 다시 한 번 그를 올려보았다. 그의 눈이 무언으로 명령했다. 루시아는 그의 명에 복종하며 기립해 있는 그의 분신을 두 손으로 조심스럽게 쥐었다.

처음 만져보는 것은 아니었다. 그는 아주 가끔, 그리고 서두르지 않고 조금씩 여러 번에 걸쳐서 그녀의 손이 제 것을 쥐도록 유도했다. 이제 그녀는 처음처럼 기겁하지 않는 정도에 이르렀다.

손에 빠듯하게 들어올 정도로 크고 살덩이라 믿어지지 않을 정도로 단단했다. 그가 매일같이 그녀 안을 꿰뚫으며 집요하게 괴롭히는 흉측한 그것에 입을 가져갔다. 과거에는 상상조차 하지 못했던 일을 그녀는 시도할 수 있게 되었다.

뭉툭한 끝에 입을 맞추고 혀를 내밀어 살짝 핥았다. 입을 벌려 삼켰다. 그녀의 작은 입으로 모두 삼키기는 무리였기에 윗부분만 입안에 넣고 혀로 굴렸다. 그의 손이 그녀의 머리채를 잡고 그의 호흡이 거칠어졌다. 그의 반응은 루시아를 자극해 다리 안쪽이 아프게 죄어들었다. 진한 수컷 냄새에 취한 암컷이 된 기분이었다.

그녀의 기술은 형편없었지만 서툴게 혀를 놀리는 것은 그 어떤 훌륭한 기교보다 그를 흥분시켰다. 그저 그의 것을 입에 물고 있는 그녀의 모습 자체로 충분했다. 키스도 못 하던 순진한 어린 아내는 이제 그의 것을 입으로 핥는다. 새하얀 날개를 그의 색으로 물들이는 것 같은 쾌감이었다.

휴고는 머리채를 쥔 손에 살짝 힘을 주어 그녀를 떼어냈다. 그의 것을 물고 핥는데 심취해있던 그녀의 입술이 타액으로 번들거렸다. 흥분해 상기된 표정과 흐려진 눈이 지독하게 야했다.

휴고는 강한 힘으로 그녀를 일으켜 세웠다. 이제는 그가 무릎을 꿇어 그녀의 두 허벅지를 움켜잡아 벌리고 비부에 입을 맞추었다. 숲을 헤치고 그녀의 다리 사이 깊이 자리 잡은 꽃잎을 맛보았다. 꽃잎 아래 담뿍 머금은 꿀이 달았다.

여린 살결을 입술로 물고 강하게 빨아들였다. 그녀의 크림 같은 가슴을 탐할 때처럼 입을 움직였다. 갈라진 틈 안으로 혀를 넣었다. 뜨겁고 촉촉한 안쪽이 파고드는 혀에 쉽게 길을 내주지 않았다. 그는 쫀득한 살점을 쭉 빨아 삼켰다.

"홋……."

그녀의 두 다리가 후들거렸다. 소름처럼 쾌감이 등을 타고 올라갔다. 더 깊이 들어오면 강한 자극을 느낄 수 있을 것 같은데 아슬아슬한 정도까지만 감각을 유지했다. 다리에 점점 힘이 빠졌다. 그가 단단히 붙들고 있는 덕에 간신히 넘어지지 않았다.

"흑…… 으응…… 웃……."

루시아의 입에서 흐느끼는 신음이 흘렀다. 온몸이 그가 주는 자극에 집중하느라 힘이 들어가지 않았다. 상체가 그의 어깨 위로 무너지고 두 손은 그의 머리카락을 그러쥐었다. 그에게 온몸의 무게를 다 기대고 있는데도 버거웠다. 주저앉고 싶고 눕고 싶었다.

그녀의 혼을 쏙 빼놓는 키스를 하듯 그는 혀를 놀려 그녀의 촉촉하게 젖은 속살을 입술로 비비고 혀끝으로 훑었다.

그녀의 샘은 향기로운 물을 흘렸다. 맑지만 바닥을 알 수 없을 정도로 깊은 샘이었다. 바닥에 접근하려는 시도는 하복부에 단단히 일어난 그의 상징이 해야 할 일이었다. 그는 혀는 입구 안을 얕게 들어와 탐색하는 정도에 그쳤다.

꿈틀거리며 제멋대로 움직이는 혀가 주는 자극은 너무 은밀했다. 루시아는 수치심과 흥분이 뒤섞여 몸을 떨었다. 그의 애무는 거침이 없었다. 그녀의 수줍은 비처에 입을 대고 탐욕스럽게 핥았다. 몸에서 흐르는 물을 그가 삼키는 소리를 들으며 어질어질했다.

그녀의 호흡과 신음이 점차 거칠게 변했다. 그의 머리카락을 쥔 손에만 힘이 들어가고 그의 손에 잡힌 두 다리는 이제 더는 그녀의 의지로 움직일 수 없었다.

"아!"

짧은 절정을 느끼며 그녀가 몸을 바르르 떨었다. 척추를 타며 순식간에 강렬히 짓누르는 감각이 아찔했다. 그의 머리카락을 꽉 쥐었던 손에 힘이 풀리고 숨을 할딱거렸다. 그의 입술이 떨어지고 다리를 지탱하는 힘이 사라지자 그녀의 몸은 그대로 무너졌다.

휴고는 늘어지는 그녀의 몸을 가뿐히 들고 욕조 턱에 걸터앉았다. 곤두선 자신의 분신 위에 그녀의 샘을 맞추고 천천히 주저앉혔다. 쑤욱 매끄럽게 들어간 그의 기둥을 그녀의 좁은 길이 한 번에 삼켰다. 두 사람 입에서 탄식 같은 신음이 터졌다.

루시아는 온몸을 떨며 그의 윗 가슴에 고개를 묻었다. 단단한 끝이 안 깊은 곳을 찌르는 느낌이 오싹했다. 아래에서부터 거대하게 몸을 꿰뚫는 살덩이가 안쪽에서 꿈틀거렸다. 그의 입술이 뒷목과 목덜미에 인을 새겨나갔다. 따끔하고 간지러운 느낌이 어깨를 따라 이어졌다.

잠시 그녀의 몸을 달래던 휴고는 그녀의 골반을 잡아 위로 올렸다가 아래로 내리꽂았다. 그는 압도적인 힘으로 지치지도 않고 몇 번이고 그것을 반복했다. 그의 목에 팔을 감고 위아래로 흔들리며 루시아는 교성을 질렀다. 비명이 욕실 안에서 쩌렁쩌렁하게 울렸다.

"아! 아웅!"

그는 수없이 그녀의 살 속을 짓쳐 들어갔다. 그녀의 무게가 가하는 힘으로 그의 성기는 질벽을 넓히며 안으로 쑥쑥 들어갔다. 움직임이 커지자 그의 목을 감았던 그녀의 팔은 땀과 물기 때문에 자꾸 미끄러졌다. 출렁이며 흔들리는 그녀의 가슴을 입에 물고 유두 끝을 혀로 파고들자 그녀의 안이 죄어들었다.

그는 능숙하게 그녀의 몸을 뒤로 돌려 자세를 바꿨다. 그를 뒤로 두고 앉은 자세로 그녀의 두 팔은 그의 손에 뒤로 잡혔다. 바뀐 자세는 그녀 안쪽의 다른 곳을 자극했다.

그가 허리를 튕길 때마다 그녀의 시야가 앞으로 튀어 나가며 물결치는 수면이 흔들렸다. 그의 허벅지에 앉아 있는 그녀의 발은 공중에 떠 있었다. 불안정한 자세는 불안함을 가중시키고 그녀를 흥분으로 몰아넣었다.

그가 아래에서 위로 강하게 박아 올릴 때마다 그녀는 비명을 질렀다. 공중에 잠시 떠오른 그녀의 몸이 내려앉으면 동시에 거대한 살덩이가 몸을 꽉 채우고 들어왔다. 부상감과 낙하감, 쾌감이 더해져 그녀는 아무것도 생각할 수 없었다.

"하아악!!"

절정이 그녀를 휩쓸었다. 그녀의 몸이 경직하고 동시에 질이 경련했다. 그는 움직임을 멈추고 항거할 수 없는 짓눌림을 느끼며 파정했다. 목 깊은 곳에서 울리는 그의 신음을 들으며 루시아는 소스라치는 쾌감을 느꼈다.

절정의 순간이 지나고 그녀는 가쁘게 숨을 내쉬며 몸이 늘어졌다. 앞으로 고꾸라질 뻔한 그녀의 몸을 그가 붙들었다. 그가 압박이 느껴질 정도로 뒤에서 두 팔로 꽉 끌어안았다.

휴고는 하아, 낮게 한숨을 흘렸다. 조금 더 참으려 했는데 견디지 못했다. 그녀의 떨림이 조금 가라앉자 그는 그녀를 안고 일어났다. 욕실에서 나와 침실로 들어갔다.

등에 푹신한 느낌이 들어 루시아는 눈을 떴다. 마주치는 그의 붉은 눈동자의 열기는 전혀 가라앉지 않았다. 그녀의 상체만 침대 끝에 눕힌 채 그는 침대 밖에서 좌위로 자세를 잡았다. 그녀는 그의 손이 허리 아래를 붙들 때 이어질 상황을 예측하고 눈을 감았다. 단번에 그가 안으로 들어왔다.

"훗!"

그가 짧고, 그러나 강하며 빠르게 추삽질을 시작했다. 묵직한 자극이 안을 치고 빠졌다. 그녀의 몸이 작은 흔들림으로 빠르게 움직였다.

그녀는 간헐적인 신음을 흘리며 몸을 뒤틀었다. 달리는 것처럼 숨이 가빴다. 아까의 절정 여운이 남아있는 내벽이 안을 건드리는 침입자에 맞서 경련했다. 그가 간간이 탁한 호흡을 뱉었다.

그는 그녀의 다리를 잡아 어깨로 올렸다. 그가 깊이 들어오자 그녀는 시트를 꽉 쥐었다. 자궁까지 닿는 느낌이 오싹오싹했다. 그는 갈수록 그녀가 힘들어하는, 깊은 곳까지 닿는 체위를 이전보다 더 자주, 그리고 길게 했다.

루시아는 그의 집요함이 조금씩 더해진다는 생각이 간혹 들었다. 바닥 모르는 늪처럼 그는 조금씩 그녀를 삼키고 있었다. 자극이 너무 심해서 눈에 눈물이 맺힐 때쯤, 그가 쑥 빠져나가고 그녀 몸을 뒤집었다.

루시아는 엎드려 시트를 쥐고 한숨 섞인 신음을 흘렸다. 오늘 밤은 또 언제쯤 되어서야 끝이 날까. 허벅지 안쪽 살을 스치며 단단한 성기가 몸을 열고 들어왔다.

욕실과 침실을 번갈아가며 질펀하고 난잡한 섹스를 했다. 루시아는 완전히 기진맥진했다. 깨끗이 씻어 몸은 보송보송한데 다리 안쪽 깊은 곳의 아릿함이 사라지지 않았다. 그와 셀 수 없이 몸을 섞었지만 그래도 여전히 그의 힘과 크기가 버거웠다. 루시아는 그의 몸 위에 누워 완전히 축 늘어졌다.

휴고는 그녀를 제 몸 위에 올려놓고 따끈한 그녀의 체온을 온몸으로 느꼈다. 그의 손이 그녀의 뒤 허벅지를 지나 토실토실한 엉덩이를 만지고 쏙 들어가는 허리선을 어루만졌다. 부드럽고 동시에 끈질긴 손길이었다.

루시아는 손가락도 움직일 수 없어서 그가 몸을 더듬는 대로 내버려 두었다.

"대관식 날이 잡혔어. 약 한 달 후."

"생각보다…… 늦네요. 원래 대관식은 국장 후 그 정도 기간을 두어야 하나요?"

꿈속에서는 어땠는지 정확히 기억나지 않았다. 왕의 죽음, 국장, 새 왕의 즉위로 정신없이 상황이 급변하는 동안 별궁은 딴 세상처럼 조용했다.

"좀 쓸데없는 관습이 있거든."

왕이 죽었다고 새 왕이 넙죽 왕위를 받는 일은 미덕이 아니었다. 귀족들이 왕을 추대하는 의식을 치르고 새 왕에게 정식으로 왕위에 오르기를 청했다. 관례상 세 번을 거절하고 네 번째 받아들여 새 왕은 그대들의 간곡한 뜻을 받아들여 어쩌고 하는 속이 빤히 들여다보이는 허락문을 발표한 후 대관식을 치렀다. 휴고가 보기엔 대단히 쓸데없는 짓이었다.

"한 달이면 여름이 다 갈 거예요. 그러면 구매한 드레스가……."

"어차피 입을 일이 많아. 당신이 수도에 있다는 사실은 이미 소문으로 퍼지기 시작했어. 당신 앞으로 초대장이 쏟아져 들어오겠지."

등을 타고 오르듯 부드럽게 쓰다듬는 그의 손길에 눈이 저절로 감겼다. 낮게 울리는 목소리가 듣기 좋았다. 루시아는 밀려오는 졸음을 눈을 깜빡거리며 몰아냈다.

"무슨 초대장이요? 파티는 못 여는 것 아니었나요?"

왕이 죽고, 새로운 왕이 즉위할 때까지의 파티 개최는 금지한다.

"공식적으로는 그렇지만 파티는 원래 비공식이 더 많아. 지금도 매일 여기저기에서 파티는 열리고 있고. 티파티 같은 건 거의 제한이 없는 편이지."

"티파티……."

"대관식까지 외부 활동을 하기 싫으면 안 해도 돼."

"……그래도 돼요?"

"당신이 내키지 않으면."

"제가 한 달을 집에서 꼼짝하지 않으면 죽을병에 걸렸다고 소문이 날 텐데요?"

그가 낮게 웃었다.

"당신이 곤란하실 거예요."

"날 곤란하게 하는 일은 세상에 없어."

오직 당신만 제외하면. 휴고는 속으로 덧붙였다.

루시아는 생각해 보았다. 어차피 꼭꼭 숨어 살 수는 없었다. 사람들의 관심과 시선에 노출될 일이 부담스럽긴 해도 겁나지 않았다. 꿈속의 경험, 북부에서의 경험까지 더하면 그녀는 절대 첫 사교계 데뷔에 덜덜 떠는 뭘 모르는 아가씨가 아니었다.

"처음이 대관식 같은 큰 무대인 것보다는 티파티에 나가서 분위기 파악을 하는 편이 더 낫겠어요."

수도의 티파티는 북부와 분위기가 얼마나 다를지 궁금했다. 꿈속에서 그녀의 주 무대는 무도회였다. 메튼 백작은 루시아가 무도회를 나갈 것을 종용했기 때문에 힘들어서 낮에는 티파티를 나가고 밤에 무도회를 나가는 두 개 일정을 모두 소화할 수 없었다.

티파티, 특히 10여 명 내외의 소규모 친분을 다지는 티파티는 한 번 나가기 시작하면 정기적으로 꾸준히 나가야 했다. 초대장을 받고 몇 번 빠지면 다시는 초대장을 받지 못했다.

그래서 이벤트처럼 가끔 여는 사람 수가 많은 티파티 —루시아가 열었던 정원 파티 비슷한— 만 몇 번 가 보았다. 그리고 그 몇 번의 티파티에서 파티 깨기를 구경했다. 덕분에 북부에서 파티 깨기를 당황하지 않고 넘어갈 수 있었다.

"그래도 드레스는……."

"그 얘기는 그만. 환불했다가는 당신 말대로 소문이 쫙 나겠지. 타란 공작가가 곧 파산할 거라고."

푸훗. 루시아가 웃음을 터뜨렸다.

"디자이너 말로는 당신이 의상실까지 다녀가셨다면서요?"

루시아가 앙뜨에게 혹해 넘어간 가장 큰 이유였다. 그런 곳을 드나드는 모습이 전혀 어울리지 않는 그가 직접 의상실에 들러 의상 제작을 부탁했다는 말을 듣고 감동했다. 다정한 부군과 백년해로하는 공작부인이 부럽다는 말을 연발하는 앙뜨의 말에 우쭐했다.

"왜 그러셨어요?"

"뭘 하는 데 꼭 이유가 필요한가?"

"말씀 안 하시면 저 편한 대로 생각할래요."

"……어떻게?"

"제가 남루한 차림으로 공작가 망신시킬까 봐 걱정되어 그러셨다고."

"아니야. 그런 건 상관없어."

그녀 편한 대로의 생각이 자신에게 절대 유리하지는 않다는 걸 휴고는 깨달았다.

"그럼요?"

"이유가 없으면 안 되나? 당신에게 사주고 싶었어. 이걸로는 안 돼?"

루시아는 웃으면서 '돼요.'라고 답했다. 그가 잠시 후 한숨을 내쉬었다.

"가끔 당신하고 말을 하면 중간에 통역이 필요한 기분이 들어. 뭐가 문제일까."

"그러게요. 전 안 그런데 뭐가 문제일까요?"

"……."

그의 침묵에서 뚱한 표정이 떠올라 루시아는 키득키득 웃었다.

"너무 그러지 마세요."

"뭐가?"

'당신이 어쩌면 내가 생각하는 것보다 더 많이 날 좋아하고 있을지 모른다고 착각할 것 같으니까…….'

그는 루시아가 아무 말이 없자 잠이 들었다고 생각했는지 더 말이 없었다. 그리고 잠시 후에 루시아는 정말로 잠이 들었다.

*　　*　　*

휴고가 말한 대로 초대장이 날아오기 시작하더니 사나흘이 지날 때쯤 조금 과장해서 포댓자루 하나 가득 초대장이 쏟아져 들어왔다.

루시아는 아직 수도 사교계에 공식 데뷔하지 않았다. 대관식까지 공식적 파티는 열 수 없는 시기라서 어느 파티에 참석하건 공식 데뷔는 아니었다. 그녀의 데뷔는 대관식 축하연이 될 것이다. 그래도 사교 활동을 시작하는 첫 자리였다. 어디를 택할지 루시아는 신중하게 골랐다.

사람이 많은 자리를 제외하고 소규모 티파티 위주로 골랐다. 꿈속 기억을 더듬어서 이름을 들어봤구나 싶은 사람이 주최한 자리를 선별했다. 그래도 수십 장이 넘었다. 마지막으로 제롬의 도움을 받았다. 조르단 백작부인이 여는 티파티로 낙점했다.

백작부인은 소규모 친분 위주 활동을 좋아하는 수도 사교계의 유명 인사였다. 그래서 루시아는 꿈속에서 백작부인의 티파티를 가본 적이 없었다.

"조르단 백작부인은 친한 사람들과 모여 소소히 대화 나누기를 선호해서 자주 자리를 마련합니다. 어울리는 귀부인들도 조용한 활동을 취향으로 하고 있습니다."

제롬은 간단하게 백작부인의 정보를 전달했다. 직설적으로 말하면 이른바 드센 여자들이 모이는 자리가 아니라는 소리였다.

"마님께서 수도 귀부인들과 친분을 다지기 위한 첫 자리로는 부담이 없다고 생각합니다."

날짜는 일주일 후였다. 루시아는 초대에 응한다는 편지를 백작부인에게 보냈다.

퀘이즈는 대관식을 앞두고 열의가 넘쳤다. 자신이 다스릴 왕국의 모습을 그리느라 꼭두새벽부터 밤늦게까지 한시도 쉬지 않고 뭘

가를 했다.

힘이 되어줄 귀족들을 불러 모아 이야기를 나누고, 관리들을 통해 의견을 들었다. 귀족들과 친분을 위해 소규모 만찬회를 열고 기사들의 충성을 다지는 일에도 소홀하지 않았다. 하다못해 혼자 있을 때조차 사색에 잠겨 시간 가는 줄을 몰랐다.

퀘이즈가 특히 관심을 쏟는 자기 세력 인물이 몇 있었는데 대표적 인물이 타란 공작이었다. 공적으로, 사적으로 아주 질기게 휴고를 붙들고 놔주지 않았다. 휴고는 별다른 일이 없으면 점심은 퀘이즈와 함께 먹었다. 식사를 마치고 잠시 한담을 나누는 일도 포함이었다.

"공작부인이 수도에 와 있다고 하던데, 언제 온 건가?"

"좀 되었습니다."

"허. 왜 나는 자꾸 공 소식을 다른 사람 입에서 듣지? 우리 자주 보는 편 아닌가?"

"제 안사람 소식을 굳이 폐하께 말씀드릴 필요가 있습니까?"

퀘이즈는 귀족들의 왕위 추대를 받고 관습에 따라 사양한 상태였다. 그래서 아직 즉위하지 않았으나 왕으로 대우했다.

"공 안사람이지만 내 누이도 되지 않나. 언제 한 번 입궁하라고 하지. 누이 얼굴 정도는 알아야지."

"폐하께서 누이라 아시기 전에 제 아내가 되었으니 공작부인으로 대해 주시지요."

완곡한 거절이었다. 휴고는 공식적 자리가 아닌, 사적인 자리에서 아내를 왕과 만나게 할 생각이 없었다. 퀘이즈는 대단히 노련한 정치인이었다. 특히 속마음을 숨기지 않는 진실한 모습처럼 행동하는 데 탁월했다. 거짓말에 능통하다기보다는 대부분의 진실 속에 아주 작은 것을 숨기는 재주가 있었다. 순진한 아내가 닳고 닳은 정치인을 상대할 수 있을 리 없었다.

휴고는 퀘이즈를 아직까지만 신뢰할 뿐이었다. 전적으로 믿지도 않는다. 한발 물러나 있지만, 내 뒤를 치지만 않으면 먼저 돌아설 일이 없을 것이라는 태도만 확실히 밝혔다.

영리한 퀘이즈는 휴고의 뜻을 알아차렸다. 그들은 일방의 복종이 아니라 동맹 관계였다. 그래도 사람 심리란 멀어지려고 하면 가까이 가고 싶다. 틈 하나 없는 타란 공작보다는 공작부인을 공략할 수 있지 않을까 기웃거리고 있었다. 퀘이즈의 의도를 휴고는 쉽게 간파했다.

아내에게서 아명을 들으려고 어린 시절을 이것저것 묻다가 그녀의 외로움을 알게 되었다. 어머니와의 추억을 이야기하는 그녀의 표정은 꿈을 꾸는 것처럼 아련했다. 얼마 전에는 친부의 사망 소식을 듣고 충격을 받아서 단단히 탈이 났다. 그녀는 가족을 그리워하고 있었다.

퀘이즈가 혈육의 정을 내세우며 든든한 오라비가 되겠다고 자처하면 마음이 기울 것이다. 아내 마음에 형제에 대한 정이 생기면 이용당할 수밖에 없다. 휴고가 죽은 공작에게 이용당했던 것처럼.

왕족은 절대, 왕족이 아니라도 권력과 밀접한 자들 사이에 진정한 관계는 없었다. 그녀가 차가운 현실을 깨닫기보다는 가능하면 모르기를 바랐다.

"공은 너무 삭막해. 오후에는 뭘 할 건가? 공과 몇 가지 의견을 나누고 싶은 사안이 있는데."

퀘이즈는 깔끔하게 물러설 줄 알았다.

"급하지 않은 일이면 다음에 듣겠습니다. 오늘은 오후에 일찍 들어가겠다고 벌써 몇 번은 말씀드렸습니다."

영지에서 올라온 처리하지 못한 일거리가 산더미였다. 왕의 즉위 문제에 매달려 다른 일을 돌아보지 못했다.

"그랬던가."

퀘이즈는 입맛을 다시며 의뭉스레 시치미를 뗐다.

"그럼 내일 밤에 술 한잔은 어떤가."

퀘이즈는 거절할 수밖에 없는 제안을 먼저 하고 마지막에 진짜 용건을 꺼냈다. 퀘이즈의 교묘한 수법을 알면서도 휴고는 못 이긴 척 넘어갔다. 어차피 왕과 손을 잡았다면 친하게 지내는 편이 나았다.

"모레는 괜찮습니다."

"모레라. 그도 좋군. 그런데 공은 술 마시는 날을 정해놨나? 왜 되는 날이 있고 안 되는 날이 있는지 모르겠어."

그야 내일 밤은 닷새째이고, 모레는 닷새의 하루이니까. 누구도 알 수 없는, 휴고가 저녁 일정을 정하는 기준이었다.

휴고는 돌아가는 길에 왕비 베스와 마주쳤다. 왕비 곁에는 데이빗이 함께 있었다. 베스는 방문한 남동생과 담소를 나누다가 배웅하는 길이었다. 휴고는 인사하고 지나치려 했으나 베스가 말을 걸었다.

"오랜만입니다. 공. 폐하를 뵙고 돌아가는 길이십니까."

"예. 오랜만에 인사드립니다. 마마."

"공작부인 이야기는 익히 많이 들었습니다. 대관식보다 공작부인의 소식이 더 화제랍니다."

"하잘것없는 소문일 뿐입니다."

"소문이 반드시 헛되지만은 않지요. 공작부인이 사교 활동을 시작하기 전에 먼저 만나 이야기를 나누어 보고 싶군요. 부담 없는 오찬 자리를 마련하려고 합니다. 오늘 중으로 초대장을 보낼 터이니 부디 거절하지 않았으면 합니다."

왕의 초대는 거절할 수 있어도 왕비의 초대는 거절하기 어려웠다. 왕은 누이로서 보자는 말이었지만, 왕비는 공작부인으로서 얼굴 한 번 보여 달라는 말이었다.

여자들의 사교계 일은 특별한 사정이 있는 게 아니라면 휴고가 관여할 수 없었다. 거절하려면 아내가 해야 한다. 그러나 왕비의 초대를 거절할 명분이 없었다.

"안사람이 기꺼이 초대에 응하리라고 생각합니다."

의례적인 인사 몇 마디로 마무리하고 잠깐의 만남은 끝났다. 타란 공작의 뒷모습을 보며 베스는 '여전히 무뚝뚝한 사내로군.' 하고 생각했다.

태자비 시절에 귀족들은 남녀 가리지 않고 베스에게 접근했다. 어떻게 해서든 태자에게 한 발 걸치려는 자들이었다. 그러나 타란 공작은 단 한 번도 사적으로 말을 거는 적이 없었다. 오히려 남편이 공작과 친해지고 싶어서 안달했다. 대단히 당당하고 오만한 남자였다.

「전하께서는 자존심이 상하지는 않으십니까? 장차 이 나라 주
인이 되실 분은 전하십니다.」

베스는 어느 날 궁금해서 퀘이즈에게 물었다. 타란 공작의 거만
함을 이해할 수 없었다. 그래 봤자 왕국 일부 영지의 영주라고 생각
했다.

「아무 때나 세운다고 자존심이 아니라오. 만용이지. 먼 미래
를 보며 지금 고개를 숙이는 일이 뭐가 대수라고. 타란 공에게 사
감은 없소. 사내라면 타란 공처럼 누구 눈치도 보지 않고 사는 삶
이 부럽지. 장인어른께도 잘 일러두시오. 건드려서 이로울 것 없
다고.」

남편의 뜻이 확고하다는 것을 알게 된 후, 베스는 타란 공작을 남
편의 든든한 우군으로 인정했다.

베스는 복잡한 정치 싸움은 잘 몰랐다. 어리석어서가 아니라 관
심을 둘 이유가 없었다.

공녀로 태어나 부족할 것 없이 자라다가 태자비가 되었다. 외가
는 권세 있는 공작 가문이며, 부친 라미스 공작은 든든한 버팀목이
었다. 이미 아들 셋을 낳아 후계 자리를 든든히 했고, 남편은 베스
에게 지고지순하지는 않지만 존중해 주었다. 후궁 몇 두는 일 정도

는 왕실에 시집온 여자로서 감수했다.

왕실의 여자치고 베스는 평탄한 삶을 살았고, 이 정도면 성공했다. 알아서 제 몫 찾아 먹는 남편을 걱정할 일이 없고, 순조롭게 왕비의 관을 받을 날만 기다리고 있었다.

그래서 베스는 속이 꼬인 구석이 없었다. 모략으로 머리 굴릴 일도 없고, 걱정도 없었다. 그나마 유일한 걱정은 남동생 데이빗이었다.

"너는 어찌 타란 공에게 그리 무례하게 구느냐."

베스는 데이빗을 나무랐다. 타란 공에게 묵례로 인사 후 한마디 말없이 서 있는 데이빗 때문에 베스는 공작과 이야기를 나누며 낯이 화끈거렸다.

"저자는."

"말조심하여라. 타란 공은 아버님과 같은 위치에 있는 분이다. 왜 이리 경솔한 것이야."

누님의 꾸중을 들으며 데이빗의 표정에 심술이 찼다.

베스는 한숨을 쉬었다. 장차 공작가를 이어받을 소공자라고 너무 떠받들었다. 장남이라고 무조건 싸고돈 돌아가신 어머니의 잘못이 컸다. 베스는 남동생을 반면교사로 삼아 아들들에게 엄한 편이었다.

"저도 나름대로 잘 지내보려 했습니다. 하지만 타란 공이 무례합니다."

"데이빗. 무례하다는 표현이 적절치 않구나. 타란 공은 얼마든지 네게 무례해도 된다."

"누님!"

"긴말 하고 싶지 않구나. 언행을 조심하라고 누누이 말했다. 넌 어린애가 아니지 않느냐. 나는 여기까지만 배웅할 터이니 조심히 돌아가거라."

냉랭하게 몸을 돌려 멀어져가는 베스의 뒷모습을 보며 데이빗은 주먹을 꾹 쥐었다. 여기저기 다 입만 열면 타란 공, 타란 공. 이해할 수 없었다.

데이빗의 부친은 왕의 최측근이고 누님은 왕비였다. 조카는 언젠가 왕이 될 것이다. 마땅히 왕은 누구보다도 데이빗을 신뢰하고 가까이 두어야 했다. 하지만 퀘이즈는 데이빗에게 심드렁했고 타란 공작과 함께 있을 때는 찬밥 취급이었다.

'그자가 뭐가 그리 대단하다고.'

데이빗의 속이 비틀렸다.

모처럼 이른 귀가라서 휴고는 기분이 좋았다.

'오늘은 저녁도 같이 먹고 산책도 할 수 있겠지.'

로암에 있을 때는 꼬박꼬박 저녁을 함께 먹었는데 요즘은 그마저도 힘들었다. 뭔가 쓸데없이 분주했다. 집에 가면 해야 할 일이 쌓여 있었다. 살짝 마음이 어두워졌다가 그래도 집에 가는 게 좋아서 금세 기분이 풀렸다.

모서리를 돌아 복도가 끝날 즈음에 마주친 사람만 아니었으면 더 좋았을 터였다.

'오늘은 어째 좀 성가시군.'

그를 보며 눈을 동그랗게 뜨는 여자, 소피아를 보며 휴고는 생각했다. 가는 걸음을 두 번이나 방해받고 싶지 않았다. 그냥 지나가려는 휴고를 소피아가 불러 세웠다.

"전하. 그간 강녕하셨는지요. 오랜만에 뵙습니다."

공개된 자리에서 대놓고 무시할 수 없어서 휴고는 어쩔 수 없이 멈추어 섰다.

"늦었지만 결혼을 축하드립니다."

"나 또한 축하하오. 백작부인이 되었다고 들었소."

소피아가 결혼한 앨빈 백작은 거상이었다. 경제 분야에서 앨빈 백작은 중요도가 꽤 높은 인물이었다. 정치, 경제 등 영향력 있는 귀족의 정보는 꾸준히 듣는 편이라, 앨빈 백작이 로렌스 남작 영애와 결혼했다는 소식은 일찍이 들었다.

"……예. 축하…… 감사합니다. 오늘은 왕비 마마를 뵈러 입궁한 참입니다."

소피아가 무슨 용무로 입궁했든 휴고는 관심 없었다. 그의 마음은 집으로 달려가고 있었다.

소피아는 여전히 아름다웠다. 지나가는 이들이 눈을 떼지 못했다. 소피아의 미모는 남녀를 가리지 않고 눈길을 끌었다. 실연의 아픔을 겪은 후 처연함이 더해져서 남자의 마음을 뒤흔들었다. 결혼했어도 소피아는 여전히 무도회만 참석하면 수많은 남자의 연서를 받았다.

휴고의 눈에는 소피아의 아름다움이 들어오지 않았다. 눈으로는 소피아를 보고 있으나 머릿속은 아내 생각으로 가득했다. 오히려 여자와 말을 나누고 있으니까 그녀가 더 보고 싶었다. 자신을 바라보는 소피아의 애처로운 눈빛은 보이지도 않았다.

차가운 붉은 눈을 보며 소피아는 충격받았다. 항상 '혹시' 하는 미련을 버리지 못했다. 오랜만에 다시 보면 그도 조금쯤은 옛 추억에 흔들리지 않을까, 기대를 품었다.

그러나 소피아의 결혼을 축하한다고 말하는 그의 태도는 여지없이 깔끔했다. 그녀의 오랜 불면의 밤도, 결혼 후에도 놓지 못했던 미련도 오직 그녀만 해당하는 일이었다.

"그럼 이만."

주저 없이 지나쳐 가는 그를 보자 소피아는 다급했다. 이걸로 정말 끝이라는 예감이 들었다. 그의 마음에 비집고 들어갈 틈이 없었다. 알면서도 손은 저절로 그를 붙들었다.

그가 멈추어서 소매를 붙든 소피아 손을 보다가 얼굴을 보며 노골적으로 성가신 감정을 드러냈다. 소피아는 화들짝 놀라 손을 놓았다.

"행복…… 하십니까?"

그가 대답 없이 미간을 찌푸렸다. 자신의 질문이 그렇게 불쾌했나, 소피아는 생각하다가 볼을 타고 흐르는 뭔가를 느꼈다. 자기도 모르게 울고 있었다.

손수건으로 눈물을 닦아 고개를 들었을 때, 이미 그는 저만큼 멀어져 가고 있었다. 울고 있는 여자에게 위로 한마디 건네지 않고 가 버리는 그는 변함없이 잔인했다.

'왜 저는 안 되었던 건가요?

그의 결혼 소식을 들었을 때 소피아는 하늘이 무너지는 고통을 맛보았다. 그에게 달려가 묻고 싶었다. 그가 즉시 영지로 내려가지 않았다면 정말 그랬을 것이다.

실의에 빠진 소피아는 앨빈 백작의 청혼을 받아들였다. 포기하는 심정이었다. 다 잊고 싶었다. 도피로 택한 결혼이 행복할 리 없었다. 부자인 남편 덕에 누릴 수 있게 된 풍족함 속에서 소피아는 항상 마음이 헛헛했다.

질긴 미련을 도무지 놓을 수 없었다.

＊　　＊　　＊

가완성 된 드레스 일부의 중간 점검을 위해 방문한 앙뜨가 루시아의 입궁 소식을 듣고 흥분했다.

"첫 입궁이시군요! 제가 도와드려야지요."

"그런 수고까지 할 필요 없네."

타란 공작이 재방문해서 이중 계약서를 제안했다. 엄청난 수익을 보장받은 앙뜨는 의욕이 넘쳤다. 황금은 앙뜨의 예술혼을 불태우는 기폭제였다.

이미 예약한 고객은 어쩔 수 없다 쳐도 앙뜨는 요즘 찾아오는 고객은 모두 돌려보냈다. 앙뜨는 타란 공작부인의 전속 디자이너 자리를 노리고 있었다.

"첫 입궁은 일생일대 단 한 번뿐인 이벤트이지요! 마땅히 특별해야 합니다!"

뭘 하든 처음은 당연히 단 한 번뿐이다. 더구나 굳이 따지면 첫 입궁은 아니었다. 루시아는 공주로서 결혼 전까지 궁에서 살았다. 그러나 루시아는 앙뜨의 열정 가득한 궤변에 밀리고 말았다.

입궁일 아침 일찍 앙뜨가 전쟁터를 향하는 병사처럼 중무장해서 방문했다.

"왕비 마마를 뵙는 첫 자리이니 점잖고 우아한 스타일이 좋겠습니다. 공작부인은 어려 보이시니까 그 점을 보완해야겠어요. 기품 있지만 결혼한 귀부인답지 않은 상큼함을 표현하는 거지요."

앙뜨는 빛을 받으면 미세하게 반짝이는 비즈로 장식한 연한 보랏빛 드레스를 최종적으로 결정했다. 허리에 밴드를 묶은 효과를 주어 가느다란 허리를 강조하고 허리 아래에 풍성하게 퍼져서 상대적으로 몸매의 아름다운 곡선을 드러냈다.

상체는 몸에 달라붙는 형태로 어깨에서 팔 아래까지는 안이 들여다보이는 레이스로 소매를 만들었다. 가슴골이 드러나는 요즘 유행과 전혀 다르게 오히려 목선은 목 바로 아래까지였지만 전혀 답답하거나 고리타분하게 보이지 않았다.

머리는 틀어 올려서 가늘고 긴 목선을 보였다. 붉은 기운 도는 갈색 머리카락을 작은 하얀 다이아몬드가 박힌 핀으로 고정했다.

마무리는 마술 같은 앙뜨의 화장술이었다. 앙뜨가 귀부인들 사이에 인기가 높은 이유는 드레스 제작 솜씨 못지않게 뛰어난 화장술 덕분이었다.

보랏빛 펄을 눈에 바르고 눈꼬리가 살짝 올라갈 정도로 아이라인을 그렸다. 하얀 피부를 강조하면서 상큼함을 드러내려고 홍조를 드러내듯 볼터치를 했다. 거울 속 루시아는 앙뜨가 말한 대로 우아함과 발랄함을 모두 갖추고 있었다.

'신기해. 왜 내가 하면 이렇게 안 될까.'

루시아는 자신을 미인이라고 생각하지 않았다. 꿈속에서 화려한 미인들 틈에 묻혀 전혀 눈에 띄지 않았다. 그런데 거울 속 자신을 보며 루시아는 생각했다.

'괜찮은걸. 조금은…… 예쁜 것 같아.'

화장이나 꾸민 스타일 덕분만은 아니었다. 기본적으로 루시아의 표정이 달라졌다. 꿈속에서 루시아는 소극적이며 주눅이 들어있고, 무도회를 즐기기보다는 지쳐 있었다. 현재의 루시아는 밝고 자신감이 있었다. 싱그러운 기운은 그녀를 돋보이게 했다.

입궁하는 마차를 기사 딘이 호위했다. 마차는 내궁 입구에서 멈추었다. 검을 든 외부인은 내궁으로 들어갈 수 없었다. 내궁 앞에는 루시아를 마중 나온 왕실 마차가 기다리고 있었다. 루시아가 타고 온 마차는 이곳에서 주인마님이 나오기를 기다려 대기할 것이다.

루시아는 마차를 갈아타고 내궁으로 들어갔다.

"어서 오세요. 공작부인."

"초대해 주셔서 감사합니다. 마마."

환대로 맞이하는 베스를 보며 루시아는 기분이 묘했다. 꿈속에서 루시아는 베스와 제대로 대화를 나눠보지 못했다. 무리에 섞여서 함께 인사했으나 아마 루시아를 기억하지 못했을 것이다.

왕비의 곁에 붙어있으려면 비슷한 수준이거나, 노골적으로 찰싹 달라붙을 수 있는 뻔뻔함을 갖추어야 했다. 둘 다 해당 사항이 없었던 루시아는 근처를 뱅뱅 돌기만 했다.

'어머……'

베스는 공작부인을 둘러싼 소문을 거의 믿지 않았다. 선왕의 공주를 여럿 보았지만, 왕실 핏줄이 절세미인일 가능성은 별로 없었다.

그나마 캐서린 공주가 미인 축에 들었지만, 모친이 원래 대단한 미인이었다. 선왕의 후궁이었던 돌아가신 시어머니는 젊어서 왕국 최고의 미녀로 유명했고, 선왕의 총애를 가장 오래 받았다. 시어머니 미모에 비하면 캐서린은 한참 부족했다.

그밖에 다른 공주들은 별로 미인은 없었다. 선왕의 후궁들이 못난 외모는 아닌데도 공주들이 대개 친탁을 했다. 그래서 공작부인이 대단한 미인이라는 소문을 웃어넘겼다. 그런데 실제로 보는 공작부인은 베스가 봤던 공주들과 상당히 달랐다.

지금껏 봤던 전형적인 미인은 아니었다. 그런데 어딘지 모르게 눈이 가는 고혹적이면서 풋풋한 매력이 있었다. 전혀 어울릴 수 없을 두 모습이 어색함 없이 조화로웠다. 가녀린 체구 때문인지 여자치고 그렇게 작은 키가 아닌데도 사내 품에 쏙 들어가겠구나, 생각이 들었다.

소문대로 세기의 미녀는 아니지만, 대놓고 그 소문은 완전 엉터리라고 웃고 싶은 마음은 들지 않았다.

식사를 준비하는 동안 그들은 잠시 소파에 마주앉아 짧은 대화로 서로를 파악했다.

"이렇게 와 주어서 기쁩니다. 공작부인을 꼭 만나고 싶었어요."

"저도 마마를 뵈어 영광입니다."

베스가 분명 소문을 들었을 거라고 생각하며 루시아는 살짝 얼굴이 달아올랐다.

"공작부인은 정말 차분하군요. 내가 공작부인의 나이 무렵에는 말 한 마디 할 줄 몰라 덜덜 떨었답니다."

베스는 공작부인이 이제 열아홉 살이라는 사실이 놀라웠다. 자신은 그때 공녀의 지위를 누리며 파티를 쫓아다니느라 정신없었다. 결혼하고 태자비라는 지위에 어울리고자 행동을 조심하고, 아이를 낳고 키우느라 철이 들었지만, 처녀 때 베스는 놀기 좋아하는 보통 아가씨였다.

"과찬이십니다."

"말수도 적고. 부군을 닮았군요. 타란 공도 말수가 적으시지요."

"송구합니다. 제가 말솜씨가 좋지 않습니다."

"나무라는 것이 아니랍니다. 워낙 주변에 말 많은 사람이 많다 보니 참 편안하군요."

오찬 자리를 마련해서 루시아를 초대했다기보다는 루시아를 초대하기 위해 오찬을 준비했다. 손님은 루시아뿐이었다.

분위기는 좋았다. 요리는 훌륭했고 대화는 적당히 가벼웠다.

"근래 도는 소문으로는 타란 공이 부인을 위해 어마어마한 보석을 사들였다지요."

세피아 보석상은 자기들 상품을 자랑하기 위해 타란 공작이 만족하며 대량으로 구매했다고 홍보했다. 광고 효과가 뛰어나서 세피아 보석상의 매출 급증으로 이어졌으며 관계자의 입이 귀에 걸렸다는 풍문이었다.

"소문은 원래 과장되기 마련입니다. 마마."

루시아가 당황해서 얼굴을 붉혔다.

"그래도 아무 근거가 없는 소문은 돌지 않지요. 언제 저택에 초대해 주지 않겠어요? 소문의 보석들을 구경하고 싶네요."

"황공하옵니다. 기꺼이 그리하겠습니다. 마마."

'참 맑은 사람이구나.'

베스의 주변은 듣기 좋은 말만 골라 하며 꿀단지에 침을 흘리는 자들이 대부분이었다. 권력의 중심에 있으면 어쩔 수 없었다. 그래서 공작부인의 순수한 분위기가 깊이 마음에 와 닿았다.

'무서운 타란 공 곁에 저런 부인이라. 공작부인은 과연 타란 공과 제대로 이야기는 나눌까? 타란 공 앞에서 겁먹어 덜덜 떠는 건 아니겠지?'

좀 더 은밀한 사생활까지 궁금했다.

'제대로 부부 관계는 할까?'

화려한 전적이 있는 공작이 순진한 아내에게 과연 만족할 수 있을까.

"시간이 나면 종종 이렇게 만나러 와 주지 않겠어요? 궁에 갇혀 사는 삶이란 가끔은 외롭답니다."

"초대해 주시면 언제든 뵈러 오겠습니다. 마마."

'참 다르네……'

베스는 또 다른 시누이, 캐서린을 떠올렸다. 캐서린은 굉장히 짙은 향을 풍기는 붉은 장미 같은 여자였다. 캐서린이 드레스와 보석을 사기 위해 써대는 왕실 예산 때문에 퀘이즈가 골치 아파하는 것을 몇 번 보았다.

　「즉위하면 그 녀석 소비는 딱 잘라버려야지. 이거 원, 끝이 없으니. 얼른 시집보내야 할 텐데.」

　베스는 남편의 다짐에 회의적이었다. 퀘이즈는 하나뿐인 동복 누이를 매우 귀애했다. 아마 선왕의 수많은 여식 중에 제대로 대접받으며 부족함 모르고 자란 유일한 공주일 것이다. 그래서 자존심 강하고 지기 싫어하며 제멋대로였다.

　악의는 없는데 하고 싶은 말은 다 해야 직성이 풀리는 성격이었다. 상대방 마음을 고려하지 않고 말을 툭툭해서 베스는 캐서린이 던진 말 때문에 은근히 기분이 상한 적이 꽤 있었다. 그래도 나이가 들면서는 조금 나아졌다. 어릴 때는 정말 누구도 손을 못 대는 천둥벌거숭이였다.

　캐서린에 비하면 공작부인은 순하고 겸손했다. 말을 할 때마다 신중히 고르는 모습이 보였다.

　「누이로 볼 생각 말라고 타란 공이 딱 잘라 말하더군.」

　공작부인을 초대해 식사한다고 하니까 퀘이즈가 전한 말이었다. 공작부인이건, 시누이건, 아무래도 좋았다. 잘 지낼 수 있을 것 같았다.

베스는 친한 사람만 가끔 불러 식사하고 대화를 나누는 일을 좋아했다. 근래 자주 부르는 사람은 앨빈 백작부인이었다.

'둘이 잘 사귀어도 좋을 것 같은데……'

생각했다가 아차 싶었다. 베스는 타란 공작의 과거 여자 관계를 모두 알지 못하지만, 앨빈 백작부인이 과거에 공작의 연인이었다는 사실은 알고 있었다. 소피아가 워낙 눈에 띄는 미녀라 관심 있는 사람이 많아서 귀부인들과 대화하다가 소문을 들었다.

'두 사람은 가능하면 마주치지 않게 하는 편이 좋겠군.'

공작부인이 공작의 옛 여자들을 얼마나 알고 있을지 궁금했다.

"차는 장미궁으로 가서 마시는 건 어떨까요?"

베스가 제안했다.

"요즘 장미궁에 꽃이 만발하답니다. 공작부인이 잠시 그곳에 머문 적이 있다고 들었습니다. 그러니 장미궁의 아름다움을 잘 알겠지요."

"제가 잠시 머물 때는 꽃이 피지 않아 구경하지 못했습니다. 오늘 마마 덕분에 구경할 기회를 얻었군요."

"어머. 그랬나요. 잘 되었네요."

두 사람은 자리에서 일어났다. 다과 장소는 장미궁이었다.

〈다음 권에서 계속〉